조선 명가 문헌 총서 001

압해 정씨 가문
반곡 정경달 시문집 I

압해 정씨 가문

반곡 정경달 시문집 Ⅰ

고려대학교 민족문화연구원

이 연구는 2007년 정부(교육과학기술부)의 재원으로 한국연구재단의 지원을 받아 수행된 연구임(NRF-2007-361-AL0013)

盤谷 丁景達의 삶과 文學
— 생애와 漢詩의 特徵的 局面을 중심으로 —

1. 序論

이 글은 盤谷 丁景達(1542~1602)의 文學 作品에 나타나는 主題의 特徵的 局面을 살펴보고, 文學史에서 차지하는 역사적 위상을 검토하고자 한 것이다. 반곡에 대한 학계의 관심은 대체로 그가 남긴 『日記』에 집중[1]되었다. 이 『日記』는 『亂中日記』라고도 하는데, 李舜臣의 『亂中日記』와 함께 壬辰倭亂 중의 실제 상황이 기술되어 사학계에 큰 관심을 모았다. 이 연구의 결과에서 그가 실제로 임진왜란 당시 善山府使로 재임 중에 직접 왜군과 맞서

---

1) 『난중일기』에 대한 첫 소개는 이수봉(1985)의, 「盤谷의 亂中日記 攷(Ⅰ)」(『湖西文化研究』 제5집, 忠南大學校 湖西文化研究所) 참조. 최근에 이 일기가 역주되어 간행되었다. 신해진(2016) 역주, 『반곡난중일기(상·하)』, 보고사.

싸웠으며, 이순신의 從事官으로서 水軍의 활동을 도와 전승에 기여한 사실이 차례로 보고[2]되었다. 최근에는 그의 世居地를 전라남도 보성군에서 새로 복원한 바 있으며 경상북도 선산에서는 학회를 개최하고 기념물을 건축하는 등 地自體 차원의 대대적인 문화사업이 계속 진행되고 있다.

하지만 이 과정에서 그가 남긴 詩는 거의 관심의 대상이 되지 못하였다. 가장 큰 이유는 그의 시 작품에 전란 관련 내용이 직접적으로 드러나지 않는 데에 기인한 것으로 보인다.[3] 따라서 壬辰倭亂 硏究의 史料로서 『日記』와 上疏나 狀啓 등 관련 散文에 관심이 집중되어 왔다. 하지만 우선 반곡에 대한 이해를 위해서도 그렇지만 격동의 시대를 살아간 당대 지식인들의 이해의 확장과 심화를 위해서도 그의 시는 검토할 만한 충분한 가치가 있다고 판단된다. 더구나 그가 詩文을 주고 받으며 교유한 문인이 玉峯 白光勳(1537~1582), 霽峰 高敬命(1533~1592), 白湖 林悌(1549~1587) 등 당대 詩壇을 대표하던 인물들인 점을 감안하면 더욱 그러하다.

물론 이러한 과제는 이 글이 감당하기에 매우 큰 주제일 것이다. 따라서 본고는 일단 이 과제 해명의 시작이자 단서로서 반곡의 시 작품에 대한 전체적인 내용과 문학적 특징을 정리하여 일차 보고하는 데에 초점을 두고자 한다. 그리고 이를 위한 예비적 고찰로서 아직은 생소한 그의 생애와 주요 행적을 살펴보고 그의 문집 『盤谷集』에 대한 체재와 간행 경위를 간략하게 살펴보기로 한다.

---

2) 김경숙(2013), 「임진왜란 초기 지방관의 수토활동(守土活動)-선산부사(善山府使) 정경달(丁景達) 형제의 활동을 중심으로」, 『조선시대사학보』 65, 조선시대사학회. 133~134면 참조.

3) 근대에 들어서 가문이 급격히 쇠약한 것도 한 이유일 것이다. 무엇보다 후손인 鳳崗 丁海龍(1913~1969)은 몽양 여운형을 도와 정당 활동하였고, 그의 동생 해진은 동경에서 국제공산당에 입당하여 사회주의자로 활동하다 월북한 이유로 당시 정부의 주요 감시 대상이었다고 전한다. 이후 잠시 월남한 해진과 접촉한 이유로 가족간첩단 사건의 혐의에 연루되어 후손들은 사실상 멸문에 가까운 수난을 겪게 된다. 이에 대한 구체적 경위는 정해룡의 아들 길상의 증언에서 확인할 수 있다. 2016년 9월 23일자 인터넷판 한겨레신문 '아부하고 고개 숙여 정승 판서 나오면 뭐하냐'라는 제목의 칼럼에 인터뷰가 실려 있다.

2. 盤谷의 生涯와 『盤谷集』

1) 生涯와 行蹟

丁景達의 本貫은 靈光이고 字는 而晦이며 盤谷은 그의 號이다. 1542년(중종 37) 7월 9일 全南 長興郡 長東面 盤山里에서 부친 夢鷹과 모친 水原 白氏 사이에서 次男으로 태어났다. 성장하면서 비범한 기질과 행동을 보였고 15세 되던 해부터 南冥 曺植의 門人으로서 전남 長興지역에서 學德으로 추앙받던 天放 劉好仁(1502~1584)의 門下에서 수학하였다. 천방은 그의 조부인 顏巷 仁傑의 妹夫이기도 하였다.

그는 29세에 문과에 급제하여 昇州敎授를 제수 받을 때까지 樂在堂, 山陽精舍, 寶林寺, 日林寺 등지에서 학문에 전념하였다. 그러다 부임한 지 3개월 만에 부모님을 모시기 위해서 辭任을 하고 歸鄕한다. 이 무렵 玉峯 白光勳과 白湖 林悌, 霽峯 高敬命, 조부 仁傑의 外孫子 金公喜, 松汀 金景秋 등과 교유하였다. 본격적인 출사는 39세인 1580년(선조 13) 慶尙都事로 볼 수 있는데, 이후 平壤庶尹(42세), 加平郡守(43세), 全州敎授(47세), 刑曹正郎(49세) 등을 차례로 거치다 50세이던 1591년에 善山府使에 임명되었다.

1592년 왜적이 부산을 함락하고 영남 일대를 침략해 오는 와중에 善山에까지 쳐들어오자 그는 許說, 金惟一 등과 함께 전투에 대비하였다. 적이 선산 부중에 다다른 5월 17일부터는 金烏山 전투에 직접 참전하여 적장을 비롯한 적병 수백 명의 首級을 거두었다. 그해 10월에 尙州 竹峴에서 다시 승전하여 인근 지역의 義兵이 합세하였다. 이듬해 1월 그는 上道官軍大將兼義兵總大將이 되어 참전을 계속했고, 왜군을 토벌하였다. 그러다 9월에 병이 들어 잠시 고향인 장흥에 돌아왔지만 이듬해 1월 다시 이순신의 啓請으로 從事官에 임명되어 閑山島에 주둔하고 있던 이순신을 찾아가 전쟁의 대책을 논의하였다. 7월에 咸陽府使로 임명되었으나 이순신의 啓請으로 계속 從事

官으로서 복무하였다.

1595년 南原府使, 1596년 定州牧使를 거쳤는데 1597년 정유재란으로 왜군이 재침하여 왜인 이중첩자인 要時羅에 의해 이순신이 被逮되자 御前에 나가 그의 無罪를 直諫하기도 하였다. 이후 그는 주로 왕을 扈從하였고 중국 사신과 장수의 接伴使로서 활약하여 큰 공을 세웠다. 그리하여 그의 사후인 1604년(선조 37)에 宣武厚從功臣 一等으로 기록되었다.

2) 『盤谷集』 刊行 經緯와 內容

반곡 선생의 문집 『반곡집』은 처음에 筆寫本이 있었다고 전한다. 처음부터 완성된 형태의 문집으로는 간행되지 못하고, 1761~1763년 사이에 후손 以翼·允弼·修七 등에 의해 먼저 필사본으로 정리된 것으로 보인다. 그러나 이 필사본은 현재 남아 있지 않고, 序文이나 跋文도 전하지 않아 정확한 필사 연대를 확인할 수 없다. 다만 宗中에 家傳하는 목차를 살펴보면 권1은 詩이며, 권2는 辭, 說, 序文, 記文, 集著, 狀啓와 上疏 등이 실려 있었고, 권3은 附錄으로 行錄과 輓詞, 祭文, 行狀 등이 수록되었던 것으로 보인다.

木版本 『盤谷集』은 筆寫本에 비해 내용의 대대적인 增補가 이루어졌는데, 韓致應과 丁若鏞의 序文과 家藏 文書類, 祖父 仁傑의 行狀 및 墓碣名 등이 더하여져서 총 9권 3책으로 되었다. 권1은 敎旨, 有旨, 圖說, 世譜이며, 권2는 銘, 賦, 詩이고, 권3은 辭, 說, 序, 記, 集著이며, 권4는 年記, 권5와 권6은 亂中日記, 권7은 儀節家禮, 권8은 義將錄, 西征錄, 권9는 附錄이다. 跋文은 후손 修七이 썼다. 1781년에는 7대손 호필 등이 주도하여 『盤谷日記』와 『盤谷年記』를 분리하여 필사하기도 한다.

이후 1792년 正祖가 『忠武公全書』를 간행하면서 草本이 內閣에 들어갔고, 이를 계기로 당시 雲峯縣監이자 李舜臣의 후손인 李民秀의 지원을 받아 1793년(정조 17)에 목판으로 처음 간행되었다. 이 책은 현재 전하지 않는데,

그 뒤 1815년(순조 15)에 茶山 丁若鏞의 刪定을 거쳐 9권 3책으로 다시 간행 되었다.4) 이에 관련하여 최근에 발굴된 茶山 丁若鏞의 서간 자료가 있어 경위를 확인할 수 있다.5)

이 가운데 시는 목판본을 기준으로 五言絶句 40제 53수, 六言絶句 4제 5수, 七言絶句 156제 199수, 五言律詩 46제 51수, 五言排律 2제 2수, 七言律詩 56제 59수, 七言排律 2제 2수이다. 이상을 정리하여 모두 합하면 연구 대상이 되는 시 작품은 모두 306제 371수이다.

3. 詩 世界의 特徵的 局面

1) 景物의 卽物的 玩味와 親化的 交感

일상적 사물을 관찰하고 그 과정에서 감동을 느끼며 그것을 시로 형상화하는 것은 전통적인 시 창작의 기본적 원리이다. 한시에서 계절의 변화나 사물의 躍動 등이 많이 형상화되는 것도 같은 맥락으로 이해할 수 있다. 이는 性理學을 평생의 과업으로 삼아 공부하고 자신의 삶의 지표로서 받아들였던 당대 문인들에는 누구에게나 통용되는 일반적인 모습일 것이다. 하지만 이러한 觀物의 태도는 이론적으로는 서로 유사하나, 실제에 있어서는 개인이 서있는 시대와 처지에 따라 그 주목하는 바가 다소 상이하게 나타난다는 점에서 작가마다의 詩的 個性이 드러나는 대목이기도 하다.

반곡의 경우도 많은 시 작품에서 여러 가지의 다양한 경물을 제재로 형상화하였다. 다만 그의 경우 사물의 본래적 의미에서 화석화되고 관념화된 경물, 예컨대 흔히 道學의 理想的 경물로 吟詠되는 '魚躍鳶飛'나 '雲影天光' 등

---

4) 이 목판본과 후손의 시문집을 합하여 『盤山世稿』로 이름을 붙이고 1987년에 亞細亞文化社에서 영인본으로 발간하였다.

5) 김희태(2016), 「정다산이 장흥사람에게 보낸 편지-<여유당전서> 미수록 다산 정약용 간찰 7통」, 『장흥문화』 제38호, 장흥문화원.

에는 그다지 관심을 두지 않는 점이 오히려 특징적이다. 그가 주목하는 것은 주위에 함께 공존하는 세계 속의 지극히 평범하고도 일상적인 사물들이다.

이러한 景物에 대해 반곡은 卽物的으로 다가가는 점이 주목할 만하다. 여기서 卽物은 곧 관념이나 추상적인 사고나 인식이 아니라 실제의 사물에 비추어 있는 그대로의 모습을 생각하고 행동하는 태도를 의미한다. 다음의 일련의 시편들에서 이러한 경향을 쉽게 간취할 수 있다.

<竹林精舍> 죽림정사[6]

尋常大隱似墻東	심상한 곳에 大隱이 墻東한 듯한데,
嶄巌開庵喜養蒙	깎아지른 곳에 암자를 여니 養蒙하기에 좋구나.
萬盖長松擎白雪	일만 그루의 긴 소나무는 흰 눈을 높이 들고,
千竿脩竹舞淸風	일천 줄기의 뻗은 대나무는 맑은 바람에 춤을 추네.
泉生北洞鳴寒玉	샘은 북쪽 골짜기에 나서 찬 옥소리 울려대고,
海接南天鑠碧銅	바다는 남쪽 하늘에 접하여 푸른 銅을 잠근 듯.
吟罷膝琴憑月檻	膝琴 연주를 마치고 달빛 비치는 난간에 기대는데,
一聲玄鶴下瑤空	한 소리 우는 학이 맑은 하늘에서 내려오네.

시제인 죽림정사는 경남 진주에 있는 암자[7]의 명칭이다. 화자인 반곡은 이곳에서 본 어느 겨울 달밤의 맑은 경치를 읊고 있다. 首聯은 유명한 大隱의 고사를 들어 이 암자의 의미를 이끌고 있다. 주지하듯이 大隱은 사람이 많은 저잣거리에서 이름을 숨기고 사는 은자를 가리킨다.[8] 원래 이 典故는, 자신은 깊은 산속이 아니라 사람이 들끓는 도성에 살면서도 名利를 벗어난 隱者의 길을 가고 있다는 뜻으로 많이 인용하는데, 여기서 반곡은 이를 약

---

6) 丁景達, 『盤谷集』, 亞細亞文化社 影印本. 43면. 이하 출처는 '『盤谷集』, 면수'로 밝히기로 한다.
7) 경상남도 진주시 문산읍 소재.
8) 王康琚, 「反招隱」, 『文選』 卷11. "소은은 산림에 숨고, 대은은 저자에 숨는다.(小隱隱陵藪, 大隱隱市朝)"

간 바구어 암자의 주인이 大隱이지만 산속에 지낼 곳을 정하였음을 말한다. 牆東은 담장 동쪽을 가리키는 말로서 벼슬하지 않고 운둔함⁹⁾을 뜻한다. 養蒙은 『周易』 蒙卦 象辭에 "몽매한 이를 바름으로 기르는 것이 성인을 만드는 공이다.(蒙養以正, 聖功也)"라고 한 데서 온 말이다. 곧 이 암자가 聖人의 공부를 할 수 있는 공간임을 말한 것이다.

이어지는 頷聯부터는 자신이 암자 주변에서 살펴본 다채로운 경물을 노래하고 있다. 일만 개의 日傘을 겹쳐놓은 듯한 소나무와 일천 주의 곧게 뻗은 대는 암자의 고고한 분위기나 주인의 드높은 기상을 비유적으로 표현한 것일 터이나 중요한 것은 이들이 매우 활발한 형상으로 묘사되어 있다는 점이다. 화자는 지금 겨울의 雪景에서 자연의 아름다움을 感知하고, 경물들의 생동감 넘치는 움직임을 포착하고 있다. 그의 시선은 무심코 지나칠 만한 작은 사물도 놓치지 않으며, 그것들을 하나같이 정감어린 모습으로 바라본다. 이때의 자연 사물은 모두 결코 관념화되거나 상투적으로 고정된 대상이 아니라, 살아 움직이는 활력이 넘치는 대상으로 그려진다.

頸聯의 경관 묘사도 같은 맥락에서 이해할 수 있다. 골짜기에서 솟아나는 샘물과 하늘과 잇닿은 바다를 다양한 감각적 이미지를 활용하여 그려내는데, 이를 통해 그는 자신이 서 있는 곳의 淸新함을 부각시킨다. 尾聯은 이러한 경관의 이미지를 극대화하여 암자의 분위기가 가지는 仙風의 인상을 표현하고 있다. 이는 膝琴 연주를 마친 후 올려다보는 하늘에서 한 마리 학이 내려온다고 하는 것을 통해서도 잘 알 수 있다. 古琴의 일종으로 크기가 일반적인 거문고보다 작아서 허벅지에 올려놓고 연주하기 좋은 膝琴이나 맑

---

9) 중국 後漢 때의 인물인 逢萌의 고사이다. 逢萌, 徐房, 李子雲, 王君公 등이 서로 친하게 지냈는데, 王莽이 前漢을 찬탈하여 세상이 어지러워지자 모두들 덕을 숨기고 고의로 나쁜 행동을 저질러 면책된 다음 시골로 돌아가 은둔하였다. 그런데 왕군공만은 官婢와 간통하여 면직되자 고향으로 돌아가지 않고 시장에서 거간꾼 노릇을 하면서 은둔하니, 당시 사람들이 "담장 동쪽으로 세상 피해 숨어 사는 왕군공이네.(避世牆東王君公)"라고 하였다. 『後漢書』 卷113, 「逸民列傳・逢萌傳」 참조.

은 하늘에서 고고한 자태로 하강하는 한 마리의 학은 그러한 인상을 표현하는 데에 적절한 소품이 된다.

아래의 인용 시에서도 이와 유사한 詩情을 간취할 수 있다.

<咏梅> 매화를 읊다[10]
昨夜東風吹雪盡　어젯밤 봄바람에 눈 자취 사라졌으나,
園林寂寂不成花　적적한 동산에 아직 꽃망울 터지지 않았네.
燐塗獨受韶光早　燐을 바른 듯 일찍부터 홀로 봄빛 받으며,
滿樹堆香炸炸華　나무 가득 향기 뭉치며 반짝반짝 빛나는구나.

<霜菊> 상국[11]
滿園花草恸秋霜　동산 가득한 꽃과 풀은 가을 서리 겁내는데,
愛汝衝寒始播香　찬 서리 맞아야 향기 내는 네가 사랑스럽구나.
戲蜨狂蜂元不到　희롱하는 나비와 미친 벌은 원래 오지 못하지만
月明時引主人觴　달 밝을 적에 주인에게 술잔을 들게 하네.

이 두 시편들은 모두 꽃을 제재로 한 칠언절구 형식의 작품이다. 여기에서 흥미로운 점은 道學的 詩 世界에서 흔히 발견되는 '四君子'와는 또 다른 인식의 면모를 드러낸다는 것이다. 다시 말하면 매화나 국화에서 志操나 節槪를 이끌어 내거나 天地에 流行하는 自然 理法의 顯現을 보았다기보다는 실제 주변에서 흔히 만나는 日常的 景物을 있는 그대로 관찰하고 그 정감을 노래한 점이다. 그리하여 관념적 대상으로서가 아니라 현재의 실체로서 직접 마주하여 即物的인 交感을 느낀다.

또한 두 시 작품에서 화자와 대상이 교감하는 방식도 비슷한 점이 많다. 우선 連作詩가 아닌데도 詩想의 전개가 매우 유사하다. 앞의 두 구에서 계

---

10) 『盤谷集』, 24면.
11) 『盤谷集』, 28면.

절과 연계하여 각각의 꽃이 가지는 개성을 강조하고 이어지는 두 구에서 그러한 교감의 정황을 고양된 감흥으로 노래한다. 예를 들면 첫 번째 시의 結句에 보이는 불 붙은 듯 반작거리며 빛나는 한 매화의 모습이나 두 번째 시의 2구와 結句에서 愛玩에서 醉興으로 심화되어 이어지는 국화와의 교감은 風流的 興趣로 연계된다.

이 감흥은 경물과의 교감이 親化의 단계로 이어짐을 의미하는 것이다. 대부분의 화초들이 추위에 제 모습을 나타내지 못하는 가운데 홀로 꽃과 향기를 드러내는 매화나 국화는 아마도 세상사에 고민하던 그를 위안해주는 고마운 존재였을 것이다. 그래서 그는 경물에 同化하여 자연스럽게 하나로 인식하게 된다는 해석이다.

이러한 시상의 맥락이 이어지는 다음 작품에는 그러한 인식이 보다 심화 내지는 확장되어 나타난다.

<江行> 강행[12]
昨夜聞山雨　어젯밤 산에 빗소리를 들었더니,
前江春水生　앞강에 봄물이 불었구나.
桃源是底處　도화원이 바로 이곳이니,
撑出小舟行　작은 배 저어 나와 가리라.

늘 제자리를 지키며 변함없이 자신의 모습을 간직하는 강과 산 등의 자연 사물에 대해 화자인 반곡은 깊이 심취하고 있다. 이러한 심미적 감흥은 3,4구에서 대상에 완전히 몰입된 경지인 沒我의 境界로 나아간다. 전날 내린 산비에 불어난 강과 같은 평범한 자연 사물을 신선이 사는 공간의 위상으로 설정할 정도로 感興이 드높게 鼓吹되는 모습을 보인다. 그는 일상적인 자연 공간을 '도화원[桃源]'으로 상상한다. 그리고 그곳은 옛 고사가 얘기한

---

12)『盤谷集』, 21면.

대로 무릉의 어부가 한 것과 같은 심미 체험을 하는 이상적 공간이 된다. 곧, '작은 배[小舟]'로 올라가 찾아가야 할 審美的 理想鄕인 것이다.

반곡은 俗塵에서는 결코 느낄 수 없는 情感을 일상적 사물의 自在를 관찰하면서 그리고 생동감 넘치는 경물의 아름다움에 심취하면서 느끼고 있다. 비록 오언절구의 짧은 형식이지만 1,2구의 청각과 시각의 이미지를 交織하면서 감각적으로 정황을 묘사하고 이 흥취를 심화 내지 확장하여 이상향으로 연계하는 시상의 전개는 인상적이다. 이러한 전개 방식은 반곡의 시에서 자주 등장하는 것으로서 그의 시가 가지는 특징적 국면의 하나로 설정할 수 있다.

2) 田園의 志向과 日常的 삶의 肯定

앞에서는 주로 景物을 노래하면서 그와 卽物的으로 마주하여 交感하고자 하는 주제의 작품을 중심으로 살펴보았다. 여기서는 경물을 노래하면서도 주로 인생의 의미와 가치를 드러내는 작품을 다루려 한다. 자연 사물에 대한 관찰과 사색을 통해 삶의 원리와 질서를 返照하는 것은, 물론 반곡만의 독창적인 것은 아니다. 하지만 그가 이러한 태도를 꾸준히 지속하면서 자연 사물뿐만 아니라, 평범한 일상에서 자신이 추구하는 삶의 의미를 발견하는 데에 이르기까지 세심한 시선으로써 형상화하고 있다는 데 유의할 필요가 있다.

특히, 田園의 삶에 안주하고 世俗의 現實과 거리를 두며 自足하려는 화자는 반곡 시 세계의 하나의 개성적 면모로서 田園의 志向과 日常的 삶의 肯定을 설정할 수 있는 근거이다.

<閑居卽事> 한가히 지내다 즉석으로 짓다[13]
種柳方成蔭　심은 버들은 이제 막 그늘을 이루고,
栽梅又見花　심은 매화는 또 꽃을 보이네.

---

13) 『盤谷集』, 19면.

山妻知釀法　산골 아내는 술 빚는 법을 아니,
莫道是貧家　가난한 집이라 하지 마시게나.

　이 시에서 화자인 반곡은 힘겨운 정치 현실로부터 벗어나 시골의 주변에서 보이는 정경의 완상을 통해 얻은 감흥을 편안한 어조로 노래하고 있다. 반곡이 39세 이후로는 주로 지방관으로 돌며 바쁜 생활을 하였고 51세부터는 임진왜란으로 전장에 참전한 점을 감안할 이 시는 처음 과거에 급제한 이후 고향인 장흥에 내려와서 지낸 10여 년간의 어느 시점에 지어진 것으로 추정된다.

　이 대목에서 생각해볼 문제는, 그의 전원에 대한 지향이 결코 정경의 아름다움에 대한 막연한 동경으로 나타나지 않는다는 점이다. 낭만성이 짙은 시인들이 흔히 그러하듯 꿈과 현실이라는 양분된 세계를 설정하고, 고통스러운 현실에서 벗어나 이상의 세계에 안주 내지 도피하려는 태도를 보이는 것과는 분명 궤를 달리한다. 즉, 그의 전원 지향적 태도는 미화되고 이상화된 꿈의 세계로 빠져드는 감상적 탐닉이 아니라, 전원에서의 삶을 自足하면서 거기에서 연원하는 흥취에서 찾을 수 있다. 이는 결구에서 보듯 비록 가벼운 어조이기는 하나 전원에서의 安貧이라는 자신의 선택에 강한 자부심을 가지며 나아가 그러한 체험을 적극적으로 표출하려는 태도를 보이는 것으로서 확인할 수 있다.

<醉次韓景洪[濩]> 취해 경홍 한호에게 차운하다[14)
淸風生綠樹　맑은 바람은 푸른 나무에서 일고,
孤月漏雲間　외로운 달빛은 구름 사이에 새어나네.
把酒朝連夕　밤새도록 술잔을 마주하니,
能偸一日閑　오늘 하루를 한가로이 보낼 수 있겠네.

---

14) 『盤谷集』, 19면.

이 시는 친구 한호와 밤새도록 술잔을 나누며 시를 주고받은 것으로 총 5편의 연작 시편 중의 네 번째 작품이다. 醉興을 주제로 한 즉흥적인 作詩로서 흔히 볼 수 있는 사례이지만, 화자인 반곡이 스스로 소중하게 여기는 삶의 가치를 간접적으로 표출한 점에서 음미할 만하다. 우선 선경후정의 방식으로 지어진 이 시의 앞 두 구절은 '맑은 바람', '푸른 나무', '외로운 달', '구름 사이로 비치는 달빛' 등 모두 맑고 깨끗한 이미지의 사물들을 제시하며, 이를 촉각과 시각의 감각적 이미지와 결합시켜 淸新한 風趣를 강조하고 있다.

이어지는 3,4구는 친한 친구와 술을 함께 마시는 시간의 소중함을 노래하고 있다. 그에게 하루의 시간을 낼만한 가치를 지닌 것은 그다지 먼 곳에서 찾을 필요가 없는 것이다. 정겨운 田園의 경물과 친한 벗과의 교유라는 소박한 일상적 삶의 모습 속에서 한가로운 마음으로 하루를 마무리할 수 있다면 이 또한 삶의 흥취로 여길 만하다는 것이다. 비록 임란 때 선조를 扈從하고, 인생 후반기에 본격적 출사로 여러 관직을 두루 거쳤지만, 그가 지향하는 바는 名利를 추구하는 것이 아니었던 것으로 보인다. 오히려 자연에 은거하며 벗들과 마음 편하게 술잔을 기울일 수 있는 일상적 삶이 그에게는 더욱 소중했던 것으로 보인다. 다음의 시도 유사한 문맥으로 읽힌다.

<海隱堂韻 二首> 해은당운 2수[15]

老去遊觀一倍慵　늙어서 떠나는 유람이라 곱절이나 더 게으른데,
偶逢形勝試開容　우연히 뛰어난 경치를 만나 한번 얼굴을 펴보네.
波心遠近騰金尺　물살 가운데 금척이 멀어졌다 가까워졌다 떠오르고,
天外高低散玉峯　하늘 끝에선 옥봉이 높았다 낮았다 흩어져 있네.
斷崖叢生無主竹　깎아지른 언덕엔 주인 없는 대가 빼곡히 자라고,
長沙憑戴不多松　긴 모래사장엔 얼마 없는 솔이 서로 의지하며 자라네.

---

15) 『盤谷集』, 41면.

江山已入閑中手　강산이 이미 한가로운 손아귀로 들어왔으니,
莫向風塵改舊跡　옛 자취를 고치어 풍진 세상에 향하지 말아야지.

<海隱堂韻> 2수의 첫 번째 시이다. 화자인 반곡이 海隱堂을 방문하여 느낀 詩情을 노래한 것이다. 여기서도 앞의 시와 마찬가지로 전원의 경물은 그가 소중히 여기는 대상이다. 首聯에서 보이듯 지친 여정에서 그의 얼굴을 펴게 하는 것은 아름다운 경물이다. 頷聯과 頸聯은 그의 눈에 들어온 海隱堂 주변의 경관을 그려낸 것이다. '金尺'과 '玉峯'의 시각, '遠近'과 '高低'의 공간 그리고 '대'와 '솔'의 시각, '하늘 끝'과 '깎아지른 언덕'의 공간이 교차되면서 海隱堂 주변의 생동감 넘치고 壯快한 분위기가 극대화된다.

이 시의 주제는 이어지는 尾聯의 '강산'과 '풍진'의 대비에서 찾을 수 있다. 그가 생각하는 이상적 삶은 여유와 정감이 느껴지는 '강산'이며 결코 속악한 '풍진'은 아닌 것이다. 여기서 우리는 그가 일상적 삶에 自足하고 그러한 생활에 自矜을 갖고 살아가는 데에서 삶의 가치를 부여하고 지향하고자 했던 것으로 이해할 수 있다.

3) 戰場의 凝視와 歷史的 正義의 希求

앞장에서 살펴보았듯이 반곡은 50세이던 1591년에 善山府使에 임명되었다. 그리고 이듬해 1592년에 일본의 침략으로 부산이 함락당하고 계속해서 빠른 속도로 영남 일대를 침략해가며 올라와서 5월 17일에 金烏山에서 큰 전투를 치르게 된다. 이 전투를 시작으로 그의 인생 말년은 7년 전쟁의 종군으로 점철된다. 이 시기 지어진 일군의 시편들은 전쟁의 상황을 사실적으로 전하며 어두운 현실에 대한 悔恨과 함께 終戰의 기대와 희망을 노래한다.

전쟁이라는 예외적 상황은 당연한 말이겠지만 그의 작시에 상당한 영향을 끼쳤던 것으로 보인다. 경물의 감흥이나 삶의 흥취보다는 전장의 황량한

분위기와 感傷이 주가 되고 때에 따라서는 현실 극복의 강한 의지와 기상이 드러나는 경향이 많다. 이러한 경향은 다음의 시편들에서 구체적으로 확인할 수 있다.

<過宿星有感> 숙성령을 지나다 느낌이 있어 짓다[16)

國破家亡天地荒　나라 부서지고 집은 망하여 천지는 황량한데,
靑山尙帶昔年光　푸른 산은 예련 듯 지난 해 빛을 띠었구나.
閑花芳草溪頭遍　한가한 꽃 향기로운 풀은 시냇가에 두루 퍼지고,
駐馬空吟隰有萇　세워둔 말은 부질없이 울고 진펄엔 장초가 있네

이 작품은 시제 그대로 宿星嶺을 지나며 느낀 감회를 노래한 시이다. 숙성령은 전북 남원 수지면과 구례 산동면 사이에 있는 재의 이름이다. 1구에서 보듯 이곳은 전쟁이 할퀴고 간 상처가 가득한 어두운 공간이다. 이어지는 2구에서 依舊한 '푸른 산[靑山]'은 그래서 더욱 상심하게 한다. 아울러 3구의 '한가한 꽃[閑花]'과 '향기로운 풀[芳草]'도 예전의 태평한 시절에 보았던 모습과 같지만 느껴지는 정감은 사뭇 다르다.

마찬가지로 4구의 말울음소리마저도 일상적인 그대로 들리지 않고 구슬피 우는 모습으로 그려진다. 다음의 '진펄[隰]'과 '장초(萇楚)'도 의미심장하다. 장초는 小麥처럼 생긴 식물인데 부역에 시달린 백성들이 차라리 장초처럼 아무런 감각이 없었으면 하고 탄식한 『詩經』의 구절[17)에서 나온 것이다. 당시 정사가 번거롭고 부역이 무거운 나머지 백성들이 그 고통을 견디지 못하고서 장초가 무지하여 근심이 없는 것만 못하다고 탄식한 것이다. 화자인 반곡에게 모든 경물은 비록 전쟁 이전의 옛 모습 그대로이지만 느껴지

---

16) 『盤谷集』, 26면.
17) 『詩經 · 檜風 · 隰有萇楚』에 "진펄에 있는 장초는 그 줄기가 곱기도 하네. 가냘프면서 윤이 나니 너는 알지 못하기에 즐겁겠구나.(隰有萇楚, 猗儺其枝. 夭之沃沃, 樂子之無知.)"라고 하였다.

는 심회는 깊은 어둠과 슬픔으로만 다가온다. 따라서 화자에게 시는 이러한 慷慨한 심정을 풀어내는 유일한 방편이 된다. 다음의 시 작품에서는 전쟁으로 얻은 마음의 상처와 自意識이 보다 구체적으로 강조되어 나타난다.

<題扁舟> 조각배에 짓다[18]

風雨乾坤入棹頭	천지에 비바람 불어 노 끝에 드는데,
謾將身世付滄洲	부질없이 이 내 신세 창주에 부쳤구나.
至今未雪君王恥	아직도 군왕의 치욕을 다 씻지 못했으니,
萬死餘生愧白鷗	만 번 죽을 고비 넘긴 내 삶 갈매기에 부끄럽네.

이 시는 시제에 부기된 自註에 따르면 軍事에 '종사하는 때[從事時]'에 지은 작품이다. 예전 같으면 一葉片舟에 몸을 싣고 한가롭게 아름다운 주위의 경물을 관찰하였을 터이나 여기서 예전의 그러한 詩情은 거의 찾아보기 어렵다. 1,2구는 전쟁으로 일정한 거처가 없이 돌아다니는 자신의 처지를 쓸쓸한 경물을 통해 노래한 것이다. '창주(滄洲)'는 흔히 물가의 수려한 경치를 뜻하는 말이며, 때로는 탈속적인 은자의 거처로 흔히 쓰인다.[19] 하지만 여기서는 전쟁으로 얼룩진 어두운 공간일 뿐이다. 비록 임금을 扈從했지만 임진왜란의 극복 과정에서 자신의 역할에 대해 만족하지 못하는 시적 화자의 눈에 그렇게 보인 것이다. 일시적으로 탈속적인 공간에 들어와 있다고 해서 그 흥취를 결코 제대로 누릴 수 없다는 자책이기도 하다.

하지만 3,4구에서 보듯 화자인 반곡은 상심에 젖어들지만은 않는다. 오히려 스스로 굳은 의지와 강한 정신을 다짐한다. '군왕의 치욕[君王恥]'은 물

---

18) 『盤谷集』, 25면.

19) 중국 南朝 齊의 시인 謝朓가 宣城太守로 나가서 창주의 정취를 마음껏 누렸던 고사가 유명하다. 그리고 삼국 시대 魏나라 阮籍이 지은 「爲鄭沖勸晉王箋」의 "창주를 굽어보며 지백에게 사례하고, 기산에 올라가 허유에게 읍을 한다.(臨滄洲而謝支伯, 登箕山而揖許由)"라는 고사도 잘 알려져 있다. 『文選』 卷20 참조.

론 宣祖의 일을 가리킨 것이다. 그에게 중요한 것은 결코 만 번의 죽음에서 얻어진 삶이 아니다. 임금이 대궐을 떠나 피난을 겪은 치욕을 씻어낼 기회를 얻고 잘못된 역사를 바로 잡는 일이 무엇보다 절실하다. 이처럼 歷史的 正義의 회복을 희구하는 화자의 형상은 반곡뿐만 아니라 湖南士林 대부분의 문인들의 시에서도 흔히 보인다.[20] 節義精神은 士林으로서의 기본 덕목의 하나이기도 하지만, 당시 문인이면 누구나 공감하던 현실적 정의의 지표였기 때문이다. 節義精神에 충만함을 자부했던 호남사림의 경우는 역사적 정의에 대한 信念에서 어떤 정신적 근거를 찾지 않았나 생각된다. 이처럼 부정적 현실을 극복하려는 의리와 신념의 지표로서, 호남사림 문인들은 올바른 역사에 대한 굳은 믿음에서 찾고자 한 것으로 보인다. 지금의 시련은 역사의 궁극적 구원을 위한 예비 단계이며, 결국 正義는 이 시련을 견디고 이겨나가는 쪽에 있다는 생각이다. 따라서 어두운 현실을 이겨나가는 굳건한 의지와 정신이 더욱 강조된 것으로 보인다.

    <亂中送姪相說還鄉> 난리 중에 조카 상열을 고향에 돌려보내며[21]

神位闊籠去	신위를 대그릇에 간직하고 떠났는데
經年淚盈目	해를 넘기니 눈물이 눈에 가득하다.
奠盃冀慰安	술잔을 드려 위안을 바라는데
痛哭山川隔	산천을 사이에 두고 통곡을 하네.
汝可執蒸嘗	너는 가서 제사[22]를 받드는 것이 옳다.
我當摧大敵	나는 마땅히 대적을 꺾을 것이다.
勿詫射侯能	과녁 맞추기 잘 한다 자랑 말거라.
只招奇禍速	뜻밖의 화만 속히 부를 뿐이니라.

---

20) 당대 호남지역 사람들이 공유했던 節義精神에 대해서는 박종우(2005), 「16세기 湖南士林 漢詩의 武人形象」,(『古典文學硏究』 27집, 韓國古典文學會) 416면 참조.

21) 『盤谷集』, 38면.

22) 원문의 蒸嘗은 원래 宗廟의 제사의 이름인데, 蒸은 겨울 제사를 嘗은 가을 제사를 가리킨다.

시제에서 보듯 임란 중에 조카 상열을 고향에 돌려보내며 지은 시이다. 自註에 "癸巳年에 善山府使로 있으면서 그로써 宗孫을 삼은 까닭에 이른 것이다.(癸巳在善山, 以其爲宗孫故云.)"라고 한 것으로 보아 임란이 일어난 이듬해인 1593년에 조카를 종손으로 정하고 고향에 돌려보내며 祖上의 제사를 모시도록 부탁하는 내용이다.

首聯과 頷聯은 난리 중에 외지에서 모시는 약식의 제사는 후손으로서의 情懷는 痛哭의 아픔 그 자체이다. 반곡의 형제들은 모두 참전하였는데 다 전사하면 자칫 제사가 끊어지는 참극이 일어날 수도 있는 급박한 상황이었다. 그리하여 조카를 종손으로 삼아 고향으로 돌려보내게 된 것이다. 경련에서 반곡의 비장한 각오가 감지된다. 미련에서 보듯 참전을 희망하는 조카를 설득하여 보내는 삼촌의 심정을 진솔하게 표현하고 있다.

전쟁을 제재로 한 반곡의 시는 대체로 어둡고 우울한 비극적 정황과 함께 비장한 미감을 강하게 드러낸다. 때로는 전쟁 극복의 희망을 노래하는 화자의 모습도 보인다. 다음의 시에서 구체적으로 확인할 수 있다.

<贈華人呂參軍應鍾> 명나라 참군 여응종에게 주다23)
平生不識桑弧事 평소에 큰일을 알지 못하더니
白首殘兵鎭洛東 흰 머리에 남은 병사로 낙동에 진을 치네.
幸借天戈迴玉輦 다행히 천자의 군대24)를 빌어 임금 수레25) 되돌리니
嶺湖民物更春風 영호남의 民物26)에 다시 봄바람이 불겠구려.

이 시는 明에서 援軍으로 참전한 參軍 呂應鍾에게 지어준 작품이다. 自註에 '계사년에 선산에 있었다(癸巳在善山)'라고 적혀 있어 앞의 시와 같은 해인

23) 『盤谷集』, 25면.
24) 원문의 天戈는 원래 帝王의 군대인데 여기서는 明軍을 말한다.
25) 원문의 玉輦은 원래 옥으로 장식한 천자의 수레인데 여기서는 宣祖를 가리킨다.
26) 民物은 人民과 萬物을 가리키는데, 인민의 재물 또는 民情이나 풍속을 말하기도 한다.

1593년에 지어진 것이다. 시의 분위기는 앞의 그것과는 다르다. 물론 원군으로 온 장수에게 지어주었다는 전제를 감안하더라도 어두운 전장에서 희망적인 가능성을 노래하고 있다.

1구의 '큰일[桑弧事]'은 桑弧蓬矢[27]의 고사에서 나온 말로 천지 사방을 경륜할 큰 뜻을 가리킨다. 반곡으로서는 국가의 운명이 걸린 전쟁에 종사하리라고는 생각하지 못했다는 의미일 것이다. 3구는 明軍이 한양을 벗어나 의주에 피난하여 간 宣祖 임금을 돌아올 수 있는 계기를 마련해주었다는 말이다. 그리하여 4구에서 보듯 영남과 호남의 백성들과 사물들이 봄바람과 같은 안온한 평안을 얻으리라는 희망의 노래이다.

이상의 시편에서 보았듯이 반곡은 전쟁에 참전하여 비극적 실상을 사실적으로 전하는 한편 節義의 정신과 正義의 회복을 향한 굳건한 의지와 기상을 노래하였다. 그리고 때로는 시를 통해 평온한 미래를 기원하기도 하였다. 이 시기에 지어진 일군의 시 작품에서 우리는 반곡이 전쟁을 어떻게 바라보았고 힘겨운 상황에서 시를 통해 무엇을 표현하고자 하였는지 확인할 수 있다.

4. 結論

이상에서 우리는 盤谷 丁景達의 삶과 문학에 대해 간략하게나마 살펴보았다. 이제 본론의 내용을 요약적으로 제시하는 것으로서 결론을 대신하고자 한다. 우선 예비적 고찰로서 그의 생애와 주요 행적을 대략적으로 정리하고 그의 문집 『盤谷集』에 대한 체재와 간행 경위를 요약적으로 제시하였다. 이를 통해 그의 시 작품이 연구할 만한 가치가 충분히 있음을 확인하였다.

---

27) 『禮記 · 內則』에 옛날 중국에서 사내아이가 태어나면 桑木으로 활을 만들어 문 왼쪽에 걸고 蓬草로 화살을 만들어 사방에 쏘는 시늉을 하며 장차 이처럼 웅비할 것을 기대했던 풍습이 있었다고 전한다.

그리고 盤谷 詩 世界의 特徵的 局面을 '景物의 卽物的 玩味와 親化的 交感', '田園의 志向과 日常的 삶의 自矜', '戰場의 凝視와 歷史的 正義의 希求'으로 나누어 살펴보았다. '景物의 卽物的 玩味와 親化的 交感'에서는, 반곡이 俗塵에서는 결코 느낄 수 없는 情感을 일상적 사물의 自在를 관찰하면서 그리고 생동감 넘치는 경물과 交感하면서 형상화하는 모습을 보았다. 그리고 이 정감을 감각적으로 묘사하고, 얻어진 흥취를 심화 내지 확장하여 상상의 공간으로 연계하는 시상의 전개가 두드러짐을 확인하였다. '田園의 志向과 日常的 삶의 肯定'에서는, 경물을 노래하면서도 주로 인생의 의미와 가치를 드러내는 시 작품을 통해, 그가 일상적 삶에 自足하고 田園에서의 생활에 自矜을 갖고 살아가는 데에서 삶의 가치를 부여하고 지향하고자 했음을 확인하였다. '戰場의 凝視와 歷史的 正義의 希求'에서는, 실제 전쟁에 참전하여 目睹한 그가 비극적 실상을 사실적으로 전하는 한편 節義의 정신과 正義의 회복을 향한 굳건한 의지와 기상을 노래하는 모습을 살펴보았다.

　　열렬하고 감정적이며, 어두운 현실에 대해 갈등하면서도 사림으로서의 자긍을 버리지 않고, 한편으로 자연의 다채로운 아름다움에 탐닉하는 그의 시 세계는 도학적 엄숙주의의 틀을 일정정도 벗어날 수밖에 없었다.[28] 그리하여 단순하고 자연스러운 방식으로 자신의 감정을 적극 표현하고자 하였다. 이러한 그의 시 세계는 도학적 문학론을 기저에 두면서도 훨씬 다양하고 유연한 시적 개성과 상상력 및 감정의 자연성을 구현한 당대 호남사림의 시인들의 그것과 맥락을 같이 한다. 그들의 시가 보여주는 자유분방한 흥취 또는 상상은 도학적 가치의 부정으로서가 아니라, 세속적 가치를 벗어나고자 한 處士의 삶 속에서 때때로 마주치는 인상 깊은 장면과 체험에 대한 심미적 몰입이라는 성격을 가지는 것으로 당대 호남 한시의 개성적인 한 면모로 이해할 수 있다.

---

28) 박종우(2005), 「16세기 湖南士林 漢詩의 武人形象」(『古典文學硏究』 27집, 韓國古典文學會) 419면 참조.

•• 참고문헌

丁景達 저, 林海鎬 所藏, 『盤谷遺稿』(古3648-69-24), 國立中央圖書館 影印本.
丁景達, 『盤谷集』, 亞細亞文化社 影印本.

丁景達 저, 신해진 역주, 『반곡난중일기 상』, 보고사, 2016.
丁景達 저, 신해진 역주, 『반곡난중일기 하』, 보고사, 2016.

이수봉(1985), 「盤谷의 亂中日記 攷(Ⅰ)」, 『湖西文化研究』 제5집, 忠南大學校 湖西文化研究所.
이해준(1987), 「반산세고 해제」, 『반산세고』, 亞細亞文化社.
박종우(2005), 「16세기 湖南士林 漢詩의 武人形象」, 『古典文學研究』 27집, 韓國古典文學會.
김경숙(2013), 「임진왜란 초기 지방관의 수토활동(守土活動)-선산부사(善山府使) 정경
　　　　달(丁景達) 형제의 활동을 중심으로」, 『조선시대사학보』 65, 조선시대사학회.
김희태(2016), 「정다산이 장흥사람에게 보낸 편지-〈여유당전서〉 미수록 다산 정약용
　　　　간찰 7통」, 『장흥문화』 제38호, 장흥문화원.

▎일러두기 ▎

원래 筆寫本으로 전하던 『盤谷集』은 권1은 詩이며, 권2는 辭, 說, 序文, 記文, 集著, 狀啓와 上疏 등이다. 권3은 附錄으로 行錄과 輓詞, 祭文, 行狀 등이었다고 하나 현재 실물이 확인되지 않는다. 한편 이 필사본을 9권으로 수정 증보한 木版本 『盤谷集』은 韓致應과 茶山 丁若鏞의 序文과 盤谷의 祖父인 丁仁傑의 行狀 (정수익)과 墓碣名(1598, 光山人 金斑)에 이어 9권 3책의 내용이다. 권1은 敎旨, 有旨, 圖說, 世譜이며, 권2는 銘, 賦, 詩, 권3은 辭, 說, 序, 記, 集著, 권4는 年記, 권5와 권6은 亂中日記, 권7은 儀節家禮, 권8은 義將錄, 西征錄(丁酉), 권9는 附錄 이다. 跋文은 丁修七(1817年)이 썼다.

『반곡집』은 사본만이 전해지던 것을 1761~1763년간에 후손 정이익 · 정윤 필 · 정수칠 등이 정리하였던 것으로 보인다. 1781년에는 7대손 정호필 등이 주 도하여 『반곡일기』와 『반곡연기』를 필사하기도 한다. 이후 1792년 정조가 이순 신의 『충무공전서』를 간행하면서 『반곡집』의 필사 정리본이 내각에 들어갔고, 이를 인연으로 충무공 이순신의 후예인 이민수(당시 운봉현감)의 지원을 받아 정조 17(1793)에 처음 간행되었다고 전하나 현재 문중에서도 소장하고 있지 않 아 실물을 확인할 수 없다. 그 뒤 순조 15(1815)에 다산 정약용의 산정을 거쳐 목판으로 간행되었다. 본 역주의 대본은 바로 이 총 9권의 목판본이며, 1987년 아세아문화사에서 영인하여 간행한 것이다.

1. 이 책은 목판본 『반곡집』(전 9권) 전체를 역주한 것이다.
2. 본문 구성은 원문을 앞에, 번역문을 뒤에 두는 방식을 취하였다.
3. 번역은 직역을 하되 내용의 이해를 위해 필요한 경우 부분적으로 의역하였다.
4. 주석은 번다함을 피하고 내용 이해에 도움이 되는 경우에 한하여 붙이는 것을 원칙 으로 하였다.
5. 원전의 주석은 '【 】'로 표시하여 구분하였다.
6. 잘 쓰이지 않는 이체나 통용자는 일반적으로 많이 쓰는 자형으로 수정하였다.
   예) '호(庿)' → '호(虎)' '안(岸)' → '안(岸)'
7. 한자 입력이 불가능한 글자는 다음과 같이 표시하였다.
   예) 任(氵+廚)

차 례

Ⅴ. 盤谷集 卷之四 / 333

● 간행 후기_359

盤谷集 序
반곡집 서

盤谷集序[韓致應] / 盤山世稿序[丁鏞]

盤谷集 序
반곡집 서

盤谷集序

余嘗閱先祖柳川集, 見其與盤谷丁公贈酬之詩, 知有年伯兩世之契, 而其人之實蹟, 未有考焉. 迺者其後孫修恒, 托孔李之誼, 袖盤谷遺稿數卷, 徵序文於余. 余乃肅而讀之, 始得其詳.

噫. 卓犖環傑之士, 遭時板蕩, 效才能垂竹帛者, 固何限? 若其勞績茂著而表章未盡者, 間多有之. 蓋以鄕居僻遠, 採撮之所未詳, 後承零替, 闡揚之所未及, 此誠千古志士之所慨恨也.

盤谷蚤歲私淑於南冥, 得性理之淵源. 及通籍, 已被柳西厓鄭林塘諸先輩所鑒賞, 請削靖社勳而公議乃正, 早絕汝立奸而人服先見. 至宰善山時, 値倭訌, 設奇剿敵, 屢奏膚功, 錄宣武一等勳. 其與天使接應也, 折衝樽俎, 鑿之中竅, 嚴辭痛斥而沈惟敬之和議沮, 據理卞誣而楊元之譜搆釋, 呈文楊主事而登萊七萬之轉運, 陸續而至, 抵掌楊經理而閑山兵糧之多少, 指顧而辨. 及李忠武就拿, 禍將不測, 奮然直啓於榻前曰, 若殺此人, 社稷亡矣. 又曰, 當李拿而元代也, 大小軍卒, 莫不痛哭, 羣情若此, 不待卞而可知, 忠武卒以此得解. 苟非義勇足以憎敵, 忠信足以孚人, 則倭奴之狡而何以相戒不入, 天使之驕而何以亟致敬服, 朝議之方張而何以片言救解乎? 嗚呼. 以若義勇, 以若忠信, 功烈復卓爾, 而襃獎之典, 只以亞卿飾終, 且其豐功偉蹟, 日就沈湮, 百年塵蠹, 聲光宿邈, 惜乎! 今其斷爛篇章, 是如吉光片羽, 亦尙於其人咳唾之餘, 則愈久而愈貴, 烏可以泯沒無傳乎? 因此而重有所感歎者.

盤谷子霽巖鳴說, 當昏朝, 托靑朦, 不仕, 爾瞻, 至以炭火糞壤, 試之而略不動. 及改玉, 推窓起曰, 天日復明. 吾目亦開, 至甲子适變, 與湖南義士, 募兵聚糧, 爲倡義赴難之擧. 霽巖子松隱南一, 當丙子亂, 傳檄列郡, 領義兵, 到淸州, 聞下城報, 痛哭而還, 誦岳武穆唾乎燕雲之句, 不勝悲憤. 暨其三世倡義, 吁亦異矣. 余故牽連書之, 以表丁氏之世篤忠貞, 有自來云爾.

正憲大夫行刑曹判書知經筵事韓致應謹序.

반곡집(盤谷集) 서문

내가 일찍이 선조의 『유천집(柳川集)』[1]을 열람하다가 반곡(盤谷) 정공(丁公)과 수창한 시를 보고 부친과 동방급제(同榜及第)하여[2] 2대의 교분이 있었다는 것을 알았으나, 그분의 실제 사적은 살피지 못하였다. 지난번에 그 후손 정수항(丁修恒)이 집안간의 세의(世誼)를 구실로 『반곡유고(盤谷遺稿)』 몇 권을 가지고 와 내게 서문을 써달라고 하였다. 내가 이에 공손히 읽어보고서 비로소 그분의 생애를 자세히 알았다.

아! 걸출하고 탁월한 선비로 어지러운 시대를 만나 재능을 다 펼쳐내어 사책(史冊)에 기록되는 경우가 참으로 얼마나 많은가? 그러나 공적이 성대히 드러났으나 표창(表彰)이 미진한 경우는 간혹 많이 있다. 이는 멀고 외진 시골에 살아 그의 공로가 상세히 수집되지 못하고, 후손이 영락하여 그의 공적을 미처 천양하지 못하였기 때문이니, 참으로 천고(千古)의 지사(志士)가 개탄하는 것이다.

반곡공은 일찍 남명(南冥)에게 사숙하여 성리학의 연원을 얻었다. 조관(朝

---

1) 유천집(柳川集) : 한치응(韓致應)의 선조인 한준겸(韓浚謙, 1557-1627)의 『유천유고(柳川遺稿)』를 가리킨다.
2) 동방급제하여 : 원문의 '연백(年伯)'은 아버지와 같은 해에 과거에 급제한 사람을 부르는 칭호로, 여기서는 『유천유고(柳川遺稿)』를 남긴 한준겸(韓浚謙)의 부친 한효윤(韓孝胤, 1536-640)과 반곡 정경달(丁景達, 1542-1602)이 1570년에 함께 급제하였음을 말하는 것이다.

官)의 명단에 오른 뒤에는 서애(西厓) 유공(柳公)과 임당(林塘) 정공(鄭公)과 같은 선배들에게 인정을 받았으며, 을사공신(乙巳功臣)[3]의 삭훈(削勳)을 청할 적에 공의 의론(議論)은 정직하였고 간신 정여립(鄭汝立)과 일찍 절교하여 사람들이 그의 선견에 탄복하였다. 선산 부사(善山府使)를 지낼 때에는 왜란을 만나 기이한 계책을 세워 적을 무찔러 누차 큰 공을 조정에 보고하니 선무공신(宣武功臣) 일등(一等)에 녹훈되었다. 천사(天使)와 응접할 때 연회에서 상대와 담판을 짓고 핵심을 지적하여, 엄한 말로 통렬히 배척하여 심유경(沈惟敬)의 화의(和議)가 저지되었고 이치에 근거하여 변무(辨誣)하여 양원(楊元)의 참소가 풀렸으며 양주사(楊主事)에게 글을 올려 등래(登萊)의 7만의 군량이 연이어 이르게 하였고 양경리(楊經理)와 담소를 나누어 한산도의 많은 병량을 잠깐 사이에 마련하게 하였다. 충무공(忠武公)이 잡혀가 불측한 화를 당하게 되어서는 분연히 탑전(榻前)에서 직접 "만약 이 사람을 죽인다면 사직이 망할 것입니다."라 아뢰고, 또 "이순신(李舜臣)이 잡혀가고 원균(元均)이 후임이 되자 장수든 병졸이든 모두 통곡하였습니다. 사람들의 마음이 이러하니 따지지 않아도 알 수 있습니다."라 아뢰니 충무공이 마침내 이 때문에 풀려나게 되었다. 진실로 의리와 용기가 적을 미워하기에 부족하고 진실된 마음이 사람들을 감동시키기에 부족하였다면, 왜적이 교활한데 어찌하여 서로 경계하며 쳐들어오지 않으며, 천사가 교만한데 어찌하여 지극히 경복(敬服)하며, 조정에서 탄핵의 의론이 한창 일어났는데 어찌하여 한마디 말로 풀려나게 되었겠는가? 오호라. 이러한 의리와 용기, 이러한 진실된 마음으로 공렬이 다시 우뚝한데, 포상하는 은전(恩典)은 아경(亞卿)의 벼슬을 그가 죽자 내렸을 뿐이다. 장차 성대한 공과 위대한 자취가 날로 사라져 백년이 지나면 먼지에 뒤덮이고 좀이 슬며 명성이 묵어 아득해지리

---

3) 을사공신(乙巳功臣) : 1545년(명종 즉위년) 척신(戚臣) 윤원형(尹元衡)과 권신(權臣) 이기(李芑) 세력이 윤임(尹任) 및 사림 세력에게 가한 정치적 가해행위였던 을사사화(乙巳士禍)로 책록된 28명의 공신을 가리킨다.

니, 애석하도다. 지금 그 조각난 글들은 길광(吉光)의 편우(片羽)⁴⁾와 같으며, 또한 오히려 그 사람이 남긴 주옥과 같은 시문은 오래될수록 더욱 귀하니 어찌 민멸되어 전함이 없게 하겠는가? 이 때문에 거듭 감탄하였다.

반곡공의 아들 제암(霽巖) 정명열(丁鳴說)은 혼조(昏朝)를 만나 청맹과니라 핑계대고 벼슬하지 않아, 이이첨(李爾瞻)이 심지어 숯불과 똥 묻은 신발로 시험하였으나 전혀 동요하지 않았다. 반정(反正)이 일어난 뒤에 창문을 열며 일어나 "해가 다시 밝아졌으니 내 눈도 열렸다."라고 하였다. 갑자년(1624) 이괄(李适)의 변란에는 호남의 의사(義士)들과 함께 군사들을 모집하고 양식을 모아 의병을 일으켜 난리에 나아갔다. 제암공의 아들 송은(松隱) 정남일(丁南一)은 병자호란을 만나 군읍(郡邑)에 격문을 돌려 의병을 이끌었는데, 청주(淸州)에 이르러 남한산성이 함락되었다는 소식을 듣고서 통곡하고 돌아오면서 "악무목(岳武穆)이 연운(燕雲) 땅에 침을 뱉네."⁵⁾라는 시구를 읊고 비분을 금치 못하였다.

3대의 창의(倡義)를 논하자면 아 또한 특이하도다. 내가 이런 까닭에 연이어 써서 정씨가 대대로 충정을 독실하게 지킨 것이 소종래가 있음을 드러내노라.

정헌대부 행 형조판서 지경연사(正憲大夫行刑曹判書知經筵事) 한치응(韓致應)이 삼가 쓰다.

---

4) 길광(吉光)의 편우(片羽) : 길광은 고대 전설 속의 신수(神獸)인데 일설에는 신마(神馬)라고도 한다. 길광의 털 하나처럼 아주 뛰어난 예술 작품 또는 문인들의 시장(詩章)이 겨우 발견된 것을 가리킨다.

5) 악무목(岳武穆)이 ~ 뱉네 : 악무목은 금나라에 대항한 중국 남송(南宋)의 명장 악비(岳飛)를 말한다. 중국 오대(五代) 시대 후진(後晉)을 세운 석경당(石敬塘)이 후당(後唐)을 멸망시킬 때 거란으로부터 군사원조를 받았는데, 그 대가로 거란에 연운(燕雲) 16주를 넘겨주었다. 이후 연운 16주는 거란을 비롯한 북방 이민족이 중원 지역을 침공하는 전진기지로 역할을 하였다.

盤山世稿序

閥閱家, 愚夫芥拾靑紫, 處遐裔而沾一命之祿者, 必其人賢豪俊桀也. 席寵藉廡者, 敗軍之將, 銘勒鼎鍾, 起淸門而垂咫尺之功者, 必其人忠臣義士也. 都館閣而踐華淸者, 蕪詞壽傳金石, 職微力薄而能以其遺芬膌馥, 綿綿於數百歲之後者, 必其中有不可泯者存焉, 此其勢然也.

盤山丁氏者, 長興之望也. 長興, 故百濟南徼, 地夐絶, 前世少聞人達官. 有丁公 【景達】者起家, 至刑曹參議知淸州. 於是其胤子 【鳴說】氏, 紹厥美爲慶尙道都事, 又其子 【南一】氏, 以經義升太學, 三世蜚英, 旣足以炤耀人目. 而刑部先知善山府, 値壬辰倭寇, 集散亡之卒, 深塹設伏以禦賊, 所俘獲甚衆, 都事嘗解官家居, 李适之難, 元斗杓檄召令運糧, 其後淸人圍南漢, 太學生起義兵, 至淸州, 會下城, 罷諸路勤王兵而還, 則其三世之所樹立, 又豈不卓犖瓌奇哉!

其後孫修翼錄其祖三世詩與文各一卷, 合而名之曰盤山世稿, 攜之至京師, 丐余序其事. 余所謂賢豪·忠義之士及其文有不可泯者, 非斯之旣驗歟? 余又讀其狀, 都事當光海時, 托靑矇, 十年不仕, 與吾先祖月軒公値燕山時事, 前後一揆. 而月軒之文, 亦四世一集, 曾被英宗獎賞, 何其相似也? 余於是重有感焉.

今上二十四年庚申暮春. 通政大夫承政院左副承旨兼經筵參贊官春秋館修撰官知製敎丁鏞撰.

반산세고(盤山世稿) 서문

문벌가는 어리석은 사내도 공경(公卿)의 지위를 지푸라기 줍듯 쉽게 얻지만, 먼 시골에 살면서 처음으로 출사하여 녹을 받는 경우는 반드시 그 사람이 현인이며 호걸일 것이다. 왕의 총애를 받고 조상의 음덕을 입은 자는 패

전한 장수도 종정(鐘鼎)에 이름이 새겨지거니와, 청빈한 가문에서 일어나 크지 않은 공을 남기는 경우는 반드시 그 사람이 충신이며 의사(義士)일 것이다. 관각(館閣)의 자리를 차지하거나 청직(淸職)과 화직(華職)을 역임한 자는 변변찮은 문장도 사라지지 않고 오래 전해지지만, 관직이 미천하고 세력이 없는데도 아름다운 시문(詩文)을 수백 년 뒤에까지 전하는 경우는 반드시 그 가운데 묻히게 할 수 없는 것이 있기 때문이니, 이것은 그 형세가 그러한 것이다.

반산 정씨(盤山丁氏)는 장흥(長興)의 망족(望族)이다. 장흥은 옛날 백제의 남쪽 변방으로 땅은 멀고 아득하다. 선대에는 명망 있는 사람이나 높은 벼슬아치가 적었는데 정공(丁公)【경달(景達)】이 집안을 일으켜 관직이 형조 참의(刑曹參議)에 이르고 청주 목사(淸州牧使)를 지냈다. 그의 아들【명열(鳴說)】이 선대의 아름다운 덕을 이어 경상도 도사(慶尙道都事)가 되었고, 또 그의 아들【남일(南一)】이 경의(經義)로 성균관에 들어가니, 3대의 훌륭한 명성이 이미 남의 이목에 알려지기에 족하였다. 게다가 형조 참의는 선산 부사(善山府使)로 있을 때에 임진왜란(壬辰倭亂)을 만나, 흩어진 군사를 모아 참호(塹壕)를 깊이 파고 복병을 잠복시켜 적을 막아 포로를 매우 많이 잡았으며, 도사는 일찍이 벼슬을 그만두고 집에 있다가 이괄(李适)의 난리에 원두표(元斗杓)가 격문(檄文)으로 불러 군량미를 운송하게 하였으며, 그 뒤에 청인(淸人)이 남한산성(南漢山城)을 포위하자 태학생은 의병을 일으켜 청주(淸州)에 이르렀는데, 마침 성이 함락되어 여러 도의 근왕병(勤王兵)을 해산시킴에 돌아왔으니, 3대가 수립한 공이 어찌 우뚝하고 기이하지 않은가.

그 후손 수익(修翼)이 3대 조상의 시(詩)와 문(文) 각 1권씩을 적어 합하여 『반산세고(盤山世稿)』라 이름하고, 그것을 가지고 서울에 와서 나에게 그 일에 서문을 써줄 것을 청하였다. 내가 말한 현인·호걸, 충신·의사, 그 글에 묻히게 할 수 없는 것이 있다고 한 것이 여기에서 이미 증험이 되지 않았는가? 내가 또 그의 행장(行狀)을 읽어보니, 도사는 광해군(光海君) 때에 스스로 청맹과니라 핑계대고 10년 동안 벼슬을 하지 않았는데 이는 우리 선조(先祖) 월헌공(月軒公)이 연산군(燕山君) 때에 행한 일6)과 전후가 똑같다. 그리고 월헌공의 글도 4대를 한데 모아, 일찍이 영종(英宗)의 포상을 받았으니, 어찌 이리도 서로 비슷한가? 내가 이에 거듭 감회가 있다.

금상(今上) 24년(1800) 경신 3월. 통정대부 승정원좌부승지 겸 경연참찬관 춘추관수찬 지제교(通政大夫承政院左副承旨兼經筵參贊官春秋館修撰官知製敎) 정약용(丁若鏞)이 짓다.

---

6) 월헌공이~일 : 월헌공은 정수강(丁壽崗)을 말한다. 그는 연산군이 무도한 정치를 자행하자, 스스로 청맹과니라 핑계대고 두문불출하였다가 중종반정 이후 다시 벼슬하였는데, 이를 가리킨다.

Ⅰ. 盤谷集 卷首
반곡집 권수

顏巷丁公行狀 / 顏巷公墓碣銘

顔巷丁公行狀

公諱仁傑, 字廸之, 號顔巷, 靈城君諱贊之五代孫也. 考諱允恭春川訓導, 長興之有丁氏自此始. 公生于弘治庚戌, 生而有異質, 自髫齡偉如有大人氣像. 天性仁恕, 器宇宏厚, 中心樂易, 與物無違. 非理之言, 不出於口, 非禮之色, 不形於面. 沉深寡默, 與人處之, 終日如愚人. 陶陶然若有所得之樂, 而人莫知其所樂爲何事也. 家甚貧, 處之常晏如也. 事親以至孝, 樵蘇鋤耰, 躬執其勞, 或至屢空, 奉養無所不至. 訓導公素有羸病, 抱哺扶持, 奉之若嬰兒, 當時鄰近, 至有感化者. 戊申夏, 遭訓導公喪, 棺槨衣衾, 雖以稱家, 常以無財而不得備禮, 爲終身之憾焉.

方營葬, 貧不能迎堪輿師, 每夜焚香祝天曰, 願得安穩地, 以寧吾父體魄. 一夜夢有老人來告曰, 公之誠孝, 可謂格天, 公之山地, 神明已有默定, 非久, 當自至矣. 鄰居安習讀世佐遭其父喪, 請來善相墳者李紀玉, 公曰, 具鷄黍, 躬自擔負, 與之隨行, 少無懈意而終不一言之. 及於山, 李嘿許其誠心, 有所占而觀其誠否, 爲安氏占得兩地, 使安氏家取捨之, 安家占定于栢嶺後原. 又請其餘地, 李大怒曰, 神祇所慳, 不可貪得. 況其地苟非大福之人, 決不可得. 今丁孝子其主也. 遂與之卽馬峙訓導公墓地, 世所謂寶劒出匣者也.

旣襄廬墓, 三年省掃展拜, 不違其節, 拜跪處地爲之不毛, 服闋以薦, 除宣陵參奉, 不就, 築小齋于盤谷內巷, 以爲暮年藏修之所, 自稱顔巷居士. 嘗敎誨子孫, 不設箠楚而只立日影標, 敎道自成而常以博涉羣書, 爲文章軌範, 又誨孝經, 仲尼居曾子侍, 盖其學行有得於公之妹夫鄕先生天放劉好仁也. 有時獨坐, 中夜浩歌, 人莫知其意焉, 及內外孫登科, 人皆謂公之餘慶.

公之誠孝, 老而彌篤, 奉養極致, 愉惋甘旨, 無闕往來靈光, 展省先墓, 老未嘗廢焉. 壬子遭母夫人朴氏喪, 哀毀踰制, 憂瘁成疾, 翌年癸丑終. 臨沒遺命曰, 生無以養, 死不能喪, 不孝大矣, 殮我必無以純吉爲也. 聞者愍其情而不以非也.

配光山金氏忠順衞簡之女. 生一男二女, 男諱夢鷹贈參贊. 女長適士人魏忠, 次適進士金胤. 參贊公有六男, 長景秀, 次景達文科刑曹參議, 次景彦蔭主簿, 次景英蔭監正, 次景俊, 次景命武科部將, 參議子鳴說文科都事. 嗚呼! 公之孝可謂至矣, 誠之所感, 天錫安厝之地, 德之所種, 永垂祚胤之慶, 古人所謂積善餘慶, 果信然也. 夫所著學令子孫誠等說, 畧載于盤谷日錄.

後孫修翼採錄.

안항(顔巷) 정공(丁公) 행장(行狀)

공의 휘(諱)는 인걸(仁傑)이고 자(字)는 적지(廸之)며 호는 안항이니 영성군(靈城君) 휘 찬(贊)의 5대 손이다. 고(考) 휘 윤공(允恭)은 춘천 훈도(春川訓導)를 지냈는데 장흥(長興)에 정씨가 살게 된 것에 이로부터 시작되었다.

공은 홍치(弘治) 경술년(1490)에 태어났다. 나면서부터 특이한 자질이 있어 어릴 때부터 의젓하기가 마치 대인(大人)의 기상이 있는 듯하였다. 천성이 어질고 도량이 넓으며 마음이 화락하여 남과 어긋나지 않았다. 이치에 맞지 않는 말은 입에서 꺼내지 않았으며, 예에 맞지 않는 기색은 얼굴에 드러내지 않았다. 침착하고 과묵하여 다른 사람과 함께 머물 적에 종일토록 어리석은 사람 같았다. 도도하여 즐거움을 얻은 것처럼 보였는데, 다른 이들은 그가 무엇을 즐거워하는지 알지 못하였다. 집이 매우 가난하였지만 살면서도 항상 편안하였다. 어버이를 지극한 효성으로 섬겨 땔나무하고 농사 짓는 수고로운 일을 몸소 하며 혹 자주 양식이 떨어지게 되었어도 봉양은 항상 지극하게 하였다. 훈도공이 평소에 야위고 병이 있자, 안아서 먹이고 부축하여 어린아이에게 하듯 봉양하니, 당시 부근에 감화된 자가 있기까지 하였다. 무신년(1548) 여름에 훈도공의 상을 당하여 관곽(棺槨)과 수의·이 부자리를 비록 집안 형편에 맞게 하였으나 항상 재물이 없어 예를 다 갖추지 못하니, 종신토록 서운해 하였다.

장사를 지내려 할 적에 가난하여 지관(地官)을 맞이하지 못하여 매일 밤 향을 태우며 하늘에 기도하기를 "안온한 땅을 얻어 우리 아버지의 육체와 넋을 편안하게 해 드리기를 바랍니다."라 하였다. 어느 날 밤 꿈에 노인이 나타나 "공의 효성은 하늘까지 닿았다고 할 수 있소. 공의 산지(山地)는 신명(神明)이 이미 가만히 정해두었으니 오래지 않아 응당 저절로 찾게 될 것이오."라 하였다. 이웃에 사는 습독(習讀) 안세좌(安世佐)가 부친상을 당하여 묘자리를 잘 보는 이기옥(李紀玉)을 청하여 오게 하였다. 공이 "닭을 잡고 기장밥을 지어 직접 지고 가겠습니다."라 하고 그를 따라 가면서 조금도 해이하지 않았고 끝까지 한 마디 말도 하지 않았다. 산에 다다르자 이기옥이 묵묵히 그의 성심을 인정하니 점지해 둔 곳이 있으면서 그의 성심을 살펴본 것이었다. 안씨(安氏)를 위하여 두 곳을 점지하고 안씨에게 선택하게 하니 안씨는 백령(栢嶺)의 후원(後原)을 정하였다. 안씨가 남은 곳을 알려 달라 다시 청하자 이기옥이 대노하면서 "신명이 아껴둔 곳이니 탐해서는 얻을 수 없소. 하물며 그 곳은 진실로 큰 복이 있는 사람이 아니라면 결코 얻을 수 없는 곳이니, 지금 정효자가 그 주인이오."라 하였다. 마침내 안씨와 더불어 마치(馬峙)의 훈도공 묘지로 가니 세상에서 말하는 보검이 궤 속에서 나오는 형상이라는 것이었다.

여막을 완성한 뒤 3년 동안 시묘 살이 하면서 절도(節度)를 어김이 없고 절하고 꿇어앉던 곳은 풀이 나질 않았다. 탈상하자 천거되어 선릉 참봉(宣陵 參奉)에 제수되었는데 나가지 않고 반곡(盤谷)의 안골목에 작은 집을 지어 말년에 학문할 곳으로 삼고서 안항거사(顏巷居士)라 자칭하였다. 일찍이 자손을 가르치되 매를 들지 않고 시곗바늘만을 세워두었으며 가르침을 스스로 이루게 하면서도 항상 여러 책을 섭렵하는 것으로 문장의 법도를 삼게하며 또 『효경』의 중니거증자시(仲尼居曾子侍)[7]를 가르쳤다. 그 학문과 행실은 공의 매부 향선생(鄕先生) 천방(天放) 유호인(劉好仁)에게서 얻은 것이다. 때때로 홀로 앉아 한밤중에 크게 노래 불렀는데 다른 사람은 그 뜻을알지 못하였다. 손자와 외손자가 과거에 급제하자 사람들이 모두 공의 여경(餘慶)이라 하였다.

공의 효성은 나이가 들수록 더욱 독실해져 봉양을 더욱 극진히 하고, 즐겁거나 슬픈 일이 있거나 맛있는 음식이 있을 때마다 영광(靈光)을 왕래하여 부친의 무덤에 성묘하는 일을 빼먹지 않았으며 노년에도 그만 둔 적이없었다. 임자년(1552)에 모부인(母夫人) 박씨(朴氏)의 상을 당하여 도가 지나치도록 슬퍼하여 병이 들었는데 이듬해 계축년(1553)에 돌아가셨다. 임종에 "살아계실 적에는 제대로 봉양하지 못하지 돌아가신 뒤에는 제대로 상을 치르지 못하니 불효막심하다. 나를 염(殮)하되 반드시 순길복(純吉服)을 하지 마라."라고 유언하니, 듣는 자들이 그 마음을 안타깝게 여겨 그르다고하지 않았다.

배(配)는 광산(光山) 김씨(金氏) 충순위(忠順衛) 간(簡)의 따님이다. 아들 하나 딸 둘을 낳았는데, 아들 휘 몽응(夢鷹)은 참찬(參贊)에 추증되었다. 장녀는 사인(士人) 위충(魏忠)에게 출가하였고 차녀는 진사(進士) 김윤(金胤)에게출가하였다. 참찬공은 아들 여섯을 두었는데 장남은 경수(景秀)이고 둘째 경달(景達)은 문과에 급제하여 형조 참의(刑曹參議)를 지냈으며 셋째 경언(景彦)은 음보(蔭補)로 주부(主簿)를 지냈으며 넷째 경영(景英)은 음보로 감정(監正)을 지냈으며 다섯째는 경준(景俊)이고 여섯째 경명(景命)은 무과에 급제하여 부장(部將)을 지냈다. 참의공의 아들 명열(鳴說)은 문과에 급제하여 도사

---

7) 중니거증자시(仲尼居曾子侍) : "공자가 한가하게 있을 때 증자가 곁에서 모시고 있었는데"는 뜻으로, 『효경(孝經)』 제1장 개종명의(開宗明義)의 첫 대목이다.

(都事)를 지냈다. 오호라. 공의 효심은 지극하다 할 만하다. 진실한 효심이 감동시켜 하늘이 안장할 땅을 내려주었고 덕이 쌓여 후손들에게 길이 복을 드리우니, 옛 사람이 이른바 덕행을 쌓은 집안은 자손에게 경사가 미친다는 것이 과연 참으로 그러하다. 그가 지은 「학령(學令)」·「자손계(子孫誡)」 등의 글은 『반곡일록(盤谷日錄)』에 대략 실려 있다.

후손 정수익(丁修翼)이 채록하다.

顔巷公墓碣銘

公諱仁傑, 字廸之, 系出靈城, 領議政靈城君諱贊之玄孫也. 高祖諱光永, 生員主簿, 曾祖諱原之, 生員長興庫令, 祖諱仲麟司評, 考諱允恭, 春川訓導. 訓導公娶晉城朴氏, 始居長興之盤山, 弘治庚戌生公.

公天性仁孝, 器宇宏遠. 中心樂易, 與物無違, 專心義理, 不誘外累. 家甚貧, 怡然自樂, 恬靜無求. 人或不知, 不爲慍, 人若來惠, 亦不爲戮謝, 悖戾之言, 不發於口, 勃然之色, 不形於面, 不憂不懼, 無思無慮, 陶陶然若有所得焉. 盖其姿質之美而學問之力, 固不可誣也.

往來靈光, 以展掃先墓爲業. 後以孝拜宣陵郎, 不就, 別搆一室於內巷村, 以爲暮年藏修之所, 自稱顔巷散人. 敎養兒孫, 樂而不倦, 諄諄曉喩, 曾不施箠楚之罰. 勸課之警, 常曰, 諸子等書, 不可不盡觀, 而孟子不爲千讀, 則不可謂實學. 鄕鄰向慕, 遠近悅服曰, 積善之家, 必有餘慶, 丁門其必興乎! 及內外孫登科, 人皆謂應瑞挺生, 必纘靈城之緖業矣. 公欣慶之情, 不能自已. 有時獨坐中夜浩歌, 人莫知其意焉.

誠孝老而不衰, 或至屢空, 奉養無所不至. 戊申丁外艱, 居喪以禮. 壬子丁內憂, 旣襄廬墓, 朝夕展拜, 拜跪處, 草爲之不生, 哀毁過制, 憂瘁成疾 翌年癸丑終于喪, 卽嘉靖三十二年七月十四日也. 臨沒謂家人曰, 吾生不能盡其孝, 死不得成其身, 未免爲地下罪人. 送終之節, 愼勿以純吉爲也. 聞者感歎. 墓在山陽洞艮向之原.

配光山金氏忠順衞簡之女. 墓同兆各空. 生一男二女, 男夢鷹, 女長適士人魏忠, 次適, 參奉公娶進士白文孫之女, 有六男三女, 長景秀, 早世, 次景達, 文科刑曹參議, 次景彦, 蔭主簿, 次景英, 蔭監正, 次景俊, 次景命, 武科部將, 女長適士人金起海, 次適士人盧思信, 次適進士文希稷. 景秀繼子相說, 景達子鳴說, 景彦子得說, 相說出系, 霖說, 雨說, 景英子昌說, 景俊子晩說, 景命只有一女焉. 男女曾玄皆幼少. 外孫不能盡記. 刪煩也. 嗚呼! 其波深流遠, 夫豈偶然哉! 鄕人咸稱公之積德, 不久已驗云. 盤谷公曾立碑, 以無文爲憾, 請于余曰, 知王考莫如公, 願從實記之. 余不得辭, 遂爲之識.

萬曆戊戌五月日, 光山後人進士金珽撰.

안항공 묘갈명

공의 휘는 인걸(仁傑)이고 자는 적지(廸之)로 파계(系出)는 영성(靈城)에서 나왔는데 영의정 영성군(靈城君) 휘 찬(贊)의 현손이다. 고조 휘 광영(光永)은 생원으로 주부를 지냈고, 증조 휘 원지(原之)는 생원으로 장흥고 영(長興庫令)을 지냈고, 조부 휘 중린(仲麟)은 사평(司評)을 지냈고, 고 휘 윤공(允恭)은 춘천 훈도(春川訓導)를 지냈다. 훈도공은 진성(晉城) 박씨(朴氏)에게 장가들어 장흥의 반산에 살기 시작하여, 홍치 경술년(1490)에 공을 낳았다.

공은 천성이 어질고 효성스러우며 도량이 넓었다. 마음이 화락하여 남과 어긋나지 않고 의리에 마음을 오로지 두어 외물의 유혹되지 않았다. 집안이 매우 가난하였으나 태연하여 자락하였다. 마음이 편안하여 구함이 없어, 남들이 혹 알아주지 않더라도 성내지 않았으며 남이 만약 은혜를 베풀어도 은근한 감사는 하지 않았다. 이치에 어긋나는 말은 입에서 내지 않았으며,

발끈하는 기색을 얼굴에 드러내지 않았다. 두려워하지 않고 걱정하지도 않아 자득한 듯 도도하였다. 자질이 훌륭하면서 학문에 힘쓰는 것은 참으로 속일 수가 없다.

영광(靈光)을 왕래하여 부친의 무덤에 성묘하는 것을 업으로 삼았다. 후에 효성으로 선릉랑(宣陵郎)에 제수되었는데 나가지 않고 따로 안 골목에 한 칸 집을 지어 노년에 공부할 곳으로 삼고서 안항산인(顔巷散人)이라 자칭하였다. 자식과 손자를 가르치되 즐거워하면서도 게을리 하지 않고 차근차근 깨우쳐 주었으며 매를 든 적이 없었다. 공부를 권면하면서 항상 "제자서(諸子書) 등은 모두 읽지 않아서는 안 되며 『맹자(孟子)』는 천 번을 읽지 않으면 실학(實學)이라 할 수 없다."라 하였다. 이웃들이 존경하고 멀리 있는 사람들까지도 열복(悅服)하여, "착한 일을 많이 한 집안에는 반드시 후손에게 경사가 미치는 법이니 정씨 집안은 반드시 흥할 것이다."라고 하였다. 친손과 외손이 과거에 급제하게 되자 사람들이 모두 "상서에 응하여 빼어난 이가 나왔으니 반드시 영성공의 서업을 이을 것이다."라고 하니 공은 기쁜 마음을 스스로 가눌 수가 없었다. 이따금 홀로 앉아 밤중에 크게 노래하였는데 사람들은 그 뜻을 알지 못하였다.

효성은 나이가 들어도 쇠하지 않아 혹 양식이 자주 떨어지게 되었지만 봉양은 항상 지극하였다. 무신년(1548)에 부친상을 당하여 예에 따라 상을 치렀다. 임자년(1552)에 모친상을 당하여 여막을 짓고서 조석으로 묘를 돌보아 꿇어앉은 곳에 풀이 나질 않았다. 도가 지나치도록 슬퍼하여 병이 났는데 이듬해 계축년(1553)에 상중에 죽으니 바로 가정(嘉定) 32년 7월 4일이다. 임종에 집안사람들에게 "나는 살아계실 때는 효를 다하지 못하였고, 돌아가신 뒤에는 몸을 이루지 못하니 지하의 죄인을 면치 못하겠구나. 나를 장사지낼 때 부디 순길복(純吉腹)으로 하지 마라."라고 하니, 듣는 자들이 감동하였다. 묘는 산양동(山陽洞) 간향(艮向)의 들판에 있다.

배(配)는 광산 김씨(金氏) 충순위(忠順衞) 간(簡)의 따님이니, 묘는 봉분은 같이 하고 묘혈(墓穴)은 각각 하였다. 아들 하나와 딸 둘을 낳았는데, 아들은 몽응(夢鷹)이고, 장녀는 사인(士人) 위충(魏忠)에게 출가하였고, 차녀는 진사(進士) 김윤(金胤)에게 출가하였다. 참봉공은 진사 백문손(白文孫)의 따님에게 장가들어 아들 여섯에 딸 셋을 두었는데, 장남은 경수(景秀)이니 요절하였고 차남 경달(景達)은 문과에 급제하여 형조 참의(刑曹參議)를 지냈고, 삼남 경언(景彦)은 음보로 주부를 지냈고, 사남 경영(景英)은 음보로 감정(監正)을 지냈고, 오남은 경준(景俊)이고 육남 경명(景命)은 무과에 급제하여 부장(部將)을 지냈다. 장녀는 사인 김기해(金起海)에게 출가하였고, 차녀는 사인 노사신(盧思信)에게 출가하였고, 삼녀는 진사 문희직(文希稷)에게 출가하였다. 경수는 상열(相說)을 계자(繼子)로 들였다. 경달의 아들은 명열(鳴說)이다. 경언의 아들은 득열(得說), 상열, 임열(霖說), 우열(雨說)인데, 상열은 출계(出繼)하였다. 경영의 아들은 창열(昌說)이다. 경준의 아들은 만열(晩說)이다. 경명은 딸 하나만 두었다. 남녀 증손·현손은 모두 어리다. 외손은 다기록할 수 없으니, 번다해서 덜어내는 것이다. 오호라. 물이 깊고 멀리까지 흘러가는 것이 어찌 우연이겠는가! 고을 사람들이 모두 공이 덕업을 쌓은 것이 오래지 않아 징험된 것이라고 한다.

반곡공이 전에 비를 세웠으나 글이 없는 것을 유감으로 여겨 나에게 글을 청하기를 "할아버지를 아는 자로 공만 한 분이 없습니다. 바라건대 사실대로 기록해 주십시오."라고 하기에 내가 사양할 수 없어 마침내 기록하노라.

만력(萬曆) 무술년(1598) 5월 일. 광산(光山) 후인 진사 김정(金珽)이 쓰다.

Ⅱ. 盤谷集 卷之一
반곡집 권1

敎旨 / 有旨 / 圖說 / 世譜

Ⅱ. 盤谷集 卷之一
반곡집 권1

1. 敎旨
교지

順天敎授 敎旨

全羅道都事 敎旨

慶尙道都事 敎旨

戶曹正郎 敎旨

平壤庶尹 敎旨

加平縣監 敎旨

刑曹正郎 敎旨

善山府使 敎旨

奉正大夫全州 敎授兼提督屬校官 敎旨

萬曆十五年十一月十三日 咸陽府使 敎旨通訓大夫靈光郡守 敎旨

萬曆二十二年三月十五日 通訓大夫南原都護府使 敎旨

萬曆二十三年正月十七日 通訓大夫禮賓寺正兼南原都護府使 敎旨

萬曆二十三年十月十九日 通政大夫南原都護府使 敎旨

萬曆二十三年十月十九日 折衝將軍龍驤衛副護軍 敎旨

萬曆二十三年十二月初七日 折衝將軍虎賁衛副司正兼五衛將 敎旨

萬曆二十五年五月十一日 折衝將軍龍驤衛副護軍兼五衛將 敎旨

萬曆二十五年六月初六日 折衝將軍虎賁衛副護軍 敎旨

萬曆二十六年三月二十二日 折衝將軍虎賁衛副司果 敎旨

萬曆二十六年三月二十六日 折衝將軍虎賁衛副司果兼五衛將 教旨

萬曆二十六年四月初二日 折衝將軍龍驤衛副護軍 教旨

萬曆二十六年五月十二日 刑曹叅議 教旨 通政大夫淸州牧使 教旨

萬曆二十六年五月十五日 折衝將軍龍驤衛副護軍 教旨

萬曆二十七年五月十九日 贈嘉善大夫禮曹參判兼同知經筵義禁府春秋舘成均舘事弘文館提學藝文館提學世子左副賓客 教旨

교지

순천교수 교지

전라도도사 교지

경상도도사 교지

호조정랑 교지

평양서윤 교지

가평현감 교지

형조정랑 교지

선산부사 교지

봉정대부전주교수겸제독속교관 교지

만력십오년십일월십삼일 함양부사 교지 통훈대부영광군수 교지

만력이십이년삼월십오일 통훈대부남원도호부사 교지

만력이십삼년정월십칠일 통훈대부예빈시정겸남원도호부사 교지

만력이십삼년십월십구일 통정대부남원도호부사 교지

만력이십삼년십월십구일 절충장군용양위부호군 교지

만력이십삼년십이월초칠일 절충장군호분위부사정겸오위장 교지

만력이십오년오월십일일 절충장군용양위부호군겸오위장 교지

만력이십오년유월초육일 절충장군호분위부호군 교지

만력이십륙년삼월이십이일 절충장군호분위부사과 교지

만력이십륙년삼월이십육일 절충장군호분위부사과겸오위장 교지

만력이십륙년사월초이일 절충장군용양위부호군 교지

만력이십륙년오월십이일 형조참의 교지 통정대부청주목사 교지

만력이십륙년오월십오일 절충장군용양위부호군 교지

만력이십칠년오월십구일 증가선대부예조참판겸동지경연의금부춘추관성균관사홍문관제학예문관제학세자좌부빈객 교지

2. 有旨
유지

萬曆三十四年正月日 有旨 行副護軍丁景達開坼 監軍 御史已爲差出快速前來云 今以爾爲安州迎慰使禮單物件則令本道備呈事亦爲下諭於本道監司矣爾其措備宴需設行迎慰使 有旨

萬曆二十五年十月初一日 左承旨禹【手決】行副護軍丁景達開坼 今以閔仁伯爲李總兵接伴使爾其馳往義州代閔仁伯爲兵部郎中接伴使有旨

萬曆二十五年十月十六日 張僉議_{登雲}接伴使_{丁酉五月十七日}

楊經理_鎬迎慰使_{丁酉五月二十三日}

蕭按察_{應宮}迎慰使_{丁酉六月二十四日}

楊總兵_元接伴及問慰使_{丁酉八月二十一日}

유지

　만력삼십사년정월일 유지 행부호군정경달개탁 감군 어사이위차출쾌속전
래운금이이위안주영위사예단물건즉영본도비정사역위하유어본도감사의이기
조비연수설행영위사 유지

　만력이십오년십월초일일 좌승지우【수결】 행부호군정경달탁 금이민인백
위리총병접반사이기치왕의주대민인백위병부랑중접반사 유지

　만력이십오년십월십육일 장참의등운접반사정유오월십칠일 양경리호영위
사정유오월이십삼일 소안찰응궁영위사정유유월이십사일 양총병원접반급문
위사정유팔월이십일일

3. 圖說
도설

族譜圖序

　余見丁說·丁久·丁承逸·丁驤所藏族譜, 或似支繁, 或多漏失. 余甚患之, 合
諸卷而折衷, 排書一紙, 使人一見便曉. 其中紅圈文科也, 黑圈武科也, 紅點生進也,
黑點南行也. 異姓之遠者不錄, 刪繁也, 近者並錄, 親之也.

　嗚呼! 不錄則無異途人, 幷錄而不親則亦無異於不錄. 滿紙姓名, 皆分於一人之
身, 寓目於此, 可知彼與我, 皆是祖先之身也. 先祖一身, 分爲彼我, 其可忽忘乎哉?
故圖以掛之. 彼父子不相得, 兄弟不相能者, 見此圖則其何以爲心也?

　詩曰崢嶸科甲發源深, 匡靖忠勳照古今. 在後孱孫無繼述, 睦媧須體祖先心.

　萬曆二十七年己亥十月日.

도설

족보도(族譜圖) 서문

　내가 정열(丁悅), 정구(丁久), 정승일(丁承逸), 정앙(丁驤)이 소장한 족보를 보니, 혹은 번잡한 듯하고 혹은 빠진 것이 많은 듯하였다. 내가 몹시 걱정을 하다가 여러 책을 합쳐 절충하고 한 종이에 배열하여 적어서 사람으로 하여금 한번 보면 곧 알 수 있게 하였다. 그중 붉은 권점[紅圈]은 문과(文科)요, 검은 권점[黑圈]은 무과(武科)요, 붉은 점[紅點]은 진사(進士)요, 검은 점(黑點)은 남행(南行)[1]이다. 이성(異姓)으로 먼 사람은 기록하지 않았으니 번잡함을 깎은 것이요, 가까운 사람은 아울러 기록했으니 친히 한 것이다.

　아! 기록하지 않으면 남과 다름이 없고, 아울러 기록하고도 친하지 않으면 역시 기록하지 않은 것과 다름이 없다. 이 종이에 가득한 성명이 모두 한 사람의 몸에 나뉘어져 있으니, 여기에 눈여겨보면 저와 내가 모두 조상의 몸임을 알 수가 있다. 선조의 일신이 나뉘어져 저와 내가 되었으니 소홀히 하고 잊을 수 있겠는가. 그러므로 그림으로 그려 걸어둔 바이다. 부자간에 서로 뜻이 맞지 않고 형제간에 서로 잘 지내지 못하는 자가 이 그림을 보게 되면 무슨 마음이 들겠는가.

　시(詩)로 말한다. "우뚝 높은 벼슬들 시작된 근원이 깊고, 나라 바로잡고 안정시킨 충훈(忠勳)들 고금을 비추네. 훗날 약한 자손들은 선조를 잇고 조술(祖述)함이 없으니, 화목하여 모름지기 선조의 마음을 체득하라."

　만력 27년(1599) 기해(己亥) 10월 일

---

1) 남행(南行) : 조선 시대에 과거를 거치지 않고 공신이나 현직 당상관의 자손, 또는 은일지사 중에 임명된 관리. 이처럼 문음(門蔭)으로 채용되어 음사(蔭仕)하는 관원을 음관(蔭官)이나 남행관(南行官)이라 한다.

大學圖說

大學圖說, 其源盖出於天放劉先生之發輝, 而公所撰集者也, 而逸.

대학도설(大學圖說)

『대학도설(大學圖說)』은 연원이 대개 천방(天放) 유선생(劉先生)의 발휘(發揮)이고, 공이 찬집(撰集)한 것인데 일실되었다.

4. 세보(世譜)

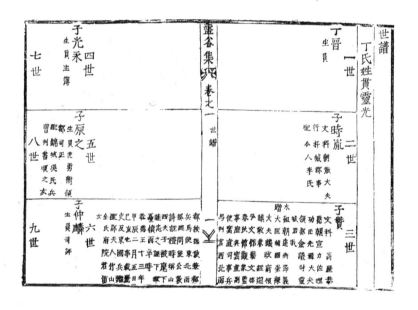

盤谷集卷之一

子兄恭

子仁傑

子夢鷹

子景秀	子景達	
十世		
子鳴說	子相詵	
十一世		
子南	子熙	十二世

盤谷集卷之一

子景英

子景彦

子景俊	子景命	
世譜		
子得說	子霖說	子相詵
子用說	子昌說	子晚說
子震	子道	子兑
子乾	子巽	子貫

Ⅲ. 盤谷集 卷之二
반곡집 권2

銘 / 賦 / 詩(五言律詩, 六言絕詩, 七言絕句, 五言律詩,
五言排律, 七言律詩, 七言排律, 附挽)

Ⅲ. 盤谷集 卷之二
반곡집 권2

1. 銘
명

席銘

安樂必敬, 無行可悔, 一反一側, 亦不可不志. 殷鑑不遠, 視爾所代.

석명(席銘)

편안하고 즐거울 때 반드시 공경하여, 후회할 짓 하지 말지어다. 잠자리에서 뒤척일 때도 기억하지 않아서는 안 된다. 은(殷)나라의 본보기 멀지 않으니, 네가 은나라를 대신한 까닭을 살필지어다.

盤銘

與其溺於人, 寧溺於淵. 溺於淵, 猶可遊也, 溺於人, 不可救也.

반명(盤銘)

사람에 빠지기 보다는 차라리 연못에 빠지라. 연못에 빠지면 그래도 헤엄칠 수 있지만, 사람에 빠지면 구해낼 수 없다.

楹銘

毋曰胡殘, 其禍將然. 毋曰胡害, 其禍將大. 毋曰胡傷, 其禍將長.

영명(楹銘)

"설마 쇠잔해질까?"라 말하지 마라. 그 화가 장차 이를 것이다. "설마 해를 입을까?"라 말하지 마라. 그 화가 장차 커질 것이다. "설마 손상당할까?"라 말하지 마라. 그 화가 장차 늘어나리라.

牖銘

隨天之時, 以地之財, 敬祀皇天, 敬以先時.

유명(牖銘)

하늘이 내려준 때를 따르고 땅이 만든 물건을 이용하여, 공경히 하늘에게 제사하되 제사에 앞서 공경할지어다.

劒銘

帶之以爲服, 動必行德. 行德則興, 悖德則崩.

검명(劍銘)

차서 몸에 두어 움직임에 반드시 덕을 행한다. 덕을 행하면 흥하고 덕을 거스르면 망한다.

鏡銘

見爾前, 慮爾後.

【右, 盖古銘而公書諸座右, 常寓箴戒之意. 故仍附于此.】

경명(鏡銘)

네 앞에 있는 것을 보고, 네 뒤에 있는 것을 생각하라.

【이상은 옛 명(銘)인데 공이 자리 오른편에 써두어 항상 훈계하는 뜻을
담은 것이다. 이런 까닭에 여기에 그대로 붙여둔다.】

2. 賦
부

瑤池宴賦

上界乾坤, 紅塵天地. 萬重崑崙, 三千弱水. 仙凡迥隔, 有聞無見. 觴仙娥於靈境,
怪穆王之一宴. 想其積歲君臨, 悲志氣之耄荒. 長年局束, 驚兩鬢之秋霜. 八十年人
事, 惝怳一枕黃粱. 億萬代光陰, 倏忽三春落花. 軒皇何處? 鼎湖寒波. 帝舜焉歸?
蒼梧斷霞. 吁嗟乎, 已焉哉. 吾將從仙子而徘徊. 於是開浩蕩之襟, 騁縹緲之懷. 擲
萬幾於度外, 引頸三淸. 騰八駿於西極, 靑鳥來迎. 無何眞境, 怳惚天涯. 明河一鏡,
號是瑤池. 樹葱籠薰, 風吹度十. 海天瑞霞, 玲瓏雙鸞. 先報王母戾止, 俄而嬋妍玉

容. 怳若芙蓉濯秋水. 軒擧霓裳翩, 如仙鶴下層天. 閒臨池面, 靜坐淸筵. 一開談笑, 瓊觴亂飛. 人間天子, 天上仙妃. 淸風颯爽兮生腋, 桂影婆娑兮滿襟. 千盃逸興, 半池斜陽. 一醉忘歸, 物外君王. 吾不知春氷虎尾之說, 發於誰舌. 一人荒樂, 萬姓蹙頞. 一池歌舞, 未罷文武之赫業? 堪吁! 雲梯一下, 何處仙都? 八萬九千之茫茫. 白髮黃屋之一老, 翁延頸長, 吁! 亦末由於捕風. 噫嘻乎! 神仙之詭誕, 賊天地之正道. 奈何忘爾祖業, 欲馳騁於世外. 夫孰知東周之末禍, 實基於西極之一遊? 首倡虛幻, 嚆矢千秋. 秦遣童而採藥, 漢擎掌而承液. 雲冷驪山之草樹, 風悲茂陵之松栢. 紛紛後來之天地, 幾多周穆? 誅當時之厥源, 懲萬古之昏惑.

요지연[1]부(瑤池宴賦)

건곤(乾坤)은 천상계에 있고, 천지(天地)는 홍진(紅塵)에 쌓였네.

곤륜산(崑崙山)은 만 겹이며, 약수(弱水)는 삼천리라네.

선계와 인간세상 멀리 떨어져, 소문은 있으나 보지는 못하네.

신령스런 곳에서 서왕모(西王母)와 술잔 나누었다니, 주 목왕(周穆王)의 연회는 괴이하도다.

상상해보니, 임금 되어 여러 해 정사 보느라 뜻과 기운 시들해짐 슬펐네.

세월에 붙잡혀 새어버린 귀밑머리에 놀랐네.

80년의 생애, 하룻밤의 한단몽[2] 같아 서글펐네.

---

1) 요지연 : 옛날 주 목왕(周穆王)이 일찍이 여덟 준마(駿馬)를 얻고는 서쪽으로 유람하여 곤륜산(崑崙山)에 올라가서 선녀(仙女)인 서왕모(西王母)의 빈(賓)이 되어 요지연(瑤池宴)에 참석하여 노닐었다는 고사가 있다.

2) 한단몽 : 당나라 개원(開元) 연간에 도사(道士) 여옹(呂翁)이 한단(邯鄲)에서 소년 노생(盧生)을 만났는데, 노생이 여옹에게 자기 신세를 한탄하자, 여옹은 노생에게 베개를 주면서 "이것을 베면 부귀영화를 뜻대로 누릴 것이다."라고 하였다. 그리고 나서 여옹은 기장으로 밥을 짓고, 노생은 베개를 베고 잠이 들었는데, 꿈속에서 일평생의 부귀영화를 실컷 누리고 그 꿈을 깨어 보니 아직 기장밥이 익지 않았다는 고사가 전한다.

억만년의 세월, 순식간에 춘삼월 지나 꽃이 떨어지게 되었네.

헌원씨는 어디에 있는가? 정호(鼎湖)[3]에 찬 물결만 일렁이네.

순임금 어디로 갔는가? 창오(蒼梧)[4]에 한 조각 노을만 졌네.

'아아! 아서라. 나는 장차 신선을 따라 배회하리라.'

이에 호탕한 마음을 열고 아득한 회포를 치달렸네.

임금의 모든 일 내던져두고 삼청경(三淸境)[5] 신선세계를 그리워하여,

팔준마 올라 서쪽 끝까지 달려가니, 푸른 새가 찾아와 맞이하였네.

어디에도 없는 선계, 세상 끝에서 황홀하였네

거울 같은 맑은 강은 요지(瑤池)라 부르네.

가랑비가 씻어 내니 삼신산(三神山)의 빛깔 아름답구나.

나무는 푸릇푸릇 향이 나고, 바람은 열 번 불어 지나가네.

바다 같은 하늘엔 상서로운 노을이 지고, 영롱한 한 쌍 난새가 날아가네.

서왕모에게 도착하였음을 먼저 알렸네.

얼마 후 옥 같은 모습 어여쁘니, 흡사 연꽃이 가을 물에 씻은 듯.

예상(霓裳)을 높이 날리며 나부끼니, 선학이 높은 하늘서 내려오는 듯.

한가로이 수면(水面)에 나아가 고요히 맑은 자리에 앉아,

한번 담소를 나누고 옥 술잔 어지러이 오고가니,

인간 세계 천자이고 천상의 선녀라네.

백운요 한곡, 높은 하늘서 은은히 울려 퍼지고.

너울너울 묘한 춤사위, 물결 속으로 붉은 소매 떨어뜨리네.

맑은 바람 상쾌하게 겨드랑이에 불어오고,

---

3) 정호(鼎湖) : 황제 헌원씨(黃帝軒轅氏)가 죽은 곳으로, 전설에 따르면 황제가 형산(荊山) 아래에서 정(鼎)을 만들었는데 정이 완성되자 용이 내려와 황제를 태우고 하늘로 올라가니 후에 사람들이 그곳을 정호(鼎湖)라고 이름 붙였다고 한다.
4) 창오(蒼梧) : 순(舜) 임금이 남쪽으로 순행(巡行)하다가 죽어 장사 지낸 곳이다.
5) 삼청경(三淸境) : 도교(道敎)의 이른바 삼동교주(三洞敎主)가 거하는 최고의 선경(仙境)으로, 옥청(玉淸), 상청(上淸), 태청(太淸)을 말한다.

달그림자 하늘하늘 소매에 가득하네.

천 잔 술에 흥취가 빼어나고, 석양이 못 절반을 덮네.

술에 취해 돌아감을 잊으니 세상 초월한 군왕이구나.

나는 모르겠네.

호랑이 꼬리를 밟은 듯 봄의 살얼음을 밟는 듯 조심하라는 말[6] 누구 입
에서 나왔는지.

한 사람이 음탕하게 노닐면, 만백성이 고통스러운 법.

한 연못의 가무에, 문왕 무왕의 빛나는 공업을 망치지 않았는가?

한스럽다네.

구름사다리 한번 내려왔으니 어느 곳이 선계인가?

저 아득한 팔만 구천리라네.

궁궐의 백발노인 길게 목 빼고 그리워하니,

아 또한 그림자를 붙잡을 길이 없다네.

아아! 신선의 허무맹랑함이여, 천지의 바른 도를 해치네.

어찌하여 너의 선조의 공업을 잊고서, 세상 밖으로 달려가고자 하는가?

누가 알았겠나? 동주(東周) 말의 재앙, 실은 서쪽 변방의 한 유람에 비롯
된 것임을.

허망한 일 수창한 것이 천년의 효시라네.

진나라는 동자 보내어 불로초 구하고,

한나라는 선인장(仙人掌)을 높이 들어 이슬을 받았네.

구름은 여산(廬山)[7]의 초수(草樹) 속에 썰렁하고,

---

6) 호랑이~왔는지 : 매우 조심함을 비유하는 말로, 『서경(書經)』 「군아(君牙)」에 "호랑이 꼬리
를 밟은 듯이 봄에 얼음판을 건너듯이 조심하다.(若蹈虎尾, 涉于春氷.)"라는 데서 나온 것이다.

7) 여산(廬山) : 동주 말의 재앙이 시작된 곳이다. 주나라의 유왕(幽王)이 포사(褒姒)라는 미인
에게 미혹되었는데, 포사는 평생에 웃는 일이 없었다. 왕은 포사를 웃기기 위하여 거짓으
로 여산에 봉화(烽火)를 올렸더니, 사방의 제후(諸侯)들은 참으로 난리가 난 줄 알고 군사를
거느리고 구원하러 왔다가 헛걸음을 하였다. 그러자 포사가 그것을 보고 한 번 웃었다. 그
뒤에 정말로 견융(犬戎)이 침입하여 봉화를 올렸으나, 제후들이 믿지 않고 군사를 보내지

바람은 무릉(茂陵)의 송백(松柏)을 슬퍼하네.

어지러운 후대의 천하에, 주 목왕이 얼마나 많았는가?

당시 재앙의 근원에 죄를 주어, 만고의 미혹됨을 징계하노라.

訪落賦

頌祥風於昌辰, 歎令天之命哲. 何姬室之盛事, 慶復覯於今日. 聖前後之一揆, 美厥意之匹休. 偉我邦之治運, 一海外之東周. 世繼繼於十二, 聖與聖而光烈. 何昊天之弗弔, 奄武崩而成幼? 慘無樂於新服, 恒惸惸而在疚. 哀未盡而制盡, 忽衰麻之新釋. 鏗琴瑟於淸廟, 慶在天之昭格. 爰戰兢於履政, 謇因体而思恤. 顧眇眇之一身, 任艱大之投遺. 思克終於有初, 曁百僚而疇咨. 率吐握之老成, 進篤棐之元勳. 紛上下之都兪, 藹魚水之交歡. 彼世變而風移, 在今日之愼德. 彼承武而承烈, 自今日之戒勑. 措刑罰之始今, 綿八百之由此. 世可登於郁郁, 鳥可聞於灃水. 嗟我王之訪落, 一今世之周成. 然有始而難終, 盍着力於明誠? 彼堯舜之生安, 尙終始乎兢惕. 在困勉而怠忽, 終可怕於昏惑. 故成王之愼初, 心文武之翼翼. 況我邦之治運, 非周家之熙皞. 無兼三之大德, 有遭家之不造. 盍念玆而愼終, 加淵氷之深戒? 余滯跡於周庠, 羣多士之濟濟. 觀今日之延訪, 愧無對於前筵. 然周楨於他日, 庶寧邦而享天.

방락[8]부(訪落賦)

태평시대에 상서로운 바람을 노래하고, 임금님의 명철함에 탄복하네.

않아 국도(國都)가 함락되고 유왕은 여산 아래에서 처형되고 동주가 망하였다.
8) 방락 : 『시경(詩經)』 「주송(周頌)」의 편명(篇名)으로, "주(周)나라 성왕(成王)이 어린 나이로 처음 즉위하여 종묘에 뵙고 신하들에게 정치를 물었다."라는 내용인데, 새로 즉위한 임금이 여러 신하들과 더불어 국사를 논의하는 것을 이른다.

얼마나 왕실의 성대한 일인가! 경사스러운 일을 오늘날에 다시 본다.

선대와 후대가 한결같음을 성스럽게 여기고, 그 훌륭한 뜻 짝함을 아름답게 여기네.

우리나라는 치운(治運)이 훌륭하여, 바다 밖 동주(東周)와 같네.

12대를 연이어 내려와 성인과 성인이 찬란하였는데,

어찌 하늘은 불행을 내려 무왕은 갑자기 붕어(崩御)하고 어린 성왕(成王) 만 남게 하셨나.

새로 즉위하고서도 참담하여 즐겁지 못하며, 항상 근심하며 슬픔과 아픔 속에 있었네.

슬픔은 아직 남아있으나 상복 기한 다하니 홀연히 최마복을 벗었네.

청묘(淸廟)에 금슬을 울리니 신령이 밝게 왕림하여 경사스럽네.

정사를 돌보며 전전긍긍하니, 아! 도를 이어 받고 구휼하기를 생각했네.

미미한 이 한 몸 돌아보니, 어렵고도 막대한 지위를 물려받았네.

처음부터 잘 마칠 것 생각하여, 백관들에게 정사를 물었네.

토포악발로 맞이하였던 노성신(老成臣)을 거느리고, 충성스럽게 보좌하였 던 원훈신(元勳臣)을 나오게 했네.

임금과 신하 성대하게 문답하니, 물고기가 물을 만난 듯 매우 즐겁네.

세상이 변하고 풍속이 바뀌는 것은 오늘 덕을 삼감에 달려있네.

자취를 잇고 공렬을 계승하는 것은 오늘 경계하는데서 시작되네.

형벌을 시행하는 것은 지금부터 시작되고, 면면히 이어진 800년 역사 이 로부터 시작되네.

세상은 찬란한 문화를 꽃피우고 봉황은 예수(澧水)에서 울리라.

아! 우리 임금께서 즉위한 초기에 정사를 물으시니, 지금 세상의 주 성왕 (周成王)이라네.

그러나 시작했어도 끝마치기가 어려운 법이니, 어찌 성명(誠明)9)에 힘쓰 지 않겠는가?

저 요순은 태어나면서 도를 체득하신 분이나 오히려 시종일관 삼가고 두려워하였네.

어렵게 도를 알고 힘써야 행해야 하는데 게으르고 소홀히 한다면, 끝내 미혹될까 두렵다.

그러므로 성왕이 처음을 삼가서, 문왕(文王)과 무왕(武王)처럼 조심조심하였네.

하물며 우리나라의 치운(治運)은 주나라의 태평성대가 아님에랴.

우(禹)·탕(湯)·문무(文武)를 아우르는 큰 덕이 없는데, 나라의 불행을 만났으니

어찌 이를 생각하며 상례를 공경히 치루지 않겠으며, 깊은 못과 얇은 얼음의 깊은 경계10)를 더하지 않겠는가?

내가 성균관에서 벗어나지 못한 것은 인재들이 즐비해서라네.

오늘 선비 맞이하여 물으신 것 보니, 이전의 자리에서 마주하지 못한 것 부끄럽네.

그러나 훗날 이 나라의 기둥이 되어 나라를 편안케 하고 하늘에 제사 올리리라.

---

9) 성명(誠明) : 마음에 거짓이 없고 지극히 진실한 상태를 성(誠)이라 하고, 사리를 분명히 아는 것을 명(明)이라 한다. 『중용장구(中庸章句)』에 "성으로 말미암아 밝아지는 것을 성이라 하고 명으로 말미암아 성해지는 것을 교라 이르니, 성하면 밝아지고 밝아지면 성해진다.(自誠明謂之性, 自明誠謂之教, 誠則明矣, 明則誠矣.)"라고 한 데서 온 말이다.

10) 깊은~경계 : 항상 두려워하는 자세로 조심하는 것을 뜻한다. 『시경』「소민(小旻)」에 "매우 두려워하고 조심하여 깊은 못에 임한 듯, 얇은 얼음을 밟는 듯이 한다.(戰戰兢兢, 如臨深淵, 如履薄冰.)"라고 하였다.

3. 詩
시

1) 五言絶句
오언절구

閑居卽事　　　　한가히 지내다가 즉석으로 짓다

種柳方成蔭,　　심은 버들은 이제 막 그늘 이루고,
栽梅又見花.　　심은 매화는 또 꽃을 보이네.
山妻知釀法,　　산골 아내는 술 빚는 법을 아니,
莫道是貧家.　　가난한 집이라 하지 마시게나.

醉次韓景洪灝　　취해 한경홍호의 시에 차운하다

秋聲生綠樹,　　가을 소리 푸른 나무에서 생기니,
遠客動歸情.　　먼 길 나그네 돌아갈 마음 일어나네.
惜別鑒詩酒,　　이별 아쉬워 시와 술을 나누는데,
殘陽入嶺庭.　　남은 석양은 산골 집 뜰에 드는구나.

又　　　　　　또 짓다

敍別故人家,　　친구 집에서 이별 회포 푸노라니,

欲行不能去.　　　가고자 하나 갈 수가 없어라.
還令白髮生,　　　도리어 흰 머리가 생겨나는데,
後會知何處.　　　훗날 어느 곳에서 만날 줄 알리오.

又　　　　　또 짓다

白首同心事,　　　흰 머리에 심사는 같은데,
青燈照壁間.　　　푸른 등불은 벽을 비추네.
自從官罷後,　　　벼슬살이 마치고 난 뒤에
長與友生閑.　　　길이 벗과 한가하게 보내리.

又　　　　　또 짓다

清風生綠樹,　　　맑은 바람은 푸른 나무에서 생기고,
孤月漏雲間.　　　외로운 달빛은 구름 사이에 새어나네.
把酒朝連夕,　　　밤새도록 술잔을 마주하니,
能偸一日閑.　　　오늘 하루를 한가로이 보낼 수 있겠네.

又　　　　　또 짓다

相看成脉脉,　　　서로 끊임없이 바라보는데,
此別畏他生.　　　이 이별로 다음 생이 될까 두렵네.
一筆何能記,　　　한번 써서 어이 기록할 수 있으랴,

關河萬里情. 변방의 땅에 만 리의 정회를.

加平途中 가평 도중

不覺孤征晩, 모르는 새 외로이 가는 길 저물어,
驄頭瞑色沉 말총머리가 저녁 빛에 잠겼구나.
西風吹葉盡, 서녘 바람은 잎에 불어 다하고,
山木不成林. 산 나무는 숲 이루지 못하였네.

遊日林寺 일림사[11)]에서 노닐다

野日荒荒暮, 들녘 해 어둑어둑 저물고,
全山薄霧沈 온 산이 엷은 안개에 잠겼구나.
已知金地近, 벌써 금지(金地)[12)] 가까움을 알겠거니,
殘磬渡溪陰. 잦아드는 경쇠소리 냇가 그늘 건너네.

憶弟吟次浩然韻 아우를 생각하며 「호연」시를 차운하여 읊다

庭樹秋聲碧, 뜰의 나무는 가을 소리에 푸르고,
山河道路長. 산과 강은 도로가 길게 났구나.

---

11) 일림사 : 전라남도 보성군 회천면 회령리 소재 사찰.
12) 금지(金地) : 불사(佛寺)가 자리한 정결한 지역에는 대지가 온통 황금으로 되어 있다는 설화가 전한다. 『송고승전(宋高僧傳)』 감통(感通), 「당오대산죽림사법조전(唐五台山竹林寺法照傳)」.

坐看天上鴈,　　하늘 위 기러기를 바라보니,
相失不成行.　　서로 잃어버려 줄 맞추지 못하네.

漁翁　　　　어옹

夕陽明遠島,　　석양은 먼 섬에 밝았고,
天外小帆遲.　　하늘 밖 작은 배 더디 가네.
望者爲佳興,　　보는 이는 좋은 흥취로 삼는데,
漁人自不知.　　어부는 절로 알지 못하는구나.

又　　　　또 짓다

耕地多征賦,　　땅을 경작해도 세금이 많으니,
全家逐水行.　　온 집들이 물길 따라 가는구나.
海外徵吏到,　　바다 바깥에 세금 걷는 관리 도착했는데,
遙望不知名.　　멀리 바라보나 이름 알지 못하겠네.

贈弟而振　　아우 이진13)에게 주다

家住十里外,　　사는 집은 십리 바깥이나
情宜逐日尋.　　우의는 날마다 깊어가네.
如何來問罕,　　어이하여 찾아오는 일 드물어

---

13) 이진(而振) : 정경달의 아우 경영(景英)의 자(字)이다.

傷我老兄心.　　　우리 노형의 마음을 아프게 하나.

重修永慕堂在山陽洞先塋下, 經亂後重修之. 영모당을 중수하다 산양동 선영 아래에 있는데, 난을 겪은 뒤 중수하였다.

未盡當時淚,　　　당시 눈물이 미진해서이지,
非徒愛此山.　　　한갓 이 산을 아낀 건 아니라오.
林泉尙無恙,　　　임천(林泉)은 여전히 탈 없어,
還作舊年顔.　　　다시 옛적 얼굴을 짓고 있네.

題冶隱書院　　　야은서원14)에 쓰다

壯節烏山峻,　　　장한 절개는 오산에 드높고,
英名洛水長.　　　꽃다운 이름은 낙수에 오래도다.
一趨要擊惰,　　　한번 쫓아가 게으름을 물리치려 하나,
還愧學迷方.　　　다시 학문이 길 헤매는 것 부끄럽네.

---

14) 오산서원(烏山書院) : 오산(烏山)은 경북 구미의 금오산(金烏山)을 가리키고, 오산서원(烏山書院)은 고려말 충신이자 학자인 야은(冶隱) 길재(吉再, 1353∼1419)를 제향하는 사당이다. 길재의 본관은 해평(海平), 자는 재보(再父), 호는 야은(冶隱) 또는 금오산인(金烏山人), 시호는 충절(忠節)이다. 고려와 조선 양조(兩朝)를 거쳐 누차 불러 벼슬을 주고자 했으나 응하지 않고 후학 양성에 힘썼다. 이색(李穡), 정몽주(鄭夢周)와 함께 고려의 삼은(三隱)으로 일컬어진다.

偶吟　　　　　　　우연히 읊다

曠野西風積,　　넓은 들엔 서녘 바람 쌓여 있고,
溪橋小雨鳴.　　냇가 다리엔 조금 내린 비로 소리 나네.
秋山多落木,　　가을 산에 잎이 진 나무 많으니,
葉葉摠詩情.　　잎마다 모두 시정(詩情)이 가득하구나.

又　　　　　　　또 짓다

梨花酒已盡,　　이화주15) 이미 다 마셨는데,
計麥農粮絶　　보리 헤아리니 농가 식량 떨어졌구나.
中夜撥吾琴,　　밤중에 내 거문고 퉁겨보니,
松窓生霽月.　　소나무 창가에 개인 달이 나오네.

贈東谷　　　　　동곡에 주다

屈子投湘日,　　굴원이 상강16)에 빠져죽던 날이요,
嚴公辭漢時.　　이엄17)이 한나라를 떠날 때로다.

---

15) 이화주(梨花酒) : 정월 상해일(上亥日) 배꽃이 한창 피었을 때 담그는 술이라 하여 이화주 (梨花酒)라고 부른다. 우리나라 전통 명주(名酒)의 하나로 빛깔이 희고 된 죽과 같아 물을 타서 마신다.
16) 상강(湘江) : 중국 전국시대 초 회왕(楚懷王) 때 굴원(屈原)이 삼려대부(三閭大夫)가 되었다 가 모함을 받아 유배된 후 자신의 억울한 심정을 읊던 「이소(離騷)」 등을 짓고 상강(湘江) 에 투신하여 자살하였던 고사가 있다. 『사기(史記)』 권84, 「굴원열전(屈原列傳)」.
17) 이엄(李嚴) : 중국 삼국시대 촉한(蜀漢) 사람으로 자는 정방(正方)이다. 제갈량(諸葛亮)과 함 께 소열(昭烈)의 유조(遺詔)를 받고 후주(後主)를 도왔다고 전한다. 『삼국지(三國志)·촉서 (蜀書)』 권40, 「이엄전(李嚴傳)」.

東涘有缺竹,　　동쪽 물가에 부서진 대숲이 있으니,
歲暮淡棲遲.　　세모에 담백하고 한가로이 지내네[18].

贈崔秀才玭　　최수재정에게 주다

共採懸燈蕨,　　함께 등불 걸고 고사리 땄고,
同垂洛浦竿.　　같이 낙포에서 낚싯대 드리웠지.
那知南海上,　　어이 알았으랴 남해 가에서
又對亂離顔.　　난리 중에 또 얼굴 마주할 줄을.

贈綾城倅求暑藥능성 수령에게 주고 치서약(治暑藥)을 구하다

東走西登未,　　동녘으로 달리고 서녘엔 아직 못 올라가는데,
爲菰爲玉難.　　향초 구하고 옥 빻는 일 어렵다오.
願分治暑藥,　　바라는 건 치서약을 나누어 주는 일이니,
濟我烘爐間.　　나를 화롯불 더위에서 구제하시게나.

早春江行　　이른 봄날 강에 가다

欲說春來事,　　봄이 온 일을 말하려 하여,
先行江上堤.　　먼저 강가 둑에 가보네.

---

18) 한가로이 지내네 : 『시경(詩經)』「형문(衡門)」에 "형문의 아래에서 한가히 지낼 만하다.(衡門之下, 可以棲遲.)"라고 하였다.

茸茸抽碧玉,　　흐드러진 벽옥 같은 봄풀 뽑으니

長短不能齊.　　길이가 삐쭉빼쭉 고르지 않구나.

端午帖　　　　단오첩

舜殿薰風起,　　순임금 궁전에 훈풍이 일어나고,

穉陽開一分.　　어린 양기(陽氣) 한 푼 열리는구나.

蒲觴爭獻慶,　　창포주로 경사에 다투어 바치니,

仙樂動祥雲.　　신선 음악이 상서로운 구름 울리네.

旅館吟　　　　여관에서 읊다

夜月生空堂,　　한밤에 달은 빈 집에 오르고,

秋聲在古木.　　가을 소리는 늙은 나무에 있구나.

我家江水西,　　우리 집은 강가 서녘인데

夢採東籬菊.　　꿈에 동녘 울타리 국화19)를 따네.

---

19) 동녘~국화 : 중국 진(晉)나라 도잠(陶潛)의 "동녘 울타리 아래에서 국화를 따다가, 멀리
　　남쪽 산을 바라보네.(采菊東籬下, 悠然見南山.)"라는 시구에서 나온 말이다. 『도연명집(陶淵
　　明集)』 권3 「음주(飮酒)」.

次覃都司覃宗仁, 使於賊三年, 不屈而還, 以詩贈之.　담도사의 시에 차운하다 담종인이 3년 동안 적에 끌려가 굽히지 않고 돌아오니 시를 지어 주었다.

幸脫兇鋒外,	요행히 흉적의 칼날 밖에 벗어나,
三年强戴天.	3년 간 일부러 하늘 이고 지냈지.
偶成今日會,	우연히 오늘 만나게 되니,
從此太平年.	이제부터 태평한 시절이겠구려.

次淸碧堂韻都事時, 梁山樓題.　청벽당의 시에 차운하다 도사(都事) 때 양산루에 썼다.

碧邀天外鳳,	하늘 밖 봉황을 맞이하여,
淸引小溪流.	작은 시냇물에 맑게 이끄는구나.
細柳弓初掛,	가는 버들에 활 처음 걸어두고,
高歌玉笛秋.	가을날 높이 노래하고 옥피리 부네.

又　　또 짓다

竹瘦鸞堪峙,	대나무 말라 난새가 우뚝 서있을 만하고,
池淸月亦流.	못은 맑아 달 또한 흘러가네.
將軍舞長劒,	장군은 긴 칼로 춤을 추는데,
壯氣橫霜秋.	장대한 기상 추상같이 빗겨있구나.

題蓮簇　　　　　연꽃 족자에 짓다

紅綠重重覆,　　　홍색 녹색 겹겹이 덮였고,
全江不見波.　　　온 강에 물결은 보이질 않네.
喚他眠鷺起,　　　남 부르자 조는 백로 일어나는데,
何處採菱歌.　　　어느 곳에서 채릉가[20]를 부르는가.

夜行戊戌在淸州時吟　　밤길을 가다 무술년(1598) 청주에 있을 때에 읊었다.

喞喞秋蛩語,　　　귀뚤귀뚤 귀뚜라미 말을 하고,
泠泠江水聲.　　　찰랑찰랑 강물 소리 들려오네.
更深馱睡去,　　　밤 깊자 말은 자러 가는데,
山月馬頭生.　　　산의 달이 말머리에 올라가네.

又　　　　　또 짓다

靑山持落日,　　　청산이 지는 해를 붙들고 있으니,
把酒不能歸.　　　술잔 들고 돌아갈 수 없구나.
醉渡淸江去,　　　취해 맑은 강을 건너가는데,
淸風生我衣.　　　맑은 바람이 내 옷깃에 일어나네.

---

20) 채릉가(採菱歌) : 마름[菱]을 따면서 부르는 노래이다. 중국 남조(南朝) 시인 포조(鮑照)의
　　「채릉가(採菱歌)」에 '맑은 한수 남쪽에서 채릉가를 부르네.(菱歌淸漢南.)'라고 하였다.

醉贈宋仁甫_{英耇}   취해 송인보영구에게 주다

幽居看菊花,   그윽이 지내며 국화를 보는데,
白日柴門閉.   한낮에 사립문 닫혀있구나.
何處有朋來,   어느 곳에 벗이 왔는지
夕陽山犬吠.   석양에 산골 개가 짖어대네.

金陵途中   금릉 도중

江水氷初釋,   강물에 얼음이 갓 풀리고,
陽和生馬頭.   따뜻한 봄기운 말머리에 생기네.
最憐江畔柳,   가장 가련한 것은 강가 버들이니,
眉上鎖春愁.   눈썹 위 봄 시름에 잠겨있구나.

醉起   취해 일어나다

蝶去紅沾翅,   나비 날자 붉은 빛은 날개에 더했고,
蜂來香滿鬚.   벌 오자 향기는 수염에 가득하구나.
看花强起立,   꽃 보려 일부러 일어나 서는데,
大醉倩人扶.   크게 취해 다른 사람 부축을 받네.

和友   친구에 화답하다

花發去年枝,   꽃은 작년 가지에 피어나고,
潮生昨日岸.   조수는 어제 언덕에 생기네.
把酒莫停吟,   술잔 들고 읊기를 멈추지 마소
一春今已半.   한 봄이 이제 벌써 반이라오.

遊天冠山   천관산을 유람하다

人言僧戲之,   남들은 중을 놀려대지만
吾謂山神薄.   난 산신의 장부에 올랐다 하지.
妬尋巖洞眞,   투기심에 바위굴 진인을 찾는데,
中宵秘長笛.   한밤중 긴 피리소리 가만히 들리네.

又   또 짓다

頭插軒皇械.   머리에 헌황21)의 기구를 꽂고,
頤垂四皓髥.   턱에 사호22)의 구레나룻 드리웠네.
崔仙琴一曲,   최씨 신선이 거문고로 한 곡조 하니,
豪氣北峯尖.   호탕한 기상 북녘 봉우리 끝이라.

---

21) 헌황(軒皇) : 중국 전설의 황제(黃帝) 헌원씨(軒轅氏)를 가리킨다.
22) 사호(四皓) : 상산사호(商山四皓). 중국 진(秦)나라 말기에 폭정(暴政)을 피해 상산(商山)에 숨
    어 살았던 네 명의 노인 동원공(東園公), 기리계(綺里季), 하황공(夏黃公), 녹리선생(甪里先生)
    을 말하는데, 후세에 나이도 많고 덕도 높은 은사(隱士)를 뜻하는 말로 쓰이게 되었다.

又 또 짓다

往來山路熟,   오며 가며 산길이 익숙하니,
羸馬自能行.   여윈 말도 스스로 갈 수 있네.
不是探秋磵,   가을 계곡물 찾는 것이 아니라
要聞道味精.   도의 정밀한 맛을 들으려 함일세.

書僧軸 중의 화축(畫軸)에 쓰다

藜濕金剛瀑,   지팡이는 금강산 폭포에 젖었고,
衣痕智異嵐.   옷은 지리산 이내에 묻었네.
入空心已寂,   공(空)에 들어 마음 이미 고요한데,
霽月印秋潭.   개인 달은 가을 못을 비추네.

竹林寺 죽림사

古寺丹楓掩,   오래된 절간은 단풍에 가렸는데,
孤僧立夕陽.   외로운 중은 석양에 서있구나.
蹇驢未渡澗,   다리 저는 나귀로 아직 냇물 건너지 않았으니,
應恨出山忙.   응당 한스러운 건 산을 바삐 나서는 일이라.

思鄉在加平時　　고향을 그리다 가평에 있을 때이다.

華嶽方看雪,　　화악에서 이제 막 눈을 보는데.
當歸未吐芽.　　당귀는 아직 싹을 내지 않았네.
江南春氣早,　　강남땅이라 봄기운이 이르니,
今已落梅花.　　지금 벌써 매화가 떨어지는구나.

又　　또 짓다

蟋蟀亂秋草,　　귀뚜라미 가을 풀에 어지러이 울고,
故園風露深.　　옛 동산에는 바람 이슬이 깊구나.
如何不歸去,　　어찌하여 돌아가지 못하고는
坐使百憂侵.　　온갖 근심이 침범하게 하는가.

靑嵐臺謾興臺在會寧白沙. 自號靑嵐君士.　　청람대23) 만흥 대가 회령24)의 백사정25)에 있다. 청람군사로 자호(自號)하였다.

靜坐園林下,　　원림 아래 조용히 앉아서
平觀山海雄.　　평안히 산과 바다의 웅장함을 보네.
身浮天地外,　　몸이 세상 밖에 떠다니다보니
翻覺腋生風.　　문득 겨드랑이에 바람 일어남을 알겠구나.

---

23) 청람대 : 현재 전라남도 보성의 명교마을 앞 서쪽 부근에 있었다고 전한다.
24) 회령 : 현재 전라남도 보성군 소재 지명.
25) 백사정 : 보성 관련 읍지 기록에 따르면 浦村(지금의 栗浦), 즉 현재 전라남도 보성 율포 해수욕장 동편에 소재한 것으로 전함. 충무공 이순신 장군이 두 차례 다녀간 곳이다.

又 또 짓다

雲去天無盡,　　　구름 떠가자 하늘은 다함이 없는데,
山高地擧頭.　　　산은 높고 땅은 머리를 들었구나.
長風生兩腋,　　　긴 바람이 두 겨드랑이에 생겨나니,
如上泰山遊.　　　태산에 올라 유람하는 듯하네.

贈朴點馬瞱 박점마진에게 주다

淸江水流去,　　　맑은 강 물결 흘러가니,
別恨與之長.　　　이별의 한은 더불어 길구나.
何處離程暮,　　　헤어지는 노정은 저무는데 어디에 처하랴
回頭望練光.　　　머리 돌려 비단 같은 물결 바라보네.

江行 강에 가다

昨夜聞山雨,　　　어젯밤 산에 빗소리를 들었더니,
前江春水生.　　　앞강에 봄물이 불었구나.
桃源是底處,　　　도화원이 바로 이곳이니,
撐出小舟行.　　　작은 배 저어 나와 가리라.

又　　　　　또 짓다

巖石危將落,　　바윗돌 위태로이 떨어지려 하고,
清流擊白石.　　맑은 물결 흰 바위에 부딪히는구나.
池塘有古臺,　　연못에 오래된 누대가 있는데,
芳草留歸客.　　방초는 돌아가는 나그네 머물게 하네.

又　　　　　또 짓다

携壺坐松葉,　　술병 차고 솔잎에 앉아서,
一酌酬寒食.　　한 잔 술 한식날에 주고받네.
落日在芳洲,　　지는 해는 방주(芳洲)에 있는데,
春烟生半壑.　　봄 연기는 골짜기에서 나오는구나.

述懷 壬午 在加平作　　술회 임오년(1582) 가평에 있을 때 지었다.

小雪封橋路,　　작은 눈이 다리 길을 막으니,
寒齋人到稀.　　추운 재실에 오는 사람 드물구나.
坐看松上鶴,　　앉아 소나무 위의 학을 보는데.
凍殺不能飛.　　얼어 죽은 듯 날지 못하네.

戲贈仁仲叔　　　　장난삼아 인중 숙부께 드리다

醉叔雖云妄,　　　취한 숙부 비록 허망한 말씀하셔도,
風情冠洞中.　　　풍치는 고을에서 으뜸이라.
莫同三椀酒,　　　세 사발 술 함께 하지 못하나,
興發雪天風.　　　흥을 내어 바람에 씻어내리.

盆竹　　　　　　　대 화분

蕭颯盆中竹,　　　쓸쓸한 화분 안에 대나무,
初從小砌移.　　　처음 작은 섬돌에서 옮겼네.
年來無玉實,　　　몇 년 사이 옥빛 죽실 없으니,
天外鳳長飢　　　하늘 밖 봉황새 길이 굶주리리.

又　　　　　　　　또 짓다

一雨催春意,　　　한번 비 내려 봄뜻을 재촉하니,
山河氣像和.　　　산하에 기상이 화창하구나.
東風吹送處,　　　봄바람 불어오는 곳에
孤鳥去年歌.　　　외로운 새 작년처럼 노래하네.

竹林精舍逢雨　　죽림정사에서 비를 만나다

古寺荒臺晚,　　옛 절 황폐한 누대에 해 지는데,
孤僧臥夕陽.　　외로운 중 석양 아래 누웠구나.
竹林生小雨,　　대숲에 작은 비 내리어,
淨洗俗人裳.　　속인의 옷을 깨끗이 씻어주네.

錦江吟庚辰 都事時　　금강에서 읊다 경진년(1580) 도사(都事) 때이다.

風塵驚歲暮,　　풍진 세상 세모(歲暮) 되어 놀라는데,
來喚錦江船.　　금강에 와서 배를 부르네.
把酒重尋約,　　술잔 잡고 다시 찾을 기약하였더니,
烟波是舊年.　　내 낀 물결 바로 지난 해 그대로구나.

題煙霞洞　　연하동에 쓰다

遠岫雲去來,　　먼 산굴에 구름은 오고 가고,
長林鳥往還.　　긴 숲에 새는 왔다 가는구나.
野農時載酒,　　들녘 농부는 때맞추어 술 싣고 오는데,
相對說人間.　　서로 마주하여 세상사 얘기하네.

鳳鳴亭	봉명정

山濕今朝雨,	산은 오늘 아침 비에 축축하고,
溪含昨夜雲.	계곡은 어젯밤 구름을 머금었구나.
西林僧有路,	서녘 숲의 스님은 길에 있는데
芝蕨自芸芸.	지초와 고사리는 절로 무성하네.

題團扇	둥근 부채에 쓰다

楚岸千年節,	초나라 언덕에 천년의 대가 있어,
餘痕舜婦愁.	남은 흔적이 순의 부인의 시름이라.
尙含風一陣,	여전히 일진의 바람을 머금고,
長夏獨留秋	긴 여름에 홀로 가을을 머물게 하네.

送文舜擧還鄕	문순거가 고향에 돌아감을 전송하다

歸心已千里,	돌아갈 마음 벌써 천 리언만,
覔夢當春西.	꿈속에 넋은 봄날 서녘에 당했네[26].
爲報吾兄弟,	내 형제들에게 소식을 전하는데,
南雲遠目迷.	남녘 구름은 멀고 아득하구나.

---

26) 당했네 : 원문은 '부(富)'로 되어 있으나, 문맥 상 '당(當)'의 오기(誤記)로 보고 수정하여
번역하였다.

2) 六言絶句
육언절구

直指夜月聞杜鵑有感癸巳在善山, 收兵次道菴. 以下五首六言絶句. 직지사에서 한밤 달빛에 두
견새 소리를 듣고 느낌이 있어 계사년(1593) 선산에 있을 때 병사를 모았다. 도암의 시를 차운하였
다. 이하 5수는 6언절구이다.

蜀魄啼山月生,　　　두견새 울고 산의 달 오르니,
孤臣淚盡五更.　　　외로운 신하 눈물 흘리다 5경이 다했네.
慇懃再拜三拜,　　　은근한 마음으로 재배 삼배 하는데,
一夜白髮千莖.　　　하룻밤에 백발이 천 가닥이 났구나.

白雲山在光陽　　　　백운산 광양에 있다.

石磊磊水淺淺,　　　바위는 울퉁불퉁 물은 찰랑찰랑한데,
小閣橫飛山面.　　　작은 누각은 비스듬히 산 위를 나네.
闌干醉後夕陽,　　　난간에서 취한 뒤 석양이 지는데,
擧頭白雲一片.　　　머리를 드니 흰 구름 한 조각 있구나.

題蓮簇　　　　　　　연꽃 족자에 짓다

小葉仰大葉低,　　　작은 잎은 우러르고 큰 잎은 내려 보며,
紅蕚開白蕚落.　　　붉은 꽃받침은 피었고 흰 꽃받침은 떨어졌구나.

潮水纔添數尺深,　　조수는 겨우 수 척 깊이를 더했는데,
雙鳧相對沒脚.　　한 쌍의 물오리 서로 보며 발을 담구네.

又　　또 짓다

花如傘葉如盤,　　꽃은 일산 같고 잎은 쟁반 같으며,
一莖長一莖短.　　한 줄기는 길고 한 줄기는 짧구나.
叢深白鷺不能容,　　숲 깊은 곳 백로를 들일 수 없으니,
閑倚清江一畔.　　한가로이 맑은 강 한쪽 물가에 의지하네.

詠驄馬　　청총마27)를 읊다

墻外青驄逈立,　　담장 밖에 청총마 멀리 서 있는데,
秋風瘦骨崚嶒.　　가을바람에 야윈 모습으로 우뚝하구나.
願飽華山豊草,　　원하는 건 화산의 넉넉한 풀 배불리 먹고,
橫馳西塞層氷.　　서녘 변새 층층 얼어붙은 곳 마음껏 달림이라.

---

27) 청총마 : 푸른색과 흰색이 서로 뒤섞여 있는 빛깔의 말로, 흔히 어사(御史)나 수령(守令)들
이 타는 말을 뜻한다.

3) 七言絶句
칠언절구

贈李平卿李準, 還自北京, 示路上所詠, 索和甚切, 故醉中走筆贈之.　李平卿에게 주다 이준이 북경에서 돌아와 길에서 지어온 시를 보여주더니, 화답시를 매우 간절하게 구한 까닭에 취중에 즉석으로 지어 주었다.

詠盡行吟眼忽開,　　　　지어온 시 읊기를 마치니 눈이 문뜩 떠져,
此身如自薊遼迴.　　　　이 몸이 계주와 요동[28]에서 돌아온 듯하구나.
行裝淡泊無餘物,　　　　행장이 담박하여 남은 물건 없으니,
孤竹淸風滿袖來.　　　　외로운 대 맑은 바람을 소매 가득 담아 오네.

夜泛大同　　　　　　　밤에 대동강에 배를 띄우다

玉蘭明月動秋思,　　　　옥난간에 밝은 달 가을 생각 일으키니,
飛下蘭舟任所之.　　　　난주로 날 듯 내려와 가는 곳 맡기네.
直到半江聞破漏,　　　　곧장 강 가운데 이르자 파루소리 들리는데,
却收淸景怯題詩.　　　　도리어 맑은 경치 거두어 시 짓기 두렵구나.

---

28) 계주(薊州)와 요동(遼東) : 원문의 계(薊)는 계주(薊州)로 지금의 중국 하북성(河北省) 일대를
　　가리키고, 요(遼)는 요서(遼西)와 요동(遼東) 지방을 가리킨다.

又   또 짓다

孤舟浪入有無間,   외로운 배 물결 들어 보일 듯 말 듯 한데,
倚棹閒眠夜向闌.   노에 기대어 한가히 자니 밤 무르익어 가네.
興盡欲尋江上寺,   흥이 다하여 강가 절간 찾으려 하니,
一聲殘磬月沉山.   잦아든 경쇠 소리 달은 산에 잠겼구나.

隱峯僧軸   은봉 중의 화축(畫軸)

一筇來赴水雲期,   지팡이 하나로 수운29)의 기약한 곳에 오니,
晴鳥飛花摠是詩.   개인 날 새와 날리는 꽃 모두 시로구나.
獨立層巓吟未斷,   홀로 층층 봉우리에 서서 읊기 끊지 않는데,
客中心事碧山知.   나그네 심사는 푸른 산이 알아주네.

遊懸燈寺   현등사에 유람하다

一磬隨風落遠岑,   경쇠소리 바람 따라 먼 봉우리에 떨어지는데,
白雲何處古臺深.   흰 구름 어느 곳에 옛 누대 깊이 있네.
晚來飛上崔嵬去,   해 저물자 나는 듯 우뚝 솟은 곳에 올라가니,
石路筇聲生綠陰.   돌길의 지팡이 소리 푸른 그늘에 나는구나.

---

29) 수운(水雲) : 수운향(水雲鄕). 물이 흐르고 구름이 떠돌며, 풍경(風景)이 맑고 그윽한 곳을
말하는데, 전하여 은자(隱者)가 사는 곳을 의미한다.

九日之京   9일 한양에 가다

路逢重九插茱萸,   여로에 중구일을 만나 수유를 꽂고[30],
臨水登山當百壺.   물에 임하여 산 오르니 백 병의 술 감당하겠네.
暮入蓬萊山下去,   저물어 봉래에 들어갔다 산 아래 내려오는데,
太平歌管咈天衢.   태평가 피리소리 하늘에 울려 퍼지는구나.

宿江榭   강가 정자에서 묵다

高齋灑落枕長江,   높은 재실 맑은 기상 긴 강을 베었는데,
靜聽飛流碎石矼.   날 듯 흘러 돌다리에 부딪히는 소리 고요히 듣네.
奏罷瑤琴眠不得,   거문고 연주 마치고 잠을 이룰 수 없어,
夜深寒雨在松窓.   밤 깊어 찬 비 내리는데 소나무 창가에 있다오.

又   또 짓다

倦憑屛檻數重巒,   작은 헌함에 지쳐 기대어보니 여러 겹 봉우리라,
松老危巓鶴未還.   솔 늙은 산꼭대기에 학은 아직 돌아오질 않았네.
江面受風紋欲動,   강의 수면은 바람 받아 파문이 일려고 하니,
急煎盃酒戒輕寒.   급히 술을 데워 가벼운 추위를 경계한다오.

---

30) 수유(茱萸)를 꽂고 : 중국의 옛 풍속에 중구일(重九日)인 9월 9일에 수유(茱萸)를 머리에 꽂고 산에 올라 액(厄)을 피하는 풍습이 있다.

朝宗途中 加平倉名　　　조종31) 도중 가평의 창명(倉名)

江城春雨混簑衣,　　　강가 성곽에 봄비 내려 도롱이 젖었고,
風動殘紅樹樹飛.　　　바람은 잦아진 꽃 움직여 나무마다 날리네.
日暮欲投山店宿,　　　해 저물어 산골 객점에 투숙하려 하는데,
白雲青草掩柴扉.　　　흰 구름 푸른 풀에 사립문 닫혀 있구나.

宿村家　　　　　　　촌가에서 묵다

吾行無處可投身,　　　내 가는 길에 묵을 만한 곳이 없더니,
一枕長江是好因.　　　한번 긴 강을 베고 누운 곳 좋은 인연일세.
寒月透襟眠不得,　　　찬 달빛 옷깃 비추어 잠 이룰 수 없는데,
仙家犬吠夜吟人　　　신선 집의 개는 밤에 읊는 사람 보고 짖네.

宿權思遠遂江亭 已上加平時　권사원수의 강가 정자에서 묵다 이상은 가평의 때이다.

一帶清江漾碧峯,　　　한 줄기 맑은 강 푸른 봉우리 출렁이고,
銀波削出玉芙蓉.　　　은빛 물결은 옥빛 부용을 깎아내는구나.
夜來天外生明月,　　　밤 되어 하늘 밖에 밝은 달이 오르는데,
人在高臺鶴在松.　　　사람은 높은 누대, 학은 소나무에 있네.

---

31) 조종(朝宗) : 경기도 가평(加平) 지역의 옛 지명.

完山贈南張甫_{彦經字}　　완산에서 남장보[32]_{언경의 자이다}에게 주다

白首紅塵太不宜,　　흰 머리 풍진세상 참으로 마땅치 않으니,
到官三日已思歸.　　부임한 지 사흘에 벌써 돌아갈 생각하오.
淸宵夢落江村月,　　맑은 밤 꿈은 강촌 달빛에 떨어지건만,
竹裏寒梅綻一枝.　　대숲에 찬 매화는 한 가지에 피었구려.

挽白玉峯光勳　　　　옥봉 백광훈[33] 만시

半生長夢在淸閑,　　반 평생 긴 꿈은 맑고 한가함에 있었더니,
襯却歸心到玉山.　　가까이 하려 돌아갈 마음 접고 옥산에 이르렀네.
灑落精神元不死,　　맑고 시원한 정신이야 본디 죽지 않는 법이라,
詩聲筆跡滿人間.　　시의 명성과 필적이 세상에 가득하구나.

---

32) 남장보(南張甫) : 남언경(南彦經). 조선 전기의 문신·학자로 본관은 의령, 자는 시보(時甫), 호는 동강(東岡)이다. 개국공신 재(在)의 6대손이며, 아버지는 영흥부사 치욱(致勗)이다. 서경덕(徐敬德)의 문인이며, 조선시대 최초의 양명학자이다. 1575년 전주부윤(全州府尹)에 재직할 때에 반곡과 서로 만난 것으로 보인다.

33) 백광훈(白光勳) : 1537년(중종 32)~1582년(선조 15). 조선 중기의 문인으로 본관은 해미(海美), 자는 창경(彰卿), 호는 옥봉(玉峯)이다. 형인 광안(光顔)과 광홍(光弘) 및 종제 광성(光城) 등 집안 4형제가 모두 문장으로 칭송을 받았다. 최경창(崔慶昌)·이달(李達)과 함께 삼당시인(三唐詩人)으로 유명하였다.

挽成鎭安_浩　　　　성진안³⁴⁾호 만시

玲瓏衿韻合仙居,　　영롱한 시운은 신선 거처에 부합하고,
留得清名孝友餘.　　남겨진 맑은 이름 효성 우애 넉넉하네.
萬里歸心身後恨,　　만 리 돌아갈 마음 죽은 뒤에 한스러워,
高堂白髮倚門閭.　　고당에 백발을 하고 문에 기대어보오.

大谷次金君振　　　　대곡에서 김진의 시에 차운하다

綠掩全山一逕幽,　　푸른 빛 온 산을 덮어 길 하나 그윽하고,
清溪擊石不成流　　　맑은 시내 바위에 부딪혀 흘러가지 못하네.
十年重踏青霞去,　　십년을 거듭 푸른 노을 밟고 갔는데,
慭愧浮遊白盡頭.　　떠다니다 흰 머리 다 되어 부끄럽구려.

漁村偶吟　　　　　　어촌에서 우연히 읊다

霽景蒼茫鎖暮天,　　개인 경치 아득하여 저문 하늘 닫혔는데,
一邊山影淡生烟.　　한 편에 산 그림자 맑게 연무 일어나는구나.
春風已是無情去,　　봄바람 벌써 이토록 무정하게 떠나가서,
只遣鶯聲斷復連.　　꾀꼬리 소리만 보내와 끊겼다 이어졌다 하네.

---

34) 성진안(成鎭安) : 성호(成浩). 1545(인종 1)∼1588(선조 21). 조선 중기의 문신으로 본관은
　　창녕(昌寧). 자는 사집(士集), 호는 성암(省庵)이다. 1580년 연은전참봉(延恩殿參奉)에 제수
　　된 뒤 창릉참봉(昌陵參奉)·왕자사부·사섬시주부(司贍寺主簿)를 거쳐 진안현감(鎭安縣監)
　　이 되었다.

日林寺偶吟　　　　　　일림사에서 우연히 읊다

瑤草玲瓏繞杖頭,　　　영롱한 기화요초 지팡이 끝에 감아드니,
尋眞何必躡頭流.　　　진인을 찾으러 어찌 꼭 두류산35)에 오르랴.
淸尊白髮平生會,　　　맑은 술 흰 머리에 평소 만나는데,
他日相思說此樓.　　　다른 날 서로 그리며 이 누대를 얘기하리.

與鄭子正佶同接號蘭谷　　정자정36)길과 같이 지내다 호는 난곡이다.

浣手金塘讀秘經,　　　금당에 손 씻고 비경(秘經)을 읽으니,
懶聲惟許碧山聽.　　　게으른 소리는 푸른 산만이 들어주는구나.
玉壇雲盡無人跡,　　　옥단에 구름 다하자 인적이 없는데,
鶴打蟠桃落小庭.　　　학은 반도37)를 쳐서 작은 뜰에 떨구네.

遊西溪　　　　　　　서계에서 노닐다

靑藜赤足踏流溪,　　　청려장 짚고 맨발로 시냇물 밟아 가는데,
瑤草靑靑小洞幽.　　　기화요초 파릇파릇 작은 골짝 그윽하네.
借得西庵成好睡,　　　서녘 암자 빌어다 단잠 잘 수 있다면,
夢中還與赤松遊.　　　꿈속에서 다시 적송자38)와 노닐텐데.

---

35) 두류산 : 지리산(智異山)의 별칭이다. 옛부터 고승(高僧)이 많은 것으로 유명하다.
36) 정자정 : 정길(鄭佶). 1566(명종 21)~1619(광해군 11). 조선 중기의 학자로 본관은 하동(河東). 자는 자정(子正), 호는 난곡(蘭谷)이다.
37) 반도 : 3천 년에 한 번 꽃이 피어 열매를 맺는다는 전설의 복숭아나무로 동해(東海)의 도삭산(度索山)에 있다고 전한다. 『십주기(十洲記)』.
38) 적송자 : 중국 고대 전설의 선인(仙人)이다. 장량(張良)이 유방(劉邦)을 도와 한(漢)나라를

書吉遠壁　　　　　길원의 벽에 쓰다

雲海蒼茫鎖碧空,　구름바다 아득히 푸른 하늘 닫았는데,
夕陽歸帆飽淸風.　석양에 돌아오는 배 맑은 바람 가득하구나.
主人不識長安侶,　주인은 장안(長安)의 벗을 알지 못하여,
農老漁翁是洞中.　농로(農老)와 어옹(漁翁)이 골에 있다 하네.

望北吟　　　　　북녘을 바라보며 읊다

幾年來臥水雲村,　몇 년을 수운촌에 누워 있으니,
野蕨溪魚亦聖恩.　고사리며 물고기 또한 성은이로다.
直把赤心無寸效,　바로 단심으로 조금도 보답하지 못하고,
夢魂時復入天門.　몽혼만이 때때로 다시 대궐문에 든다오.

又　　　　　　　또 짓다

何事慇懃望玉京,　무슨 일로 은근히 옥경을 바라는가
美人千里斷音聲.　미인은 천 리 밖에 음성이 끊겼구나.
五雲開處低紅日,　오색구름39) 열린 곳에 붉은 해 나직한데,
佳氣葱籠象太平.　아름다운 기운 푸른 나무는 태평을 나타내네.

세운 뒤에 권세에 미련을 두지 않고 적송자와 노닐기 위해 벽곡(辟穀)과 도인(道引) 등 신
선술을 닦았다는 고사가 전한다.
39) 오색구름 : 채운(彩雲). 상서(祥瑞)를 뜻하는 말로, 보통 제왕의 거처를 나타낸다.

車嶺吟庚寅仲春　　　　차령에서 읊다 경인년(1590) 중춘.

小雪欺春暖氣遲,　　　소설은 봄을 속이어 따뜻한 기운 더디고,
東風未破綠楊眉.　　　봄바람은 아직 푸른 버들 싹 틔우지 않네.
清愁寂寂無人會,　　　맑은 시름 적적하고 모이는 사람 없는데,
吟向寒山不自持.　　　찬 산 향해 읊노라니 제 몸 지키지 못하는구나.

醉和李宜仲金命元韻花有梅, 又有小妓名梅花, 故末句及之.　　취해 이의중·김명원의 시
에 화운하다 꽃에 매화가 있고, 또 어린 기녀의 이름이 매화인 까닭에 말구에 썼다.

城西芳草雨聲多,　　　성 서녘 방초에 빗소리 많은데,
爲把清尊日欲斜.　　　맑은 술잔 드니 해 기울려 하네.
邂逅一場成勝會,　　　한바탕 해후하여 멋진 모임 이루니,
不妨扶醉獻梅花.　　　취한 몸 가누며 매화 바쳐도 무방하리.

原韻　　　　　　　　원운

綠萼從知不必多,　　　푸른 꽃받침 많을 필요 없음은 알거니와,
最憐當戶一枝斜.　　　가장 가련한 건 문 앞에 한 가지 기운 것이라.
幽香絕艷無人問,　　　그윽한 향 빼어난 고움은 물을 것도 없으니,
愧殺墻邊滿樹花.右李宜仲　담장 가에 나무 가득한 꽃 부끄럽구나. 오른쪽은 이의중
　　　　　　　　　　의 시이다.

連宵春雨澤能多,　　　밤새 내린 봄비에 연못은 많이 불었겠고,
灼灼庭柯爛熳斜.　　　활짝 꽃 핀 뜰 나무는 흐드러져 기울었네.

惟有竹間梅一朶,　　오직 대나무 사이에 매화 한 가지 있는데,

空枝寂寂不成花.右金四宰　빈 가지 적적하여 꽃 피지 못하였구나. 오른쪽은 김사재의 시이다.

秋官苦吟贈黃而直致敬　　추관40)에서 괴로이 읊고 황이직치경에게 주다

江南煙月把竿翁,　　강남땅 태평연월에 낚싯대나 들던 늙은이가

慘目傷心殺氣中.　　살기 중에 눈앞은 참혹하고 마음엔 상처 입었네.

俄罷鞭笞回白首,　　갑자기 매질 그치자 흰 머리를 돌려보니,

一池荷葉舞淸風.　　한 연못 연잎은 맑은 바람에 춤추는구나.

涵天池畔主人翁,　　하늘 담은 연못가 주인 어르신은

步月臺前醉幾中.　　보월대 앞에서 얼마나 술에 취했던가.

遊宦如今歸未得,　　객지 벼슬이라 지금 돌아갈 수 없는데,

獨留梅竹媚春風.　　홀로 남은 매화와 대는 봄바람에 아양 부리네.

右黃致敬次　　오른쪽은 황치경이 차운하였다.

次尹深甫深甫以妓入訟庭, 作詩戲贈, 故次.　　윤심보의 시에 차운하다 심보가 기녀 때문에 송사에 들자 시를 지어 장난 삼아 주니 까닭에 차운하였다.

縹緲仙娥落玉京,　　아득히 신선 항아 달나라 옥경에 내려가니,

琅琅香語巧如鶯.　　낭랑한 향기로운 말소리 꾀꼬리처럼 어여쁘네.

---

40) 추관(秋官) : 형조(刑曹)의 별칭. 원래 중국 주대(周代)의 육관(六官)의 하나로 형률(刑律)을 관장했다.

不勝淸怨翩然去,　청원(淸怨)[41]을 견디지 못해 훨훨 날아가는데,
何處嬌成不盡聲.　어디선가 예쁜 모습 되어 소리 다하지 않는구나.

原韻　　　원운

頭戴紫雲一片錦,　머리에 자색 구름 한 조각 비단을 인 듯하고,
羅衣搖曳綠楊鶯.　비단 옷 흔들대며 푸른 버들 꾀꼬리 끄는구나.
王孫白馬黃金勒,　백마 탄 왕손은 황금빛 채찍을 들고,
門外應嘶三兩聲.　문 밖에 응당 말은 두어 번 울었으리라.
右尹深甫　오른쪽은 윤심보 시이다.

偶吟　　　우연히 읊다

萬事悠悠付一酣,　만사는 유유하니 한 잔 술에 부치고,
淸秋歸夢已江南.　맑은 가을 돌아갈 꿈 벌써 강남이로다.
林泉景物無爭者,　임천에 경물은 다툴 이가 없으니,
天地中間一箇男.　천지간에 한 사내만 있다오.

次而遠　　　이원의 시에 차운하다

端居戀闕夢冤多,　단정히 지내며 대궐 그리다 꿈 많은데,
才入城來便憶家.　인재가 성에 들어가니 문득 집 생각하네.

---

41) 청원(淸怨) : 처절하고 깨끗한 가운데 깊은 원한이 서려 있는 것을 형용한 말이다.

何處柴門芳草合,　어느 곳에서 사립문 방초와 만날까?
山風莫莫動松花.　산바람은 무성하게 송화를 날리는구나.

夢舍弟　　아우를 꿈꾸다

夢中猶說相思苦,　꿈속에서 여전히 그리워 괴롭다 말하였고,
覺後依俙獨自言.　깬 뒤엔 어렴풋이 혼자 절로 말하는구나.
一度論懷元不易,　한번 회포를 논하기는 원래 쉽지 않으니,
擬成前夢到黃昏.　이전 꿈을 황혼에 이르러 이룰까 하네.

寄友　　친구에게 부치다

秋雨疎疎洒碧桐,　가을비 듬성듬성 벽오동을 씻어주고,
茫茫歸思滿西風.　아득히 돌아갈 생각인데 서녘바람 가득하네.
當盃欲說天涯別,　술잔에 당하여 하늘 끝 이별을 말하려 하니,
休道泥濘路不通.　질퍽하여 길 통하지 못한다 하지 말게나.

謾興辛卯春　　만흥 신묘년(1591) 봄이다.

今年春日加三十,　금년 봄날에 삼십을 더했으니,
爲樂應知倍去春.　즐거움이 지난 봄 배가 됨을 응당 알겠네.
花柳魚鰕皆舊樣,　꽃과 버들 고기와 새우 다 옛 모습인데,
妻兒莫道酒錢貧.　처자들아 술값에 가난하다 하지 말라.

又　　　　　　　또 짓다

千盃臘酒昏昏醉,　　천 잔 납주42)에 곤드레만드레 취하는데,
軒外啼禽已報春.　　헌함 밖에 우는 새는 벌써 봄을 알리네.
謝眺靑山陶令柳,　　사조의 청산이요 도잠의 버들이니43),
幽居樂事不全貧.　　그윽한 거처 즐거운 일, 온전히 가난함은 아니라.

咏梅　　　　　　　매화를 읊다

昨夜東風吹雪盡,　　어젯밤 봄바람에 눈 자취 사라졌으나,
園林寂寂不成花.　　적적한 동산에 아직 꽃망울 터지지 않았네.
燐涅獨受韶光早,　　燐을 바른 듯 일찍부터 홀로 봄빛 받으며,
滿樹堆香炸炸華.　　나무 가득 향기 뭉치며 반짝반짝 빛나는구나.

花雨歎　　　　　　화우탄(花雨歎)

前歲花時不在家,　　작년 꽃 필 적엔 집에 있지 않았더니,
閒居此日愛韶華.　　한가로이 지내는 이 날 소화44)를 아끼네.
如何一雨連旬作,　　어찌하여 비는 열흘이나 이어 내리는지
不見開花見落花.　　개화는 못 보고 낙화를 보는구나.

---

42) 납주(臘酒) : 설에 마시기 위해 섣달에 빚는 술을 말한다.
43) 사조의~버들이니 : 중국 당(唐)나라 시인 이백(李白)의 "집은 푸른 산에 가까우니 옛날 사
　　조와 같고, 문은 푸른 버들 드리웠으니 도잠과 비슷하네.(宅近靑山同謝眺, 門垂碧柳似陶潛)"
　　라고 한 시구에서 나온 말이다. 『이태백집(李太白集)』 권24, 「제동계공유거(題東溪公幽居)」.
44) 소화(韶華) : 아름다운 계절의 경치, 보통 춘광(春光)을 가리키는 말이다.

落花啼鳥   떨어지는 꽃에 우는 새

天桃艷杏已成殘,   여린 복사꽃 예쁜 살구꽃 벌써 잦아드는데,
風動飛香滿海山.   바람 일자 향기 날려 산과 바다에 가득하네.
好鳥亦憐佳節過,   좋은 새도 아름다운 시절 지남을 가련히 여겨,
夕陽嗚咽綠林間.   석양에 푸른 숲 속에서 오열을 하는구나.

寄捿山人   산에 사는 이에게 부치다

少年飛步倚天峯,   젊을 적 나는 듯 걸어 천봉에 기대었더니,
谷谷林林摠舊蹤.   골마다 숲마다 모두 옛 자취로구나.
祗今豪氣消磨盡,   이제는 호기가 다 닳아 없어져서,
悵望高捿恨未從.   높은 거처 창망히 바라보며 따르지 못함 한하네,

漁村   어촌

漁家寥落不成村,   어가는 횅하여 마을을 이루지 못하는데,
岸脚蒼茫入海門.   언덕은 아득히 바다 어귀에 뻗어 들었네.
罷釣夕陽還浦口,   낚시 마치고 석양에 포구에 돌아오니,
竹籬潮退縮沙痕.   대울타리 조수가 물러나 모래 자국 줄었구나.

又 　　　　　　　또 짓다

日暮烟生浦口村,　　　해 저물자 연기가 포구의 마을에서 나니,
遙看歸棹屢開門.　　　돌아오는 배 멀리 보며 자주 문을 여는구나.
漁來先記靑霞子,　　　어부가 와서 먼저 청하자45)를 기억하는데,
籬外長沙有步痕.　　　울 밖에 긴 모래사장에 걸음 흔적 있구나.

舟中吟贈文仲章　　　배에서 읊어 문중장에게 주다

晴潮送棹颺微颸,　　　개인 조수는 노 보내고 미풍은 하늘거리는데,
碧海長天任所之.　　　푸른 바다 긴 하늘에 갈 것을 맡겨두네.
何處夕陽門不掩,　　　어느 곳 석양에 문 닫지 않았나,
白雲松影滿疎籬.　　　흰 구름 솔 그림자가 성긴 울타리에 가득하구나.

又 　　　　　　　또 짓다

忙棹來憑岸上亭,　　　바삐 노 저어 언덕 위 정자에 와 의지하니,
淡烟晴鳥滿沙汀.　　　맑은 연기 개인 날 새는 백사정46)에 가득하네.
瑤空雲盡低斜日,　　　옥빛 하늘 구름 다하고 기운 해 나직한데,
一帶長山抹海靑.　　　긴 산 일대에 바다의 푸름을 발랐구나.

---

45) 청하자(靑霞子) : 정경달의 6대손 도원(道原)이 쓴 「행장(行狀)」에 정경달이 만년에 스스로
　　를 '청하거사(靑霞居士)'라 하였다는 기록이 전한다.
46) 백사정 : 보성 관련 읍지 기록에 따르면 浦村(지금의 栗浦), 즉 현재 전라남도 보성 율포
　　해수욕장 동편에 소재한 것으로 전함. 충무공 이순신 장군이 두 차례 다녀간 곳이다.

又   또 짓다

芳洲寂寂暮潮還,   방초의 모래섬 적적하고 저물녘 조수 돌아오는데,
烟水蒼茫失遠山.   연기 긴 강물 아득하여 먼 산을 잃어버렸구나.
人事悠悠多聚散,   사람 일은 유유하여 모이고 흩어짐이 많으니,
此遊應說百年間.   이 유람은 평생의 사이라 응당 말하겠네.

贈文舜擧   문순거에게 주다

煩君莫詫龍湖勝,   부디 자넨 용호의 경치 좋아서
撑出扁舟閱淺灘.   조각배 저어 얕은 여울 본다 자랑 말게.
何似漁村盤谷子,   어찌 어촌의 반곡자(盤谷子)47)가
揚舲天外去來閑.   하늘 밖에 돛단배 띄워 한가히 오고감만 하리오.

贈沈伯懼在海平時, 沈公喜壽, 以宣慰使來, 故贈之.   심백구에게 주다 해평에 있을 때 심희수가 선위
사로 오니 까닭에 주었다.

把酒天涯慰白頭,   술 들고 하늘 끝에서 흰 머리 위로하니,
忽忽歸思不能留.   총총히 돌아갈 생각 머물 수 없구려.
西郊落日驄頭盡,   서녘 교외에 지는 해 총마 머리에 다하는데,
秋草寒煙摠客愁.   가을 풀 찬 연기는 다 나그네 시름이라오.

---

47) 반곡자(盤谷子) : 정경달이 자신을 가리킨 것으로 반곡(盤谷)은 그의 호이다.

欲赴李進士慶席雨不行　진사 이경석에게 가려했지만 비가 와서 가지 않았다

獨坐鈴齋白髮生,	홀로 영재⁴⁸⁾에 앉으니 흰 머리 나는데,

獨坐鈴齋白髮生,　홀로 영재48)에 앉으니 흰 머리 나는데,
一天寒雨鎖江城.　온 하늘에 찬비 내려 강성을 막았구나.
東村數友成佳約,　동녘 마을 몇 친구와 좋은 약속 했으나,
人病天魔不易行.　병나고 하늘에 마가 끼어 쉬이 가지 못하네.

安谷途中　안곡 도중

山含雨意暮陰生,　산은 비의 뜻 머금어 저물녘 그늘 생기고,
溪路成冰不易行.　냇가 길은 얼음이 되어 쉬 가지 못하네.
忽忽獨來還獨去,　총총히 홀로 왔다 다시 홀로 가니,
客中心事太縱橫.　나그네 심사는 심히 제멋대로구나.

次沈伯懼宣慰玄蘇　심백구 선위49)의 「현소」50)시에 차운하다

臨分脉脉不成音,　이별을 임하여 말없이 소리 내지 못하고,
重把情盃夜已深.　거듭 정든 술잔 드니 밤 벌써 깊었구나.
白首廿年尋舊迹,　흰 머리로 이십년을 옛 자취 찾았는데,
洛江明月是知心.　낙동강 밝은 달이 내 마음을 알아주네.

---

48) 영재(鈴齋) : 영각(鈴閣). 지방 장관이 관할하는 지역을 말한다.
49) 선위(宣慰) : 선위사(宣慰使).
50) 현소(玄蘇) : 일본 장수 의지(義智)의 모사(謀士)인 중[僧]으로서 왜인들이 안국사 서당(安國寺西堂)이라 하는데, 조선과의 서계(書啓) 등의 일을 주관하였다. 『간양록(看羊錄)』「적중봉소(賊中封疏)」 참조

遊桃李寺_{已上在善山時}　도리사에 유람하다 <small>이상은 선산에 있을 때이다.</small>

寒山得雪玉爲巔,　추운 산은 눈을 얻어 옥빛 산꼭대기 되었고,
又是淸宵霽月懸.　또 맑은 밤에 개인 달이 걸려 있구나.
長笛一聲雲外落,　긴 피리소리 한 가락 구름 밖에 떨어지는데,
碧霄孤鶴下彤煙.　푸른 하늘 외로운 학이 붉은 연기에 내려오네.

題扁舟_{從事時}　조각배에 짓다 <small>군사에 종사한 때이다.</small>

風雨乾坤入棹頭,　천지에 비바람 불어 노 끝에 드는데,
謾將身世付滄洲.　부질없이 이 내 신세 창주에 부쳤구나.
至今未雪君王恥,　아직도 군왕의 치욕을 다 씻지 못했으니,
萬死餘生愧白鷗.　만 번 죽을 고비 넘긴 내 삶 갈매기에 부끄럽네.

端午帖_{在京庚寅四月}　단오첩 <small>한양에 있을 때이다. 경인년(1590) 4월.</small>

五絃方慶奏薰風,　오현금으로 이제 경사스런 자리에 훈풍가51) 연주하니,
陽闔陰開德正中.　양이 닫히고 음이 열리며 덕이 정중(正中)하구나52).
飮罷梟羹咸拜手,　올빼미국53) 마시길 마치고 다 손 모아 절하는데,

---

51) 훈풍가(薰風歌) : 옛날 순 임금이 지었다고 전하는 「남풍가(南風歌)」로, "옛날 순 임금이
   오현금(五絃琴)을 뜯으면서 남풍의 시를 지었는데, 그 시에 '남풍이 솔솔 붊이여, 우리 백
   성들의 울분을 풀 수 있겠도다. 남풍이 때맞추어 붊이여, 우리 백성들의 재산을 늘릴 수
   있겠도다.(南風之薰兮, 可以解吾民之慍兮. 南風之時兮, 可以阜吾民之財兮.)'라고 하였다."라
   고 한 고사가 전한다. 『공자가어(孔子家語)』 「변악해(辨樂解)」.
52) 덕이 정중(正中)하구나 : 『주역(周易)』 「건괘(乾卦)」 구이(九二)에 '용의 덕으로 정중하다.
   (龍德而正中也.)'라는 구절이 있다.

山高川至壽無窮.　　산 높고 시내 이르는 곳에서 수명은 무궁하리라.

贈華人呂參軍應鍾癸巳在善山　　명나라 참군 여응종에게 주다 계사년(1593)에 선산에
있었다.

平生不識桑弧事,　　평소에 큰일을 알지 못하더니
白首殘兵鎭洛東.　　흰 머리에 남은 병사로 낙동에 진을 치네.
幸借天戈迴玉輦,　　다행히 천자의 군대[54]를 빌어 임금 수레[55] 되돌리니
嶺湖民物更春風.　　영호남의 민물(民物)[56]에 다시 봄바람이 불겠구려.

送南起夫聖節之京復興字也　　남기부가 성절(聖節)에 한양에 가는 것을 전송하다
복흥의 자이다.

亂離爲別倍傷神,　　난리 중에 이별하니 정신의 상처가 배가 되어,
鴨水斜陽淚一巾.　　압록강 석양에 눈물이 온 두건을 적시는구려.
危困已懸皇極殿,　　위태로움과 괴로움[57]이 벌써 황극전(皇極殿)[58]에
　　　　　　　　　　　달렸으니,

---

53) 올빼미국 : 중국 한(漢)나라 때 조정에서 5월 5일이 되면 올빼미국〔梟羹〕을 끓여 백관(百
官)에게 하사하였는데, 이는 그 새가 악조(惡鳥)이기 때문에 먹게 한 것이라는 기록이 전한
다. 『고금사문유취전집(古今事文類聚前集)』 권9, 천시부(天時部) 하(夏) 「갱효조(羹梟鳥)」.
54) 천자의 군대 : 원문의 천과(天戈)는 제왕(帝王)의 군대인데, 여기서는 명군(明軍)을 말한다.
55) 옥련(玉輦) : 원래 옥으로 장식한 천자의 수레인데 여기서는 선조(宣祖)를 가리킨다.
56) 민물(民物) : 인민(人民)과 만물(萬物)을 가리키는데, 인민의 재물 또는 민정(民情)이나 풍속
을 말하기도 한다.
57) 괴로움 : 원문에는 정성을 뜻하는 '곤(悃)'으로 되어 있으나 문맥 상 괴로움을 뜻하는 '곤
(困)'으로 수정하였다.
58) 황극전(皇極殿) : 중국 명(明)나라 황제의 궁전으로, 본명은 봉천전(奉天殿)이다. 청(淸)나라
순치(順治 1644~1661) 연간에는 '태화전(太和殿)'이라 개명하였다.

却忘妻子在兵塵.　　　도리어 처자가 전장의 먼지 속에 있음을 잊었다오.

又送舟中　　　　　　또 배에서 전송하다

病臥慙孤鴨上盃,　　병들어 눕고 홀로 압록강 위에서 술잔 드니 부끄러운데,
摻裾何處更徘徊.　　소매 자락 붙잡고 어느 곳에서 다시 배회할까.
淸秋未暮應還旆,　　맑은 가을 아직 저물지 않아 응당 다시 깃발 돌려
　　　　　　　　　　오리니,
孤竹餘風滿袖來.　　외로운 대숲에 남은 바람이 소매 가득 불어오네.

次尹成甫僧軸韻　　　윤성보의 「승축」 시에 차운하다

三千里外水萍人,　　삼십 리 밖에 부평초 같은 사람이요,
四十州中落葉身.　　사십 고을 중에 낙엽 같은 신세로다.
莫問鬢毛多少白,　　살쩍에 흰 빛 많으냐고 묻지를 마오,
鄕書來斷羽書頻.　　고향 편지 끊어졌건만 우서59)는 빈번하네.

夜吟洗心臺庚辰九月, 與友人步月, 入洗心臺, 喚春種, 半夜歌咏.　세심대에서 밤에 읊다 경진년
(1580) 9월 친구 보월과 세심대에 들어가 춘종을 불러 한밤중에 노래하고 읊었다.

步入天家夜向分,　　천가(天家)에 걸어 들어가자 밤이 밝아지려 하고,
玉階秋樹月紛紛.　　옥빛 섬돌 가을 나무에 달빛은 어지럽네.

---

59) 우서(羽書) : 아주 급한 뜻을 표시하기 위하여 새의 깃을 꽂은 격문(檄文).

中門不閉通笙鶴,　　　중문(中門)을 닫지 않아 생학(笙鶴)[60]이 통하는데,
喚出仙娥唱白雲.　　　선녀 항아(姮娥)[61] 불러내어 흰 구름 노래하게 해야지.

平原牧笛　　　　　　　평원의 목동 피리 소리

平原十里草連雲,　　　평원 십리에 풀은 구름에 이었고,
黃犢三三五五羣.　　　누런 송아지 삼삼오오 무리 지었구나.
知得倒騎前路入,　　　거꾸로 탈 줄 알아 앞길에 들어가니,
夕陽村口笛聲聞.　　　석양의 마을 어귀에 피리 소리 들이네.

垂楊　　　　　　　　　수양버들

枝葉垂垂曳短垣,　　　가지와 잎은 치렁치렁 낮은 담에 끌리고,
暗藏黃鳥綠烟痕.　　　깊이 숨은 꾀꼬리 푸른 연기에 묻었네.
白花飄落東風暮,　　　흰 꽃 나부껴 지고 봄바람에 해 저무는데,
三月江南雪一村.　　　삼월 강남 온 마을에 눈 내리는 구나.

---

60) 생학(笙鶴) : 신선이 학을 타고 생황을 연주하는 것으로, 일반적으로 선학(仙鶴)을 뜻한다.
61) 항아(姮娥) : 달에 산다고 전하는 선녀. 옛날에 후예(后羿)가 불사약(不死藥)을 구해 두었더
　　니, 그의 아내 항아(姮娥)가 그것을 훔쳐 먹고 월궁(月宮)으로 도망가서 외롭게 산다는 신
　　화가 전한다.

次雙碧亭韻都事時, 梁山樓題.　쌍벽정의 시에 차운하다 도사 때에 양산의 누정에 썼다.

颯颯疎篁淡淡流,　바람은 우수수 성긴 대숲에 담담히 흘러가고,
高樓藏得一番秋.　높은 누정은 한 번의 가을 간직하였구나.
不須久倚闌干立,　오래도록 난간에 기대어 설 필요 없으니,
芳草斜陽易得愁.　지는 석양 방초에 시름 얻기 쉬어서라오.

矗石樓題晉州懸板　촉석루에 쓰다 진주에 있는 현판이다.

飛樓橫枕大江淸,　나는 듯한 누각은 맑고 큰 강 빗겨 베고 누웠고,
天外羣峯削出成.　하늘 밖 뭇 봉우리는 깎아내 이룬 듯하구나.
日莫芳洲生白霧,　해 저무는 방주에 흰 안개 일어나니,
望中沙樹不分明.　바라보는 중에 모래와 나무가 분명하지 않네.

控遠亭在河東　공원정 하동에 있다.

雨打筠窓酒力微,　비가 대살창 치니 술기운 없어지는데,
江南芳草夢回時.　강남 방초 꿈 깨는 때로구나.
樓頭獨立無窮思,　누각 머리에 홀로 서니 생각이 무궁하니,
爲問靑山知不知.　청산은 아는지 모르는지 물어볼까.

過宿星有感在南原時　숙성령을 지나다 느낌이 있어 짓다 _{남원에 있을 때이다.}

國破家亡天地荒,　　나라 부서지고 집은 망하여 천지는 황량한데,
靑山尙帶昔年光.　　푸른 산은 예런 듯 지난 해 빛을 띠었구나.
閑花芳草溪頭遍,　　한가한 꽃 향기로운 풀은 시냇가에 두루 퍼지고,
駐馬空吟隰有萇.　　세워둔 말은 부질없이 울고 진펄엔 장초(萇楚)62)가
　　　　　　　　　　있네.

宿交龍書僧軸　　　교룡에 묵다가 중의 화축에 쓰다

白首干戈萬事哀,　　흰 머리로 전란에 나가니 만사가 슬픈데,
碧山應笑走風埃.　　푸른 산은 풍진 세상 뛰어다님 응당 비웃겠지.
强投蕭寺淸思慮,　　일부러 절간에 투숙하여 생각을 맑게 하는데,
老吏還將公事來.　　늙은 아전은 다시 공무를 갖고 오는구나.

紅桃雨惜花　　　　홍도에 비 내리자 꽃을 아끼다

三春方切雲霓望,　　석 달 봄 이제 끝나 구름과 무지개 바랐는데,
得雨今朝又底傷.　　비 얻은 오늘 아침 또 어찌 상심하는가.
風擺小桃花落盡,　　바람이 작은 복사꽃 털어 꽃 다 지니,
一宵孤負此年光.　　하룻밤 홀로 이 봄빛을 저버렸구나.

---

62) 진펄엔 장초(萇楚) : 장초(萇楚)는 복숭아나무와 비슷한 나무이다. 『시경(詩經)』「장초(萇楚)」
에 "진펄에서 생장한 저 장초나무, 그 가지 곱기도 하네. 반지르르 귀여운 너, 감각 없는
네가 부럽다.(隰有萇楚, 猗儺其枝. 夭之沃沃, 樂子之無知.)"라고 하였다. 정사가 번거롭고 부
역이 무거워 백성들이 고통을 견디지 못하고, 장초가 무지하여 근심이 없는 것만 못하다
고 탄식하는 말이다.

醉吟己亥四月　　　　　취해 읊다 기해년(1599) 4월.

鄰酒三盃午夢圓,　　　이웃과 술 석 잔에 한낮 꿈 단란한데,
一雙簷燕喚千般.　　　한 쌍의 제비 온갖 소리로 부르는구나.
起來軒外看桃李,　　　일어나 방 밖에 도리(桃李)63)를 보니,
新綠成條蝶舞酸.　　　신록이 가지를 이루어 나비 춤추기 어렵네.

臺皐次諸君韻　　　　　대고(臺皐)64)에서 제군(諸君)의 시에 차운하다

西暉沈汐海天紅,　　　서녘 빛은 조수에 잠겼고 바다 하늘은 붉은데,
天外高低散玉峯.　　　하늘 밖 높고 낮게 옥빛 봉우리 흩어졌구나.
塵霽扶桑人鼓舞,　　　먼지 개인 부상(扶桑)65)이 사람을 고무시키니,
請看長袖拂春風.　　　청컨대 긴 소매에 봄바람 나부끼는 것 보게나.

在赤巖題山人軸　　　　적암에 있을 때 산인의 화축(畵軸)에 쓰다

憐渠來訪說秋山,　　　기특하게도 찾아와 가을 산을 말하니,
翠壁丹崖望裏班.　　　푸른 절벽 붉은 비탈 바라보니 줄 서있네.
馱病驅馳堪一死,　　　병든 몸을 말에 싣고 내달려 한번 죽을만한데,
計程何日拜天顏.　　　노정 헤아리니 어느 날에 임금께 절 올릴까.

---

63) 도리(桃李) : 복숭아나무와 오얏나무.
64) 대고(臺皐) : 누대 언덕.
65) 부상(扶桑) : 동해(東海) 속의 신목(神木)으로, 해가 뜰 때 이 나뭇가지를 떨치고서 솟구쳐
　　올라온다고 전한다.

謝饋雉接伴時在平壤, 受此饋, 知歲.　꿩고기 보내옴에 사례하다 접반으로 평양에 있을 때 이 음식을 받고 세월을 알았다.

十五年前共太平,　　십오 년 전에는 함께 태평했건만,
干戈天地偶偸生.　　천지가 전란일 적에 우연히 목숨 보전했네.
相看無恙元多幸,　　서로 보니 별 탈 없어 참으로 다행인데,
情饋如何繼客程.　　정겨운 음식 어이하여 나그네 노정에 이어지나.

次楊員外吟雪員外郎位以贊畫主事來, 公爲接伴求和, 故次.　　양원외의 「음설」 시에 차운하다 원외랑이 찬획주사의 지위로 왔는데, 공께서 접반사가 되자 화답을 구하니 까닭에 차운하였다.

雪擁關河馬不前,　　눈이 변방을 둘러 말이 가지 못하고,
銀爲峯壑玉爲田.　　은빛은 봉우리 골짝, 옥빛은 밭이 되네.
驅馳無暇吟晴景,　　겨를 없이 말을 몰다 맑은 경치 읊으니,
不覺蒼茫度遠山.　　모르는 새 아득히 먼 산을 지났구나.

原韻　　　　　　　원운

鵝毛亂墜擁驅前,　　거위 털 어지러이 떨어져 말 달리는 앞 둘렀고,
一望農郊玉種田.　　농촌 교외를 한번 보니 옥으로 밭에 심었구나.
村舍掩扉人跡絶,　　촌가에 사립문 닫혀 인적이 끊겼는데,
將來何狀走深山.　　장차 어떤 모습으로 깊은 산을 달릴까.

君跨雕鞍過幾川,　　그대는 화려한 안장에 앉아 몇 강을 지났나
旌旗飄動馬難前.　　정기는 바람에 날리고 말은 나아가기 어려워라.

瓊琚點雪花添錦,　　주옥같은 눈 내리고 꽃은 비단을 더하니,
謾解金圭倒玉山.　　부질없이 금빛 홀이 옥빛 산에 거꾸러졌나 풀었네.

次曺舍人德光夜吟丁酉持軍機秘書來. 公一見便曉, 與之, 相善極稱該達. 조사인덕광의 「야음」시에 차운하다 정유년(1597) 군기비서를 갖고 왔는데, 공께서 한번 보고 바로 알아 답을 주니, 상선이 그의 뛰어남을 지극히 칭찬하였다.

前山擎雪瘦峯危,　　앞산에 눈 쌓여 여윈 봉우리 위태롭고,
霽月崢嶸薄霧披.　　개인 달 우뚝 솟아 엷은 안개 열었네.
孤枕未圓南去夢,　　외로운 베개 남쪽 가는 꿈에 원만하지 않은데,
寒鷄搏搏叫征驢　　추운 닭은 애타는 듯 가는 나귀에다 우는구나.

原韻　　　　　　　원운

晚逢東海值艱危,　　저물녘 동해를 보고 어렵고 위험한 때 당하니,
明月寒宵意暫披.　　밝은 달 추운 밤에 뜻을 잠시 열어 보이네.
直至五更眠不得,　　바로 오경[66]이 되어도 잠 이룰 수 없어서,
臥聽窓外齕蒭驢　　누워 창밖에서 나귀 꼴 먹는 소리 듣는다오.
右曺舍人　　　　오른쪽은 조사인의 시이다.

病在膏肓說與誰,　　병이 고황에 있으니 뉘와 함께 얘기할까
隨波終日敢驅馳.　　물결 따라 종일토록 맘대로 말 달리네.
呻吟未盡天將曉,　　신음소리 다하지 않아서 하늘은 새벽 되려는데,
却喜郎中起寢遲.　　낭중께서 기상 늦는 것이 도리어 기쁘구나.

---

66) 오경 : 새벽 3~5시.

別楊員外　　　　　양원외와 이별하다

臨分脉脉贈何辭,　　이별을 앞두고 그윽이 무슨 말씀 드릴까
國破家亡天地危.　　나라 부서지고 집안 망하여 천하 위태롭네.
鶴去遼陽瑤海隔,　　학 떠난 요양은 신선의 바다와 격해 있으니,
此生何處更追隨.　　이 몸 어느 곳에서 다시 따를 수 있으리.
已上接伴時　　　이상의 시는 접반사 때이다.

醉贈崔秀才珽 乃同接應鳳之子, 時在黃海, 故云云.　취해 수재 최정에게 주다 바로 동접인 응봉의
아들이다. 당시에 황해에 있으니 까닭에 운운하였다.

陽關一曲發梅花,　　양관(陽關)67) 한 구비에 매화가 피었는데,
明日迢迢去路遐.　　내일은 아스라이 갈 길이 멀구나.
遙憶故人成遠夢,　　아득히 친구가 먼 꿈 이룸을 기억나니,
海西明月臥誰家.　　해서 땅 밝은 달에 뉘 집에서 누울까.

醉次吉遠　　　　　취해 길원의 시에 차운하다

春到漁村拂釣簑,　　봄이 어촌에 이르자 낚시와 도롱이 터는데,
扁舟落日興如何.　　일엽편주 지는 해에 흥은 어떠한가.
清詩白酒留歸客,　　맑은 시와 흰 술은 나그네를 머물게 하고,
大雪譁譁打野家.　　큰 눈은 요란하게 시골집을 쳐대네.

---

67) 양관(陽關) : 중국 서쪽 변방의 관새(關塞).

路吟庚子仲春, 還霜山時, 道中偶吟之. 길에서 읊다 경자년(1600) 중춘 상산에서 돌아온 때 길 가던 중에 우연히 읊었다.

尋芳晴日入山來,　　꽃을 찾아 개인 날에 산에 들어오니,
嫩綠層紅滿眼堆　　여린 초록빛과 층층 붉은 빛 눈에 가득 쌓이네.
自恨衰年無脚力,　　절로 한스러운 건 나이 먹어 다리 힘 없어서,
青藜不得上崔嵬.　　청려장 짚고 높은 산 오를 수 없음이라.

大峴呼韻庚子三月　　대현에서 운자를 부르다 경자년(1600) 3월.

小溪鳴咽送春聲,　　작은 시내 오열하며 봄 소리 전하고,
便喜山禽得意鳴.　　문득 산새가 득의한 듯 우니 기쁘구나.
晚酌西溪馱醉去,　　해 저물어 서계에서 술잔 나누다 취해 실려 가는데,
插花霜鬢路人驚.　　허옇게 센 살쩍머리에 꽃 꽂으니 길 가던 이 놀라네.

次醉舞紅桃下韻　　취해 「무흥도하」 시에 차운하다

婆娑休拂雨餘枝,　　춤추다 빗물 남은 가지 털지 마오
香雪堆紅也不遲.　　향긋한 눈 쌓인 붉은 꽃 응당 머지 않으리.
蝴蝶翩翩來對舞,　　나비 훨훨 날아와 마주보고 춤추니,
此間幽趣亦能至.　　이곳의 그윽한 홍취 또한 지극하여라.

題蓮圖二首　　　　연꽃 그림에 쓰다 2수

數叢能覆一江波,　　　두어 떨기로 온 강의 물결을 덮을 수 있으니,
白坼紅抽次第發.　　　흰 꽃 터지고 붉은 꽃 빼어나 차례로 피어났네.
採菱何處隱孤舟,　　　채릉가 들리는 어느 곳에 외로운 배 숨었나
水潤東洲鳧腳沒.　　　강물 넓은데 동녘 모래섬에 물오리 다리 잠겼구나.

疊翠層紅縎玉釵,　　　첩첩 비취빛과 층층 붉은 빛에 옥비녀 꽂았고,
玉釵頭重臥淸波.　　　옥비녀에 머리 무거워 맑은 물결 베고 누웠구나.
香風喚起雙眠鷺,　　　향긋한 바람 불어 쌍쌍이 조는 백로 깨우는데,
回首西江望蓼花.　　　머리를 돌려 서강에 여뀌꽃을 바라보네.

詠西苽　　　　　　　수박을 읊다

竹床扶拱兩三莖,　　　대나무 평상에 두어 줄기 안아다가,
撐出琉璃四箇靑.　　　유리구슬 헤쳐 내니 네 개는 푸르네.
含却西方霜雪白,　　　서방의 흰 서리와 눈을 머금은 듯하여,
窓前相對意偏淸.　　　창 앞에 서로 대하니 뜻 맑기만 하구나.

次兒輩夜雨鈴韻　　　아이의 「야우령(夜雨鈴)」시에 차운하다

觸物無非耳目驚,　　　사물에 닿으면 이목이 놀라지 않음이 없으니,
一庭寒雨又愁聲.　　　온 뜰에 찬비는 또 근심스럽게 들리네.
玲玲怳是霓裳曲,　　　쟁그렁 옥 소리에 멍하니 예상곡[68]인가 하였더니,

鈴自無心聽有情.　　방울은 절로 무심한데 듣는 이는 뜻을 두었구나.

次馬嵬韻　　　　　「마외(馬嵬)」시에 차운하다

靑騾踟躕不能行,　　푸른 노새 구부정대니 갈 수 없는데,
十載繁華一夢驚.　　십년의 번화함이 한 꿈에 깨는구나.
錦襪已成塵一掬,　　비단 버선69) 벌써 한줌 먼지 되었으니,
蜀山霖月復何情.　　촉산의 임월(霖月)에 다시 무슨 정한이 있으랴.

次焚坑韻　　　　　「분갱(焚坑)」시에 차운하다

哀哀四百不逃秦,　　슬프고 슬픈 건 사백의 유생이 진을 달아나지 않아,
飜作驪山一掬塵.　　도리어 여산의 한 줌 먼지 되어버린 일이라.
武陵漁釣商山採,　　무릉의 낚시하던 이70)와 상산71)의 영지 캐던 늙은이,

---

68) 예상곡 : 「예상우의곡(霓裳羽衣曲)」의 줄임말로, 중국 당나라 때의 이름난 악곡이다. 당나라 개원(開元) 연간에 하서절도사(河西節度使) 양경충(楊敬忠)이 바치고, 현종(玄宗)이 편곡했다고 한다. 여기서는 화려한 궁중 음악을 뜻하는 관용어로 쓰였다.
69) 비단 버선 : 중국 송나라 악사(樂史)의 『양태진외전(楊太眞外傳)』에 "양 귀비가 죽던 날에 마외의 한 노파가 양 귀비의 비단 버선 한 짝을 얻었는데, 전하는 말에 따르면, 그 버선을 이용해 지나는 길손에게 한 번 구경하는 데 백전씩을 받아서 전후로 무수한 돈을 벌었다.(妃子死日, 馬嵬嫗得錦袎襪一隻, 相傳過客一玩百錢, 前後獲錢無數.)"라고 하였다.
70) 무릉의 낚시하던 이 : 중국 진(秦)나라의 폭정을 피하여 숨은 사람들을 말한다. 진(晉)나라 때 무릉 의 한 어부가 복숭아꽃이 떠내려 오는 시냇물을 거슬러 배를 저어가니, 그곳에 경치가 좋고 평화로운 한 마을이 있었다고 한다. 진(秦)나라의 폭정을 피하여 숨은 사람들로, 진나라가 망하고 왕조가 몇 번 바뀐 사실조차 모르고 있었다고 전한다. 도연명의 「도화원기(桃花源記)」.
71) 상산(商山) : 중국 진나라 때 상안산(商顔山)의 준말이다. 상산사호(商山四皓)는 동원공(東園公)・기리계(綺里季)・하황공(夏黃公)・녹리(甪里) 선생의 네 사람을 가리키는데, 진(秦)나라의 학정을 피해 상산에 은거하였고 한 고조가 선비를 싫어하자 한나라 조정에 서지 않겠다

| 曾是咸陽巷議人 | 일찍이 함양[72]의 길거리 의논이나 하던 사람이라네. |

次四皓還山韻　　「사호환산(四皓還山)」시에 차운하다

已翼春宮六翮成,	벌써 춘궁[73]의 우익이 되어 육핵[74]을 이루니,
漢家人爵片雲輕.	한 나라 벼슬내림은 조각구름마냥 가볍구나.
青山無恙生三秀,	청산은 탈 없이 삼수[75]를 내놓고,
依舊溪風一段清.	시내 바람 한 조각 청한함은 의구하네.

次誤中副車韻　　「오중부거(誤中副車)[76]」시에 차운하다

| 亂臭輼輬在此驚, | 어지러운 악취 나는 온량[77] 이에 있어 놀라는데, |

고 하며 산속에서 영지(靈芝)를 캐 먹으면서 지냈다. 『사기(史記)』 권8 「고조본기(高祖本紀)」.

72) 함양(咸陽) : 중국 진(秦)나라 도성.

73) 춘궁(春宮) : 태자를 가리킨다. 한(漢) 고조가 여후(呂后)가 낳은 효혜제(孝惠帝)를 폐하고 척희(戚姬)가 낳은 여의(如意)를 태자로 세우려고 하자, 여후는 장량(張良)에게 계책을 세우도록 위협하였고, 장량의 계책에 따라 상산사호(商山四皓)를 초청하여 태자를 보좌하게 하였다. 이에 상산사호를 흠모하던 한 고조는 태자를 바꾸려던 계획을 중지하였다. 『사기(史記)』 권8 「고조본기(高祖本紀)」.

74) 육핵(六翮) : 여섯 개의 핵(翮). 핵은 새 날개의 깃촉이다. 공중에 높이 나는 새는 여섯 개의 튼튼한 근육으로 이루어진 깃촉이 있다고 전한다.

75) 삼수(三秀) : 상산사호(商山四皓)가 캐 먹고 살았다는 영지초(靈芝草)의 별칭이다. 1년에 세 번 꽃이 핀다 하여 삼수(三秀)라는 이름이 붙었다.

76) 오중부거(誤中副車) : 부거(副車)만 잘못 맞추다. "장량(張良)의 조상이 오세(五世)를 한(韓) 나라에서 정승 노릇을 하였다. 한이 진(秦)에 멸망되자, 장량은 원수를 갚기 위하여 창해역사(滄海力士)에게 철퇴(鐵椎)를 들려 박랑사중(博浪沙中)에서 시황(始皇)을 저격(狙擊)하게 하였는데, 빗나가서 시황의 부거(副車)를 맞췄다."라고 하였다. 『사기(史記)』「유후세가(留侯世家)」.

77) 온량(輼輬) : 수레 이름인데, 상유거(喪輀車)와 같다. 『사기』「이사전(李斯傳)」에, "시황(始皇)을 온량거(輼輬車) 속에 두었다."라고 하였다.

休言誤中志無成.　　　수레 잘못 맞추어 뜻을 못 이루었다 말을 마오.
一身元係韓劉望,　　　한 몸 원래 한신과 유방의 바람에 매었으니,
怪爾潛行俠客輕.　　　몰래 다니는 협객의 가벼움 괴이쩍구나.

次折檻韻　　　　　　　「절함(折檻)78)」시에 차운하다

請劍方期斬佞臣,　　　검을 청하여 아첨하는 신하 베어 달라 바라며.
平生自許比干身.　　　평소 스스로 비간(比干)79)의 몸임을 자부하였네.
談鋒已折諸王膽,　　　담론은 벌써 왕의 간담을 꺾었으니,
豈獨安昌一箇人　　　어찌 유독 안창(安昌)의 한 사람80)만이겠는가.

---

78) 절함(折檻) : 임금의 잘못을 굳이 간한다는 뜻이다. 중국 한(漢)나라 때 주운(朱雲)이 간하다
　　가 효성제(孝成帝)의 노여움을 사서 전상(殿上)에서 끌려 내려갈 때 어전(御殿)의 난간을 붙
　　잡고 버티며 간하다가 난간이 부러졌다는 고사이다. 『한서(漢書)』 권67 「주운전(朱雲傳)」.
79) 비간(比干) : 중국 은(殷)나라 왕실의 종친으로, 포학하고 음란한 주왕(紂王)에게 간하다가
　　살해당하였다.
80) 안창의 사람 : 중국 한(漢)나라의 직신(直臣)인 주운(朱雲)을 가리킨다. 한나라 성제(成帝)
　　때에 괴리 영(槐里令) 주운이 황제 앞에서 "상방참마검을 빌려 주시면 아첨하는 신하 한
　　사람의 목을 베어 다른 사람을 경계시키겠다.(願賜尙方斬馬劍, 斷佞臣一人, 以勵其與.)"라고
　　하면서 안창후(安昌侯) 장우(張禹)를 지목하였는데, 황제의 노여움을 사서 어사(御史)에 의
　　해 저지당하러 아래로 끌려 내려갈 적에 "관용방(關龍逄)과 비간의 뒤를 따라 지하에서
　　노닐 수 있으면 족하다.(得下從龍逄龍比干, 遊於地下 足矣.)"라고 외치며 전각의 난간을 끝
　　까지 붙잡고 버티는 바람에 난간이 모두 부서져 나갔는데, 뒤에 성제가 그의 충심을 깨닫
　　고는 부서진 난간을 그대로 보존하여 직신(直臣)의 정표(旌表)로 삼게 했다는 고사가 전한
　　다. 『한서(漢書)』 권67 「주운전(朱雲傳)」.

次老馬韻 「노마(老馬)81)」시에 차운하다

伏櫪長思萬里行, 마구간에 누워도 만 리 달릴 것 길이 생각하고,
回頭天末獨酸鳴. 머리 돌려 하늘 끝에 홀로 괴로이 우는구나.
神騅顚蹶烏江道, 신령한 오추마82)는 오강(烏江) 길에서 넘어졌으니,
終始何如保舊情. 종시 어찌하여 옛 정을 보존하리오.

偶吟二首 우연히 읊다 2수

沙上騎驢興已闌, 백사장 위 나귀 타고 흥은 벌써 무르익었는데,

夢隨梅雪到盤山. 꿈결에 설중매 따라 반산에 이르렀구나.
滄波白鳥無窮味, 푸른 물결 흰 물새는 무궁한 맛이 있는데,
付與漁翁自在閒. 어옹에 마음 붙이니 절로 한가로워라.

海隱堂中天地寬, 해은당83) 가운데 천지가 널찍하고,
琴書風月足餘閑. 거문고 책에 풍월이라 족히 한가로움 넘치네.
暫拳一手支頭臥, 잠시 한 손 쥐어 머리 괴고 누웠다가,
旋把漁竿上釣灣. 낚싯대 돌려 바닷가에 낚시를 던져야지.

---

81) 노마(老馬) : 중국 삼국(三國) 시대 조조(曹操)의 '늙은 준마가 마구간에 누웠으나, 뜻은 천
리를 가고자 한다.〔老驥伏櫪, 志在千里〕'라는 말이 전한다.
82) 오추마(烏騅馬) : 오추마는 항우가 항상 타던 말이다. 중국 초(楚)나라 항우(項羽)가 해하(垓
下)에서 마지막으로 패전하여 겹겹이 포위를 당한 속에서 밤에 일어나 장중(帳中)에서 술
을 마시며 사랑하는 우미인(虞美人)을 잡고 울면서 노래하기를, "힘은 산을 빼고 기운은
세상을 덮었더니, 때가 불리(不利)하여 오추마(烏騅馬)가 가지 않는다."라고 하였다.
83) 해은당 : 현재 전라남도 보성의 명교마을 앞 서쪽 부근에 있었다고 전하는 청람대 아래에
지은 건물.

霜菊   상국(霜菊)

滿園花草怯秋霜,   동산 가득한 꽃과 풀은 가을 서리 겁내는데,
愛汝衝寒始播香.   찬 서리 맞아야 향기 내는 네가 사랑스럽구나.
戲蝶狂蜂元不到,   희롱하는 나비와 미친 벌은 원래 오지 못하지만
月明時引主人觴.   달 밝을 적에 주인에게 술잔을 들게 하네.

盆菊   국화 화분

抱病開窓怯早寒,   병들어 창을 열자 이른 추위 겁나니,
移來榻上撫摩看.   걸상에 옮겨와 어루만지며 바라본다오.
可憐傲雪凌霜節,   가련하다 오상고절(傲霜孤節)이여,
猶托沙盆掬土間.   여전히 사기 화분 한 줌 흙에 의지하네.

送鄭季涵之嶺東   정계함84)이 영동에 감을 전송하다

獨抱淸詩出城去,   홀로 맑은 시 품고 성을 나서 떠나는데,
東風關路綠楊低.   봄바람 부는 관동 길에 푸른 버들 나직하네
茫茫別恨憑誰洩,   아득한 이별의 정한 뉘 의지해 풀어볼까
付與春禽無限啼.   봄새의 한없는 울음에 부쳐 본다오.

---

84) 정계함 : 정철(鄭澈). 1536년(중종 31)~1593년(선조 26). 조선 중기의 문신·문인으로 본
   관은 연일(延日). 자는 계함(季涵), 호는 송강(松江)이다. 1580년(선조 13) 45세 때 강원도관
   찰사(江原道觀察使)가 되었는데, 이때에 반곡(盤谷)이 전송한 것으로 보인다.

江路都事時　　　　　강가의 길 도사 때이다

亂山開處忽淸江,　　　여러 산 열린 곳에 문득 밝은 강이 있어,
白石淸波三十里.　　　흰 바위 맑은 물결 삼십 리로구나.
年來多負白鷗盟,　　　몇 년이나 갈매기와의 맹세 저버렸던가,
見我翻然沉水底.　　　날 보고 훌쩍 물 아래로 들어가네.

盤谷堂八詠　　　　　반곡당 8영

夜雨生波岸脚沈,　　　밤비는 물결 내어 언덕 발치 잠겼고,
金絲玉葉忽成林.　　　금빛 실버들 옥빛 잎새 문득 숲을 이루네.
輕風時引村烟覆,　　　가벼운 바람 때때로 마을에 연기 끌어다 덮는데,
藏得黃鸝幾尺深.　　　숨어 있던 꾀꼬리 몇 척이나 깊이 있는지.
右谷川烟柳　　　　오른쪽은 골짜기 시내의 연기 낀 버들이다.

盤之峻嶺揷靑空,　　　반곡의 높은 봉우리 푸른 하늘에 꽂혀 있고,
滿壑長林盡是楓.　　　골짜기 가득한 긴 숲은 모두 다 단풍이구나.
一夜酣霜成錦繡,　　　온 밤 서리에 취해 비단에 수를 놓았는데,
傍人錯道暎山紅.　　　곁에 사람이 영산홍이라 잘못 말하네.
右盤嶺霜楓　　　　오른쪽은 반곡 산봉우리의 서리 맞은 단풍이다.

風送長空白雨晴,　　　바람이 긴 하늘에 불어와 비가 개이니,
碧峯高拱玉縱橫.　　　푸른 봉우리 높이 앉아 옥빛이 종횡하네.
溶溶一帶生幽澗,　　　넘실넘실 일대의 구름 그윽한 시내에 생겨나,
來往山腰片片輕.　　　산허리를 오며 가며 조각조각 가볍구나.

右加峴晴雲　　　　　오른쪽은 가현의 개인 구름이다.

一片孤峯瘦欲摧,　　　한 조각 외로운 봉우리 말라 꺾이려하고,
童童翠盖掩崔嵬.　　　옹기종기 푸른 일산은 높은 산을 가렸구나.
蒼茫暝色沉山外,　　　아득히 어둠은 산 밖에 잠겼는데,
寂愛瓊梢白玉堆.　　　가장 아끼는 건 푸른 가지 끝에 백옥 눈 쌓임이라.
右松山暮雪　　　　　오른쪽은 소나무 산의 저물녘 눈이다.

削出長原十里平,　　　깎아낸 듯 긴 들판 십리나 평평한데,
騎牛人去太縱橫.　　　소 탄 사람 지나가며 크게 종횡하는구나.
一聲散入西村暮,　　　한 피리 소리 흩어져 들자 서촌에 해 저물고,
紅杏綠楊春意生.　　　붉은 살구꽃 푸른 버들에 봄뜻이 생겨나네.
右長原牧笛　　　　　오른쪽은 긴 들판의 목동 피리이다.

曠野茫茫人跡稀,　　　광야는 아득하여 인적은 드문데,
一僧歸去夕陽時.　　　중 하나 석양의 때에 돌아가네.
遙聞古寺鳴殘磬,　　　멀리 옛 절에 잦아든 경쇠 소리 들리니,
回首西山步步遲.　　　서산에 머리 돌려 걸음마다 더디구나.
右斷橋歸僧　　　　　오른쪽은 끊어진 다리의 돌아가는 중이다.

孤峯宛轉立郊邊,　　　외로운 봉우리 완연히 교외 가에 서 있고,
一帶荒城不記年.　　　일대의 황량한 성 어느 해 지은 줄 모르겠구나.
往事至今餘古樹,　　　지난 일은 지금에 이르러 옛 나무에 남아 있어,
江風落日舞層巓.　　　강 바람 지는 해에 층층 산꼭대기에서 춤을 추네.
右孤城古樹　　　　　오른쪽은 외로운 선의 옛 나무이다.

寺在靑山第幾峯,　　절은 청산 몇 번째 봉우리에 있나
野僧遙向深林入.　　들녘 중은 멀리 깊은 숲을 향해 들어가네.
鍾聲隱隱落人間,　　종소리 은은하게 인간 세상에 떨어지는데,
萬疊烟霞藏不得.　　만 겹 연기 노을이 감추어 찾을 수 없구나.
右蕭寺鳴鐘右辛丑在家時　　오른쪽은 소사의 종 울림이다. 오른쪽은 신축년(1601) 집에
있을 때이다.

送李秀才瀹混兄弟之家察訪李長源之子, 箇滿還家, 故贈之. 이수재흡 · 혼 형제가 집에 감
을 전송하다 찰방 이장원의 아들이 임기가 만료하여 집에 돌아가는 까닭에 주었다.

忘年論學作心知,　　나이 잊고 학문을 논하니 작심한 것 알고,
交道纔成轉別離.　　교분의 도 겨우 이루었건만 헤어지게 되었네.
欲挽歸鞭同雪榻,　　돌아가는 말채찍을 당겨 설탑[85]을 같이 하려는데,
故山秋樹夢先馳.　　고향 산 가을 나무 꿈에서 먼저 달려갔구나.

沙頭夜吟　　　　　　모래 언덕에서 밤에 읊다

江豚吹浪打松根,　　강돈[86]이 물결을 불어 솔뿌리를 치고,
浦口蒼茫鎖暝痕.　　포구는 아득히 어둠에 잠겼구나.
逸興飄飄天外去,　　높은 홍취 너울너울 하늘 밖으로 가는데,
沙頭咫尺隔人村.　　모래 언덕은 지척 간에 인가와 떼어 있네.

---

85) 설탑(雪榻) : 중국 남제(南齊) 때 강필(江泌)이 집이 가난하여 밤에 등불을 켜지 못하고 눈
   에 비춰서 글을 읽었다고 전한다. 『남제서(南齊書)』 권55 「강필전(江泌傳)」. 여기서는 공
   부의 뜻이다.
86) 강돈 : 물속에 사는 전설의 짐승으로 돼지처럼 생겨서 강돈(江豚)이라 한다. 하늘에서 바
   람이 불려 하면 나타난다고 전한다.

菊花未及重陽　　　국화가 중양절에 아직 피지 않아

把酒寥寥對夕陽,　　술잔 잡고 고요하게 석양을 대하노니,
可憐無菊泛秋觴.　　가련하게 국화 없이 가을 술잔 들었구나.
應教更作重陽會,　　틀림없이 중양절 모임 다시 하겠지만,
芳意玲瓏待晚霜.　　영롱한 꽃다운 뜻 늦은 서리 기다리네.

次宋仁甫英壽字韻　　송인보영구의 자이다의 시에 차운하다

風流文彩稱門閭,　　풍류와 문채는 문려(門閭)에 칭송되었고,
滿世才名孝友餘.　　재명은 세상에 가득하고 효성 우애 넘치네.
夢魂已飛湖外去,　　몽혼은 벌써 강 밖에 날아 떠나는데,
故園秋樹政扶疎.　　옛 동산 가을 나무는 바로 우거졌겠지.

鳳鳴橋次敬差二首　　봉명교에서 경차의 시에 차운하다 2수

淸江之水去滔滔,　　맑은 강물은 도도히 흘러가고,
明月在天人在橋.　　밝은 달은 하늘에, 사람은 다리에 있네.
把酒徘徊不能去,　　술 들고 배회하다 떠날 수 없는데,
一聲長笛徹雲霄.　　한 곡조 피리 소리 하늘 높이 통하는구나.

驅馳王事却忘身,　　왕사(王事)에 바삐 다니다 도리어 자신을 잊었더니,
一點終南入夢頻.　　한 점 같은 종남산이 꿈에 자주 드는구나.
京洛故人如問我,　　한양 친구들이 혹이 나를 묻거들랑,

爲言憔悴不成人　　　초췌하여 몸 온전치 못한 사람이라 말해주오.

挽安氏　　　안씨 만사

治壼無違婦德馨,　　가정을 다스림에 어김없고 부덕은 향기로운데,
百年人事付螟蛉.　　평생의 사람 일은 명령의 가르침[87]에 부쳤도다.
白頭夫子空房淚,　　흰 머리 부자(夫子)는 빈 방에서 눈물지으니,
泉下孤寃定不暝.　　저승의 외로운 혼이 정히 눈을 감지 못하겠네.

晚梅歎　　　늦은 매화에 탄식하다

戴雪芳華已失時,　　눈을 이고 있는 매화 벌써 때를 잃었으니,
氷霜操節有誰知.　　얼음 서리에 절개 지킴을 뉘 알리오.
却嫌桃李爭春色,　　도리어 싫은 건 도리가 봄빛을 다툼이니,
先向東風片片飛.　　먼저 봄바람 향해 조각조각 날리는구나.

---

87) 명령(螟蛉)의 가르침 : 곧 자식이나 제자(弟子)를 훌륭하게 가르치는 것을 뜻한다. 『시경』
「소완(小宛)」에 "들 가운데 콩이 열렸거늘, 사람마다 가서 따도다. 뽕나무 벌레 새끼를, 나
나니벌이 업고 가도다. 너도 자식 잘 길러서, 착한 것을 닮게 하라. 〔中原有菽 庶民采之 螟
蛉有子 蜾蠃負之 敎誨爾子 式穀似之〕"라고 한 데서 온 말인데, 이 시는 곧 주 유왕(周幽王)
이 포학하여 나라가 매우 어지러워지므로, 주나라 대부(大夫)가 이를 걱정하여 어서 성왕
(聖王)이 나와서 백성들을 잘 다스려 주기를 바라는 뜻에서 부른 노래이다.

金陵途中 辛丑春　　　금릉 도중 신축년(1601) 봄이다.

萬里滄波自在身,　　만 리의 푸른 물결은 절로 내게 있으니,
底編塵籍禍他人　　　어찌 책 먼지가 다른 이에 화가 되리오.
金陵風雨愁眠處,　　금릉의 바람과 비는 시름겨워 잠자는 곳에 있는데,
白鳥晴沙入夢頻.　　비 개인 백사장에 흰 새는 자주 꿈에 들어오네.

江南春水碧悠悠,　　강남의 봄물은 유유히 푸른데,
離思茫茫不自由.　　이별 생각 아득하여 마음대로 되질 않네.
莫向金陵回白首,　　금릉을 향해 흰 머리 돌리지 마오,
綠楊斜日易生愁.　　푸른 버들과 비스듬한 해에 쉽게 시름 생긴다오.

次兒輩濕雲韻　　　아이들의 「습운」 시에 차운하다

好風吹雨過西山,　　좋은 바람은 비를 불어 서산을 지나게 하고,
滿壑春雲濕脚低.　　골짜기 가득 봄 구름은 다리 아래 습하구나.
翩翩欲去不能去,　　훨훨 떠나 가려하나 갈 수 없는데,
半雜松陰浸小溪.　　반쯤 섞인 솔 그늘은 작은 시내 침범하네.

詠新蔬　　　새 채소를 읊다

西山小雨夜來晴,　　서산에 조금 비 오다 밤 되어 개이니,
吐碧抽芳次第生.　　푸른 빛 내고 향기 뿜으며 차례로 나오네.
採來却向溪頭煑,　　캐서 오려다 도리어 냇가에서 삶는데,

林下孤烟一抹輕.　　　숲 아래 외로운 연기 한 줄기 가볍구나.

醉起二首　　　　　취하여 일어나다 2수

山妻知我有春愁,　　산골 아내는 내게 봄 시름 있는 줄 알아,
手進一盃添好趣.　　손수 한 잔 내와 좋은 흥취 더하는구나.
醉入西園步步香,　　취해 서녘 동산에 드니 걸음마다 향긋한데,
綠楊紅杏生寒雨.　　푸른 버들 붉은 살구꽃 찬 비에 나오네.

垂楊低拂曲闌干,　　수양버들은 나직이 굽이 난간 털고,
芳草茫茫生玉壇.　　방초는 아득히 옥단에 생겨난다.
獨立夕陽吟正苦,　　석양에 홀로 서서 읊자니 참으로 괴로운데,
一簾山雨杏花殘.　　한 발의 산비에 살구꽃 잦아드네.

次吉遠二首三月旬　　길원의 시에 차운하다 2수. 삼월 초열흘이다.

尋芳連袂倚闌干,　　꽃 찾다 서로 손잡고 난간에 기대는데,
香雪堆紅掩玉壇.　　향긋한 눈 쌓인 붉은 꽃이 옥단을 가렸구나.
君家昨日不盡飲,　　자네 집에서 어젠 다 못 마셨네만,
須趁此山花未殘.　　이 산에 꽃 아니 잦아든 곳으로 달려가려네.

漁村煎酒伐春愁,　　어촌에선 술 데워 봄 시름 없애고,
白叟吟詩挑我趣.　　백발 노인은 시를 읊어 내 지취를 돋우네.
欲說近來人事多,　　근래에 사람 일 많다 말하려 하는데,

草生花發江南雨.　　　풀 나며 꽃 피고 강남엔 비 내리네.

呼韻　　　　　　　　　운자를 부르다

春來多病不登樓,　　　봄 오자 병이 많아 누대에 오르지 못하는데,
花發還驚歲易流.　　　꽃 피어 다시 세월 잘 가는 것에 놀란다오.
人事悠悠不可說,　　　사람 일은 유유하여 말한 만 하질 않으니,
急煎盃酒破閒愁.　　　급히 술잔을 데워 한가로운 시름 없애네.

寄崔君 時崔君朝海爲學長　　　최군에게 부치다 당시 최군이 조해에서 학장을 하였다.

一片心頭萬慮春,　　　한 조각 마음속 오만 생각 절구질하는데,
半庭寒雨在盤松.　　　뜰 반쯤 찬비는 반송(盤松)88)에 있구나.
春來多病無晴日,　　　봄 오자 병 많고 개인 날 없으니,
恨不飛筇第一峯.　　　제일봉에 지팡이 짚고 날 듯 오르지 못해 한스럽네.

次李秀才震男紅杏韻 戊戌三月十九日在洛　　　수재 이진남의 「홍행」시에 차운하다
무술년(1598) 3월 19일. 서울에 있었다.

獨樹臨墻報晚晴,　　　외로운 나무는 담장에 임해 저물녘 맑음 알리고,
枝枝堆雪夕陽明.　　　가지마다 쌓인 눈은 석양에 밝구나.
幾年開落笙歌裏,　　　몇 년을 생황 노래 속에 피고 졌나,

---

88) 반송(盤松) : 가지가 옆으로 퍼진 키가 작은 소나무.

雨淚風飛若有情.　　비 울고 바람 날리니 정 있는 것 같네.

別李接伴明甫李公德馨同爲接伴　　접반 이명보를 이별하다 이덕형 공이 함께 접반사가 되었다.

借得和風座上春,　　온화한 바람 빌어다 자리 위에 봄으로 하니,
客中還送遠行人　　나그네 중에 다시 먼 길 가는 사람 전송하네.
相思何處勞歸夢,　　어딘가를 그리워하다 돌아갈 꿈 수고로운데,
芳草閑花鴨水濱.　　방초와 한가한 꽃은 압록강 가에 있구나.

原韻　　원운

霜鬢燈前惜暮春,　　서리 살쩍은 등불 앞에 저문 봄을 애석해하고,
江南千里未歸人　　강남 천리에 아직 돌아가지 못한 사람이로다.
明朝上馬關西去,　　내일 아침 말에 올라 관서로 떠나는데,
回首黃塵尙海濱.　　누런 먼지에서 머리 돌려 바닷가를 바라네.

謝子誠丁久字　　자성에게 사례하다 정구의 자이다.

多君兄弟獨來尋,　　자네 형제도 많은데 유독 찾아와,
懽意團圓溢我襟.　　기쁜 마음 단란하고 내 흉금에 넘치네.
才道相思還告別,　　재주와 도가 그리웠는데 다시 이별 고하니,
海天雲盡夕陽深.　　바다 하늘에 구름 다하고 석양은 깊구나.

與洞員醉歡己亥二月歌皷會飮 　동원(洞員)과 취해 즐기다 기해년(1599) 2월에 노래와 북을 치며
모여 마셨다.

此聲何使此心驚,　　이 소리 무슨 일로 이 마음을 놀래키나
八箇年來始此聲.　　8년 이래로 처음 이 소리로구나.
紅杏綠楊皆喜色,　　붉은 살구꽃 푸른 버들 다 기쁜 얼굴이니
當盃休說亂離情.　　술잔 앞에 두고 난리 이야길랑 마소.

廢池　　　　　　　버려진 못

源頭草沒不通波,　　수원(水源)이 풀에 묻혀 물이 통하지 않아,
掬水成泥半浸蛙.　　물 움켜쥐자 진흙 되고 반은 개구리에 잠겼네.
多謝東風知我到,　　고마운 봄바람이 내게 이른 줄 알겠으니,
故吹新雨促開花.　　짐짓 불어 새로 비 내려 꽃 피기를 재촉하는구나.

落花　　　　　　　낙화

一年春事不多時,　　한 해의 봄 일은 시간 많지 않으니,
滿樹天紅又欲飛.　　나무 가득 어리고 붉은 꽃 또 날리려 하네.
强折一枝栽醉鬂,　　일부러 한 가지 꺾어 취한 살쩍에 꽂는데,
飛來飛去我何知.　　날아오고 날아가는 건 내 어이 알겠나.

借驢而瑞   나귀 빌린 이서

高人扶醉駕靑驢,   고인이 취객을 부축해 푸른 나귀에 실어 놓고,
十里長坡縱所如.   십리 긴 고개를 멋대로 가게 하는구나.
芳草落花閑往返,   방초와 낙화 있는 곳에 한가히 갔다 돌아와,
孰爲君也孰爲余.   누가 자네이고 또 누가 나인가 하네.

次吉遠己上五首己亥春   길원의 시에 차운하다 이상 5수는 기해년(1599) 봄에 지은 것이다.

萬事如今白髮新,   만사는 지금 같은데 흰 머리는 새롭고,
碧山花落又傷春.   푸른 산 꽃 지니 또 봄을 상심하네.
登高不是探幽興,   높은 데 오름이 그윽한 흥취 찾는 게 아니니,
薄採芝蘭望美人   지초 난초 조금 캐어다 임금님 만나 뵈리.

大谷山菜炊煙   대곡의 산나물 밥 짓는 연기

菜來炊黍趁新晴,   나물 오자 기장밥 지어 새로 갠 날 좋으니,
一抹微微綠處生.   희미한 일말의 연기가 푸른 곳에서 나오네.
莫使風吹山外去,   바람 불어 산밖에 날리게 하지 말거나,
怕人知得一般淸.   남이 이 같은 청량한 경지 알까 두려우이.

遊使君臺　　　　　사군대에 유람하다

勝會何須說二天,　멋진 연회에 이천[89]을 말할 무슨 필요 있으랴,
夕陽吟破舊風烟.　석양에 옛 풍경 마음껏 읊으리라.
風燈世事山無恙,　풍전등화 세상사, 산은 탈이 없으니,
要把情盃席更前.　정 담은 술잔 들고 자리 앞으로 옮겨야지.

偶吟　　　　　　　우연히 읊다

病與徭煩共氣門,　병은 번다한 요역[90]과 기문(氣門)을 함께하니,
此生心緒亂紛紛.　이 몸의 마음은 분분히 어지럽구나.
誰家有酒身無事,　뉘 집에 술 있어 내 신세 아무 일 없을까,
長對蒼鷹度夕昕.　길이 푸른 매가 아침저녁 날아감을 마주보네.

---

89) 이천(二天) : 친구와 오랜만에 만나 추억을 이야기하며 우정을 나누는 사적인 술자리를 말한다. 중국 후한(後漢) 순제(順帝) 때 소장(蘇章)이 기주 자사(冀州刺史)로 부임했을 적에 옛 친구가 그의 관할 구역인 청하(淸河)의 태수(太守)로 있으면서 불법적으로 부정한 행위를 범한 사실을 적발하고는 그 친구를 불러 술을 같이 마시면서 화기애애하게 옛날의 우정을 서로 나누었다. 그런데 그 친구가 기뻐하며 "사람들은 모두 하나의 하늘을 가지고 있지만 나만은 두 개의 하늘을 가지고 있다.(人皆有一天, 我獨有二天)"라고 하자, 소장이 "오늘 저녁에 내가 일반인으로서 옛 친구를 만나 술을 마시는 것은 사은(私恩)이요, 내일 기주 자사로서 사건을 처리하는 것은 공법(公法)이다."라고 하고 마침내 그의 죄를 바로잡아 처벌하였다는 고사가 있다. 『후한서(後漢書)』 권31, 「소장열전(蘇章列傳)」.
90) 요역(徭役) : 국가가 백성의 노동력을 무상으로 징발하던 수취 제도. 요부(徭賦)・부역(賦役)・차역(差役)・역역(力役)・잡역(雜役) 등으로도 불린다.

遊秋山二首　　　　　추산에 유람하다 2수

一曲琴聲山影生,　　　한 곡조 거문고 소리에 산 그림자 생기고,
玲瓏石澗碎餘淸.　　　영롱한 석간수는 남은 맑음 부수는구나.
欲行還被溪藤挽,　　　다시 시냇가 등나무의 만류를 받으러 가려 하는데,
重把松醪說舊情.　　　거듭 송료91)를 들고 옛 정을 말하리라.

白首人間笑此生,　　　흰 머리로 인간 세상에 있으니 이 몸 우스운데,
醉憑松桂自生淸.　　　취해 소나무 계수나무 의지하니 절로 맑은 기운 나네.
靑山不與腥塵去,　　　청산은 비린내 티끌 함께 하지 않아 버리고,
送月邀風報舊情.　　　달 보내고 바람 맞이하여 옛 정을 알리는구나.

白沙口號　　　　　　백사장에서 즉석으로 부르다

海樹驚霜鬢亦秋,　　　바닷가 나무 서리에 놀라고 살쩍도 가을인데,
强將酸抱付淸遊.　　　일부러 쓰린 회포를 맑은 유람에 부쳐보네.
八年人事三盃酒,　　　팔년의 인간사는 석 잔의 술92)에 보내고,
寒日悠悠在小洲.　　　추운 해는 유유히 작은 모래섬에 있구나.

---

91) 송료(松醪) : 솔잎이나 솔뿌리를 넣고 빚은 탁주를 가리킨다. 중국 송나라 문인 소식(蘇軾)
　　의 「중산송료부(中山松醪賦)」에 "뽕나무 느릅나무에서 재료를 거두어, 중산의 송료를 담근
　　다.(收薄用於桑楡, 製中山之松醪)"라고 하였다.
92) 석 잔의 술 : 중국 당(唐)나라 시인 이백(李白)의 「월하독작(月下獨酌)」에 "석 잔을 마시면
　　위대한 도에 통하고, 한 말을 마시면 자연과 합치되네.(三杯通大道, 一斗合自然)"라고 하였
　　다. 『이태백집(李太白集)』 권22.

重陽日己亥　　　　　중양일 기해(1599)

去年今日不如斯,　　작년 오늘도 이와 같진 않았으니,
來歲重陽亦未期.　　내년 중양일도 기약하지 못하겠구나.
强把一尊催鼓笛,　　일부러 한잔 술 들고 풍악을 재촉하는데,
黃花滿鬢舞徹徹.　　국화는 살쩍에 가득하여 너울너울 춤추네.

月夜吉遠以酒來　　　달밤에 길원이 술 가지고 오다

滄波寂寂島回回,　　푸른 물결 적적하고 섬은 돌고 돌며,
楓未酣霜菊未開.　　단풍은 서리에 취하지 않고 국화도 안 피었네.
抱病不曾看好月,　　병 안아 일찍이 좋은 달 보지 못하는데,
只憐今夜故人來.　　다만 기특한 건 이 밤에 옛 친구 온 일이라오.

而瑞生日　　　　　　이서의 생일

三尺長琴倚松根,　　석자의 긴 거문고 솔뿌리에 기대어 두는데,
淸風颯颯滿金尊.　　맑은 바람 우수수 금빛 술잔에 가득하네.
百年一日今朝是,　　백년 중 하루는 바로 오늘 아침이니,
要把情杯待月昏.　　정겨운 술잔 들고 달뜨는 저녁 기다리세.

霜後柳靑　　　서리 내린 뒤 버들이 푸르다

爲是池邊好搆亭,　　　이를 위해 연못가에 정자 좋게 지어서,
淸霜不堪殺餘靑.　　　맑은 서리도 남은 푸름을 줄이진 못하네.
草堂新搆添顔色,　　　초당을 새로 얽어 안색을 더했으니,
要待春鶯一兩聲.　　　봄 꾀꼬리 한두 번 노래함을 기다려야지.

架上鷹　　　시렁 위의 매

三淸彩翮拂雲長,　　　삼청[93]의 채색 날개는 구름 길게 떨쳐내고,
尺架應思萬里翔.　　　한 척 시렁에서 응당 만 리 비상 생각하리.
要擊人間狐兔盡,　　　인간 세상에 여우나 토끼 다 쳐서 잡으러,
興來時臂夕陽崗.　　　흥이 나면 때로 팔에 메고 석양 언덕에 간다오.

生辰吟己亥　　　생일에 읊다 기해년(1599)

余生五十八年秋,　　　나 태어나 오십팔 년의 가을인데,
喪亂支離白盡頭.　　　난리에 지리멸렬 흰 머리 다 되었네.
多謝故人來把酒,　　　옛 친구 술 가지고 와 참으로 고마우니,
一場歌笑蕩窮愁.　　　한바탕 노래하고 웃으며 궁한 시름 없애리.

---

93) 삼청(三淸) : 신선의 경계(境界). 천상(天上)의 신선이 산다는 옥청(玉淸)・상청(上淸)・태청
　　(太淸)의 세 궁궐을 말한다.

向弟家 　　　　　아우 집에 향하다

野日茫茫在古城，　들녘 해는 아득히 옛 성에 있는데,
寒驢委彎不能行.　저는 나귀는 고삐 놓아도 갈 수 없구나.
八溪居士來相引，　팔계94)에 사는 거사가 와서 이끌어,
環坐苔溪說舊情.　이끼 긴 시내에 둘러 앉아 옛 정을 얘기하네.

鳳林西澗 　　　　봉림95)의 서녘 시내

石作長磎栢作林，　바위로 긴 시내 만들고 잣나무로 숲을 지으니,
綠苔深處轉清陰.　푸른 이끼 깊은 곳이 맑은 그늘로 되었구나.
筇聲半雜水聲去，　지팡이 소리 반은 물소리에 섞어 가는데,
行盡秋山不盡吟.　가을 산행은 다했으나 읊기를 다하진 못했네.

除夜辛卯 　　　　제야 신묘년(1591)

喚兒中夜吹孤燈，　밤중에 아이 불러 외로운 등불 끄게 하는데,
千里相思夢未能.　천 리의 그리움에 꿈 이룰 수 없구나.
蒐入故園生白髮，　혼은 옛 동산에 들고 백발은 생기는데,
吾家只在白雲層.　우리 집은 다만 층층 흰 구름에 있다오.

---

94) 팔계(八溪) : 전라남도 보성에 있는 봉강리(鳳岡里) 정씨(丁氏) 고택(古宅)의 뒷산에 있는 여
　덟 골짜기를 이른다. 정씨(丁氏) 종중의 증언에 따르면 곧 부치박골, 바람골, 봉애자골, 큰
　골, 서제골, 봉골, 여시박골, 층층골을 가리킨다고 한다.
95) 봉림(鳳林) : 전라남도 보성에 있는 봉강리(鳳岡里) 정씨(丁氏) 고택(古宅)의 뒷산을 가리킨다.

送僧歸山　　　　　산에 돌아가는 중을 전송하다

朝出看山暮讀書,　　아침엔 산을 보고 저물녘엔 글 읽으니,
峩洋心事爾先知.　　아양의 심사96)는 자네가 먼저 알겠구려.
春風鳴錫飛天外,　　봄바람에 우는 석장(錫杖) 하늘 밖에 날아가니,
采藥雲林大失期.　　구름 낀 숲에서 약초 캘 기약 크게 어긋났소.

醉吟丙申淸明　　　취해 읊다 병신년(1596) 청명.

感時花濺淚誰吟,　　'시절을 슬퍼하여 꽃을 봐도 눈물 흐른다'97)
　　　　　　　　　　누가 읊었나,
爲服千年獲我心.　　천년의 시구에 감복하여 내 마음 빼앗겼구나.
收復兩京還獻頌,　　두 경(京)을 수복하여 다시 노래를 바치리니,
中興功業佇當今.　　중흥(中興)과 공업(功業)을 지금 기다리네.

---

96) 아양(峩洋)의 심사 : 지기(知己)가 알아주는 마음. 거문고의 명인(名人)인 백아(伯牙)가 고산(高山)에 뜻을 두고 연주하면, 그의 지음(知音)인 종자기(鍾子期)가 "좋구나, 아이(峩峩)하여 태산(泰山)과 같도다." 하였고, 유수(流水)에 뜻을 두고 연주하면 "좋구나, 양양(洋洋)하여 강하(江河)와 같도다."라고 평했다는 일화가 있다. 『열자(列子)』「탕문(湯問)」.
97) 시절을~흐른다 : 중국 당나라 시인 두보(杜甫)의 「춘망(春望)」에 "나라가 망하니 산과 강물만 남아 있고, 성 안의 봄은 풀과 나무만 깊었구나. 시절을 슬퍼하니 꽃을 봐도 눈물이 흐르고, 이별을 슬퍼하니 새조차 마음을 놀래네. 전쟁이 석 달 이어지니, 집안의 소식은 만금보다 값지도다. 흰 머리 쥐어뜯으니 또 짧아져서, 다해도 비녀를 이기지 못할 것 같구나.(國破山河在, 城春草木深. 感時花濺淚, 恨別鳥驚心. 烽火連三月, 家書抵萬金. 白頭搔更短, 渾欲不勝簪.)"라는 구절이 있다. 이 작품은 안녹산의 난이 일어난 다음 해인 757년에 두보가 함락된 장안에서 쓴 것으로, 기울어가는 나라를 걱정하며 타향에서 덧없이 늙어가는 자신의 신세를 한탄하였다.

山採   산에서 캐다

溪行山採不成羣,   시내 따라 산에서 캐나 무리를 이루지 못하나,
强蕨柔芝滿掬芬.   강한 고사리 부드러운 지초 손에 가득 향기롭네.
晚來飛渡長林去,   저물녘 되자 긴 숲을 나는 듯 건너가니,
石路筇音生綠雲.   바윗길 지팡이 소리 푸른 구름에 생기는구나.

下浮碧   부벽을 내려가다

鴈入寒雲秋雨後,   기러기 드는 찬 구름은 가을 비 뒤이고,
鍾鳴古寺夕陽初.   종 울리는 옛 절은 석양이 갓 되었네.
扁舟晚下長江去,   조각배는 저물녘에 긴 가을 내려가는데,
月出東山天地虛.   달은 동산에 뜨고 천지는 텅 비었구나.

聽漏在南原時   물시계 듣다 남원에 있던 때이다.

蒼黃不覺夜何更,   경황 없어 모르는 새 밤은 몇 경인지,
驚聽三三四七聲.   놀래어 인정과 파루[98] 소리 듣는구나.
耿耿思君霜滿鬢,   애 타게 임 그리다 서리 살쩍에 가득한데,
此身如在洛陽城.   이 몸이 낙양성에 있는 듯하네.

---

98) 인정(人定)과 파루(罷漏) : 1경 3점을 인정(人定)이라 하여 야간통행금지 시각을 알리고, 5
경 3점을 파루(罷漏, 바라)라 하여 통금해제 시각을 알리기 위해서 종·북·징의 3종류를
썼는데, 경점수(更點數)대로 북과 종을 치는 것 외에 인정 때는 28수(宿)라는 뜻에서 큰 종
을 28회 치고, 파루 때는 33천(天)이라는 뜻에서 큰 종을 33회 쳐서 울렸다.

夢家山　　　　　　　가산을 꿈꾸다

松山山下幾株松,　　송산 산 아래 소나무 몇 그루인가,
其下層層有大峯.　　그 아래 층층이 큰 봉우리 있다네.
八景巖前芝蕨長,　　팔경암 앞에 지초와 고사리 길고,
金剛大谷總吾蹤　　금강과 대곡은 모두 내 종적이라오.

醉次覃都事宗仁五首　　취해 담도사의 시에 차운하다 종인이다. 5수.

竝世而生固有緣,　　한 시대에 태어남도 실로 인연이 있는데,
小邦叨奉是三年.　　이 나라 모신지 바로 삼년이라오.
東夷已格開淸宴,　　동쪽 오랑캐 벌써 물리치고 맑은 연회 열었으니,
麟閣應留上國賢.　　기린각[99]에 응당 나라의 현량을 올려 두겠네.

樓上西陽皷笛喧,　　누대 위 서녘 해 지자 북 피리 시끄러운데,
一盃聊慰客懷宣.　　한 잔 술로 애오라지 나그네 회포 풀어야지.
餘懽更荷慇懃意,　　남은 기쁨은 다시 은근한 뜻을 얻음이니,
重把殘肴敢近前.　　거듭 남은 안주 들고 감히 가까이 나아가네.

歡喜交密近前攜手故末句言之　　기쁨이 친밀하여 가까이 나아가 손잡으니 까닭에 말구에서 말하였다

嶺海相逢本不期,　　산과 바다에서 만남은 본디 기약이 없으니,
縱然分手亦何悲.　　설령 헤어진들 또한 무엇이 슬프리오.
要憑秋扇題詩贈,　　가을 부채[100]에 의지하여 시 지어 주려는데,

---

99) 기린각(麒麟閣) : 중국 한(漢)나라 선제(宣帝)가 공신 11명의 초상화를 그려서 걸어 놓게
한 누각의 이름이다.
100) 가을 부채 : 원래는 남자에게 버림받은 여인의 처량한 심정을 비유한 말이다. 중국 한

須到炎天一寄思.　　　찌는 여름 되어야 한번 생각을 부치겠네.

伽倻琴在古聲殘,　　　가야금 있던 옛 소리는 잦아들었는데,
幾度聞君月下彈.　　　몇 번이 그대에게 달빛 아래 연주 들려주었지.
直到夜深紅燭盡,　　　곧장 밤 깊어 붉은 촛불 다했으니,
曲中哀怨別離難.　　　곡 중 애원함에 이별이 어렵구나.

右二首贈別　　　　　오른쪽 2수는 증별시이다.

紅綠紛披聖代春,　　　붉고 푸른 화초 태평한 봄에 어지러이 피었고,
笛邊芳草夕陽新.　　　피리 주변에 방초는 석양에 새롭구나.
當盃不忍茫茫退,　　　술잔 두고 차차 아득히 물러나지 못하니,
爲是同筵萬里人　　　같은 자리에 만 리의 사람 위해서라네.

右次妓生韻　　　　　오른쪽은 기생의 시에 차운한 것이다.

梅花　　　　　　　　매화

煙浦嬋妍一美人,　　　연기 낀 포구에 어여쁜 미인 하나,
凌波微步襪生塵.　　　물결 타고 사뿐 걸으니 버선에 물방울 튀네.[101]

(漢)나라 성제(成帝)의 궁인 반첩여(班倢伃)가 시가에 능하여 총애를 받다가 허 태후(許太后)와 함께 조비연(趙飛燕)의 참소를 받고는 물러나 장신궁(長信宮)에서 폐위된 태후를 모시고 시부를 읊으며 슬픈 나날을 보냈는데, 단선시(團扇詩)를 지어서 여름철에는 사랑을 받다가 가을이 되면 버려지는 부채에 자신의 처지를 비유한 추선(秋扇)의 고사가 있다. 『한서(漢書)』 권97, 「외척전(外戚傳下)」.

101) 물결~오르네 : 능파선자(凌波仙子)라는 물의 여신(女神)이 땅 위를 가듯 물 위를 사뿐히 걸어가는 것을 형용한 말로, 전하여 미인의 사뿐한 몸매와 고운 자태를 비유한다. 중국 삼국 시대 위(魏)나라의 조식(曹植)이 상고 시대 복희씨(伏羲氏)의 딸 복비(宓妃)가 낙수(洛水)에서 익사하여 수신(水神)이 되었다는 전설에 의거해 「낙신부(洛神賦)」를 지었는데, "물결을 타고 사뿐사뿐 걸으니, 비단 버선에 물방울 튀어 오르네.(凌波微步, 羅襪生塵)"라

慇懃欲寄相思意,　　　은근히 사모하는 뜻을 부치려 하는데,
仙佩飄飄不可親　　　신선 옥패 팔랑팔랑 가까이 할 수 없구나.

贈朴點馬쯤三首　　　박점마진에게 주다 3수

長笛一聲江水平,　　　긴 피리소리 한 줄기 강물은 평평하고,
歸舟尚泊柳京城.　　　돌아가는 배 여전히 유경성에 정박하네.
驅馳已畢絲綸命,　　　말 몰기 벌써 마치고 윤음이 내렸으니,
忽忽何須計去程.　　　서둘러 어찌 갈 길을 헤아릴 필요 있으랴.

關外風霜鬢欲秋,　　　관외의 풍상에 살쩍은 가을 되려 하는데,
偶隨仙舃上江樓.　　　우연히 신선 신발 다라 강루에 오르네.
佳兒休唱渭城曲,　　　고운 아이야 위성곡[102]은 그만 두려무나,
無限斜陽易得愁.　　　한 없는 석양에 근심 쉽게 얻는단다.

高樓把酒興蒼茫,　　　높은 누대에 술 드니 흥은 아득한데,
滿面陽春妬晚凉.　　　만면에 봄기운 저물녘 서늘함을 샘하네.
何處驛程回首望,　　　어느 곳 역정에서 고개 돌려 바라볼까,
雪晴駒峴轉斜陽.　　　눈 개인 구현(駒峴)에 석양이 드는구나.

고 하였다.

102) 위성곡(渭城曲) : 이별을 노래한 곡이다. 중국 당(唐) 나라 시인 왕유(王維)의 「위성곡(渭城曲)」에 "위성의 아침 비가 가벼운 먼지를 적셨는데, 객사에 푸릇푸릇 버들잎이 새로웠네.(渭城朝雨浥輕塵, 客舍青青柳色新)"라고 하였다.

路上吟五首　　　　노상에서 읊다 5수

莫道吾行也太遲,　　내 가는 길 너무 더디다 말하지 말게,
傍水臨山立多時.　　산수를 곁에 두고 서는 때가 많다오.
夕陽無限春風意,　　석양은 한 없고 봄바람은 뜻이 있으니,
折得林花獨自知.　　숲의 꽃 꺾고 보니 나 홀로 알겠구나.

關外風霜鬢欲秋,　　관외의 풍상에 살쩍은 가을 되려 하는데,
碧山花落又新愁.　　푸른 산에 꽃 지자 또 근심 새롭구나.
年來不禁多歸夢,　　몇 년간 돌아갈 꿈 많음을 금치 못하니,
南海吾家有白鷗.　　남해에 내 집에 흰 갈매기 있겠지.

一樹寒花繞竹林,　　한 나무 찬 꽃이 대숲을 두르니,
清香綠影滿詩襟.　　맑은 향기 푸른 그림자 시심을 채우는구나.
軒窓獨倚無人語,　　헌창에 홀로 기대니 사람 말소리 없고,
霽月遲遲上遠岑.　　개인 달 더디고 더디게 먼 산봉우리 오르네.

花發春山山鳥鳴,　　꽃 핀 봄 산에 산새는 울고,
幽窓詩客動高情.　　그윽한 창가 시인은 높은 정 움직이오.
天將一雪戱吾事,　　하늘은 한 눈으로 내 일을 희롱하여,
白盡春山殺萬英.　　봄 산을 다 하얗게 하여 온갖 꽃 죽이네.

曉雪封山橋路小,　　새벽 눈은 산을 덮고 다리 길은 작은데,
砅崖面面生青草.　　빙애103)에 면면히 푸른 풀 생기는구나.
故園何處發梅花,　　옛 동산 어느 곳에 매화 피었나,

---

103) 빙애(砅崖) : 물이 암석에 부딪혀 흐르는 절벽을 말함.

回首江南愁欲老. 　강남에 머리 돌리니 수심에 늙으려 하네.

已上在平壤作 　이상은 평양에 있을 때 지은 것이다.

登超然臺在加平 　초연대에 오르다 가평에 있다.

二川交抱一山來, 　두 시내는 번갈아 한 산을 안아 오고,
來擧前頭水轉迴. 　앞머리를 와서 드니 물 다시 돌아가네.
獨立松陰吟未了, 　홀로 솔 그늘에 서서 읊기 아직 안 마쳤는데,
夕陽江柳綠烟堆. 　석양에 강가 버들에 푸른 연기 쌓였구나.

題僧軸 　중의 화축(畵軸)에 쓰다

琴罷寒齋望華岳, 　거문고 마친 찬 재실에서 화악을 바라보니,
風烟縹緲斜陽薄. 　풍경이 아득하고 석양은 엷게 있구나.
有僧來進一篇詩, 　어떤 중이 한 편의 시를 와서 주는데,
句句吟聲山更碧. 　구마다 소리 내어 읊으니 산은 더욱 푸르네.

江行五首 　강에 가다 5수

聞說懸燈山水好, 　현등사의 산수가 좋단 말 들었으니,
一筇須趁落花春. 　지팡이 하나 짚고 꽃 지는 봄날 가봐야지.
何必遠遊三百里, 　어찌 필요하랴 멀리 삼백리 길 유람하고,
謾馳關路費精神. 　부질없이 변방 길을 달려 정신을 허비함을.

川聲潑潑濕春坡,　　시냇물 소리 콸콸 봄날 고개 젖고,
坡面萋萋芳草多.　　고개에 무성히 방초도 많구나.
踏破一郊山日暮,　　한 교외 답사하니 산 해 저무는데,
喚來晴鳥奏高歌.　　개인 날 새 불러 노래 높게 부르게 하네.

削出蒼崖半面奇,　　깎아낸 듯 푸른 벼랑 반쪽 면 기이하니,
一層臺又一層欹.　　한층은 누대요 또 한층은 기울었구나.
清流更抱全山去,　　맑은 냇물은 다시 온산을 안아 흐르는데,
勝狀難模過客詩.　　좋은 경치 나그네의 시로는 그리기 어렵네.

夜入長山大谷中,　　밤이 긴 산 큰 골짜기에 들자,
雲封石澗響丁東.　　구름은 석간수 딩동 소리 봉하였구나.
披林露宿如猿鶴,　　숲 헤치며 노숙하니 원숭이와 학 같고,
一夜人間夢未通.　　한 밤에 인간세상 꿈 아직 통하지 않았네.

山前水石太玲瓏,　　산 앞 물과 바위는 매우 영롱하고,
峽裏峯巒一萬重.　　골짜기 안 산봉우리는 일만 겹이로다.
飛入白雲深處去,　　흰구름 깊은 곳에 나는 듯이 들어 가서,
却令官吏不尋蹤.　　도리어 관리에게 내 자취 찾지 말라 명하네.

金塘　　　　　　　금당

濯足清流臥白石,　　맑은 냇물에 발 씻고 흰 바위에 누워서,
題詩壁上記遊蹤.　　벽 위에 시를 지으며 유람의 자취 기록하네.
山禽喚友聲聲碧,　　산새는 친구를 불러 소리마다 푸르게 빛나고,

澗木生香樹樹紅　　　석간수 나무는 향기를 내어 나무마다 붉구나.

遊花嶽　　　화악을 유람하다

華岳崔嵬宇宙間,　　화악은 천지간에 우뚝하여
風雲縹緲紅塵隔.　　바람 구름 아득히 풍진 세상 격하였네.
僧言天女峯上居,　　중은 천녀가 봉우리 위에 산다하는데,
大欲昇飛無逸翮.　　크게 날아오르려 하나 날랜 날개 없구나.

舟中二首　　　배 가운데에서 2수

孤舟日暮下龍津,　　외로운 배 해 지자 용진(龍津)에 내리니,
散髮江風臥起頻.　　흐트러진 머리털 강바람에 자주 누웠다 일어나네.
興盡欲投漁店宿,　　흥이 다하여 어점(漁店)에 투숙하려 하는데,
天鷄何處報淸晨.　　천계(天鷄)104)가 어디선가 맑은 새벽을 알리는구나.

一年山水學神仙,　　한 해 산수 간에서 신선술 배웠더니,
興入秋江萬里船.　　흥이 가을 강 만리 가는 배에 드는구나.
欲記夜來江上勝,　　밤 되어 강가에 좋은 경치 기억하려 하니
怳如飛過武陵天.　　황홀하여 무릉의 하늘을 날아가는 듯하네.

---

104) 천계(天鷄) : 중국 동남쪽에 하늘 높이 치솟은 도도(桃都)라는 이름의 거목(巨木)이 있고,
그 위에 천계(天雞)라는 닭이 서식하는데, 해가 떠오르면서 이 나무를 비추면 천계가 바
로 울고, 그러면 천하의 닭들이 모두 뒤따라 울기 시작한다고 전한다. 『술이기(述異記)』
권하(卷下).

述懷二首　　　　　　　술회 2수

空山歲暮阻知音,　　　빈산에 세모라 지음이 막혔으니,
折得秋蘭奏苦吟.　　　가을 난초105) 꺾어다 괴로이 읊는구나.
人世是非聞不得,　　　인간세상 시비야 들을 수 없으니,
一窓明月獨鳴琴.　　　한 창가 밝은 달빛에 홀로 거문고 울리네.

一窓琴罷思悠然,　　　한 창가에 거문고 마치니 생각이 유연하고,
興入蒼茫雪後天.　　　아득히 눈 내린 뒤 하늘에 흥이 나는구나.
何處空庵烹酒待,　　　어느 곳 빈 암자에서 술 데우고 기다리나,
樵兒遙指出山煙.　　　초동이 멀리 산 연기 나는 데 가리키네.

已上在加平作　　　　　이상은 가평에 있을 때 지은 것이다.

送汝明歸家壬午樓金崗寺　여명의 귀가를 전송하다 임오년(1582) 금강사에서 지냈다.

離膝旬强慕盡情,　　　슬하를 떠난 지 열흘이 넘어 사모의 정 다하는데,
亂山風雨顚倒行.　　　어지러운 산의 비바람에 가는 길 전도되었구나.
如何永感雙親者,　　　부모님 다 돌아가신 신세 어찌하랴만,
連哭兄妹尙得生.　　　연 이어 곡을 하는 형과 누이 아직 살아 있다오.

---

105) 가을 난초 : 쫓겨난 굴원(屈原)처럼 떠돌아다닌다는 뜻이다. 초 회왕(楚懷王) 때 굴원이
　　소인들의 참소를 당하여 쫓겨난 뒤, 임금을 생각하여 근심스러운 심정을 읊은 「이소(離
　　騷)」에 "가을 난초를 엮어 차노라[紉秋蘭以爲佩]" 한 데서 온 말이다. 『초사(楚辭) · 이소
　　(離騷)』.

寄金(車+夾)　　　김협에게 부치다.

一罷耽羅教授官,　　한번 제주교수의 관직을 파하니,
孤村歲月不勝閑.　　외로운 마을에 세월이 한가하여 견딜 수 없도다.
朝餐未盡西山蕨,　　아침밥에 아직 서산의 고사리[106] 다하지 않았고,
夕釣江南魚若干.　　저녁에 강남의 고기 몇 마리 낚는다오.

在山所　　　　　　산소에서

帶取西岑落月輝,　　서녘 봉우리는 지는 달빛을 갖다 둘렀고,
歸來溪口叩柴扉.　　시내 입구에서 돌아와 사립문 두드리네.
山堂靜寂無人語,　　산골 집은 고요하여 사람 소리 없는데,
此夜狐懷知者稀.　　이 밤에 회포는 아마 아는 이 드물겠지.

詠歸去來　　　　　귀거래를 읊다

一片南山自晉時,　　한 조각 남산[107]은 진나라 때부터이니,
歸舟得意不能遲.　　돌아가는 배는 득의하여 더딜 수 없네.
老妻穉子開尊笑,　　늙은 아내와 어린 자식은 술동이 열며 웃음 짓고,
松菊依然儘舊知.　　소나무와 국화는 의연히 다 옛 친구라오.

---

106) 서산의 고사리 : 중국 주(周)나라 무왕(武王)이 은(殷)나라를 치자 백이(伯夷)・숙제(叔齋)
　　는 간하다가 듣지 않으니, 수양산(首陽山)에 들어가 고사리를 캐먹으며 살았다는 고사.
107) 남산 : 중국 진(晉)나라 문인 도연명(陶淵明)의 「음주(飮酒)」 시에 "동쪽 울 아래에서 국화
　　꽃을 따다가, 유연히 남산을 바라보노라.[採菊東籬下, 悠然見南山]"라는 구절이 나오는 데
　　에서 유래한 것이다.

訪李參議仲虎　　　이참의중호108)를 방문하다

爲訪高人雲水西,　　운수(雲水)의 서녘에서 고인(高人)을 방문하니,
紅塵一路入山溪.　　홍진(紅塵)의 한 길이 산속 시내에 들었도다.
長林靑薄啼禽露,　　긴 숲은 푸른 빛 엷어 우는 새 드러나고,
斷麓紅深石徑迷.　　끊긴 산기슭은 붉은 빛 깊어 바위길 헤매이네.

題畵壁　　　　　　벽 위의 그림에 쓰다

數叢江荻已深秋,　　몇 떨기 강 억새에 벌써 가을 깊었고,
天外賓鴻落晚洲.　　하늘 밖 길손 기러기는 저물녘 모래섬에 내려오네.
淸景不須求壁上,　　맑은 풍경을 벽 위에서 구할 필요 없으니,
吾家南海未歸愁.　　우리 집 남쪽 바다 돌아가지 못해 시름겹구나.

次鄭季涵澈　　　　정계함철의 시에 차운하다

當杯不覺閉金門,　　술잔에 당하여 모르는 새 금문109)이 닫혔는데,
雪霽寒城月一痕.　　눈 개인 추운 성에 달빛 자취 남았구나.
何處野梅花滿樹,　　어느 곳 들매화 꽃이 나무에 가득한가,
五更歸夢到江村.　　오경에 돌아갈 꿈 강촌에 이르렀네.

---

108) 호 : 원문에 '호(扅)'로 되어 있는데, '호(虎)'로 수정하였다.
109) 금문(金門) : 원래 중국 한(漢)나라 궁문인 금마문(金馬門)의 약칭인데, 보통 대궐이나 조
　　정을 가리킨다.

奉恩次白彰卿　　　　성은을 받들어 백창경의 시에 차운하다

孤舟晩泊數家村,　　　외로운 배로 저물녘에 집 두어 채 있는 마을에 정
　　　　　　　　　　　박하니,
一逕秋雲雨後痕.　　　가을 구름 한 줄기 비온 뒤 자취 있구나.
山口有僧名不記,　　　산 입구에 중이 있으되 이름 기억하지 못하는데,
逢人急掃夕陽門.　　　사람 만나자 급히 석양이 지는 문을 비질하네.

洗心臺　　　　　　　세심대

十年人事到山遲,　　　십년의 사람 일은 산에 이르러 더디고,
山口春風盡意吹.　　　산 입구 봄바람은 제 뜻대로 부는구나.
童僕相催入城去,　　　아이 종은 서로 재촉해 성에 들어가는데,
白頭應說坐溪時.　　　흰 머리에 응당 냇가에 앉은 때 말하네.

錦江吟以都事下來時　　금강에서 읊다 도사로 아래에 내려온 때이다.

孤舟移棹錦江昏,　　　외로운 배 노를 옮기자 금강은 어둑하고,
滿帆寒風雨後痕.　　　돛 가득 찬바람은 비온 뒤에 자취 있네.
白首靑燈開舊抱,　　　흰 머리에 푸른 등불 켜고 옛 회포 여는데,
一場詩酒亦君恩.　　　한 바탕 시와 술 또한 임금의 은혜로다.

昇平校   승평교

風送飛花打孤枕,   바람은 날리는 꽃 보내와 외로운 베개를 치고,
故園歸夢斷西江.   옛 동산 돌아갈 꿈은 서강에서 끊겼구나.
一聲杜宇太多思,   두우새 한 울음소리 매우 생각이 많은데,
明月胡爲亦我窻.   밝은 달은 어찌하여 또한 내 창에 비추는가.

詠怪石   괴석을 읊다

巫峽青猿幻怪姿,   무협의 푸른 원숭이 과상한 모습인데,
斷腸聲盡楚江湄.   애 끓는 소리 초강의 물가에 다하네.
奔雲叫月前身恨,   내닫는 구름 울부짖는 달은 전생의 한이니,
獨立無言祇自知.   홀로 서서 말없이 다만 스스로 안다오.

行吟都事時   가다가 읊다 도사의 때이다.

三年北客一年東,   삼년 북녘 길손이 일년 동녘인데,
多少愁痕鬢上蓬.   시름 자취 많아 살쩍이 다북쑥처럼 자랐구나.
賴有江山隨處好,   강산이 가는 곳마다 좋음을 믿겠으니,
沉吟寓興不言中.   나직이 읊조리며 흥을 말 없는 중에 부치네.

前溪眠鷺　　　　앞 시내에 잠자는 백로

一雙飛入小溪香,　　백로 한 쌍이 작은 시내 향기로운 데에 날아들고,
青草茫茫一岸長.　　푸른 풀 아득히 한 언덕 가에 길게 자랐구나.
清流浴罷忘機處,　　맑은 물결에 씻기를 마치고 기심을 잊은 곳에
楊柳東風夢一場.　　푸른 버들과 봄바람은 한 바탕 꿈이로다.

鳳鳴亭二首　　　　봉명정2수

綠楊江水野烟生,　　푸른 버들 강물은 들에 연무를 일으키고,
舞蝶飛花滿鳳鳴.　　춤추는 나비 날리는 꽃은 봉명정에 가득하구나.
人去酒醒春寂寂,　　사람 가고 술 깨자 봄날은 적적한데,
一聲鳴鳥下西城.　　한 마디 새 울음소리 서쪽 성에 내려오네.

小學書中悟昨非,　　소학(小學) 가운데 어제의 잘못을 깨우쳤다 했으니,
寒暄有語得依歸.　　한훤당(寒暄堂) 선생 말씀 있으니 돌아와 의지할
　　　　　　　　　　수 있겠네.
優游涵泳無窮樂,　　조용히 학문의 깊은 뜻을 완미하는 끝없는 즐거움
顏孟何人亦庶幾.　　안회(顏回)와 맹자(孟子)는 어떠한 사람이기에 또한
　　　　　　　　　　바랄까.

寄松汀金公景秋　　　송정 김공경추에게 부치다

人間交道皆雲雨,　　인간세상 사귐의 도리 다 구름과 비 같은데,
栗里先生不世情.　　율리선생은 세상의 정과는 다르다오.

夢繞竹竿投石立,　　꿈에 대낚시대 바위에 던지고 선 모습 맴돌아,
野花晴鳥滿江城.　　들꽃과 개인 날 새는 강성에 가득하네.

江面層氷受旭漸,　　강 수면의 층층 얼음은 햇볕 받아 풀리니,
融融陽氣動天機.　　넘쳐나는 양기가 천기를 발동하였구나.
南郊春事長鬚在,　　남녘 교외에 봄의 일은 긴 수염에 있는데,
且入雲林採蕨薇.　　또 구름 낀 숲에 들어가 고사리 캐야지.

嶺南樓題咏二首　　영남루 제영 2수

山呈形勝故回頭,　　산이 모습을 내어 짐짓 머리를 돌리니,
水爲笙歌欲倒流.　　물은 생황 노래가 되어 거꾸로 흐르려하네.
雨洗秋林增物色,　　비는 가을 숲을 씻어 물색을 더하는데,
偸閑忙裏强遲留.　　바쁜 중에 틈을 내어 일부러 머뭇거리오.

波鳴秋氣濕窓頭,　　물결 울자 가을 기운은 창가에 젖어들고,
千里金天霽月流.　　천리의 금빛 하늘에 개인 달 흘러가네.
何處玉簫聲斷續,　　어느 곳에 옥퉁소 소리 끊겼다 이어지는가,
半江啼鶴爲淹留.　　강 절반쯤에 우는 학이 머물러 있구나.

次兒輩秦始皇韻　　아이의 「진시황」 시에 차운하다

自謂金湯萬歲秦,　　스스로 금탕110)으로 진(秦)나라가 만년 간다 했건만,

---

110) 금탕(金湯) : 금성탕지(金城湯池)의 준말. 난공불락의 요새지를 뜻한다.

如何爲漢竟驅民.　　어찌하여 한(漢)을 위해 끝내 백성을 몰아갔나.

坑灰未冷開銀海,　　갱유(坑儒)의 재가 아직 식지 않아 은빛 바다 열린
　　　　　　　　　　듯하니,

鄒石還慙謾記仁.　　추나라[111] 돌에 다시 부질없이 인(仁)을 기록한 일
　　　　　　　　　　부끄럽네.

次漢高祖　　　　　　「한고조」 시에 차운하다

約法三章服楚王,　　삼장의 법[112]으로 초왕을 복종케 하였으니,

炎家赫業職今長.　　빛나는 가문과 업적에 사업이 지금도 길이 전하네.

當時若爭詩書道,　　당시에 만약 시서(詩書)의 도를 다투었다면,

四百年來亦不亡.　　사백년 이래로 또한 망하지 않았으리.

種柳　　　　　　　　버들을 심다

今年初種不成枝,　　올해 처음 심어 가지 이루지 못하고,

垂短靑疎黃鳥疑.　　짧게 드리우고 푸른 빛 성기니 꾀꼬리 의심하네.

他時歸去來深處,　　어느 때나 돌아가 깊은 곳에서

正見濃陰滿古池.　　바로 짙은 그늘이 옛 연못에 가득함을 볼까나.

---

111) 추나라 : 공자(孔子)의 출신지를 가리킴. 공자의 아버지 숙량흘(叔梁紇)이 노(魯) 나라 추
　　읍(鄹邑)에 살았다.

112) 삼장(三章)의 법 : 중국 한(漢)나라 고조(高祖) 유방(劉邦)이 처음 관중(關中)에 들어갔을 때
　　에 진(秦)나라의 가혹한 법령을 모두 폐지하고 세운 세 종류의 법을 말한다. 그 내용에,
　　"사람을 죽인 자는 죽인다. 사람을 다치게 한 자와 도둑질한 자는 처벌한다." 하였다. 통
　　상 약법삼장(約法三章)이라 한다.

禮安書院懸板　　　　예안서원 현판

一帶寒流萬疊岑,　　찬 물줄기 만첩 봉우리 한번 둘렀고,
山門不掩白雲深.　　산문은 닫지 않고 흰 구름은 깊구나.
藏修得地窮餘力,　　장수[113]할 땅 얻으나 여력이 궁하고,
慚我浮遊久放心.　　떠다니며 오래 방심한 내 모습 부끄럽네.

次金丈觀水亭韻三首　　김관수정의 시에 차운하다 3수

野色蕭條江樹踈,　　들녘 빛은 쓸쓸하고 강가 나무 성긴데,
雪封松竹掩仙居.　　눈은 송죽을 봉했고 신선 거처 덮었구나.
瓊葩癯鶴鄰山叟,　　백옥 같은 매화와 야윈 학에 이웃 산의 늙은이라,
人指西湖處士廬.　　사람들은 서호처사[114]의 집이라 가리키네.

綠情紅意已彫芳,　　푸른 정과 붉은 뜻은 벌써 향기로 꾸몄고,
原草離離岸脚長.　　들녘 풀 더부룩하고 언덕 발치 길구나.
夢罷農歌擡遠目,　　꿈에 농가를 마치고 멀리 눈을 들어 보니,
天邊亂峀太蒼茫.　　하늘 가 어지러운 산 매우 아득하여라.

晚楓酣露掩西山,　　저물녘 단풍은 이슬에 취해 서산을 덮었고,
寒雨蕭蕭缺荻間.　　찬비는 쓸쓸히 억새풀 사이 이지러지네.
纔向漁磯還陟巘,　　겨우 낚시터 향하다 다시 높은 산 오르니,

---

113) 장수(藏修) : 『예기(禮記)』「학기(學記)」에 나오는 말로, 학업에 전심(專心)하는 것을 뜻한다.
114) 서호(西湖) 처사(處士) : 중국 북송(北宋)의 시인 임포(林逋)를 가리킨다. 매화를 심고 학을
　　기르며 서호(西湖)의 고산(孤山)에서 은거하였으므로 사람들이 매처학자(梅妻鶴子)라고 불
　　렀다는 고사가 전한다. 『송사(宋史)』 권457,「은일열전(隱逸列傳) 임포(林逋)」.

閑中身世未能閑.　　　한가한 중에도 신세는 한가할 수 없구나.
右三首　　　　　　　오른쪽은 3수이다.

4) 五言律詩
오언율시

呈思菴朴相公 淳　　사암 박상공 순께 올린다

閒居親手植,　　　　한가로이 지낼 때 직접 손으로 심었더니,
橘傍竹成林.　　　　귤나무가 대나무를 따라 수풀을 이루었네.
靑綻層枝玉,　　　　푸른빛을 터뜨렸으니 층층이 자란 가지의 옥빛이고,

黃深渾樹金.　　　　노란빛이 짙으니 나무에 가득한 황금빛일세.
香知寒雨後,　　　　차가운 비 내린 뒤 그 향기를 알겠고,
影愛小窓陰.　　　　작은 창 밑 그늘에선 그림자가 사랑스럽네.
千里傳芳信,　　　　천리 밖 땅에 봄소식을 전해주니,
何勞夢裏尋.　　　　어찌 수고롭게 꿈속에서 찾아갈까?

述懷 乙酉二首　　　정회를 서술하다 을유년 두 수

偶得嘉平郡,　　　　우연히 가평군을 얻으니,
民殘太守閑.　　　　백성이 적어 태수가 한가롭네.
把竿長到水,　　　　낚싯대를 잡고 항상 물가에 이르고,

携杖更登巒,	지팡이를 끌고 다시 산에 오르네.
人世多岐路.	세상엔 갈래 길 많은데,
江山獨好顔.	강산만 유독 좋은 얼굴이구나.
妻兒苦無樂	처자는 전혀 즐거움이 없는지라,
懷土淚潺湲.	고향 땅 그리며 눈물 줄줄 흘리네.

無事常閑坐,	일이 없어 늘 한가로이 앉아 있으니,
官居似僻村.	관리의 거처 궁벽한 시골 같구나.
愛山朝捲箔,	산을 사랑하여 아침엔 발을 걷고,
畏虎晝關門.	호랑이를 두려워하여 낮에도 문을 닫네.
吏獻捕魚說	아전들은 잡은 물고기를 바치며 이야기하고,
民論採藥言.	백성은 캔 약초를 설명하여 말하네.
老妻時進酒,	늙은 아내 때때로 술을 내오니,
合眼醉昏昏.	취해 혼미해져 눈을 감는다네.

途中	길을 가다가

大雪封橋路,	큰 눈덩이 다리 위 길에 쌓여,
蹇驢步未能.	발을 저는 나귀 잘 걷지 못하네.
寒林蹲凍虎,	차가운 수풀엔 몸이 언 호랑이 웅크리고 앉았고,
絶壁臥長氷.	절벽에는 긴 얼음덩어리 가로로 놓여 있네.
歲月留難挽,	세월은 머물게 하려 해도 만류하기 어렵고
愁城攻不崩.	근심스러운 마음은 공격해도 무너지지 않네.
溪山頗勝絶,	시내와 산 자못 뛰어난 경치라,
隨處且堪憑.	곳곳이 장차 의지할 만하네.

鵂巖 在加平時作　　부엉이 바위 가평에 있을 때 지었다

塵世那知鶴,	속세에서 어찌 학을 알리오,
鵂巖是誤名.	부엉이 바위는 잘못된 이름이라네.
危巢仙侶集,	위태로운 둥지엔 신선무리 모였고,
淸喉俗人驚.	맑은 울음소리엔 속인들이 놀란다네.
滿目春霞掩,	눈에 가득한 봄 노을이 가려주고,
全山翠壁成.	온 산이 푸른 절벽으로 이루어진 곳.
江頭大石立,	강 머리에 큰 바위 서 있으니,
揮筆記孤征.	붓을 휘둘러 외로이 가는 먼 길을 기록하리.

寒食遊超然臺 在加平　한식날 초연대에서 놀다 가평에 있을 때

一笛鳴寒食,	한줄기 피리 소리 한식에 울릴 때,
江南春草生.	강남에선 봄풀이 돋누나.
水深堤面浸,	물이 깊으니 둑 윗면이 잠기고,
雲盡石稜明.	구름이 다하니 돌 모서리 환하네.
村暝煙沈色,	마을은 가라앉은 연기 빛깔에 어두워졌고,
山長鳥惻聲.	산은 새 겁먹은 소리에 길어진 듯하네.
泠然欲乘鶴,	훌쩍 학을 타고 가려 하노니
休道守嘉平.	가평을 지키라 말하지 말라.

| 梅花 | 매화 |

老樹形孤古,　　늙은 나무 모습 외롭고 고풍스러워,
蕭疎半出籬.　　성긴 가지 반쯤 울타리 위로 솟았네.
枝摧驚雪壓,　　가지 꺾임은 눈에 눌려 놀란 탓이고,
花瘦被風欺.　　꽃이 야윔은 바람의 능멸을 받아서라네.
芳意嫌蜂到,　　꽃다운 마음은 벌이 오는 걸 꺼리고,
高標信自知.　　고상한 모습 진실로 자신을 알지.
寧隨桃李艶,　　어찌 복사꽃 자두 꽃의 예쁜 모습 따르랴.
飄落任江吹.　　강바람에 내맡겨 날리면서 떨어지네.

送李仲進赴集慶殿 殿在鷄林縣 집경전[115])에 부임하는 이중진을 보내며 전각은 계림현에 있다.

眞殿留南國,　　어진 봉안한 전각 남방에 남아 있는데,
明禋是得賢.　　정결하고 정성스러운 제사를 지냄은 현자를 얻어서라네.
山河三百里,　　산하 삼백 리 길이요,
文物一千年.　　문물은 일천 년을 내려왔네.
餘力提蒙學,　　남은 힘은 어린이를 이끌고,
淸心格在天.　　맑은 마음은 하늘에 계신 이에게 이르리.
情篇遠相贐,　　정다운 시편을 멀리 가는 이에게 주노니,
離恨倍臨筵.　　이별의 한이 송별연에 임해 더해지네.

---

115) 집경전(集慶殿) : 조선 초기 태조 이성계의 어진(御眞)을 봉안하기 위하여 경주에 건립한 전각. 여기에서 태조의 제사를 지냈는데, 임진왜란 시 건물이 훼손되어 어진만 강릉으로 옮겼다.

遣懷 在淸州詩　　회포를 풀다 청주에 있을 때의 시

悠悠心不定,　　근심스러운 마음 안정되지 않으니,
忽忽歲將移.　　빠르게 세월이 옮겨가려 하네.
愁鬚十莖雪,　　수심에 찬 수염 열 줄기 하얗고,
兵塵萬死時.　　전쟁 티끌 속 만 번 죽을 때로다.
故園魂欲斷,　　고향 동산 그리니 혼은 끊어지려 하고,
京洛夢長飛.　　서울 향해 꿈은 오래도록 날아가네.
近掃東溟穢。　　요사이 동해의 오랑캐를 소탕했으니,
雄心長劍知.　　원대한 포부를 긴 칼이 알리라.

挽裵慶男內 戊寅　　배경남116) 부인을 애도하다 무인년(1578)

淑德傳村巷,　　미덕은 시골 마을에 전해지고
芳聲碣上痕.　　아름다운 명성은 묘비에 새겨졌네.
兒孫充孟宇,　　자손들이 맏집에 가득하고
車盖擁于門.　　수레들은 대문을 둘렀다네.
榮旆還桑里,　　영화로운 깃발 고향으로 돌아왔는데,
仙旗指玉闇.　　신선 깃발은 하늘 문을 향하누나.
薤歌何處斷,　　만가는 어느 곳에서 끊어질까.
風日眇乾坤.　　바람 불고 햇살 비추는데 천지가 아득해라.

---

116) 배경남(裵慶男) : 생몰년 ？～1597(선조 30). 조선 중기의 무신으로 임진왜란 때 부산 지역의 무관으로 있다가 유격장으로 여러 곳에서 공을 세웠다. 한때 권율에게 도망가는 장수로 오해받기도 하였으나 뒤에 이순신 휘하에서 크게 전공을 세웠다.

次贈韓益之 巡察使韓俊謙 乃同年孝胤之子 來訪盃語 入部題詠 故贈之云　　　차운하여　한익지

에게 준다 순찰사 한준겸은 바로 동년 한효윤의 아들인데, 찾아와 술 마시며 이야기하고 부중에 돌아가 시를
지어 보냈으므로 시를 보낸다.

愴昔靑春日,　　구슬퍼라, 옛 청춘의 시절이여

天葩折玉京.　　천제가 계신 곳에서 하늘 꽃을 꺾었지.117)

追隨遊四館,　　서로 따르며 사관118)에서 놀았고,

歌鼓會三淸.　　노래 소리 북소리에 삼청전119)에 모였지.

連璧情仍厚,　　이어진 옥120)이라 정이 두터웠고,

庭蘭瞻又傾.　　훌륭한 아들이라 또 마음을 기울였네.

同年三十四,　　함께 급제한 이 서른 네 명이더니,

惟我七人生.　　우리 일곱 사람만 살아 있구려.

原韻　　　　　　원운

庚午先人榜,　　경오년(1510) 선친의 방121)에 오른 분들,

于今盡九京.　　이제 다 구천에 계시네.

荒鄕餘一老,　　황량한 고을에 노인 한 분 남으셨으니,

---

117) 천제가~꺾었지 : 과거에 급제한 일을 의미한다.

118) 사관(四館) : 조선시대 교육·문예를 담당하던 4개 관서로 성균관·교서관·승문원·예
　　문관을 말한다. 성균관은 최고교육기관이었고, 교서관은 서적의 교정·인쇄·반포, 승문
　　원은 외교문서의 작성, 예문관은 왕명의 제찬과 사초(史草)의 기록을 담당하였다. 이 사
　　관은 과거에 급제한 예비관료들의 실무 연수 및 견습 기관이기도 하였다.

119) 삼청전(三淸殿) : 도교신인 太淸·上淸·玉淸의 三淸星辰을 모신 전각. 조선시대 소격서
　　에서 삼청동에 설치한 건물로 도교의 신에게 치성을 올렸다.

120) 이어진 옥 : 연결된 두 개의 옥인데, 아름다운 사람을 비유한다. 『세설신어(世說新語)』「
　　용지(容止)」에 "반안인(潘安仁)과 하후잠(夏侯湛)이 모두 용모가 수려하였는데 동행하기를
　　좋아하였으므로 그때 사람들이 연벽으로 일컬었다."라고 하였다.

121) 선친의 방(榜) : 선친과 함께 과거에 급제한 이들의 명단을 가리킨다.

勝會說三淸.	성대한 모임에서 삼청전을 말하셨네.
去國身方病,	서울을 떠나 몸 바야흐로 병들었으니,
終天淚自傾.	종신토록 눈물 절로 쏟으리.
陞堂如夢寐,	마루에 오른 일[122] 꿈만 같아라,
再拜展平生.	재배하며 평생의 마음 펼쳤었네.

寒泉精舍 加平時自攝而吟 한천정사

生長名山水,	이름난 산천에서 나서 자라더니,
居官又得之.	관직을 맡음에 또다시 얻었다네.
淸冷涵池潤,	맑고 써늘한 물은 못을 적셔 드넓고,
崔嵬入天危.	높이 솟은 산은 하늘 속으로 들어가 위태롭네.
濂洛方成契,	도학자들과 바야흐로 계를 만드니,
蒼黃詎見移.	경황이 없다고 어찌 스스로 옮기리오.
琴書正相對,	거문고와 책을 바로 상대하노니,
幽趣少人知.	그윽한 흥취를 아는 이가 적으리.

龍潭秋泛 　　용담에서 가을에 배 띄우다

西風動歸思,	서풍에 돌아갈 생각이 일어나,
移棹下龍津.	노를 옮기며 용진을 내려가네.

---

122) 마루에 오른 일[陞堂] : 한(漢)나라 범식(范式)과 장소(張劭)가 친하게 지냈는데, 각자 향리
　　로 돌아갈 때 2년 뒤에 범식이 장소의 모친을 찾아가 뵙겠다고 약속을 하였고, 마침 그
　　날이 돌아오자 과연 범식이 찾아와서 마루에 올라 모친에게 절을 한[升堂拜母] 뒤에 즐
　　겁게 술을 마시고 떠나갔다는 고사에서 온 것이다.

木落山容瘦,	나뭇잎이 떨어지니 산의 모습 수척하고,
江空秋水貧.	강이 텅 비니 가을 물이 적구나.
流年欺綠鬢,	흐르는 세월은 푸른 살적을 침범하고,
塵紱絆孤身.	속세의 인끈은 외로운 몸을 묶었구려.
採得黃花去,	국화를 따서 가노니,
長懷贈美人	미인에게 드릴 것을 길이 생각하리.

寄當歸李公著 誠中字　당귀를 이공저[123])에게 부친다 성중이 자이다

不敢專風味,	풍미를 감히 독차지 하지 못하고,
遙將一束分.	한 묶음을 멀리 나누어 주네.
大莖抽碧玉,	큰 줄기는 벽옥을 뽑은 듯하고,
嫩葉濕靑雲.	예쁜 잎은 푸른 구름이 젖어 있는 듯.
色透詩窓靜,	빛깔은 시 짓는 창 가 고요한 곳으로 스며들고,
香添道氣薰.	향기는 수양 공부의 향기로움에 더해지리.
此間無限趣,	이곳의 무한한 흥취,
休對俗人云.	속인을 마주해 말하지 말라.

康陵途中	강릉 가는 길에서

悠悠心不極,	근심스러운 마음 끝이 없고,

---

123) 이공저(李公著) : 경오년(1568, 선조 3)에 그의 아우 공직(公直)과 함께 과거에 급제하자 이름을 떨쳤다. 부모를 봉양하고자 한산 군수(韓山郡守)가 되었다가 조정에 돌아와서 당상관에 올랐고 임란이 나자 어가를 따라 의주(義州)에 가서 판서가 되었다. 병이 나서 함창(咸昌)에서 세상을 떠났다.

忽忽歲將闌.	바쁘게 한 해는 저물어가네.
得友歌遷谷,	벗을 얻자 골짜기에서 옮겨감[124]을 노래하고
爲官詠伐檀.	관리가 되어서는 벌단 시[125]를 읊조리네.
思歸愁落日,	돌아갈 것을 생각하니 지는 해에 근심하고,
多病怯冬寒.	병이 많으니 겨울 추위를 겁낸다.
鞍馬東陵路,	동릉의 길[126]에 말 타고 가노니
長吟興轉酸.	길게 읊조릴 때 흥이 더욱 구슬퍼라.

與鄭子正 時同在日林寺 정자정에게 주다 이때 함께 일림사에 있었다

白髮新仇敵,	백발은 새로운 원수이고,
靑山舊弟昆.	청산은 옛 형제일세.
老芝方薼道,	노쇠한 지초는 바야흐로 길에 우북하고,
殘衲自除門.	쇠잔한 승려는 혼자 문을 소제하누나.
亂岫流雲氣,	어지러운 산들에는 구름기운 흐르고,
荒村鎖暝痕	황폐한 마을은 어두운 그림자에 갇혔네.
頤神金地是,	정신을 기르는 곳은 바로 사찰이니,
趣在不多言.	흥취는 말이 적은 데 있다네.

---

124) 골짜기~옮겨감 : 『시경(詩經)』「소아(小雅)」「벌목(伐木)」에 "깊은 골짜기에서 나와 교목으로 옮겨간다"고 하였는데, 이는 지위나 학문이 상승함을 의미한다.

125) 벌단(伐檀) : 『시경(詩經)』「위풍(魏風)」의 편명. 관리가 하는 일 없이 탐욕스러운 것을 풍자하기 위해 지은 시라고 한다.

126) 동릉(東陵)의 길 : 원래 장안성 동문 밖 큰 길의 명칭이다. 진(秦) 동릉후(東陵侯) 소평(召平)이 나라가 망하자 포의(布衣)로 장안성 동쪽에서 가난하게 살면서 외를 가꾸었는데 그 맛이 달아 세칭 '동릉과(東陵果)'라 하였다.

次月庄韻　　　　월장 시에 차운하다

萍蹤寓西郭,　　부평초 같은 종적 서쪽 성곽에 우거하니,
深荷丈人存.　　어르신의 보살펴준 은혜를 깊이 입었네.
大志希鄒孟,　　큰 뜻은 맹자를 희구하셨고,
高懷慕帝軒.　　고상한 마음은 황제 헌훤씨를 사모하셨지.
風流傾洛社　　풍류는 낙사[127]의 명사들을 경도시켰고,
文彩冠王孫.　　문재는 왕손들의 으뜸이었네.
邂逅還成別,　　우연히 뵙고 다시 이별하게 되니,
相看眼欲昏.　　서로 바라 볼 때 눈이 흐릿하려 하네.

次而遠　　　　　이원의 시에 차운하다

客裏元多感,　　나그네살이 원래 감회가 많으니,
秋聲不願聞.　　가을의 소리 듣기를 원치 않네.
夜深虫切切,　　밤 깊자 벌레소리 절절하고,
天霽月紛紛.　　하늘이 개니 달빛이 어지럽구나.
風露凋靑鬂,　　바람 이슬에 푸른 살적이 시들고,
山河阻白雲,　　산하는 흰 구름을 막고 있네.
嚴霜傷百草,　　엄혹한 서리에 온갖 풀이 상하는데,
蘭蕙尙專芬.　　난초와 혜초는 아직도 한결같이 향기롭네.

---

127) 낙사(洛社) : 낙양기영회(洛陽耆英會)를 가리킨다. 송나라 문언박(文彦博)이 서경 유수(西京
　　留守)로 있을 적에 백거이(白居易)의 구로회(九老會)를 모방하여 부필(富弼), 사마광(司馬
　　光) 등 13인의 학덕 높은 노인들과 함께 이 모임을 결성했다. 여기서는 낙사와 같은 기
　　로회를 의미한다.

代挽   대신하여 지은 만가

八紀驚春夢,   96세에 봄꿈에서 깨어나니,
松楸是舊期.   묘지는 옛날에 기약한 것이었네.
京閭傳壺範,   서울 마을에는 안방 규범 전해지고,
鄉洞頌閨儀.   시골 동네엔 규방 의범 칭송하네.
餘慶芳蘭在,   남은 경사는 훌륭한 자손이 있기 때문이요,
家聲片玉遺.   가문의 명성은 옥 조각128)이 남아 있어서라네.
徽音兀不死,   아름다운 명예 우뚝 솟아 사라지지 않으리니,
千載有豊碑.   천 년 뒤 큰 비석이 남아 있으리.

和人   어떤 이에게 화답하다

樂事隨年減,   즐거운 일은 해마다 줄어들고,
霜毛逐日添.   흰 머리털 날마다 늘어나네.
裏情秋月白,   속마음은 가을 달처럼 희고,
壯膽劍鋒尖.   씩씩한 기백은 칼끝처럼 날카롭지.
受唾不傷面,   침 뱉는 일 당해도 얼굴은 상하지 않는 법,
誤燃何害鬚.   잘못 태웠으니 어찌 수염에 해가 될까.
漁磯久無主,   낚시터에 오래도록 주인이 없었으니,
鷗鷺亦應嫌.   갈매기 백로도 아마 싫어할 거야.

---

128) 옥 조각[片玉] : 자손이 급제한 것을 말한다. 진 무제(晉武帝) 때 극선(郤詵)이 현량 대책
    (賢良對策)에서 장원(壯元)을 하였는데, 소감을 묻는 무제의 질문에 "계수나무 숲의 가지
    하나요, 곤륜산의 옥돌 한 조각입니다.(桂林之一枝, 崑山之片玉)"라고 답변한 고사가 전한
    다. 『진서(晉書)』 권52, 「극선열전(郤詵列傳)」

錦江偶吟　　금강에서 우연히 읊다

暝煙迷古渡,　　어두운 안개 때문에 옛 나루터에서 헤매노니,
津樹不分明.　　나루터 나무도 분명치 않네.
水落沙痕縮,　　물 수위 떨어지자 모래 벌 흔적이 줄어들고,
風殘渚面平.　　바람이 쇠잔해지자 모래섬이 평평해졌네.
翁如南海老,　　늙은이는 남해의 노인 같고,
鷗是故江聲.　　갈매기는 옛 강의 소리로다.
夜入公山館,　　밤에 공주 숙소에 들어가서,
奇觀說妓生.　　기이한 경치 기생에게 말한다네.

挽從祖姑母　　종조고모를 애도하다

楸園有佳約,　　묘지에 좋은 기약을 두시더니,
初換百年身.　　이제 막 평생의 몸을 바꾸시는구나.
最喜諸孫盛,　　여러 손자 많은 걸 가장 기뻐하셨고,
常憂末子貧.　　막내아들 가난한 걸 항상 걱정하셨지.
中年多被恤,　　중년엔 보살핌을 많이 입었는데,
晚歲便成隣.　　만년에서야 이웃이 되었다네.
臨穴誰偏淚,　　묘혈에 임해 유달리 눈물 흘리나,
終天未死人　　영원토록 죽지 않을 분일세.

浮海亭	부해정129)

獅子南來盡,	사자산이 남으로 와서 다하니,
臨汀作一皐.	물가에 임해 언덕 하나 이뤘도다.
岸涵滄海濶,	해안은 큰 바다에 잠겨 드넓고,
山拱碧天高.	산은 푸른 하늘을 향해 높구나.
白酒登孤店,	탁주 마시러 외딴 주점에 오르니,
霜鱗獻小舠.	거룻배에서 물고기를 바치네.
乘桴何處去,	뗏목을 타고 어디로 갈거나,
海外亦風濤.	바다 밖도 풍랑이 이는 것을.

步前韻	전운을 따라 시를 짓다

推戶常開眼,	방문을 열고는 항상 눈을 뜨고 있고,
登亭又改容.	정자에 올라 또 용모를 고치네.
望中無寸地,	바라보는 중에는 조그만 땅도 없고,
天外有千峯.	하늘밖엔 천 개의 봉우리일세.
薄霧沈疎柳,	엷은 안개 성긴 버드나무를 가라앉혔고,
晴潮漾碧松.	갠 날씨의 조수는 푸른 소나무를 띄우누나.
興來憑棹去,	흥이 오면 노에 기대어 가노니,
童僕不尋蹤.	아이들과 종들은 종적을 찾지 못하네.

---

129) 부해정(浮海亭) : 경남 고성에 있는 정자. 이 근처에 사자산(獅子山)이 있다.

觀海亭　　　　　관해정

晚來居水國,　　늘그막에 수국에 사니,
屠搆向空明.　　좁은 정자에서 달빛 어린 물결을 향하네.
受月黃銅轉,　　달을 받아들이니 노란 구리가 구르는 듯하고,
涵山碧玉橫.　　산을 담그니 푸른 옥이 가로지른 듯하이.
潮聲分晝夜,　　조수 소리는 아침과 저녁으로 나뉘고,
波色異陰晴.　　물결 빛깔은 흐린 때와 갠 때에 달라지네.
不問無窮理,　　무궁한 이치 묻지 않고,
聊乘短艇行.　　그저 거룻배를 타고 간다네.

次文秀才　　　　문수재 시에 차운하다

望裏跫音斷,　　바라보는 가운데 발걸음 소리 끊어져,
誰能共鹿車.　　누가 녹거130)를 함께 탈 수 있으랴?
已敎忘老少,　　이미 늙음과 젊음을 잊게 하는데,
寧復較親疎.　　어찌 다시 친한 이와 소원한 이를 헤아리겠나?
短麓春歸後,　　낮은 기슭에 봄이 돌아간 뒤,
清潭小雨餘.　　맑은 못에 이슬비 내린 후.
遙知閑罷詠,　　멀리서 알겠네 한가로이 시 읊기를 마친 뒤,
風月滿詩襟.　　바람과 달이 시인 가슴에 가득하다는 것을.

---

130) 녹거(鹿車) : 사슴이 끄는 수레를 말한다. 진(晉)나라 유령(劉伶)이 항상 녹거를 타고 한 병의 술을 지닌 채 마음대로 유람하였다고 한다. 『世說新語』

端午帖 庚寅四月　　　단오첩 경인년(1590) 사월

玉殿琴聲暢,	대궐에 거문고 소리 드날리고,
薰風藹自南.	따스한 바람 남쪽으로부터 가득 펼쳐졌네.
梟羹香氣溢,	올빼미 국131)엔 향기가 넘치고,
蒲酒瑞光含.	창포주에는 서광이 잠겨 있네.
華祝堯民幾,	요임금 백성의 화축132)은 몇 번이었나,
山呼舜壽三.	순의 장수를 축원한 것은 세 번이었네.
浴蘭成舊俗,	난초 물로 목욕하는 일 오랜 풍속이 되었고,
江漢化流覃.	강한의 교화133)가 흘러 퍼졌네.

過平壤 甲申遞庶尹 丁酉以接伴往還 城闕塵荒 故及之　　　평양을 지나며 갑신년(1584)에 서윤으로 체직되고
정유년(1597)에 접반사로 왕래했는데 성곽이 황폐하였기에 언급하였다.

老妓看吾鬢,	늙은 기생 내 귀밑머리 보면서,
何如喪亂前.	전쟁 전과 어떠하냐고 묻네.
樓臺非昔日,	누대는 옛날 모습 아니나,
風月自當年.	바람과 달은 본래 그 때의 모습이지.
玉殿餘秋草,	아름다운 성은 가을 풀만 남았고,
民家半舊阡.	민가는 묵은 무덤이 반이나 되네.

---

131) 올빼미 국 : 올빼기 고기로 만든 국. 하지 날 군주가 만들어 신하들에게 주니 사악함을
　　끊는다는 의미를 지니고 있다. 이는 올빼미는 어미를 잡아먹는다는 흉조라는 믿음에서
　　비롯된 것이다.

132) 화축(華祝) : 화봉인(華封人)의 삼축(三祝)을 줄인 말로, 임금의 만수무강을 기원한다는 말
　　이다. 화 땅을 지키는 사람[華封人]이 요(堯) 임금에게 수(壽)와 부(富)와 다남(多男)을 축
　　원했다는 『장자(莊子)』「천지(天地)」의 일화에서 유래한 것이다

133) 강한(江漢)의 교화 : 『시경』「대아(大雅)」「강한(江漢)」의 시 내용을 말한다. 이 시에 "소
　　호(召虎)가 엎드려 절하고 천자의 만년을 빌었다.[虎拜稽首 天子萬年]"라 하였다.

鑾輿曾駐處,　　임금 수레 일찍이 머물던 곳,

不忍問辭緣.　　차마 사연을 묻지 못하겠네.

謝饋歲饌 以接伴在村舍過歲 平壤人皆以舊誼進排焉　세찬을 보내준 것에 감사하다 접반사로
시골집에서 설을 쇠었는데 평양인들이 모두 옛 정리로써 세찬을 올렸다

飄泊村人舍,　　시골집들을 떠돌아다니노니,

支離不顧嫌.　　초췌한 몸이라 싫어하는 기색 돌아보지 않네.

半窓眠有閼,　　반쯤 열린 창가에 잘 때 기맥의 막힘이 있고,

三月食無塩.　　삼 개월 동안 먹을 때 소금이 없다네.

國亂奔馳數,　　국난으로 자주 내달리더니,

年頹大病兼.　　나이 들자 큰 병까지 아울러 지녔네.

那知江上伴,　　어찌 알았으랴 강가의 친구에게,

歲饋一鄕僉.　　온 고을 모든 분이 세찬을 보낼 줄을.

次楊員外 接伴時 楊以詩求和 故次之　양원외 시에 차운하다 접반일 때 양원외가 시로써 화답을 구하
였기에 차운하다

干戈至今日,　　전쟁이 오늘에 이르렀건만,

天地尚無知.　　천지는 오히려 무지하였네.

不待秦庭哭,　　진나라 조정에서 통곡하기[134] 전에

---

134) 진나라~통곡하기 : 오자서(伍子胥)가 오나라 군사를 이끌고 초나라를 공격하자, 신포서
(申包胥)가 진(秦)나라에 가서 군사를 요청하였지만 진왕이 들어 주지 않았다. 이에 신포
서가 담장에 기대어 서서 음식도 먹지 않고 밤낮으로 7일 동안 통곡을 하자, 진왕이 감
격하여 초나라를 구제해 주었다. 여기에서는 임진왜란 때 조선 사신이 명(明)나라에 가
서 구원병을 요청하는 것을 가리킨다.

先馳漢武威.	한의 무위장군[135]을 먼저 달리게 했지.
六師勞萬里,	천자의 군대 만리를 수고롭게 달려와,
一劍定三郵.	한 칼에 삼면의 변방을 안정시켰네.
勒盡南山石,	남산의 돌들을 다 새기어,
隆勳告萬昔.	만년토록 높은 공훈을 알리리라.

還白沙道中　　백사로 돌아가는 도중에

別無驅迫甚,	따로 심하게 몰아대는 일도 없는데,
往來太繽粉.	매우 어지럽게 왕래한다네.
盤谷有川石,	반곡에는 시내와 돌이 있고,
白沙多水雲.	백사에는 물과 구름이 많지.
雜花開次次,	들꽃은 순서대로 피어나고,
春酒釀村村.	봄 술은 마을마다 빚는다네.
白首無餘事,	센머리로 다른 일이 없어,
狂歌荷聖恩.	성은을 입었음을 마음 다해 노래하네.

冬至吟 在定州時　　동지에 읊다 정주에 있을 때

客裏逢冬至,	나그네 신세로 동지를 맞으니,
孤懷誰與云.	외로운 회포 누구에게 말할까.
皇恩方活潑,	황제의 은혜 바야흐로 활발하고,

---

135) 무위장군(武威將軍) : 동한(東漢) 때의 무위장군에 올랐던 유상(劉尙)을 가리킨다. 그는 중국 서북의 강족(羌族)과 서남쪽 소수민족들의 반란을 진압하여 명성을 떨쳤다.

地氣亦氳氳.	땅기운도 자욱하네.
陽德亨三國,	햇빛이 삼국에 빛나니,
窮陰剝十分.	극도의 음기는 십분 감소하네.
回頭皇極殿,	황극전136)을 돌아보니,
天外起祥雲.	하늘 밖에 상서로운 구름이 일어나네.

山菊吟   들국화에 대해 읊다

山菊頗幽獨,	들국화 자못 적막하고 고독해,
天然脫品題.	천연의 모습은 평어에서 벗어나네.
霜繁殘葉槁,	서리가 많아 남은 잎 마르고,
花重瘦枝低.	꽃이 무거워 마른 가지 나직하네.
月到影侵戶,	달빛 이르자 그림자가 방문으로 들어오고,
風梳香滿蹊.	바람이 빗질하자 향기가 길에 가득해.
重陽誰把酒,	중양절 누가 술잔을 잡나.
寒雨自淒淒.	찬비가 절로 써늘한데.

閒吟   한가로이 읊다

人世多憂患,	세상에 우환이 많으니,
幽居獨自頤.	궁벽한 거처에서 홀로 자신을 기르네.
清風來枕上,	맑은 바람은 베개 맡에 불어오고,

---

136) 황극전(皇極殿) ; 북경에 있는 명나라 궁전으로 황제가 조회를 보는 곳이다. 원래 이름은 봉천전(奉天殿)이다.

明月在松枝.　　　밝은 달은 소나무 가지에 걸려있네.

胃冷烹茶早,　　　위가 차가워 일찍 차를 달이고,

身閑起寢遲.　　　몸이 한가로워 침상에서 일어나는 게 더디지.

詩書有數卷,　　　책 몇 권이 있어,

聊與小兒披.　　　그저 애들과 펼쳐본다네.

寓懷　　　　　소회를 말하다

臥聞烹豆粥,　　　누워서 콩죽 끓이는 소리 듣는데,

朝日已三竿.　　　아침 해는 벌써 높이 떠올랐네.

藥婢呈茶椀,　　　약 달이는 여종은 찻잔을 바치고,

山妻進晚餐.　　　아내는 저녁 밥상을 내오누나.

酒仍調病飲,　　　술은 병을 다스리려 마시고,

書爲敎兒看.　　　책은 아이를 가르치려 본다네.

安靜無塵雜,　　　편안하고 고요하여 세속 잡사가 없으니,

柴門盡日關.　　　사립문을 하루 내내 닫아두지.

遊鳳林寺　　　봉림사에서 놀다

不緣楓樹興,　　　단풍나무 흥 때문이 아니라면,

何事强登山.　　　무슨 일로 애써 산에 오르랴.

萬壑風霜老,　　　수많은 골짜기 바람과 서리에 늙어가고,

千林錦繡丹.　　　수많은 수풀은 수놓은 비단처럼 붉은 빛일세.

落來苔失碧,　　　잎이 떨어진 곳에 이끼는 푸른빛을 잃었고,

影處澗成斑. 그림자 있는 곳엔 산골물이 아롱다롱하구나.
攀折頭邊揷, 잡아 꺾어다 머리 가에 꽂고는,
鳴琴做一懽. 거문고 타며 한바탕 기쁨을 이루네.

路上吟 丙子仲春 還霜山時 길 위에서 읊다 병자년 중춘에 상산으로 돌아올 때

騎驢寒食路, 한식에 나귀 타고 가는 길,
路出亂山中. 길은 어지러운 산속으로 뻗었네.
草長溪含碧, 풀이 자라니 시내가 푸른빛을 머금고,
花開嶺戴紅 꽃이 피니 산마루가 붉은 빛을 이었도다.
暖雲留峽口, 봄 구름은 골짜기 입구에 머물렀고,
小雨濕蘭叢. 이슬비는 난초 떨기를 적시었네.
且向陽坡坐, 장차 양지바른 언덕에 앉아
呼兒進酒簫. 아이 불러 술과 퉁소를 내놓게 하리.

詠墻花 庚子三月 담장의 꽃을 읊다 경자년(1600) 삼월

雨前開數蕚, 비 오기 전 몇 개의 꽃받침이 벌어지더니,
晴後忽盈株. 갠 뒤엔 갑자기 꽃나무에 가득하네.
蝶舞紅沾翅, 나비는 춤추다 붉은 빛이 날개에 묻었고,
蜂喧香滿鬚. 벌은 붕붕 대다 향기가 더듬이에 가득하군.
詩人驚換節, 시인은 계절의 바뀜에 놀라는데,
好鳥勸提壺. 예쁜 새는 술병을 가져오라 권하네.
莫道松篁貴, 소나무 대나무가 귀하다 말하지 말라,

春光亦起吾.　　　봄빛도 나를 흥기시키니.

次李伯强 在竹林舍　　이백강 시에 차운하다 죽림사에 있을 때

偶得藏修地,　　　우연히 공부할 곳 얻으니,
諸生學益明.　　　뭇 제자들의 학문이 더욱 밝아졌네.
隔村花竹散,　　　마을 너머에 꽃과 대나무 흩어져 있고,
連檻水雲平.　　　난간에 이어진 물과 구름은 같은 높이라네.
對卷尋師友,　　　책을 대하여 스승과 벗을 찾고,
依山作弟兄.　　　산에 의지하여 형제가 되지.
沙汀有鷗鷺,　　　물가에 갈매기와 백로 있으니,
吾與爾同盟.　　　내 너희들과 함께 맹서하리라.

九日吟 國喪故云白頭巾　구일에 읊다 국상이기 때문에 백두건이라 말하였다.

爲是重陽日,　　　오늘이 중양절이기에,
携朋坐澗濱.　　　벗을 이끌고 가 산골짜기 물가에 앉았네.
尊無綠蟻酒,　　　술동이엔 술이 없고,
頂有白頭巾.　　　정수리엔 흰 두건이 있구나.
野菊香初泛,　　　들국화 향기 막 떠다니고,
山楓染更新.　　　산의 단풍나무 물들어 더욱 새로워라.
馱愁驢背去,　　　나귀 등에 수심을 싣고 가노니,
寒月上秋旻.　　　차가운 달이 가을하늘에 떠오르네.

移居霜村　　　　상촌에 옮겨 살다

進退皆狼狽,　　진퇴가 다 낭패니,
將身底處居.　　이 몸으로 어디에 살까.
宦遊災起官,　　관리가 되자 재앙이 관직에서 일어나고,
漁隱患生漁.　　어부로 은거하자 우환이 고기잡이에서 생기네.
盤谷多脩竹,　　반곡(盤谷)은 긴 대나무가 많고,
獅山長碧蔬.　　사산(獅山)137)은 푸른 채소가 자라지.
蕭然堪送老,　　맑고 고상하여 노년을 보낼 만하니,
風月不孤余.　　바람과 달은 나를 등지지 않으리.

挽進士嫂主 二首　　진사 형수를 애도하다 두 수

風燈人世事,　　바람 앞 등불 같은 세상사,
五十七年來.　　오십 칠년이 되었네.
已享青春樂,　　이미 청춘의 즐거움을 누렸거니와,
那堪白首哀.　　흰 머리의 슬픔을 어찌 감당하랴.
諸孫皆驥鳳.　　여러 손자는 모두 천리마 봉황이요,
二子是鄒枚.　　두 아들은 추양과 매승138)이라네.
穩赴佳城約,　　평온하게 죽음의 약속을 지키니,
空庭影綠槐.　　빈 뜰엔 푸른 홰나무 그림자.

---

137) 사산(獅山) : 전라남도 장흥의 산 이름.
138) 추양(鄒陽)과 매승(枚乘) : 서한(西漢) 양효왕(梁孝王)은 큰 동산을 세우고 당시 명사를 후
　　원했는데 이들은 당시 양효왕의 상객들이다. 뛰어난 문인을 가리키는 말로 쓰인다.

貞嘉宜淑德,　　곧고 아름다움은 미덕에 어울리니,

爲婦頌思齊.　　아내 되어선 임과 나란하기를 생각한다고 읊조렸네.

柔範明治壺,　　부녀자의 범절로 가정 다스리는 일을 밝혔으니,

徽音著自笄.　　아름다운 명성은 성년부터 드러났네.

桂花長獻慶,　　계수나무 꽃 꽂는 경사[139]를 길이 바치려는데,

風樹奄承悽.　　풍수지탄[140]의 서글픔을 갑자기 받았네.

不死留馨德,　　죽지 않고 아름다운 덕을 남기리니,

豊碑滿面題.　　큰 비석면에 덕을 가득 써놓으리.

亂中送侄相說還鄕 癸巳在善山, 以其爲宗孫, 故云. 난중에 고향에 돌아가는 조카 상열을 보내다 계사년(1593) 선산에 있었는데, 그가 종손인 까닭에 말하였다.

神位閣籠去,　　신위를 대그릇에 간직하고 떠났는데,

經年淚盈目.　　해를 넘기니 눈물이 눈에 가득하다.

奠盃冀慰安,　　술잔을 드려 위안을 바라는데,

痛哭山川隔.　　산천을 사이에 두고 통곡을 하네.

汝可執蒸嘗.　　너는 가서 제사를 받드는 것이 옳다.

我當摧大敵.　　나는 마땅히 대적을 꺾을 것이다.

勿詑射侯能.　　과녁 맞추기 잘 한다 자랑 말거라.

只招奇禍速.　　뜻밖의 화만 속히 부를 뿐이니라.

兵塵動洛城.　　병마의 티끌 서울에서 일어나니,

萬里君臣隔.　　임금과 신하 만 리나 떨어졌네.

---

139) 계수나무~경사 : 자손이 과거에 합격하는 경사를 이른다.

140) 풍수지탄(風樹之嘆) : 어버이가 세상을 떠나 다시는 봉양할 수 없는 자식의 슬픔을 말한다.

目淚望不能,	눈에 눈물 어려 바라볼 수 없고,
心驚夢難得.	마음이 놀라니 꿈도 얻기 어려워라.
蜀魄第一聲,	두견새 첫 번째 소리
千山吐明月.	천개의 산은 밝은 달을 토하네.
龍泉大劍在,	커다란 용천검141)이 있으니,
國恥還堪雪.	나라의 부끄러움 도리어 씻을 만하네.

觀水軒	관수헌

東村有高士,	동쪽 마을에 고상한 선비 있으니,
君振姓爲金.	자는 군진이고 성은 김이라.
築室鄰山鹿,	집을 지어 산 속 사슴과 이웃하고,
持竿伴水禽.	낚싯대 들고 물새와 짝한다네.
兄來開白酒,	형이 오면 탁주잔을 벌리고,
客至撥玄琴.	손님 오면 거문고를 퉁기네.
最愛吾盤谷,	우리 반곡을 가장 사랑하니,
松風是正音.	솔바람 소리가 바른 소리라 하네.

嶺南行二首 一首. 癸巳在善山, 次道菴韻. 영남에 가다두 수. 한 수는 계사년(1593) 선산에 있을 때 도암 시에 차운한 것이다.

犯雪天南路,	영남 길 눈 헤치며 가노니,

---

141) 용천검(龍泉劍) : 진(晉)나라 때 장화(張華)가 두성(斗星)과 우성(牛星) 사이의 기운을 보고 뇌환(雷煥)을 풍성(豊城)으로 보내 찾게 하였더니, 석함(石函) 속에서 용천(龍泉)과 태아(太阿)라는 두 자루 명검이 나왔다. 『진서(晉書)』 권36, 「장화열전(張華列傳)」.

行裝一短簑.	행장은 짧은 도롱이 하나로다.
村荒多古木,	고을이 황폐하니 고목이 많고,
江濶盡平沙.	강이 넓으니 온통 고른 모래 벌일세.
獨鳥隨雲沒,	한 마리 새 구름 따라 사라지고,
孤帆帶日斜.	외로운 돛은 햇빛을 두른 채 기울었네.
年年長作客,	해마다 길이 나그네 되니,
到處是爲家.	도처가 나의 집일세.

問是何山寺,	묻노니 이는 어느 산 절인가,
淸和癸巳年.	음력 4월 계사년이로다.
南藩風雨作,	남쪽 변방에서 비바람이 일어,
豳土聖人遷.	빈 땅142)으로 성인은 옮겨 갔네.
孤夢迷關路,	외로운 꿈은 변방 길에서 헤매고,
寒霜生鬢邊.	차가운 서리가 귀밑털에 생겼구나.
磨吾三尺劍,	내 삼척검을 갈아서,
掃蕩勒燕然.	적을 소탕하고 연연산143) 비석을 새기리.

---

142) 빈(豳) 땅 : 후직(后稷)의 증손인 공류(公劉)가 하(夏)나라의 박해를 피해 이주한 땅. 공류
가 여기에서 덕정(德政)을 펴서 백성들을 잘 다스렸으니, 뒤에 주(周)나라가 흥기하는 발
판이 되었다.

143) 연연산(燕然山) : 후한 화제(後漢和帝) 1년(89년)에 거기장군(車騎將軍) 두헌(竇憲)이 남선
우(南單于)와 강호(羌胡)의 군사들을 거느리고 계락산(稽落山)에서 북선우(北單于)와 싸워
크게 승리한 뒤, 그 공적을 기리기 위해 연연산에 비석을 세웠다. 『후한서(後漢書)』 권
23, 「竇憲列傳(두헌열전)」.

5) 五言排律
오언배율

贈楊摠兵元 楊敗績南原 將抵罪 欲得發明之詩 故贈二十七韻   양총병 원에게 준다 양총병이 남원에서 패하여 장차 처벌을 받게 되었는데 죄 없음을 밝히는 시를 얻고자 하였기에 27운을 준다

皇恩天地大,　　황제의 은혜 천지처럼 크시어,

海外卵兇孼.　　해외의 흉악한 무리 길러주셨지.

桀犬忽吠堯,　　걸 임금의 개가 홀연 요임금을 짖으니,

東人成白骨.　　조선 사람들 백골이 되었네.

青丘已陸沈,　　조선이 이미 적에게 함락되고,

平壤屯酋賊.　　평양에 왜추가 주둔했네.

皇帝赫震怒,　　황제가 발끈 진노하사,

命我公馳擊.　　우리 공에게 달려가 치라 하셨지.

神兵未渡鴨,　　천병이 압록강을 건너기 전에,

兇醜已膽落.　　흉악한 무리 이미 간담이 떨어졌네.

擧太山壓卵,　　태산을 들어 알을 누르니,

全城遂陷沒.　　온 성이 마침내 함락되었네.

炮聲掀地裂,　　포성은 드높아 땅을 찢는 듯하고,

箭火揚天赤.　　불화살은 하늘에 날아 붉은 빛일세.

餘威驅醜類,　　남은 위세로 더러운 무리 몰아내니,

走向東邊縮.　　동쪽 변방으로 내달리며 퇴각하였네.

膝行哀乞和,　　무릎으로 기며 화친을 애걸하니,

宥降封王勅.　　항복한 이 용서하여 왕에 봉하라 명하셨지.

如何再不恭,　　어찌하여 다시 공손하지 못한가,

狺然動兵革.	으르렁 거리며 군대를 동원했네.
皇帝咨群臣,	황제께서 뭇 신하에게 물으시고,
惟楊汝往敵.	양원아 네가 가서 대적하라 하셨네.
先鋒據南原,	선봉으로 남원에 웅거하여,
鑿池修城堞.	못을 파고 성가퀴를 수리하였지.
重壕復重城.	해자를 거듭 두르고 다시 성을 이중으로 하되,
不煩吾民力.	우리 백성의 힘을 번거롭게 할 필요 없었네.
三千乃一心,	삼천 병사 이에 한 마음,
歃血生死決.	피를 바르고 생사를 결단했네.
重圍七晝夜,	적이 칠일 밤낮으로 포위하자,
奮義揮天戟.	의기를 떨치며 방천극을 휘둘렀네.
開門數衝擊,	성문을 열고 자주 공격하니,
鏖殺過千百.	무찔러 죽인 수가 매우 많았지.
孤軍各盡力,	고립된 군대 각기 힘을 다하나,
其奈援兵絕	구원병이 끊어짐을 어찌 할거나.
只有李兵使,	다만 이병사가 있어,
提軍助我伐.	군대를 끌고 우리의 싸움을 도왔네.
壯膽尚激烈,	씩씩한 기개 오히려 격렬한데,
矢石俱先竭.	화살과 돌이 모두 다 먼저 떨어졌네.
南門奄失守,	남문에서 갑자기 지키지 못하니,
衆賊飜衝突.	뭇 적들이 성을 넘어 돌격하였네.
奮擊死後已,	힘을 떨쳐 공격해 죽은 뒤 그만두려 했노니,
橫馳極斬殺.	종횡으로 달리며 적을 모조리 참살하였네.
乳背忽受刃,	젖먹이 등에 업고 홀연 칼날을 받으니,
顚仆還馳出.	넘어졌다 다시 내달렸네.
當門斬無數,	문에 이르러 무수히 적을 죽이니,

門外百餘級.	문 밖에 백여 개의 수급.
此言非我私,	이 말은 내 사적인 것이 아니라,
聞諸我軍卒.	우리 군졸들에게 들은 것일세.
戰袍血淋漓,	전포에서 피가 뚝뚝 흐르니,
壯氣橫天日.	씩씩한 기운 하늘 해를 가로질렀네.
一蹶非戰罪,	한 번의 실패는 싸움 못한 죄가 아니니,
聖恩應加恤.	성은으로 아마 구제해 주시리라.
英名振海東,	꽃다운 이름 해동에 떨쳐,
千古留方策.	천고토록 책에 남아 있으리.

次呈主倅柳公 濤 字淵淑 辛丑六月 고을 원님 유공 숙에게 차운하여 바친다 자는 연숙이다 신축년(1601) 6월

海甸干戈塞,	연해에는 병기들이 가득하고,
文風久寂寥.	문풍은 오래도록 적막하였네.
詞臣來典學,	문학을 맡던 신하 와서 학문에 힘쓰니,
觀聽藹環橋.	보고 듣는 이 학당에 많구나.
陳榻尋常設,	진번의 걸상144) 늘 내려놓고,
徐童左右招.	서치 같은 아이들 좌우로 부르네.
脩道期遠到,	도를 행하여 멀리 이를 것을 기약하고,
逸駕庶高超.	수레를 내달려서 출중하길 바라네.
惠意疲民活,	인자한 마음에 지친 백성 살아나고,
威風酷吏消.	위엄스런 풍모에 가혹한 관리들이 사라졌네.
賦徭平老弱,	부세와 요역은 노약자에게 균등하니,

---

144) 진번(陳蕃)의 걸상 : 후한(後漢)의 진번이 다른 손님은 일절 맞지 않다가, 현인인 서치(徐穉)가 오면 특별히 걸상 하나를 내려놓고 환담을 하고 그가 가면 다시 올려놓았다는 현탑(懸榻)의 고사가 전한다. 『후한서(後漢書)』 권53, 「서치열전(徐穉列傳)」

耕鑿樂漁樵.	농사지으면서 물고기 잡이와 땔나무하기를 즐기네.
碧海孤形瘦,	푸른 바닷가 외로운 몸 수척하니,
青綾一夢遙.	푸른 비단옷145)의 꿈은 아득하네.
五陵思縹緲,	아스라한 오릉146)을 생각하고,
三角望岩峣.	높고 험한 삼각산을 멀리 바라보네.
逸氣秋天杳,	세속을 초탈한 기개는 가을하늘처럼 아득하고,
清詩玉藥嬌.	맑은 시는 흰 꽃술처럼 곱구나.
恤民知易老,	백성을 구제하다 늙기 쉬운 것을 알겠고,
憂國恐沈瘠.	나라를 걱정하다 매우 수척해질까 두려워하네.
得酒吟佳節,	술을 얻으면 좋은 절기 읊조리고,
逢愁詠朗宵.	근심을 만나면 밝은 밤을 노래하네.
營中無走檄,	진영 안에 긴급한 문서가 없고,
幕下久藏刀.	막부엔 오래도록 칼을 간직해 두었도다.
野店青藜老,	시골 주점에 명아주 늙어가고,
秋霜綠鬢凋.	가을 서리에 푸른 살적이 시드누나.
宦道長齟齬,	벼슬길에서 오래 어긋났노니,
生理日蕭條.	생계는 날로 궁핍하여라.
水竹甘藏迹,	물과 대나무에 종적을 감추는 일 달갑게 여기노니,
風塵幾折腰.	세속에서 몇 번 허리를 굽혔던가.
琴書自淡泊,	거문고와 책은 본래 담백하니,
魂夢怕塵囂.	꿈속의 넋조차 세속의 시끄러움 두려워하네.
雙影迷千里,	두 그림자 천 리를 헤매노니,

---

145) 푸른 비단옷[青綾] : 숙직하는 시종신을 말한다. 한(漢)나라 때 상서랑(尚書郎)이 건례문(建禮門)에서 숙직할 때에는 푸른 비단 잠옷을 지급했다고 한다.

146) 오릉(五陵) : 한나라 고조(高祖)부터 소제(昭帝)까지 5대의 능묘 즉 장릉(長陵)·안릉(安陵)·양릉(陽陵)·무릉(茂陵)·평릉(平陵)인데, 이 능은 모두 장안(長安)에 있고 이 근처에는 부귀한 사람이 살았다. 이에 유래하여 서울의 부귀한 사람이 사는 곳을 말한다.

酸鳴徹九霄.	슬픈 소리 하늘을 꿰뚫도다.
每慚偸寸祿,	매번 작은 녹을 훔친 일 부끄러웠고,
迄愧負淸朝.	끝내 조정을 등진 일 부끄러워라.
醉裏光陰轉,	취한 속에 세월은 지나고,
閑中感恨饒	한가한 가운데 한이 많구나.
欲賡金玉竹,	금옥 같은 대나무 소리 잇고자 하나,
句句響蕭蕭.	구절마다 쓸쓸한 소리 울리네.

原韻	원운

南海鯨波息,	남해에 거대한 파도 잠잠해지니,
轅門久寂寥.	군문은 오래토록 적막하도다.
元戎提小隊,	원수가 작은 부대를 이끌고,
緩步過長橋.	느린 걸음으로 긴 다리를 지나오네.
莎岸偶然到,	노란 잔디 언덕에 우연히 이르고,
濠梁相見招.	호량147)에서 초청을 받았구려.
登樓同庾亮,	누각에 오르니 유량148)과 같고,
入幕異郗超.	막사에 들어가니 치초149)와 다르네.
病退身如隱,	병으로 물러나 몸은 은거한 듯하고,

---

147) 호량(濠梁) : 호(濠)라는 강에 놓인 다리로, 장자(莊子)와 친구 혜자(惠子)가 이 위에서 서로 만나 이야기를 나누었다. 『장자(莊子)』「추수(秋水)」. 전하여 아주 친한 친구와 만나서 즐겁게 노니는 것을 뜻한다.

148) 유량(庾亮) : 진(晉)나라 때의 유량이 무창 도독(武昌都督)으로 있을 때, 밝은 달밤에 부하들과 남루(南樓)에 올라가서 주연을 격의 없이 즐겼다는 고사가 있다. 『세설신어(世說新語)』「용지(容止)」.

149) 치초(郗超) : 동진(東晉) 때 사람으로, 반역(叛逆)할 마음을 품고 있던 환온(桓溫)의 막하(幕下)가 되어 여러 가지 일들을 획책하였다.

心閒憂自消.	마음이 한가로워 걱정이 절로 없구나.
岸巾尋水竹,	두건을 젖혀 쓰고 물과 대나무 찾고,
爭席伴漁樵.	자리를 다투며 어부 초동과 짝하네.
潮滿吳江濶,	조수가 가득하니 오강이 드넓고,
天低楚國遙.	하늘이 나직하니 초국이 아득하다.
臺隍雄表裏,	누대와 해자가 안팎으로 웅장하고,
山郭鬱岩嶢.	산성은 바위 높은 데 솟았구려.
美景眞難得,	아름다운 경치 진실로 얻기 어렵고,
佳人摠是嬌.	미녀들은 모두 아리따운데,
頻將陶令酒,	자주 도연명의 술을 가지고,
還慰茂陵痾.	또 사마상여의 소갈병을 위로하네.
好客來何暮,	훌륭한 손님 어찌 이리 늦게 오셨는가,
芳筵共此宵.	좋은 자리에서 이 밤을 같이 하세.
鶴歸華表柱,	학은 화표주150)로 돌아왔고,
龍吼莫耶刀.	막야검151)은 용처럼 우는구나.
世路音誰和,	세상길에서 누가 소리에 화답할까,
窮途鬢已彫.	막힌 길에서 귀밑머리 털은 이미 시들었네.
吾生亦漂泊,	내 삶 또한 이리저리 떠도니,
宦味太蕭條.	벼슬살이의 정취 매우 적막하구나.
謀拙眞□□二字缺,	졸렬한 계책은 진실로 □□하니,
親衰强折腰.	어버이 노쇠하신데 억지로 허리를 꺾었다네.
謫來炎瘴地,	덥고 장기 어린 땅에 유배 왔으니,
夢罷是非囂.	꿈 깨자 시비를 가리는 시끄러운 소리로다.

---

150) 화표주(華表柱) ; 한나라 때 정영위(丁令威)가 영허산(靈虛山)에 가서 신선술을 배우고
    뒷날 학이 되어 고향으로 돌아와 화표주에 앉아 세상이 변한 것을 보고 울었다고 한
    다. 『수신후기(搜神後記)』.
151) 막야(莫耶)검 : 춘추 시대에 오(吳)나라의 간장(干將)이 만든 명검(名劍)의 이름이다.

消息迷雙闕,　　대궐 소식에 미련은 남았고,

鄕關隔九霄.　　고향은 하늘 너머에 있다네.

非無江海志,　　강호에 살 뜻이 없는 건 아니나,

其奈聖明朝.　　임금의 조정을 어찌하리오.

迹逐佳辰換,　　발자취는 좋은 때를 따라 옮기고,

愁逢遠別饒.　　근심은 멀리 떠나는 이별을 만나 많아지네.

新詩吟欲盡,　　새로 지은 시를 끝까지 읊조리고자 하는데,

梅雨更蕭蕭.　　매우152)가 더욱 더 우수수 내리네.

6) 七言律詩
칠언율시

次贈林子順 悌　尹平壤時 白湖林公爲都事 與之相和　二首　　차운하여 임자순 제에게 준
다 평양부윤이었을 때 백호 임공이 도사였는데 그와 더불어 서로 화답하였다 두 수

西來無日不傷情,　　서쪽으로 와서 마음 상하지 않는 날 없는데,

又見綾羅芳草生.　　또 능라도에 방초가 돋아남을 보았네.

地近薊遼風氣惡,　　땅은 계료153)에 가까워 기후가 안 좋고,

路長湖甸夢魂驚.　　길은 호서와 경기에 길게 뻗어 꿈속의 넋 놀라네.

城荒王儉樓臺迥,　　황폐한 왕검성154)의 누대는 아득하고,

---

152) 매우(梅雨) : 매실이 누렇게 익을 무렵에 내리는 비라는 뜻으로, 초여름부터 시작되는 장
　　맛비를 가리킨다.

153) 계료(薊遼) : 계(薊)는 계주(薊州)로 지금의 하북성(河北省) 일대를 가리키고, 요(遼)는 요서
　　(遼西)와 요동(遼東) 지방을 가리킨다.

154) 왕검성(王儉城) : 고조선의 수도. 정확한 위치에 대해서는 의견이 분분하나 크게 요동지
　　역에 있었다는 견해, 평양지역에 있었다는 견해, 요동지역에서 평양지역으로 이동했다는

石老朝天雲水平. 　오랜 세월 속 朝天石[155]은 바람 구름과 나란하네.

半鬚秋霜一樽酒, 　수염 반이 하얗게 센 사람 한 동이 술,

把琴時奏不平鳴. 　거문고 잡고 때로 연주하면 불평스러운 소리 나네.

客來關外故人稀, 　나그네 관문 밖에 오니 벗이 드물어,

弔影塵籠歲忽移. 　속세의 속박 속에 그림자 위로하다 세월이 홀연 가버렸네.

半世行裝長劍在, 　반생의 행장으로 장검이 있으니,

百年心事短琴知. 　백년의 마음 속 일 단금이 알리라.

情馳獅子三千里, 　마음은 삼천리 밖 사자산으로 달리고,

魂去終南十二時. 　넋은 하루 내내 남산으로 간다네.

爲問三淸方外士, 　삼청[156]의 방외인에게 묻노니,

白雲何處可棲遲. 　흰 구름 뜬 어느 곳이 노닐며 쉴 만한가.

次許美叔 　허미숙 시에 차운하다

至今時事尚紛紛, 　지금도 세상사 오히려 어지러우니,

知子飛筇入白雲. 　그대가 지팡이 휘저으며 백운 속으로 들어간 까닭 알겠네.

人賀蒙恩還故國, 　사람들은 은혜를 입어 고향으로 돌아감을 축하하고,

天敎專力典斯文. 　하늘은 힘을 집중해 유가의 도를 맡도록 하셨지.

殘篇斷簡增憂道, 　잔결된 서적에 더욱 도를 근심하고,

견해가 있다.

155) 조천석(朝天石) : 평양 대동강 부벽루(浮碧樓) 앞에 있는 바위로, 고구려 동명성왕(東明聖王)이 이곳에서 기린마(麒麟馬)를 타고 하늘에 올라가 천제(天帝)에게 조회를 했다고 한다.

156) 삼청(三淸) : 도가(道家)에서 말하는 옥청(玉淸), 상청(上淸), 태청(太淸) 삼천(三天)의 세계를 말하는데, 여기에서 신선이 산다고 한다.

寒月孤燈倍憶君.　차가운 달 외로운 등불 아래 더욱 그대를 추억하네.
遲暮亦投簪綬去,　만년에 나도 관직을 버리고 가리니,
共尋幽澗石蘭芬.　깊은 골짜기 물가에서 석란 향기 함께 찾세나.

次金重叔 應南　　김중숙 응남시에 차운하다

陰壑長氷受旭消,　그늘진 골짜기 속 기다란 얼음 아침햇살 받아 녹으니,
爲乘陽氣屐前郊.　양기를 타고 앞 들판에 나갔네.
山烟靉靆含峯暖,　산의 이내는 봉우리를 빙빙 둘러싸 따사롭고,
江柳靑黃得雨嬌.　강의 버들은 비 맞아 푸르고 누런빛으로 어여쁘네.
千里思歸魂欲斷,　천리 밖으로 돌아감을 생각하니 넋이 끊어질 듯하고,
三年戀闕鬢將彫.　삼년 동안 대궐을 그리워하다 귀밑머리 시들려 한다.
賴牽雲淡風輕趣,　다행히 담박한 구름 가벼운 바람의 정취에 이끌리니,
滿目春和興自饒　봄날의 화창함이 눈에 가득해 흥이 절로 넉넉하네.

宿村家 在加平時　　시골집에 묵다 가평에 있을 때

蕭條白屋不成鄰,　쓸쓸한 오두막 이웃이 없어,
臥聽山翁說採薪.　산옹이 땔나무 해온 이야기 누워서 듣네.
孤犬寥寥吠霜葉,　외로운 개는 적막하여 서리 맞은 잎에 짖어대고,
寒雞搏搏叫征人　추위 속 닭은 날개 치며 길손 향해 울어대네.
黃花明月思歸恨,　국화와 밝은 달은 돌아갈 것을 생각하는 이의 한이요,
白首丹心未獻身.　센머리 붉은 마음은 임금께 헌신하지 못한 몸이로다.
侵曉策驢開遠目,　새벽 무렵 나귀를 채찍질하며 멀리 바라보니,

葱籠華嶽拱層旻.　　　푸른 빛 감도는 화악산이 층층의 가을 하늘 향하네.

贈韓景洪 顥 歸書御帖　　돌아가며 어첩을 쓴 한홍경 호에게 주다

玉字重修簡百官,　　　옥 같은 글자 거듭 수정해 백관에게 서신을 보냈으니,
開元名筆是吾韓.　　　개원의 명필이 바로 우리 한홍경이라.
塞雲迢遞迷南服,　　　변방의 구름 아득하여 남쪽지방에 어지럽고,
薊雪蒼茫鎖北關.　　　계주 눈은 아스라하여 함경도 지방을 가두었네.
詩到驅馳難好語,　　　시 지음은 말 달리느라 아름다운 시어 쓰기 어렵고,
酒因形勝做深懽.　　　술 마심은 뛰어난 경치로 인해 깊은 기쁨을 이루었네.
當筵莫唱渭城曲,　　　이 자리에서 이별노래 부르지 말라,
歲暮臨歧鬢易班.　　　세모 갈래 길에 임하여 귀밑머리 희끗해지기 쉬우니.

贈沈伯懼 喜壽　　　　심백구 희수에게 주다

並世聞名見未曾,　　　같은 시대에 살면서 이름만 듣고 만난 적 없더니,
晚來傾盖卽心朋.　　　뒤늦게 처음 만나 바로 지기가 되었다네.
文章璀璨千條玉,　　　문장은 찬란하여 천 줄기 옥이요,
胸次玲瓏一段氷.　　　마음은 영롱하여 한 가닥 얼음일세.
萬丈心期懸碧落,　　　만 길이나 되는 흥회는 푸른 하늘에 매달렸고,
百年肝膽照青燈.　　　평생의 진심은 푸른 등불 앞에서 빛나네.
清秋會共遊山杖,　　　가을에 모여 함께 지팡이 짚고 산에 노닐 것이니,
飛上摩天第一層.　　　하늘에 닿는 산꼭대기에 날아오르리.

次贈金仲悟 潁男

김중오 영남에게 차운하여 주다

萬事茫然入苦吟,
끝없는 만 가지 일 되풀이하여 읊는 시 속으로 들어가고,

後生叢裏强低簪.
후생의 무리 속에서 애써 머리를 숙였네.

籠鵬空喚青山夢,
조롱 속의 솔개는 부질없이 청산에서 꿈을 불렀고,

病鶴長懸碧落心.
병든 학은 오래도록 푸른 하늘에 마음을 매달았네.

中歲同官元有分,
중년에 같은 관서에서 벼슬하여 원래 연분이 있었는데,

暮年相倚是知音.
만년에 서로 의지하니 바로 지음이로다.

清秋何處開懷抱,
가을 하늘 어느 곳에서 회포를 풀까,

一杖還山萬壑深.
지팡이 하나로 산에 돌아가면 수많은 골짜기 깊으리라.

日林偶吟

일림에서 우연히 읊다

十年山水夢尋常,
십년 동안 산수의 꿈은 늘 있었으니,

飛上崔嵬興欲狂.
높은 봉우리에 날아오를 때 흥겨워 미칠 듯하네.

天近北峯思縹緲,
하늘은 북쪽 봉우리와 가까워 생각이 아스라하고,

地窮南海眼蒼茫.
땅은 남해에 다하여 눈이 흐릿하네.

泉生疎竹琴聲濕,
샘물이 성긴 대나무 사이에서 나오자 거문고 소리 축축하고,

風透長松鶴夢凉.
바람이 높은 소나무 사이로 스며드니 학의 꿈이 서늘하다.

漠漠青霞封石磴,
뿌연 푸른 구름이 돌다리를 에워싸니,

却嫌仙境入塵韁.
도리어 선경이 속세의 굴레로 들어갈까 꺼리네.

贈通信使吉哉

통신사 길재에게 주다

東漸年來格遠夷,	연래에 동점¹⁵⁷⁾하여 먼 오랑캐 땅에 이르니,
此行爲命異前時.	이번 사행의 명을 받음이 전과는 다르네.
三囊秘筭蠻荒服,	꾀주머니 비책은 야만인이 복종하고,
一席便風宇宙知.	일진의 순풍은 우주가 알아줌이라.
危悃峥嵘懸北極,	크나큰 곤경은 북극에 걸렸고,
威稜震蕩動南郵.	진탕하는 위세는 남우¹⁵⁸⁾를 울리네.
從今永奠蒼生枕,	이제부터 길이 안정되어 창생이 편히 자고,
麟閣勳名照萬碁.	기린각¹⁵⁹⁾에 공훈의 이름 만년을 비추리라.

送德叟赴湖幕 　　　호막¹⁶⁰⁾에 부임하는 덕수를 전송하다

臨分脉脉不成言,	이별에 임하여 맥맥히 말을 이루지 못하고,
滿眼煙花摠斷寬.	눈에 가득한 흐드러진 꽃에 온통 혼이 끊기네.
詩韻玲瓏金有響,	영롱한 시운은 소리 나는 금이요,
胷懷灑落玉無痕.	시원한 흉회는 티 없는 옥일세.
要須湖甸澄清手,	호서 땅이 깨끗한 손¹⁶¹⁾을 필요로 하니,

---

157) 동점(東漸) : 중국의 선진 문명이 동방에까지 유입되고 있다는 말이다. "동쪽으로는 바다
　　에까지 번져 갔고, 서쪽으로는 유사 지역에까지 입혀졌으며, 북쪽과 남쪽의 끝까지 이르
　　렀다.(東漸于海, 西被于流沙, 朔南曁.)"(≪서경(書經)≫ <우공(禹貢)>)

158) 남우 : 우(郵)는 본래 역참(驛站)의 뜻인데, 여기서는 앞 구의 북극과 대를 이루어 남쪽
　　지역을 말하는 것으로 보인다.

159) 기린각(麒麟閣) : 중국 한(漢)나라 선제(宣帝) 때 곽광(霍光) 등 공신 11인의 초상화를 기린
　　각에 걸어서 길이 기념토록 한 고사가 전한다.

160) 호막 : 원래 호서 지방의 막사를 뜻하는데, 일반적으로 충청도 도사(忠淸道都事) 직분을
　　가리킨다.

161) 깨끗한 손 : 중국 후한(後漢) 범방(范滂)이 기주 자사(冀州刺史)로 나갈 적에, "수레에 올
　　라 고삐를 잡고서는 천하를 깨끗하게 할 뜻을 개연히 품었다.(登車攬轡, 慨然有澄淸天下
　　之志.)"는 고사에서 나온 것으로, 지방 장관으로 부임할 때, 혹은 난세에 혁신 정치를 행
　　하여 백성을 안정시키겠다는 의지를 비유한다. ≪後漢書・黨錮列傳≫ <范滂>조 참조.

試撤秋官淑問員.　시험 삼아 추관162)의 심문할 관원을 거두시게.
華旆定巡盤谷路,　화려한 깃발로 정히 반곡의 길에 돌아오면,
綠楊紅杏掩柴門.　푸른 버들 붉은 살구꽃이 사립문을 덮으리라.

醉贈安習之 敏學 赴泰仁縣 태인현에 부임하는 안습지 민학에게 취하여 주다

暮年爲別易傷情,　만년의 이별은 마음 상하기 쉽지만,
爲別無如送此行.　이별하는 일이 이 행차 보내는 것만은 못하다네.
湖外幾曾勞夢想,　호남 향해 몇 번이나 꿈속의 생각 달릴까?
客中還復愴離情.　나그네 신세로 이별하는 마음 다시 또 구슬퍼라.
六年戀闕丹心破,　육년 동안 대궐 그리다 단심이 찢어지고,
千里思家白髮生.　천리 밖 집을 그리워하다 백발이 돋아났네.
秋入官池荷正發,　가을이 관가 연못에 들어와 연꽃이 한창 필 때면,
可能持酒話同庚.　술잔 잡고 동갑과 이야기할 수 있을까?

別洪時可 聖民 赴嶺南伯 庚辰都事時 洪爲嶺伯 有唱和 今坐言事再任 故云　경상도관찰사에
부임하는 홍시가 성민을 이별하며 경진년(1580) 도사일 때 홍이 경상도관찰사였고 이제 정사를 진
언한 일로 죄를 입었다가 다시 임명되었기에 말한 것이다.

紅塵心事太悠悠,　세속 속의 마음 매우 걱정스러운데,
杖節天涯作遠遊.　하늘 끝에서 부절을 잡고 멀리 노닐게 되었네.
危悃崢嶸懸北極,　간절한 마음은 아스라이 높아 북극성에 매달리고,
深恩滂暢浹南州.　깊은 은혜는 넓게 펼쳐져 남쪽고을을 적시리.

---

162) 추관 : 형조(刑曹)를 가리킨다.

宣風文物三韓地 　문물이 융성한 삼한 땅에 교화를 펴고

拂劍湖山萬古秋 　호수와 산 만고의 가을 속에서 칼을 뽑으리.

應記昔年同事處, 　아마도 옛날 같이 일하던 곳 기억하리니,

荒詞留掛驛程樓. 　거친 시를 역로에 걸어 남겨두노라.

秋官會酌與同僚賞蓮 庚寅六月 형조의 술 모임에서 동료들과 연을 감상하다 경인년 (1590) 6월

風烟方屬太平春, 　풍광은 바야흐로 태평시절의 봄에 속하는데,

萍水相逢卽故人 　물위의 부평초처럼 만나는 이가 바로 친구일세.

木索閒時拚勝席, 　형구 한가로울 때 잔치자리에서 박수를 치고,

梅霖晴日坐池濱. 　초여름 장마 갤 때 못가에 앉도다.

長莖得浪搖靑玉, 　긴 줄기는 물결을 만나 푸른 옥처럼 흔들리고,

大葉憑風斗白銀 　큰 잎은 바람에 의지하며 은방울을 국자에 담았네.

他日相思千里外, 　훗날 천리 밖에서 서로 그리워지거든,

莫忘持酒笑談親 　술잔 잡고 웃고 말하며 친했던 일 잊지 말게나.

細斟陶鑄一堂春, 　조금씩 잔질하여 온 집의 봄기운 만들어내니,

醉裏扶携七箇人 　취하여 부축하고 이끄는 일곱 사람이로다.

驅雨晚風來席上, 　비를 몰아간 저녁바람은 자리 위로 다가오고,

漏雲晴日下塘濱. 　구름에서 새는 갠 날의 햇빛은 연못가에 내려오네.

初抽荷蘂嬌如女, 　막 돋아난 연꽃 꽃술은 예쁘기가 여인 같고,

亂滴霖鈴淨似銀, 　어지럽게 떨어지는 장마 속 방울소리는 깨끗하기가 은과 비슷해.

移坐闌干知有意, 　난간에 옮겨 앉은 것은 뜻이 있음을 알겠노니,

欲將盃酒更相親　　　술잔의 술로 더욱 서로 친하고자 함일세.

右黃而直致敬　　　오른쪽은 황이직 치경의 시이다.

答鄭子正　　　　정자정에게 답하다

白首紅塵太不宜,　　흰 머리와 세속은 너무 어울리지 않는데,
此心還被此身欺.　　이 마음이 이 몸에게 도리어 속았구나.
池魚鱗鬣長江信,　　연못 물고기의 비늘과 지느러미는 장강을 알고,
病鶴心期碧落知.　　병든 학의 마음은 푸른 하늘을 안다네.
半世光陰抛客路,　　반생의 세월 지나 나그네길 포기하고,
一秋歸夢落山籬.　　가을 녘 돌아가는 꿈은 산울타리에 떨어지네.
林泉風月吾家物,　　임천의 바람과 달 우리 집안 물건이니,
送老簞瓢樂在其.　　대그릇과 표주박으로 노년을 보내면 낙이 그 가운
　　　　　　　　데 있으리.

寄而順　　　　이순에게 부친다

滔滔歸興在漁竿,　　돌아가는 흥취 도도하여 낚싯대에 있으니,
尙把孤心一寸丹.　　아직도 외로운 마음 한 치의 단심을 지니고 있다네.
世事無常難入手,　　세상사 무상하니 손에 들어오기 어렵고,
功名有味易生酸.　　공명은 맛이 있으니 신맛 내기 쉬워라.
投籠病鶴思遼海,　　조롱에 들어간 병든 학은 요해163)를 생각하고,

---

163) 요해(遼海) : 흔히 요하(遼河) 동쪽 지역인 요동(遼東)을 칭하는 말로 쓰인다. 한(漢)나라
　　때 요동 사람 정영위(丁令威)가 일찍이 영허산(靈虛山)에 들어가 선술(仙術)을 배우고 뒤
　　에 학(鶴)으로 변화하여 고향인 요동의 성문(城門) 화표주(華表柱)에 돌아 왔다가 날아갔

伏櫪屏駒戀玉山. 마판에 엎드린 쇠약한 말은 옥산[164]을 그리워하네.
積謗叢身摧敗了, 쌓인 비방이 몸에 모여 나를 부수었으니,
他生猶怕做塵官. 후생에 속세 관원이 될까 오히려 두렵구나.

早春吟　　　　　이른 봄에 읊다

吟筇搖曳小溪西, 작은 시내 서쪽에서 시인 지팡이 흔들며 가는데,
芳草萋萋簇暖堤. 향기로운 풀 우북하게 따사로운 둑에 모여 있네.
桃樹綻紅嬌欲笑, 복숭아나무 꽃 붉게 터져 예쁜 모습으로 웃으려 하고,
柳梢生碧嫩初低. 버드나무 가지 끝엔 푸른빛이 돋아 예쁜 가지는 나
　　　　　　　직하네.

山川不改千年色, 산천은 천년의 색을 고치지 않고,
人事難容一持齊. 사람 일은 한결 같은 가지런함을 용납하기 어려워라.
喚得松醪消別恨, 송료주를 불러내어 이별의 한을 녹이는데,
隔林晴鳥盡情啼. 날이 갠 뒤 수풀 너머엔 새가 마음 다해 우는구나.

海隱堂韻 二首　　해은당[165] 시운 두 수

老去遊觀一倍慵, 늙어서 떠나는 유람이라 곱절이나 더 게으른데,

다는 고사가 있다.

164) 옥산(玉山) : 좋은 옥이 산출되는 곤륜산(崑崙山)을 말한다. 주 목왕(周穆王)이 정사는 돌
보지 않은 채 팔준마(八駿馬)가 모는 수레를 타고 천하를 두루 유람하다가 곤륜산 꼭대
기의 요지(瑤池)에 가서 전설적인 선녀 서왕모(西王母)를 만나 환대를 극진히 받았다는
이야기가 전한다. 『열자(列子)』「주목왕(周穆王)」

165) 해은당 : 현재 전라남도 보성의 명교마을 앞 서쪽 부근에 있었다고 전하는 청람대 아래
에 지은 건물.

偶逢形勝試開容.　　우연히 뛰어난 경치를 만나 한번 얼굴을 펴보네.

波心遠近騰金尺,　　물살 가운데 금척이 멀어졌다 가까워졌다 떠오르고,

天外高低散玉峯.　　하늘 끝에선 옥봉이 높았다 낮았다 흩어져 있네.

斷崖叢生無主竹,　　깎아지른 언덕엔 주인 없는 대가 빼곡히 자라고,

長沙憑戴不多松.　　긴 모래사장엔 얼마 없는 솔이 서로 의지하며 자라네.

江山已入閑中手,　　강산이 이미 한가로운 손아귀로 들어왔으니,

莫向風塵改舊跡.　　옛 자취를 고치어 풍진 세상에 향하지 말아야지.

數年閑臥便成慵,　　수년간 한가로이 누워있자니 게을러졌는데,

人道還生少日容.　　사람들은 젊은 날 얼굴이 다시 나왔다 하네.

吟罷膝琴憑短檻,　　시 읊는 일 마치면 슬금[166]을 낮은 난간 위에 기대놓고,

醒來手杖上屛峯.　　술에서 깨어나면 지팡이로 높은 봉우리에 오른다.

輕颷撥海開群島,　　산들바람은 바다를 헤쳐 뭇 섬을 펼쳐내고,

孤艇衝潮泊老松.　　외딴 배는 조수를 뚫고 늙은 소나무 옆에 정박한다네.

時駕長風天外去,　　때때로 긴 바람을 타고 하늘 밖으로 가노니,

却令家少失歸蹤.　　마침내 집이 작아져 돌아갈 길을 잃고 마네.

次汝說　　　　　여열의 시에 차운하다

長憶當時醉送君,　　그 때 취해서 그대 보내던 일 오래 추억하였노니,

漁村搖曳不成羣.　　어촌에서 한가롭게 자득하여 무리를 짓지 않았다네.

松汀日落沙鷗會,　　소나무 자라는 모래섬에 해지자 갈매기 모였고,

斷岸煙開竹路分,　　강변 절벽에 안개 열리자 대나무 길이 분명했지.

歸夢幾勞薪峴月,　　돌아가는 꿈은 신현의 달을 향해 가느라 몇 번이나

---

166) 슬금(膝琴) : 고금(古琴)의 한 종류로서 외출할 때 연주하기 위해서 만든 단형의 거문고이다.

수고로웠나?

淸思應到石橋雲.	맑은 생각은 아마 석교의 구름에 이르렀으리.
邇來孤負同棲話,	이래로 함께 살자던 약속을 저버렸으니,
擲地金聲恐未聞.	땅에 던져 나던 금석의 악기소리[167] 듣지 못할까 두려워라.

過兔川 辛卯九月 以都事巡講聞慶 면천을 지나며 신묘년(1591) 9월 도사로서 문경을 순강할 때

萬仞危峯瘦欲摧,	만 길 높이의 위태로운 봉우리 수척해 부러질 듯하고,
淸江一帶闢山來	맑은 강 한 줄기는 산을 헤치며 내려오네.
滄波擊石靑銅碎,	푸른 물결 바위를 치니 청동이 부서지는 듯하고,
翠壁懸空碧玉堆	푸른 절벽 공중에 매달려 있으니 푸른 옥이 쌓인 듯해라.
路中澗濱蘭已老,	길이 시냇물 가운데로 나 있는 곳엔 난초가 이미 노쇠했고,
煙沈古木鶴初廻.	안개가 고목 아래 가라앉은 곳엔 학이 막 돌아왔네.
忽忽又向紅塵去,	빠르게 또 세속을 향해 가노니,
歲暮孤懷底處開.	세모의 외로운 회포 어디에서 펼칠까?

---

167) 땅에~악기소리 : 문장이 매우 아름다움을 의미한다. 진(晉)나라의 문장가인 손작(孫綽)이 「천태산부(天台山賦)」를 지은 뒤에 친구인 범영기(范榮期)에게 "그대는 시험 삼아 이 부(賦)를 땅에 던져 보게나. 의당 금석으로 만든 악기 소리가 날 것일세.(卿試擲地, 當作金石聲)"라고 한 데서 유래한 말이다. 『진서(晉書)』「손작열전(孫綽列傳)」

次李正字 垷榮墳韻　　이정자 준의 영분168) 시에 차운하다

逸駕長途已有原,　　먼 길을 내달리는 수레는 이미 내력이 있으니,
暫時榮耀不須言.　　잠시의 영화야 굳이 말할 필요 없다네.
律身餘力推家國,　　몸을 단속하고 남은 힘을 집안과 나라에 옮겼고,
滿世文名照見聞.　　세상에 가득한 문명은 보고 듣는 이를 비추었네.
萬里分飛關世故,　　만리 밖으로 나뉘어 나는 것은 세상일 때문이요,
一場歡喜亦天恩.　　한 바탕 기쁨은 또한 임금의 은혜일세.
投簪擬閉江村戶,　　벼슬을 버리고 강마을에서 방문을 닫으려 하노니,
爲把心盃强數君.　　진심을 담은 술잔 잡아 제군에게 힘써 권하네.

次從兄金之明 公喜　　종형 김지명 공희의 시에 차운하다

詠轉秋思寄一通,　　읊을수록 더욱 가을 생각에 시 한 수 부치노니,
却憐心事弟兄同.　　바로 형과 아우의 심정이 같은 것을 가엾게 여김이라.
壽觴已負丹川菊,　　축수하는 술잔은 이미 단천의 국화를 등졌는데,
遊賞還孤一善楓　　유람하며 완상하는 일 다시 일선의 단풍나무를 저버렸네.
萬里歸心彫綠鬢,　　만리 길 돌아가려는 마음에 푸른 귀밑머리는 시들었고,
十年勳業愧靑銅.　　십년의 공업에 청동 인장을 부끄러워하네.
山河咫尺音塵杳,　　산하가 지척인데 소식이 아득하니,
獨倚寒窓聽斷鴻.　　홀로 차가운 창에 기대어 무리를 잃은 기러기 소리 듣노라.

---

168) 영분(榮墳) : 벼슬을 받고 조상의 묘에 성묘함을 말한다.

原韻 원운

青山連界月明通,　푸른 산이 이어지고 달도 밝게 통하니,
相望秋天弟我同.　가을 하늘 바라보는 건 아우나 나나 똑같으리.
黃髮壽觴遲晚菊,　늙은 나에게 술잔으로 축수하는데 가을 국화 더디
　　　　　　　　피고,
白雲枯淚滴殘楓　흰 구름의 마른 눈물은 쇠잔한 단풍나무에 떨어지네.
生憎川嶺遮來駕,　물과 산이 오는 수레를 막는 걸 얄미워하다가,
却歎瓢苽繫佩銅.　표주박이나 줄처럼 관가 도장에 매여 있는 걸 도리
　　　　　　　　어 탄식하네.
兩地論心惟一紙,　두 곳의 마음을 논하는 것은 오직 한 장의 종이니,
自今勤付向南鴻.　이제부턴 부지런히 남쪽 향하는 기러기에게 보내
　　　　　　　　기를.

次贈宋東萊德求 象賢　동래부사 송덕구 상현의 시에 차운하여 주다

重遊嶺外雪蒙頭,　거듭 영남에 노닐 적에 흰 눈이 머리를 덮었는데,
南北迢迢去路脩.　남과 북은 아득하여 가는 길이 멀구나.
白日看雲憑短檻,　대낮에 구름을 바라보며 낮은 난간에 기대는데,
淸宵望斗倚層樓.　맑은 밤에 북두성을 바라보며 높은 누각에 의지하리.
功名有力江山耻,　공명은 힘이 있어도 강산에 부끄럽고,
天地無情歲月遒.　천지는 무정하여 세월이 다하였네.
獨有知心礪城子,　유독 마음을 알아주는 여성자[169]가 있어,
一篇瓊玖遠相酬.　한 편의 옥 같은 글로 멀리서 화답하네.

---

169) 여성자(礪城子) : 본관이 여산(礪山)인 송상현을 가리킨다.

遊桃李寺　　　　　도리사에 놀다

孤峯律屼入天危,　　외만 봉우리 높이 하늘에 솟아 위태로우니,
嶺外名山到此知.　　영남의 명산을 이곳에 이르러 알겠네.
一片靑霞生洞口,　　한 조각 푸른 구름 골짜기 입구에서 일어나고,
半輪寒月在松枝.　　바퀴 반쪽 차가운 달은 소나무 가지에 걸렸도다.
措身劇地難醫病,　　험한 땅에 몸을 두니 병을 치료하기 어렵고,
觸物他鄕易得詩.　　타향에서 경물을 접촉하니 시를 얻기 쉽도다.
收拾風烟吟未了,　　바람과 안개를 거둬들여 시 읊는 일 마치지 못했는데,
便乘官馬又何之.　　도리어 관가 말을 타고 또 어디로 가는가?

過白彰卿鄭昌辰舊居吟贈白善鳴 振南　　백창경·정창진의 옛 거처에 찾아가
백선명 진남에게 주다

家亡國破三年淚,　　집안 망하고 나라 부서져 삼년 눈물 흘렀는데,
此日如何又濕袍.　　오늘 어찌하여 또 눈물로 옷을 적시는가?
學士淸風脩竹在,　　학사의 맑은 풍모가 긴 대나무처럼 남아 있고,
將軍義氣碧山高.　　장군의 의기는 푸른 산처럼 높아라.
依依岸柳無情綠,　　가볍게 날리는 강기슭 버들가지는 무정하게 푸르고,
咽咽春禽有意嘷.　　울어대는 봄새는 뜻이 있어 운다네.
欲說此懷君不見,　　이 회포 말하고자 하나 그대 보이지 않으니,
獨眠寒館雨蕭蕭.　　차가운 객사에서 홀로 잘 때 우수수 비 내리네.

端午帖 庚寅四月　　　　단오첩 경인년(1590) 4월

金闕雲開彩旭昇,　금빛 궁궐에 구름 열리고 빛나는 햇살 올라오니,

千門藹藹瑞光凝.　서광이 일천 개의 궁문에 가득 모였구나.

彤庭羹下方三祝,　궁궐의 국은 바야흐로 세 번 축원하는 이[170]
　　　　　　　　　　에게 내려지고,

玉榻香生第一層.　옥탑의 향기[171]는 가장 아래층에서 일어나네.

天閟六陽成月窟,　하늘은 육양[172]을 닫아 음을 이루었고,

聖修三統作靈承　성인은 삼통[173]을 닦아 잘 순응하셨네.

南薰殿上和風暢,　남훈전[174] 위에 온화한 바람이 불어오니,

財阜方知歲又登.　재물이 넉넉하고 농사가 또 풍년이리라는 것을 알
　　　　　　　　　겠네.

送沈伯懼陳奏之京 二首 丁酉六月二十二日　　심백구가 진언하러 경사에 가는 것을
보내며　두 수 정유년(1597) 6월 22일

此別如何倍斷魂,　이 이별은 어찌하여 갑절이나 넋을 잃은 듯한가?

白頭相對不成言.　흰 머리로 서로 마주하여 말을 하지 못하네.

---

170) 세 번~축원하는 이 : 요(堯) 임금이 화산(華山)을 순행할 때 변경을 지키는 화봉인(華封
　　人)이 요 임금의 덕을 찬양하여, "성인(聖人)은 수(壽)하시고, 성인은 부(富)하시고, 성인은
　　다남(多男)하시라."고 세 번 축복하였다. 『장자(莊子)』「천지(天地)」

171) 옥탑의 향기 : 명절이나 신년 때 하늘에 피워 올리는 향기이다.

172) 육양(六陽)~이루었고 : 육양은 순양(純陽)으로 건괘(乾卦)에 해당하는데 이는 음력 사월
　　과 대응한다. 5월에 이 순양 속에는 다시 음(陰)이 생겨나므로 한 말이다.

173) 삼통(三統) : 하(夏)·상(商)·주(周) 삼대(三代)의 정삭(正朔)을 말한다. 하(夏)나라는 인월
　　(寅月)로 세수(歲首)를 삼아 인통(人統)이 되고, 은(殷)나라는 축월(丑月)로 세수를 삼아 지
　　통(地統)이 되고, 주(周)나라는 자월(子月)로 세수를 삼아 천통(天統)이 된다.

174) 남훈전(南薰殿) : 순 임금의 궁궐을 말하는 것으로, 순이 즉위하여 천하를 잘 다스리고 '남
　　풍이 훈훈함이여(南風之薰兮)'로 시작되는 남풍시(南風詩)를 노래한 데서 이름이 붙었다.

南夷罪戾通神祇,　　남쪽 오랑캐의 죄와 허물은 천지 신령께 아뢰었거니와,

東土瘡痍徹帝閽.　　동쪽 땅의 깊은 상처는 천자 궁문에 이르리라.

經理三韓非舊制,　　삼한을 다스림은 옛 제도가 아니오,

欽差二使亦殊恩.　　두 사신을 파견하심도 특별한 은혜였네.

孤帆遠向西江去,　　외딴 배 멀리 서강 향해 가노니,

瑤海蒼茫鎖雨痕.　　요해175)는 아스라이 빗자국에 갇혀 있네.

東土殘傷萬事哀,　　동쪽 땅 깨지고 상처 입어 만사가 슬프니,

此行爲命亦難哉.　　이 행차에서 문서를 작성하는 일도 어려우리.

只將一段衷誠去,　　다만 한 가닥 충심을 가지고 가서,

擬定三韓宇宙來.　　삼한 세상을 안정시키고 오려 하네.

泥滑驛程愁跋涉,　　미끄러운 진흙길 여정의 고생스러움을 근심하노니,

月明何處獨徘徊.　　달 밝은 어느 곳에서 홀로 배회하려나?

聖皇若問調兵事,　　천자가 만약 군사 조련하는 일을 물으시거든,

爲奏親征勢拉摧　　직접 정벌하시면 형세가 꺾이리라고 아뢰게.

次金芷川韻　　김지천의 시에 차운하다

芷川南海合成波,　　지천이 남해와 합하여 물결을 이루니,

形勝人稱擅濟羅.　　뛰어난 경치 백제 신라 땅에서 출중하다고 말들 하네.

紅杏欲飛春雨店,　　붉은 살구꽃은 봄비 오는 주점에 날려 하고,

白鷗初上夕陽坡.　　흰 갈매기는 석양 비친 언덕에 오르려 하네.

閑中景物明三島,　　한가로운 경물은 삼신산에 밝은 듯하고,

---

175) 요해(瑤海) : 신선이 사는 요지(瑤池)를 말하는 것으로 황제가 있는 곳을 의미한다.

愁裏光陰擲一梭.　　　근심 속 세월은 북을 놀리듯 빠르이.

醉倒蓬窓終犯夜,　　　취하여 배 창문에 쓰러졌다 마침내 밤에 돌아오니,

倩人扶下臥漁家.　　　사람들에게 부축해 내려 어부 집에 눕히라 했네.

原韻 二首　　　　　　원운 두 수

桃花流水白鷗波,　　　복사꽃 뜬 시냇물 흰 갈매기 앉은 파도,

山口長天吐大羅.　　　산 어귀 긴 하늘은 대라천176)을 토해놓은 듯.

千頃鏡中分太白,　　　천 이랑 거울 속에서 이백은 몸이 나뉘고,

一帆風外散東坡.　　　돛단배 바람 밖에서 동파는 흩어졌네.177)

鰲呈細島初粧黛,　　　자라가 가는 섬을 바치니 막 눈썹을 칠한 듯하고,

魚代新鶯欲擲梭.　　　물고기가 초봄의 꾀꼬리를 대신하니 베틀 북이 오가는 듯해라.

回棹夕陽迷泊處,　　　석양에 노를 돌릴 때 정박할 곳 헤매는데,

數叢疎竹是漁家.　　　몇 떨기 성긴 대나무가 바로 어부의 집이라네.

浦口蒸霞打作波,　　　포구에 노을이 피어오르다 부서져 파도가 되는데,

落花驢背拍紅羅.　　　나귀 등엔 꽃이 떨어져 붉은 비단을 치누나.

潮痕猶在無心店,　　　조수 자국은 아직도 무심한 주점에 남아 있고,

汐水全呑未斷坡.　　　조수 물결은 단절되지 않은 언덕을 완전히 삼켰네.

來影白衣應佩酒,　　　오는 그림자는 백의178)이니 아마 술병을 찼을

---

176) 대라천(大羅天) : 도교에서 말하는 삼십육천(三十六天) 가운데에서 가장 높은 곳에 있는 하늘이다.

177) 돛단배~흩어졌네 : 소식(蘇軾)의 시에 "나의 얼굴 물결에 부서져 일백 개로 흩어졌다, 조금 뒤에 다시금 본모습으로 돌아오네.[散爲百東坡 頃刻復在玆]"라는 구절이 나온다. 『蘇東坡詩集』 卷34 「泛潁」

178) 백의(白衣) : 술을 가져온 심부름꾼이다. 진(晉)나라 때 도잠(陶潛)이 9월 9일에 술이 떨어

것이고,

近吟鮫婦定停梭.	가까이서 웅얼거림은 교인[179]이니 반드시 북을 멈췄으리.
沿洄已醉東風興,	물가를 오르락내리락 하다 봄바람 흥취에 이미 취했으니,
不必前村問酒家.	앞마을 술집을 물을 필요 없지.

冬至吟次贈楊員外 位 동지에 읊다 양원외 위의 시에 차운하여 주다

隆寒擅序壓微陽,	혹독한 추위 계절의 순서를 무시하고 미약한 양기를 누르니,
大雪蒼茫興欲狂.	큰 눈이 아스라이 내려 흥겨워 미칠 듯하네.
天意津津元不極,	넘쳐흐르는 하늘의 뜻 원래 끝이 없고,
皇恩蕩蕩又何量.	넓고 큰 황제의 은혜 또 어찌 한량이 있으랴?
心懸北闕長寒眼,	마음은 북쪽 대궐에 매달려 길이 눈이 시리고,
夢罷南鄕暗斷腸.	남쪽 고향에 대한 꿈에서 깨자 남몰래 창자가 끊어지네.
佇見一戈淸海岱,	우두커니 보노라 창 하나로 산하를 깨끗이 쓸어버리고,
鴨江旋旆正飛揚.	압록강으로 나부끼는 깃발을 돌리는 걸.

져 술 생각이 간절하던 차, 마침 강주 자사(江州刺史) 왕홍(王弘)이 흰옷을 입은 사환을 시켜 술을 보냈다는 고사에서 온 말이다. 『속진양추(續晉陽秋)』.

179) 교인(鮫人) : 진(晉)나라 사람 장화(張華)가 지은 『박물지(博物志)』에 "남해에 교인(鮫人)이 있는데 물고기처럼 물에 산다. 그들은 비단을 짜서 뭍에 나와 남의 집에 기거하며 판다. 떠날 때 주인에게 빈 그릇을 달라고 하여 눈물을 흘려 진주를 만들어서 선물로 준다." 하였다

觀獵 在南原時 天使李宗誠 獵于北山 令進士等呼韻 終日不成 萬務中走筆代述　　사냥하는 것을 보다　남원에 있을 때 중국 사신 이종성이 북산에서 사냥을 하기에 진사 등에게 운자를 부르게 했는데 종일토록 완성하지 못했다. 많은 일 속에서 붓을 달려 대신 짓다

手把天戈掃東海,	제왕의 군대를 장악하여 동해를 쓸어버리고,
偸閒此日賞山河.	틈을 내어 오늘 산하를 완상하네.
蒼鷹運翮橫平野,	푸른 매는 깃촉을 움직여 평야를 가로지르고,
白馬長嘶入翠霞.	백마는 오래토록 울며 푸른 안개 속으로 들어가네.
山借茶烟增暮色,	산은 차 연기 빌려 저녁빛깔 더했고,
水仍寒雨激淸波.	물은 찬비로 인해 맑은 물결을 튀기누나.
錦囊收拾江南勝,	비단 주머니에 강남의 승경을 거두어들인 뒤,
一笑流觀天地多.	두루 구경한 천지가 많음에 한 번 웃음 짓네.

書三舘契軸 丁丑 以削勳事齋會上疏 登南山 分契軸 作而題之　　삼관180)계축에 쓰다　정축년 (1577) 삭훈의 일로 재회에서 상소하고 남산에 올라 계축을 나누었는데 지어 쓰다

淸尊野菊會衣冠,	맑은 술동이 들국화 있는 곳에 사대부들이 모였으니,
滿面松風釀薄寒.	얼굴 가득한 솔바람은 엷은 한기 빚어내네.
水盡一天秋鷺遠,	물이 하늘에서 다한 곳에 가을 오리가 멀리 있고,
山開千里暮霞殘.	산이 천리에 펼쳐진 데 저녁놀이 스러지네.
忠言激切朝綱振,	충언은 격렬하여 조정의 기강을 떨쳤고,
醉說縱橫酒令寬.	취하여 하는 말이 종횡무진하여 주령이 너그럽네.
落帽寒驢乘月下,	저는 나귀로 모자 떨구며 달빛 타고 내려오니,
長安人作太平看.	장안 사람들 태평시대로 보는구나.

---

180) 삼관(三舘) : 홍문관(弘文館)・예문관(藝文館)・성균관(成均館)을 일컫는 말.

次贈曺舍人 德光 詠雪韻　　조사인 덕광의 영설 시에 차운하여 주다

江南今夜雪如何,　　강남의 오늘밤은 눈이 어떠할까?
泣想全家泛海波.　　전 가족이 바다에 떠 있던 일 울며 생각하네.
赤悃輪囷懸斗極,　　충성스러운 마음은 구불구불 북두성 북극성에 매
　　　　　　　　　　달렸고,
孤身飄泊寄天涯.　　외로운 몸은 떠돌다 하늘 끝에 붙였구려.
遼陽鐵騎方馳武,　　요양의 철기병 바야흐로 위세를 떨치니,
湖外兇酋正倒戈.　　호남의 흉악한 왜놈 두목 바야흐로 투항하였네.
擬洗六年兵馬了,　　6년간의 전쟁을 씻어버리려 하니,
臨行重奏太平歌.　　떠날 때 태평가를 거듭 연주하네.

山陽精舍　　　　　　산양정사

獅岳峥嶸北麓屛,　　사자산 높아 북쪽 산기슭도 높은데,
小堂新搆破天慳.　　작은 집을 새로 지어 하늘의 신비를 깨뜨렸네.
田園罷亞二川外,　　두 시내 밖 전원에 벼가 많고,
村落依微萬竹間.　　많은 대나무 사이로 촌락이 희미하구나.
霽月池清涵栢嶺,　　밝은 달 아래 연못 맑아 백령을 머금었고,
光風臺逈枕松山.　　갠 날씨 바람 이니 대는 멀리 송산을 베게 삼았네.
焚香靜坐讀周易,　　분향하고 고요히 앉아 주역을 읽노라니
春草青青生玉壇.　　봄풀이 화단에서 푸르디푸르게 돋아나는구나.

次呈兵相　　　　　차운하여 병마절도사에게 올리다

崎嶇受命擬扶顚,　　곤액의 시기에 명을 받아 넘어지는 나라 부지하려 하니,
忠悃崢嶸白日懸.　　충성은 높고 높아 해처럼 매달렸네.
試割偃鷄民便化　　시험 삼아 언의 닭을 잡으니[181] 백성은 곧 교
　　　　　　　　　　화되었고,
欲伸周脚地應偏.　　주의 다리를 펴고자 하나 땅이 아마 치우친 곳이리라.
湖城盜賊驚長嘯,　　호남의 도적들은 크게 외치는 소리에 놀라고,
獠池山河碎鐵拳.　　요지의 산하는 철권에 부서지리.
病鶴摧翎蹲海嶠,　　병든 학 날개 꺾여 바닷가 산줄기에 웅크리고 앉아,
一聲時復望雲天.　　한 번 울고 높은 하늘 자주 바라보네.

寄意　　　　　　　뜻을 부치다

近來雖脫世人韉,　　요사이 비록 세인들의 재갈을 벗어났지만,
老病支離萬事違.　　늙고 병들어 초췌해져 만사가 어그러졌도다.
目暗不分邪與正,　　눈은 어두워 바름과 바르지 못함을 구분하지 못하고,
耳聾難卞是兼非.　　귀는 멀어 옳음과 그름을 변별하지 못하네.
靑雲高士元來斷,　　지위가 높은 선비야 원래 왕래가 끊어졌지만,
白首情朋亦到稀.　　흰 머리 정다운 친구도 오는 일이 드물지.
賴有一張琴在榻,　　다행히 걸상에 거문고 한 벌이 있어,
竹窓明月好相依.　　대살 창문 밝은 달 아래 의지할 만하구나.

---

181) 언(偃)의~잡으니 : 지방관이 예악으로 다스리는 것을 비유하는 말이다. 공자(孔子)가 그
　　의 제자 자유(子游)가 무성(武城)에서 예악으로 다스리는 것을 보고 "닭을 잡는데 어찌
　　소 잡는 칼을 쓸 것인가(割鷄焉用牛刀?)"라고 말한 것에서 유래한다. 언은 자유의 이름
　　이다. 『논어(論語)』「양화(陽貨)」

竹林精舍　　　　　　죽림정사

尋常大隱似墻東,　　심상한 곳에 **大隱**182)이 **墻東**183)한 듯한데,
斲巘開庵喜養蒙.　　깎아지른 곳에 암자를 여니 **養蒙**하기에 좋구나.
萬盖長松擎白雪,　　일만 그루의 긴 소나무는 흰 눈을 높이 들고,
千竿脩竹舞淸風.　　일천 줄기의 뻗은 대나무는 맑은 바람에 춤을 추네.
泉生北洞鳴寒玉,　　샘은 북쪽 골짜기에 나서 찬 옥소리 울려대고,
海接南天鎖碧銅.　　바다는 남쪽 하늘에 접하여 푸른 銅을 잠근 듯.
吟罷膝琴憑月檻,　　膝琴 연주를 마치고 달빛 비치는 난간에 기대는데,
一聲玄鶴下瑤空.　　한 소리 우는 학이 맑은 하늘에서 내려오네.

偶吟　　　　　　　우연히 읊다

三冬多病掩衡扉,　　겨울에 병이 많아 사립짝 닫고 있다가,
偶逐陽和任所之.　　우연히 봄날의 온기를 쫓아 발길 가는 대로 맡겨두네.
雨點夭桃紅綻臉,　　빗방울이 어린 복사꽃에 떨어져 붉은 뺨이 터져 나오고,
風梳嬌柳綠生眉.　　바람이 아리따운 버드나무를 빗질해 푸른 눈썹이 생겼네.
山川不與興亡變,　　산천은 흥망과 함께 변하지 않는데,
人事還隨歲月移.　　사람 일은 도리어 세월 따라 바뀌네.
沽酒杏村來太晩,　　살구꽃 핀 마을에서 술을 사 오는 일 너무 늦어져,

---

182) 대은(大隱) : 몸은 속세에 있으면서 뜻은 은거함에 있는 이를 말한다.
183) 장동(墻東) : 성(城)의 담장 동쪽으로, 깊은 산속으로 들어가지 않고 시정(市井)에서 은자처럼 사는 것을 말한다. 중국 동한(東漢)의 왕군공(王君公)이 난리통에도 시내를 떠나지 않고 소를 매매하는 거간을 하면서 숨어 살자, 사람들이 '피세장동왕군공(避世墻東王君公)'이라 불렸던 고사에서 인용한 것이다.

夕陽芳草立多時.	석양녘 향기로운 풀 속에서 한참 동안 서 있네.

呈通判柳 瀟

통판류 소에게 올린다

蒼頭五口編船格,	노복 다섯을 선격[184]에 편입시켰고,
四箇餘奴又點軍.	네 명의 남은 종은 또 군사로서 점고를 받네.
徭役只憑終世力,	요역은 단지 내 평생의 힘에 의지하고,
田畦都付永豪芸.	전답은 모두 영호에게 주어 김매게 하네.
年頹曷任翱翔伍,	나이 들어 쇠하니 어찌 배회하는 군의 대오에 끼겠는가?
身病難參踊躍羣.	몸이 병드니 뛰어오르는 군졸들 사이에 들어가기 어렵다네.
朴上在家稱大走,	박씨는 오히려 집안에 있으면서 내달리는 사람이라 알려졌으니,
可推堂叔朴楨雲.	당숙 박정운을 추천할 만하네.

題金丈幽居

김씨 어르신의 궁벽한 거처에 쓰다

悠悠心事與誰論,	근심스러운 내 마음 누구에게 논할까?
爲訪幽居到此園.	궁벽한 거처 찾아 이 동산에 이르렀네.
芋抱玉丸迷竹逕,	토란은 옥구슬을 안고 대나무 길에 가득하고,
蕉張金扇掩松門.	파초는 금빛 부채를 펼쳐 소나무 문을 가렸군.
山翁拂席雲生席,	산옹이 자리를 털자 구름이 자리에서 일어나고,
仙婦開樽栗打尊.	신선 아낙 술동이를 내놓자 밤알이 술동이를 때리네.

---

184) 선격(船格) : 배를 부리는 곁꾼으로, 격군(格軍)을 말한다.

飲罷横馱驢背去,　술자리를 파하고 나귀 등에 가로로 실려 가노니,
葱籠落日在山根.　몽롱한 저녁 해가 산발치에 있네.

偶吟　우연히 읊다

滿頭霜髮被衰容,　머리에 가득한 흰 머리털 노쇠한 얼굴을 덮으니,
强把春醪暫借紅.　억지로 봄 술을 가져다 잠시 붉은 빛 빌리네.
舒卷縱隨塵世老,　책을 펴고서 비록 속세 따라 늙지만
醎酸不與俗人同.　짜고 신 세상맛을 속인과 같이 하는 것은 아니라네.
留心朗月淸風上,　밝은 달 맑은 바람에 마음을 두고,
寓跡靑山綠水中.　푸른 산 퍼런 물 가운데 발자취 남기네.
月窟天根閑往返,　달과 별이 한가로이 왕래하니
方知康節是豪雄.　강절[185])이 호걸이라는 것을 바야흐로 알겠군.

遊天冠山　천관산을 유람하다

紅塵萬慮已筌蹄,　세속의 수많은 생각은 이미 잊어버려야 할 것,
飛上仙山不用梯.　신선 산에 날아오를 때 사다리 필요 없네.
千樹碧桃環澗老,　천 그루 벽도는 골짜기 물을 둘러싸 늙어가고,
一雙靑鶴近人啼.　한 쌍의 청학은 사람에 다가와 우는구나.
松窓露重琴聲濕,　소나무 창문에 이슬이 무거워 거문고 소리 축축하고,
巖磴霞深僧影迷.　험준한 산길에 노을이 짙어 스님 그림자 헤매누나.

---

185) 강절(康節) : 소옹(邵雍, 1011~1077)으로, 자는 요부(堯夫)이고 호는 안락 선생(安樂先生)
　　이며 시호가 강절이다. 상수(象數)에 의한 신비적 우주관과 자연 철학을 제창하였다. 저
　　서에 『이천격양집(伊川擊壤集)』, 『황극경세서(皇極經世書)』등이 있다.

妬殺尋眞風雨作,　　신선의 도를 찾는 일 시샘하는지 비바람이 이니,
五雲何處是丹溪.　　어느 곳이 오색구름 이는 단계[186]인가?

呈方伯 都事時 右營懸板　　관찰사에게 올리다 도사일 때 우영의 현판이다

舜日堯天萬曆年,　　요순시절인 만력[187] 연간
承流南土撫民便.　　남쪽 땅에서 좋은 전통을 계승하고 백성이 편하도
　　　　　　　　　　록 위무하네.
盈城蹈舞將軍惠,　　성 가득 백성이 춤추는 것은 장군의 은혜 때문이요,
滿路歌謠相國賢.　　길에 꽉 찬 노래 소리는 재상의 현명함 때문이네.
莫怕光陰欺白髮,　　세월이 백발을 무시하는 일 두려워 말고,
經將尊酒動朱絃.　　곧바로 술동이 술을 가지고서 거문고 줄을 연주하
　　　　　　　　　　게나.
萍蹤寓幕無虞事,　　부평초 같은 종적을 막부에 붙여 살아도 걱정스러
　　　　　　　　　　운 일이 없노니,
詠罷淸平醉欲顚.　　태평시절 읊기를 마치자 취해 쓰러지려 하네.

新居吟　　새 거처에서 읊다

荒原得我自成村,　　황폐한 들판 나를 얻어 절로 마을을 이루니,
種樹防川更短垣.　　나무 심어 냇물을 막고 다시 낮은 담장으로 삼네.
鵝引暮聲還柳逕,　　거위는 저물녘 소리 이끌고 버드나무 길로 돌아오고,

---

186) 단계(丹溪) : 신선이 거주하는 곳이다.
187) 만력(萬曆) : 명나라 신종(神宗)의 연호로, 1573년부터 1620년까지이다. 이 기간에 임진왜
　　란이 발발하자, 우리나라의 구원 요청을 받고 군대를 파견하여 왜적을 토벌하였다.

鴨迷秋雨下籬根, 오리는 가을비에 헤매며 울타리 밑으로 내려오네.
池涵萬里寒雲影, 못은 만 리 밖 차가운 구름 그림자 담고 있고,
窓吐千峯霽月痕. 창은 일천 봉우리의 밝은 달빛 흔적을 토하네.
頤養田園成素計, 전원에서 나를 길러 평소의 계책을 이루니,
一生那負聖君恩. 일생동안 어찌 성군의 은혜를 등지랴?

次林兄士謙求食　　임형 사겸의 구식 시에 차운하다

聞說吾兄久困窮, 우리 형이 오래도록 곤궁하다고 말하는 걸 들었노니,
傷情長在不言中. 상심한 정은 말하지 않은 가운데 오래 남았네.
安心自可貧無諂, 마음을 편안히 하여 스스로 가난해도 아첨 없을 만
　　　　　　　　하고,
飮水何須歎屢空. 물을 마실 뿐 어찌 굳이 자주 양식이 비는 일을 탄
　　　　　　　　식하랴?
加里烟波多海蛤, 가리의 뿌연 물결엔 바다 조개가 많고,
靈城風景擅瀛蓬. 영성의 풍경은 영주산 봉래산의 모습을 차지했네.
飄然一逝資詩債, 표연히 한번 가서 시 빚을 갚고,
還採佳蔬錯頂東. 다시 좋은 채소를 뜯어 정동에 두리라.

挽楊士衡　　양사형을 애도하다

玲瓏襟韻合尋眞, 영롱한 흉회 선도를 찾는데 적합하고,
孝友餘名照世人. 효도 우애라는 다른 명성 세상사람 비추네.
制事剛腸千仞劒, 일을 처리하는 강한 마음은 천 길의 칼이고,
接人和氣一團春. 사람을 접하는 화기는 한 덩어리 봄기운이라.

鵬程蹭蹬升天翼,　원대한 전도에선 하늘에 오르는 날개를 터덕거렸고,

兵革驅馳許國身.　전쟁에선 나라에 허락한 몸을 치달리게 하였네.

催記玉樓翩去鶴,　상제의 백옥루에 기문 짓기를[188] 재촉해 학은 빨리 날아 갔노니,

欲書哀挽淚沾巾.　만가를 쓰려할 때 눈물이 수건을 적시네.

挽之和兄　　　　지화형을 애도하다

兄弟同袍大父前,　할아버지 앞에서 형제동포의 관계,

兄年長我十餘年.　형의 나이는 나보다 십여 년이 많아.

青春共採獅山蕨,　청춘 시절 함께 사산[189]의 고사를 뜯었고,

白首同遊海店船.　노년엔 함께 바닷가 주점의 배로 놀았네.

甘旨有田超厚祿,　양친 봉양의 먹을거리 있는 밭은 두터운 봉급보다 낫고,

烝嘗無缺勝貂蟬.　제사에 결함이 없음은 대신 벼슬보다 낫다네.

傍流餘慶知無極,　남은 경사 두루 흘러 끝이 없음을 알겠노니,

萬世榮華付孝先.　만세의 영화를 선조를 봉양하는 이에게 부치리.

---

188) 상제의~짓기를 : 당나라의 천재 시인 이하(李賀, 790~816)가 27세로 요절하였는데, 그가 죽을 때 천상에서 붉은 옷을 입은 사자(使者)가 붉은 용을 타고 내려와서 "상제(上帝)가 백옥루를 완성하시고 지금 그대를 불러다가 기문(記文)을 짓도록 명하였다." 하고 데려갔다는 전설을 인용한 것이다. 이 고사는 문인 재사(才士)가 일찍 죽을 경우 이에 대한 아쉬움의 표현으로 흔히 쓰인다.

189) 사산(獅山) : 전라남도 장흥의 산 이름.

次覃都事 宗仁以入山吟書示于廣寒樓宴 因次　　담도사 시에 차운하다 종인이 입산음으로써
광한루 연회에서 써 보여주기에 인하여 차운하다.

江上浮雲曳作陰,　　강 위의 뜬 구름 이끌려와 그늘을 만드니,
危樓迢遞夕陽深.　　높은 누각 아스라하고 석양빛 짙도다.
新詩洒落收淸興,　　새 시는 쇄락하여 맑은 흥을 거두었고,
高管玲瓏動遠林.　　높은 피리 가락 영롱하여 먼 수풀에 진동하네.
海外一秋憂喜色,　　해외의 가을 풍경은 근심과 기쁨의 빛이요,
天涯萬里去留心.　　하늘 끝 만리 밖에서 떠나고 머무는 마음일세.
子卿芳躅留荒甸,　　자경190)의 향기로운 발자취 이역 땅에 머물렀으니,
壯節堂堂幾丈尋.　　당당하고 씩씩한 절개 몇 길이나 되는가?

原韻　　　　원운

山逕崎嶇古木陰,　　산길은 기구하고 고목엔 그늘이 졌더니,
亂藤高樹寺門深.　　어지러운 넝쿨 높은 나무로 인해 절문이 깊구나.
農夫荷杖忙耕野,　　농부는 지팡이 메고 와 바삐 밭을 갈고,
史客持旌慢入林.　　사객은 깃발을 잡고 천천히 수풀로 들어가네.
肺病暫思依靜室,　　폐병으로 고요한 방에 의지할 것을 잠시 생각하고,
身羸始覺悟禪心.　　몸이 파리하니 비로소 선심을 깨달음을 알았네.
今朝同與丁君樂,　　오늘 아침 정군과 함께 즐기니,
方外遊僧不用尋.　　해외의 스님 찾을 필요 없다네.

---

190) 자경(子卿) : 한(漢)나라 때 사람인 소무(蘇武)의 자(字)이다. 소무는 한나라 무제(武帝) 때
중랑장(中郎將)으로 있다가 흉노(匈奴)에 사신으로 갔는데, 흉노의 선우(單于)가 갖은 협
박을 하는데도 굴하지 않아 갖은 고생을 하다가 19년 뒤에 한으로 돌아왔다.

次之明兄 上京時　　　지명형 시에 차운하다 상경했을 때

六載干戈白盡頭,　　　육 년 전쟁에 머리는 다 하얗게 되었는데,
終南漢北夢悠悠.　　　남산과 한강 북쪽 꿈이 아득하구나.
山家驚奉徵還牒,　　　산가에서는 놀라며 돌아오라 명하는 문서를 받들고,
兵部難措決勝籌.　　　병부에서는 승리를 결정하는 꾀를 마련하기 어렵
　　　　　　　　　　구나.

客路那堪杜陵哭,　　　나그네 길에서 어찌 두보의 통곡을 감당하랴?
幽居應把老君牛.　　　궁벽한 거처에서 노자의 소를 잡아야 하리.
天門應下靑雲詔,　　　황궁의 문에서 청운 길의 조서를 내리리니,
肯作春潮帶雨舟.　　　봄 물결 위 비 두른 배를 기꺼이 일으키리.

之京途中　　　　　　서울에 가든 도중

來無所願去無求,　　　올 때도 원하는 바가 없고 갈 때도 구함이 없어,
秋水長天自在流.　　　가을물 속 긴 하늘 위에서 만족한 채 흘러가네.
江闊始知平地窄,　　　강이 넓음에 비로소 평지가 좁음을 깨닫겠고,
遠遊方覺此身浮.　　　멀리 노님에 바야흐로 이 몸이 떠돎을 알겠네.
孤帆轉處移蒼巘,　　　외딴 배 도는 곳에서 푸른 산봉우리 옮겨가고,
一笛橫時舞白鷗.　　　피리 가로로 불 때 흰 갈매기 춤추누나.
芳草萋萋人不見,　　　향기로운 풀만 우북하고 사람 보이지 않으니,
寒沙寂寂又新愁.　　　차가운 모래 벌 적적하여 또 새로운 근심일세.

次贈華使 壬午十一月 天使王敬民黃洪憲出東 公以天使都監兼製述官 次贈之　　중국 사신 시에 차
운하여 주다 임오년(1582) 11월 중국 사신 왕경민·황홍헌이 우리나라에 왔는데 공이 천사도감 겸 제술관으
로서 차운하여 주었다

舟中扶醉更登峯,　　배 안에서 취한 이 부축해 다시 산봉우리에 오르니,
野曠天長思不窮.　　들은 넓고 하늘은 길어 생각이 끝이 없네.
一店人烟疎柳外,　　외딴 주점 연기는 성긴 버드나무 밖이요,
半江霞鶩夕陽中.　　강 가운데 노을 속 들오리는 석양 안일세.
東邊地盡扶桑近,　　동쪽 변방 땅이 다한 곳은 부상191)에 가깝고,
北極山窮弱水通.　　북쪽 끝 산이 다한 곳은 약수192)와 통하리.
目斷薊河三萬里,　　삼만 리 밖 계주 강물에 눈길 닿지 않으니,
愁顔臨別易彫紅.　　수심 띤 얼굴 이별할 적에 시든 채 붉어지기 쉬워라.

在京吟　　　　　　서울에 있으면서 읊다

歲暮東華宦味酸,　　세모에 조정의 벼슬살이 맛 시디시니,
故園松菊夢盤桓　　고향 동산의 소나무 국화 옆을 꿈속에서 배회하노라.
半生勳業靑衫破,　　반평생 훈업은 헤어진 푸른 적삼으로 남았고,
千里音塵白鴈寒.　　천 리 밖 소식은 추위 속 기러기가 전하도다.
微祿不關吾進退,　　작은 녹봉이라 내 진퇴와 관련이 없고,
石田無蟻舊溪山.　　돌밭이라도 옛 산천에 해되지 않도다.

---

191) 부상(扶桑) : 동해 바다 해 뜨는 곳에 있다는 신목(神木)으로, 일반적으로는 동해, 또는 일
　　본을 뜻하기도 한다.
192) 약수(弱水) : 신선이 사는 봉래도(蓬萊島) 주위를 에워싸고 있는 물로, 길이가 3천 리나
　　되고 물의 부력이 약하여 새털처럼 가벼운 물체도 금방 가라앉기 때문에 도저히 사람이
　　건너갈 수 없다는 신화 속의 강이다.

至今未掃先塋雪,　　지금까지도 선영의 눈을 쓸어내지 못했는데,

淚濕歸書點點乾.　　눈물 젖어 보낼 편지 점점이 말라가네.

挽文祥仲 山雄 甲戌　　문상중 산웅을 애도하다 갑술년(1574)

江亭詩酒始知名,　　강가 정자에서 시와 술로 처음 이름을 알았노니,

釣月吟花擬半生.　　달 낚고 꽃 읊조리던 반평생을 헤아려보네.

海寺秋燈知我意,　　바닷가 절 가을 등불 아래 내 생각을 알았고,

箕城客路見君情.　　평양 가는 나그네 길에서 그대 정을 보았지.

老親湯藥憑諸弟,　　늙은 부모 탕약은 여러 아우에게 의지했고,

蒙子提撕付病兄.　　어린 아들 가르침은 병든 형께 부탁했네.

三十五年春夢斷,　　삼십 오 년의 봄꿈이 깨니,

曉山歸旐不能行.　　새벽 산에 돌아가는 명정 깃발 가기 힘드네.

次金君振觀水軒韻　　김군 진관의 수헌시에 차운하다

一生無毀亦無譽,　　일생동안 비방도 없고 또한 칭찬도 없더니,

六十年來臥草廬.　　육십 살 이래로 초가집에 누웠도다.

疇昔心期惟孝友,　　옛날의 지향은 오직 효도와 우애,

祇今孤抱付琴書.　　지금의 외로운 회포는 거문고와 책에 부쳤다네.

苔磯月上忘機釣,　　이끼 낀 낚시터에 달 떠오르니 기심을 잊고 낚시질 하고,

藥圃春還任意鋤.　　약초밭에 봄이 돌아오니 내 마음대로 김매네.

遲暮解簪同至樂,　　만년에 벼슬 놓고 지극한 즐거움을 같이하니,

栗村松雨夢疏疏.　　　　율촌 소나무에 내리는 비는 꿈에 드문드문 내리네.

嶺南樓題詠　　　　　　영남루 제영

百尺危樓壓水天,　　　　백 척 높이로 솟은 누각 물속의 하늘을 누르니,
岳陽黃鶴敢居前.　　　　악양루 황학루가 감히 앞자리를 차지하랴?
波光隱映長林外,　　　　파도의 빛은 긴 숲 밖으로 어리비치고,
山勢翶翔曠野邊.　　　　산세는 빙 돌아 트인 들판 가에 이르네.
牧笛喚牛坡暗草,　　　　목동의 피리소리 소를 부를 때 언덕은 풀에
　　　　　　　　　　　　가리고,
漁歌濕雨帆沈煙.　　　　어부 노래 소리 비에 젖을 때 돛엔 연기가 가라
　　　　　　　　　　　　앉누나.
萍蹤到處拚高醉,　　　　부평초 같은 종적 도처에서 흠뻑 취해 박수치니,
彈罷薰風倒綺筵.　　　　훈풍가[193)를 다 연주하고 비단 자리에 쓰러졌네.

與華人呂應鐘金別提復興魏督運德毅聯句 중국인 여응종, 별제 김부흥, 독운
위덕의와 함께 시구를 잇다

謾道才惟子建長,　　　　재주는 오직 그대가 매우 훌륭하다고 말하지 말라,
詩腸奈已作愁腸.呂　　　시 짓는 마음이 이미 근심스런 마음 된 걸 어찌할
　　　　　　　　　　　　거나? 여응종
風稜震蕩南天外,　　　　바람의 위세는 남쪽 하늘 밖에서 요동치고,

---

193) 훈풍가(薰風歌) : 훈풍가는 순 임금이 지었다고 전하는 「남풍」 시를 가리킨다. 순 임금이
　　오현금(五絃琴)을 타며 「남풍」 시를 노래하기를, "남풍의 훈훈함이여, 우리 백성의 불만
　　을 풀어 주도다. 남풍의 때맞음이여, 우리 백성의 곡식을 풍부하게 하여 주네." 하였다.

危悃峥嵘北斗傍.丁　간절한 마음은 북두성 곁에 드높아라. 정경달
揮劒未能埋獡貐,　칼을 휘둘러 맹수를 묻을 수 없으니,
住戈空見縱豺狼 金　창을 멈추고 승냥이 이리 놓아줌을 부질없이 바라보네. 김부홍
一尊難與消餘恨,　한 동이 술로 남은 한까지 없애기 어려우니,
更向東邊怒欲狂 魏　다시 동쪽 변방 향해 화가 나 미칠 듯하네. 위덕의

次贈鄭使君 瀣 癸巳 在善山　정사군 해의 시에 차운하여 주다 계사년(1593) 선산에 있었다

竹林何處是吾居,　대숲 어느 곳이 나의 거처인가?
歸夢尋常萬死餘.　돌아가는 꿈은 늘 만 번 죽은 뒤라네.
幸借人心扶所失,　다행히 인심을 빌어 잃은 것을 부지하니,
倘微天討我其魚.　혹 천자의 토벌이 없었다면 우리는 어육이 되었으리.
西關漠漠愁孤馭,　관서지방 뿌옇게 흐리니 외로운 거가를 근심하고,
東海茫茫哭二儲.　동해가 아득하니 두 왕자를 위해 통곡하네.
白骨叢中難制淚,　백골 무더기 속에서 눈물 억제하기 어려우니,
忍看蒿荻遍窮廬.　쑥과 억새가 가난한 집들에 가득찬 걸 차마 보랴?

7) 七言排律
칠언배율

贈金士秀 汝物赴龍灣十四律　　의주에 가는 김사수 여물에게 주는 14율

天寶山中己巳年,	천보산 속 기사년(1569)에
半生心事一燈前.	반평생 마음은 등불 하나 앞이로다.
當時已信金蘭簿,	당시에 이미 금란부[194]를 믿었는데,
他日寧吟雲雨篇.	훗날 어찌 이별가를 읊는가?
離合無期催白髮,	이별에 기한이 없으니 백발 나는 걸 재촉하는데,
昇沈有數聽蒼天.	벼슬의 진퇴는 운수가 있으니 푸른 하늘에 맡기리.
撮來南土摩民手,	남방에서 백성을 면려하던 솜씨를 가지고 와서,
轉把西蕃鎭物權.	변화시켜 여진 땅에서 오랑캐를 안정시키는 권한을 잡았도다.
試割偃鷄蹄暫蹶,	시험 삼아 언의 닭을 잡았다가[195] 천리마 잠시 실족하였고,
會伸周脚地應偏.	마침 주의 다리를 펴려했으나 땅이 아마 치우쳤으리.
豪情縹緲靑雲外,	호매한 정은 청운 밖에 아스라하고,
忠悃崢嶸白日邊.	충정은 백일 가에 높다네.
百二崤函威德暢,	험준한 효산과 함곡관에서 위엄과 덕을 펼치고,
八千燕冀姓名傳.	머나먼 연과 기주에 성명을 떨쳤도다.
遼城風日來長嘯,	요동성 풍광은 길게 읊조리는 소리 안으로 들어오고,
虜地山河入鐵拳.	오랑캐 땅은 철권 속으로 들어오네.

---

194) 금란부(金蘭簿) : 의형제를 맺은 이들의 성명·나이·본적 등을 적은 문서.
195) 시험 삼아~잡았다가 : 앞 주석 59) 참조.

鴨水烟波歸醉興,	압록강 뿌연 물결은 취흥으로 돌아오고,
龍城花月困詩篇.	용성의 꽃과 달은 시편에 지치게 하네.
隨軒已致雙鴻舞,	두 마리 기러기 수레를 따르며 춤추는 일 이미 이루었고,[196]
反斾行看十雉翩.	깃발을 돌릴 때 바야흐로 꿩 열 마리가 나는 걸 보도다.
曾播文章昭聖代,	일찍이 문장을 퍼뜨려 성대를 현양했고,
還修武業上凌烟.	다시 무업을 닦아 능연각[197]에 오르리라.
籠鶥夢入青山繞,	조롱 속의 솔개는 꿈이 청산으로 들어가 맴돌고,
病鶴心馳碧落懸.	병든 학은 마음이 푸른 하늘로 달려가 매달린다네.
芝路相應晴暮雨,	지초 길에서 서로 응할 때 저녁 비는 개었으니,
漁磯何處繫春船.	낚시 터 어느 곳에 봄 배를 맬거나?
君還都日我當去,	그대 서울로 돌아가는 날 나도 떠나야 하리니,
唱轉陽關倍黯然.	노래 소리 양관곡[198]으로 바뀔 때 더욱 구슬퍼라.

---

196) 두 마리~이루었고 : 『예문유취(藝文類聚)』「안(雁)」에 "우국(虞國)이 어려서 효행(孝行)이 있었는데 일남 태수(日南太守)가 되자 항상 두 마리 기러기가 청사에 머물러 있었다. 매번 현을 순행하게 되면 기러기들이 날아와 수레를 쫓아왔다. 우국이 수령으로 있다 죽자 기러기들이 상여를 따라와 묘 앞에서 3년을 지내다가 떠나갔다."라고 되어 있다. 이로 인해 두 마리 기러기가 수레를 따라다닌다는 말은 고을 수령의 무고함을 의미하는 용어로 많이 사용되었다.

197) 능연각(凌烟閣) : 공신전(功臣殿)의 이름이다. 당나라 태종(太宗) 정관(貞觀) 17년(643)에 공신 24명의 초상화를 능연각에 안치했다

198) 양관곡(陽關曲) : 이별을 슬퍼하는 노래를 말한다. 양관은 중국 돈황(燉煌)이다. 이곳은 아주 먼 곳이므로, 이곳으로 떠나는 사람을 송별하는 노래인 「양관삼첩곡(陽關三疊曲)」은 이별을 슬퍼하는 대표적인 노래로 칭해졌다

浮海六十韻呈李統相 純臣 甲午三月以從事入官閑山泊唐浦作　부해(浮海) 60운을 이통상
순신께 드리다 갑오년(1594) 3월에 종사관(從事官)으로 한산도(閑山島)에 들어가다가 당포(唐浦)에서 머물며
지었다

一片靑邱固莫强,	한 조각 땅 청구 나라 본디 막강하여
向來天下不能當.	예로부터 천하에 능히 당할 이 없었네.
隋皇渡鴨全師敗,	수양제(隋煬帝)는 압록강 건너다 전군이 패하였고
唐帝征遼合陣亡.	당태종(唐太宗)도 요동 치다 온 진이 망했다오.
廿萬紅巾殲女聖,	이십 만 홍건적은 여성(女聖)에서 섬멸되고
三千拔道殞坡良.	삼 천 발도(拔道)199) 군사 파량(坡良)에서 죽었다오.
達梁小醜千鋒血,	달량의 좀도적들 칼끝에 피가 되고
損竹殘兇一箭殤.	손죽도 남은 도적 한 화살에 쓰러졌소.
萬世子孫長肯搆,	만세 자손 길이길이 이어 내리고
百年家國繫苞桑.	백대에 나라 터전 든든도 할사
堯天舜日諸祥集,	상서로운 태평성대 요순 때와 같이
君唱臣賡庶事康.	임금 신하 화목하여 편안했더니
可惜廟謨顚且倒,	아뿔싸 그릇된 조정의 계책
只應天道變還常.	천도만 따르면 회복되리라.
倭船蔽海來充斥,	왜선들 바다 덮어 쳐들어올 제
將卒投戈競遁藏.	장수 군사 창 던지고 바삐 숨었소.
小礮一聲空列陣,	총소리 한 방 나자 모든 고을 다 비었고
大軍三退缺人望.	큰 군사 세 번 패해 신망을 잃었다오.
兇鋒撲地閭家赤,	흉한 칼날 번뜩이매 촌락마다 피 흘리고

---

199) 고려 말의 왜장(倭將) 아기발도(阿其拔都). 아지발도(阿只拔都, あきばつ, ?~1380)라고도
하는데 14세기 당시 고려에 침입한 왜구를 지휘했던 장수이다. 조선 태조가 도통사로
방어하였는데 운봉(雲峰)의 황산(荒山)에서 크게 쳐부수고, 아기발도를 죽였다고 전한다.
『동국통감(東國通鑑)』「황산비(荒山碑)」.

兵火漫天日色凉.	불길이 하늘 덮어 햇빛도 처량했소.
世祿近臣逃底處,	대대로 녹을 먹던 신하들은 다 도망가고
叨恩名將走何方.	은혜 입은 명장마저 어디로 달아났나.
忠臣只有金_{時敏}兵使,	충신은 다만 경상병사 김시민(金時敏)이요
男子惟看朴_晉密陽.	사내라곤 밀양사람 박진(朴晉)만을 보았소.
慶府受傷徒自悔_{柳應洙},	경주에서 상한 것은 후회되건만
金山小捷亦云光_{郭英}.	금산에서 이긴 것은 빛이 났고
閉戶李公兇不測,	문을 닫은 이공(李公)은 흉한 자련만
徵兵郭_{再祐}氏義難忘.	의병 모은 곽재우(郭再祐) 잊을 길 없소.
商山戰敗由倉卒_{李鎰},	상상(商山)에서 패전한 건 창졸간에 된 일이요
黃澗虛驚是刦腸_{李世灝}.	황간(黃澗)에서 헛 놀랜 건 겁이 많던 탓이었소.
忠野輕挑宜不利_申,	충주에서 경솔했기에 패한 것이 마땅하고
王城勢急固難防_{金命元}.	서울에선 급했기로 막아내기 어려웠소.
宗祊詎作腥塵汚,	어찌하여 종묘사직을 더럽히리오.
玉輦聊巡浿上湟.	임금 수레 서쪽으로 파천하실
宮闕煙生星日暗,	제 대궐에 불붙으매 해도 어둡고
廟陵塵合地天荒.	왕릉에 먼지 일매 천지가 캄캄했소.
猛將風生旗脚遍,	맹장들 기운 내자 깃발이 둘러섰고
義師雲合劍鋒鋩.	의병들 모여들자 칼날이 번뜩였네.
退軍龍縣兵威損_{三道監司},	용인에서 물러나 군사 위엄 상했건만
奏捷山城國勢張_{權慄}.	행주대첩 보고하니 나라 기세 떨치었소.
關路支撐豈人力_{柳成龍},	관서 길 막아낸 것은 어찌 인력만이랴
臨津走敗是天殃_申.	임진에서 패한 것은 하늘의 재앙이라.
堤防畿甸知金_{千鎰}將,	경기도를 방어한 건 김천일(金千鎰)이요
鎭拒完山有趙_憲郎.	완산에서 항전한 이 조헌(趙憲)이었소.
父死子承忠節炳_{高敬命}	아비 죽고 아들 이어 충절(忠節)이 빛날러니

弟亡兄繼義聲彰崔慶會. 아우 죽고 형이 받아 의열(義烈) 소문이 드러났네.

忠勞誰比號天闕申點, 명나라에 호소한 수고 어느 누가 비교하며

罪惡咸稱膝犬羊黃. 적과 화친하자는 것 그런 죄악 어디 있소.

人戴聖君扶北極, 사람들은 임금 모시고 북쪽에 있고

天敎諸將護南鄕. 하늘은 장수들 시켜 남쪽을 지키네.

橫遮嶺路爲屛翰, 영남 길 가로막아 울타리 되고

把截閑山作保障. 한산 바다 끊어 질러 장벽 되었소.

統制將軍元個儻, 통제 장군 본시부터 뛰어나시어

扶持雄略屬搶攘. 난세에 나라 건질 방책 세웠다오.

手提神箭餘三尺, 손에 든 화살은 석 자가 넘고

撞破倭奴幾萬航. 부숴 버린 왜선들 몇 만 척인고.

斬級不須論箇箇, 적의 머리 벤 것이야 어찌 다 헤아리랴

血流終見海汪汪. 붉은 피가 마침내 바닷물로 넘실거리게 되었고

威風已振扶桑國, 위풍은 이미 부상국에 떨치었소.

壯氣應摧日本王. 동쪽 나라에 장한 기운 일본 왕을 꺾었으리다.

李億祺鄭運宣居怡權俊同赫世, 이억기·정운·선거이·권준 세상에 같이 빛나고

安國弘金襄興立具思稷共流芳. 안국홍·김·배흥립·구사직 장한 이름 함께 전하오리다.

二三豪傑輸忠力, 두세 호걸 충성으로 힘을 바치어

五十餘城保女牆. 오십 남은 성에 성가퀴를 지켰소.

德勝凶亡關理勢, 덕은 이기고 악은 망함은 이치 형세가 그러하고,

仁王强敗有穹蒼. 어진 이는 왕 되고 강포한 놈 패하는 것 하늘이 보오

南夷罪戾通神鬼, 남쪽 왜적 죄 지은 것 귀신도 알고 있어

東土瘡痍徹聖皇. 우리 동방 받는 고생 명나라 황제에게 들리었소.

礪手雲興空冀浙, 기주(冀州) 절강(浙江) 포수들이 구름같이 일어나고

騎兵響起捲荊襄. 형주(荊州) 양양(襄陽) 기병들이 모조리 달려왔네.

鷹飛鶴翼釐城岦,　매 같이 날아 학익진 펼쳐 성벽을 짓부수고

雷震風馳蕩虎狼.　우레같이 바람같이 호랑이를 무찔렀소.

神武揚時嚴殺戮。　신기한 무용 날칠 적에 살육도 어마어마하니

餘威及處走顚僵.　남은 위엄 미치는 곳에 도망하다 자빠졌네.

奉迎龍馭回京洛,　임금 수레 마중하여 서울로 돌아오고

驅逐餘兇縮海傍.　남은 도적 내어 몰아 바닷가에 움츠렸소.

風掃乾坤淸舊闥,　바람이 천지를 쓸어 옛 대궐 맑게 할 제

令行朝野振頹綱.　명령이 두루 내려 무너진 기강 일으켰네.

仁儲奉廟還宮殿,　세자는 신주 받들어 옛 대궐로 돌아오고

賢相隨班佐廟廊.　어진 정승 반열 따라 나라 정사 도왔다오.

知我聖君忠有効,　알괘라 우리 임금 정성이 효과 있어

感吾皇上德難量.　명나라 황제 감동시켜 그 은혜 한량없소.

堪嗟刑賞乖輕重,　다만 탄식컨대 상과 형벌 어긋남을

不是恩威太抑揚.　그래도 은혜 위엄 지나침은 아니리다.

白首不知馳戰陣,　전쟁이란 모르는 늙은 이 몸이

滄波何事駕風檣.　무슨 일로 창파 위에 배를 탔던고.

三年賊窟雄心死,　삼 년 동안 적굴에서 마음이 죽고

廿朔兵塵元氣傷.　스무 달을 전쟁에서 기운 상했소.

受命只堪殯府地,　임금 명령 받았으니 임지에서 죽어야지

臨危何忍去吾疆.　위태롭다 차마 어이 내 고을을 떠나리까.

洛東已獻零兇馘,　날도적의 머리 베어 낙동에서 바치었고

海上還調戰艦糧.　다시 또 바다로 내려 군량을 조달했소.

邑渴民飢徒費慮,　고을과 백성 모두 말라 부질없이 애만 쓰고

人輕責重只招謗.　못난 사람 무거운 책임 비방만 사건마는

惟思奉贊將軍令,　다만 장군 명령 돕는 것만 생각할 뿐

不念勞傷從事狂.　종사관이 내 몸의 수고야 헤오리까.

危悃崢嶸懸斗極,　　충성은 드높이 조정에 매달렸고
孤身漂泊寄滄浪.　　몸은 외로이 바닷가에 떠돌지요.
蛇梁堡外顚風作,　　사량보 밖에는 미친바람 일어나고
唐浦城邊大雨滂.　　당포성 가에는 큰비가 쏟아졌소.
獨倚篷窓心咄咄,　　홀로 배에 기대니 속으로 쓸쓸하고
橫磨長劍意堂堂.　　긴 칼을 비껴 갈며 기운은 당당하오.
舟師已整成芳約,　　수군을 정비하여 맹세를 짓고
大將方期棹戰艎　　대장이 바야흐로 출동을 명령하네.
一劍直將屠醜穴,　　한 칼로 적의 소굴 바로 찌르면
千帆應見沒茫洋.　　천 척 적선 한 바다에 침몰되었다.
初爲汲汲呑舟計,　　처음엔 우리 배들 삼키려더니
終作區區拒轍螗.　　나중엔 제가 도로 힘이 부치오.
臨戰逗遛雖有責,　　싸움에 머뭇거림 죄책이 있다 해도
提師輕進戒無妨.　　함부로 진군함을 조심함도 무방하오.
務農固是兵家本,　　농사를 힘쓰는 건 실로 군사의 근본이니
播種要令趁節忙.　　파종은 철 맞추어 서둘러야 하옵지요.
論賞亦當均厚薄,　　상을 줄 젠 후박(厚薄)을 고르게 하고
臨刑先可示慈詳.　　벌 내림엔 슬피 여김 먼저 해야죠.
舟中吟罷長回首,　　뱃속에서 노래 읊다 고개 돌리니
風雨茫茫鎖戰場.　　비바람이 아득히 싸움터에 엉기었네.

8) 附挽當時挽誄, 皆遺逸而只存此耳. 만시를 첨부함 당시에 만시와 뇌사가 모두

일실되어 단지 이것만이 있을 따름이다.

地倅李惟諴挽[200]   지역 수령 이유함의 만시

雪裏松初倒,	눈 속에 소나무 처음 넘어지니,
山前走卒呼.	산 앞에 주졸[201]이 외쳐대네.
叫風雙冷鴈,	울부짖는 바람에 추운 기러기 짝을 지는데,
當谷一於菟.	골짜기에 당하여 오도[202]와 한 가지라.
素業八年戟.	소업[203]은 팔년의 전쟁이요,
靑氊半壁圖.	청전[204]은 벽에 걸린 그림이라네.
滿襟公耳懇,	흉금에 가득 찬 건 공무의 정성이요,
盈室斐然徒.	집을 채운 건 빛나는 문도들이라.
可卷時而已,	걷을 만한 때였을 따름인데,
云亡命矣夫.	목숨 구하러 도망한다 하셨네.
墻東悲舊隱,	담장 동쪽에 옛 은거지 슬프고,
邙北奠新芻.	묘지에 새로 거른 술 올린다.
今古無窮恨,	고금의 무궁한 한을

---

200) 원문에는 제목이 없으나 목차에 따라 제목을 병기하였다. 이하 6편의 만시에도 동일하게
   하였다.

201) 주졸 : 심부름 다니는 하인.

202) 오도 : 호랑이의 별칭. 『춘추좌씨전(春秋左氏傳)』 선공(宣公) 4년에 "초나라 사람들은 젖
   을 곡이라 하고, 호랑이를 오도라 한다.(楚人謂乳穀, 謂虎於菟)"라고 하였다. 여기서는 정
   경달을 비유한 말이다.

203) 소업 : 선조가 남긴 유업으로 주로 선비의 학업을 가리킨다.

204) 청전 : 푸른 모포로 선대로부터 전해오는 귀한 유물이나 가업을 가리킨다. 중국 진(晉)나
   라 왕헌지(王獻之)가 누워 있는 방에 도둑이 들어와서 물건을 모두 훔쳐 가려 하자 "도둑
   이여, 그 푸른 모포는 우리 집안의 유물이니, 그것만은 놓고 가라.(偸兒, 靑氈我家舊物, 可
   特置之)"라고 하였다. 『진서(晉書)』 권80, 「왕희지열전(王羲之列傳)」 중 왕헌지(王獻之) 부
   분 참조.

空留萬頃湖.　　　부질없이 만 이랑의 호수에 남겨두네.

右地倅李惟誠　　오른쪽은 지역 수령 이유성이다.

金進士汝重挽　　진사 김여중의 만시

獨出鷄羣海鶴姿,　　홀로 뭇 닭 중에 바다 학의 모습을 내시고,
峩峩冠冕暎當時.　　관면205)을 높이 쓰사 당시에 빛나셨네.
匪躬幾盡爲臣節,　　몸 바쳐206) 몇 번이나 신하의 절개 다하셨나,
多病還深去國思.　　많은 병이 다시 깊어지자 국사를 떠날 생각하셨도다.
天上玉樓新作記,　　하늘 위의 옥루에는 새로 기록 짓고,
人間沙樹舊題詩.　　인간세상 백사장 나무에는 옛 시를 쓰네.
他年明月歸來處,　　다른 해 밝은 달 돌아오는 곳에
柱影茫茫鳥語悲.　　기둥 그림자 아득하고 새 소리 구슬프구나.

右金進士汝重　　오른쪽은 진사 김여중이다.

金松汀景秋挽　　송정 김경추의 만시

年年長會碧江頭,　　해마다 길이 푸른 강가에서 만나니,
勝事無分春與秋.　　멋진 모임에 봄 가을 나눌 것 없네.
長網登鱗膾縷縷,　　긴 그물에 고기 잡아다 올올히 회를 뜨고,

---

205) 관면 : 고관(高官)이 쓰는 예관(禮冠).
206) 몸 바쳐 : 원문의 비궁(匪躬)은 신하가 국사를 돌봄에 있어서 자신의 안위는 생각하지 않
　　고 오직 국사에만 힘을 다하는 것을 말한다. 『주역(周易)』 건괘(蹇卦) 참조.

篆絲凝璧興悠悠.　　순채에 옥빛 엉기니 흥은 유유하네.

海天仙鶴孤洲恕,　　바다 하늘과 신선 학은 외로운 모래섬에서 원망하고,

立石蘆花兩岸愁.　　세운 돌과 갈대꽃은 양쪽 언덕에서 근심하는구나.

惆悵舊歡知不復,　　옛 즐거움 다시 못 얻을 것 알아 슬퍼져,

夕陽佇立淚橫流.　　석양에 우두커니 서니 눈물이 막 흐르네.

右金松汀景秋　　　오른쪽은 송정 김경추이다.

曺處士文起挽　　처사 조문기의 만시

玉棺飛上閬仙宮,　　백옥관207)이 낭선궁208)에 날아오르니,

聲價人間世不窮.　　명성이 인간 세상에 세세로 다함이 없구나.

曾格春堂誠子職。　　일찍이 춘당에 이름은 실로 자식의 직분이요,

今參畵閣記臣功.　　이제 화각에 참여함은 신하의 공적 기록함이라.

宜兄每擬繆公義,　　우의의 형은 매양 목공의 의로움209)에 비겼고,

愛友恒存鮑子悰.　　우애의 아우는 항상 포자210)의 마음을 지녔네.

---

207) 백옥관(白玉棺) : 신선이 죽어서 들어가는 관(棺)으로, 사람이 죽는 것을 뜻하는 말이다. 옛날 중국 동한(東漢) 때 사람인 왕교(王喬)가 섭현(葉縣)의 영(令)으로 있을 적에 하늘에서 백옥으로 만든 관이 떨어졌는데, 왕교가 들어가 눕자 관 뚜껑이 곧바로 닫혔다고 한다. 『後漢書 卷82上 方術列傳 王喬』

208) 낭선궁(閬仙宮) : 낭산(閬山)의 신선(神仙)이 사는 궁이란 뜻이다. 중국 곤륜산(崑崙山) 꼭대기에 낭풍전(閬風巓)이란 산이 있는데, 여기가 바로 선녀(仙女)인 서왕모(西王母)가 거주했던 곳이라고 전한다.

209) 목공(繆公)의 의로움 : 중국 춘추 시대 진(秦)나라 목공(繆公)이 준마(駿馬)를 잃어버렸는데, 기산(岐山) 아래의 야인(野人) 300여 인이 이 말을 잡아먹었다. 관원이 이들을 체포하여 법대로 처형하려 하자, 목공이 "군자는 축산물 때문에 사람을 해치지 않는 법이다. 내가 들건대, 명마의 고기를 먹고 술을 마시지 않으면 사람을 해친다고 하였다.(君子不以畜産害人, 吾聞食善馬肉不飮酒, 傷人)"라고 하고는, 그들에게 술을 내리고 사면하였는데, 그 뒤에 목공이 진(晉)나라를 공격할 적에 이들이 결사적으로 싸워 목공의 위급함을 구원하여 보은(報恩)한 고사가 전한다. 『史記 卷5 秦本紀』.

名姓八區知走卒,　　성명은 팔도의 주졸도 다 알고,
文章一國誦兒童.　　문장은 온 나라 아이도 외는구나.
殘城徒飮殘城水,　　쇠한 성에선 다만 쇠한 성의 물을 마시고,
刑獄惟行刑獄公.　　형벌은 오직 공정한 형벌을 행하였다오.
十載聖朝封事盡,　　십년 간 성스런 왕조에 봉사를 지극히 하였고,
一盟湖海白鷗同.　　한번 강과 바다와 맹세하여 갈매기와 같이 있었네.
晚來四老蘭亭禊,　　늘그막엔 네 노인이 난정의 계를 맺었고,
期作百年懽愛隆.　　백년을 기약하여 좋아하고 사랑하는 마음 높았다오.
豈料嵐臺愁好月,　　어찌 남대에서 좋은 달 보고 시름할 것 헤아렸겠으며,
誰知精舍慘淸風.　　누군들 정사에서 맑은 바람이 처참할 줄 알았으랴.
江湖性去琴聲撤,　　강호의 성품 떠나가니 거문고 소리 거두어지고,
山岳精歸酒斝空.　　산악의 정기 돌아가니 술잔이 비었구나.
臨送采蘋成一酹,　　마름211) 캐어 보냄에 임하여 한번 술을 올리니,
不堪哀淚墮雙瞳.　　슬픈 눈물 두 눈에 떨어짐을 견딜 수 없어라.

右曹處士文起　　오른쪽은 처사 조문기이다.

金芷川公喜挽　　지천 김공희의 만시

積善餘餘我二孫,　　선덕을 쌓아 우리 두 후손에게 넉넉하고,

---

210) 포자(鮑子) : 포자는 포숙(鮑叔) 또는 포숙아(鮑叔牙)라 불린다. 중국 춘추 시대 제나라 사
람으로 관중(管仲)과 어려서부터 친구 사이였다. 관중과 젊은 시절 함께 장사를 하였는
데, 관중의 어려움을 알고 늘 도와주었다. 또한 훗날 관중을 제나라 환공(桓公)에게 추천
하여 벼슬에 오를 수 있게 하였다. 이러한 연유로 관중이 "나를 낳아 준 분은 부모요, 나
를 알아준 이는 포자였다.(生我者父母 知我者鮑子也〕" 하였다. 『史記 卷62 管仲列傳』.
211) 마름 : 옛날 제사 지낼 적에 마름풀을 썼기 때문에 제수(祭需)를 정성스럽게 마련하여 제
사 지내는 것을 가리키게 되었다. 『시경』 「채빈(采蘋)」 참조.

幾年祥橘早呈園.	몇 년이나 상서로운 귤이 동산에 일찍 이루어졌네.
山中夜榻同明炷,	산중의 밤 침상에선 같이 등불을 밝혔고,
泮外春塘共咏芹.	반수 바깥의 춘당에선 함께 미나리 노래 읊었지[212].
庚午庚辰雖異榜,	경오년[213]과 경진년[214] 비록 과거 합격한 해는 다르나,
通階通政各天恩.	통계(通階)와 통정(通政)[215]으로 각각 천은을 입었네.
他鄉【缺二字】乖論易,	타향에서 【2자 결락】『주역』 논할 일 어그러졌으니,
何處書菴更白雲.	어느 곳 글 읽는 암자에서 다시 흰 구름처럼 지낼까.
借簇獅山萬福雲,	사산(獅山)[216]에 만복(萬福)의 구름 그린 족자를 빌어 놓고,
長篇無盡挽丁君.	긴 시편을 지어도 정군의 만사를 다하지 못하겠네.
君亡幸在兄爲挽,	자넨 죽었고 다행히 형이 있어 만사를 쓰는데,
他日兄亡更孰云.	다른 날 형이 죽으면 다시 누가 써줄까.

右金芝川公喜	오른쪽은 지천[217] 김공희[218]이다.

---

212) 반수(泮水)~읊었지 : 반수(泮水)는 고대의 학교인 반궁(泮宮) 옆을 흐르던 물을 말하며, 반궁은 문묘와 성균관을 통틀어 이르는 말이기도 하다. 이 말은 『시경』에서 노나라 임금이 반궁에 거둥하는 모습을 노래한 「반수(泮水)」에 "반수에서 즐김이여, 잠깐 미나리를 캐노라.(思樂泮水 薄采其芹)"라는 구절에 보인다.

213) 경오년 : 정경달은 29세인 1570년(선조 3) 경오(庚午) 식년(式年) 문과(文科)에 병과(丙科)로 급제하였다.

214) 경진년 : 이 시의 작자인 김공희(金公喜)는 1580년(선조 13) 경진(庚辰) 별시(別試)에 을과(乙科) 7위로 급제하였다.

215) 통정(通政) : 정경달은 1594년 당시 수군통제사 이순신(李舜臣)의 계청(啓請)으로 그의 종사관(從事官)이 되었는데, 이때 세운 전공이 책록되어 통정대부(通政大夫)에 승진하였다.

216) 사산(獅山) : 전라남도 장흥의 산 이름.

217) 지천 : 원문에는 지천(芷川)으로 되어 있는데, 일반적으로 지천(芝川)으로 쓴다.

218) 김공희(金公喜) : 1540년(중종 35)~1604년(선조 37). 조선 전기 문신. 자는 지명(之明) 또는 지천(芝川)이다. 본관은 광산(光山)이다. 1576년(선조 9) 병자(丙子) 진사시(進士試)에 합격하였으며, 1580년(선조 13) 경진(庚辰) 별시(別試)에 을과(乙科) 7위로 급제하였다. 벼

金芷川公喜祭文　　지천 김공희의 제문

鼻我丁贊	우리 비조(鼻祖) 정찬(丁贊)[219])께서는
祖于森溪	영광(靈光)에서 시조되셨네.
四代賢昆	4대이신 현곤(賢昆)께서는
是我曾考	바로 우리 증조부라오.
妻于長澤	장택(長澤)에서 아내를 얻고,
仍霜爲村	상산(霜山)을 마을로 삼았네.
獨子獨男	독자에 독남이요,
四孫我仲	네 손자에 난 둘째라.
有悟其性	본성을 깨달음이 있었고,
有穎其才	재질이 영특함이 있었네.
季果難兄	아우는 과연 난형이고,
兄果難弟	형은 과연 난제로다.
早敏詩賦	일찍이 시부에 영민하였고,

슬은 종사관(從事官)·영광군수(靈光君守)를 거쳐 남원부사(南原府使)를 지냈다. 호조참판(戶曹參判)에 추증(追贈)되고, 남계(南溪) 김윤(金胤)·서곡(書谷) 임분(林賁)·죽곡(竹谷) 임회(林薈)·기봉(岐峰) 백광홍(白光弘)·옥봉(玉峰) 백광훈(白光勳)·풍잠(風岑) 백광안(白光顔)·동계(東溪) 백광성(白光城)과 함께 기산팔현(岐山八賢: 조선 八文章 중 1인인 기봉 백광홍 및 그와 동문수학 하였으며 동시에 사마시에 합격한 7명의 학자들을 일컬음)의 한 사람으로 추앙받았다.

219) 정찬(丁贊) : ?~1364. 고려 후기의 무신. 1354년(공민왕 3) 병마판관(兵馬判官)으로 이방실(李芳實)과 함께 인주(麟州: 평안북도 의주지역)에 침입한 홍건적을 물리쳤다. 1362년 밀직부사(密直副使)가 되었다가 이듬해 이인복(李仁復)과 함께 공민왕의 행궁에 침입하였던 김용(金鏞)의 잔당들을 순군(巡軍)에서 국문하였다. 원나라가 공민왕을 폐위시키고 고려에 침입할 때지밀직사사(知密直司事)로서 서북면도안무사(西北面都按撫使)가 되어 한휘(韓暉)와 함께 원나라의 침입에 대비한 병영을 내왕하며 군사의 동정을 살피는 일을 맡았다. 1364년 최유를 앞세운 원나라 군대를 물리친 뒤 휘하의 병마사 목충(睦忠)이 재상 목인길(睦仁吉)의 세력을 믿고 그를 시기한 나머지 덕흥군과 밀통한다고 무고하여 투옥되었다. 조정에서 그를 순군옥에 가두고 목충과 대질하였으나 누명을 벗지 못하자 그 해 2월에 울분으로 옥중에서 병사하였다.

尤長經書	경서는 더욱 잘 하였다오.
暫試鄕圍	잠시 향시에 응시하였다가,
遊入國學	국학에 들어가 유학하였네.
累冠輪次	누차 으뜸 되어 윤차[220]하고,
高選漢場	한양의 과장에서 높이 뽑혔도다.
庚午之春	경오년[221] 봄에는
通貫會講	회강(會講)[222]을 통관하였네.
年未三十	나이 삼십이 안 되어
藉藉京城	경성에 명성이 자자했다오.
歸榮宗門	종문(宗門)에 돌아와 친영하여,
錦我韋布	우리 위포[223]에게 금의를 보였네.
草萊之鳳	초야의 봉황이요,
天荒之麟	천황(天荒)[224]의 기린이라.
鄕鄰爭瞻	마을 이웃들이 다투어 우러러보고,
益感誠孝	효성에 더욱 감복했다오.
念濟窮戶	곤궁한 집 구제할 생각하고,
愼築寒基	쓸쓸한 터에 삼가 집을 세웠네.
初擧壽觴	처음 축수의 술잔을 드시고,
昇平校授	승평교수[225]가 되었다오.

---

220) 윤차(輪次) : '돌려 가며 차례로'라는 말로, 문관의 높은 지위에 있는 사람은 대개 성균관
에 차례로 강사나 시관으로 가게 된다.

221) 경오년 : 정경달은 29세인 1570년(선조 3) 경오(庚午) 식년(式年) 문과(文科)에 병과(丙科)
로 급제하였다.

222) 회강(會講) : 세자가 월 2회 사부 이하 여러 관원을 모아 놓고서 경사(經史) 등을 강론하
는 것이다.

223) 위포(韋布) : 벼슬하지 않은 미천한 선비.

224) 천황(天荒) : 땅이 생긴 이래로 그냥 버려둔 황무지(荒蕪地)라는 뜻.

225) 승평교수(昇平敎授) : 정경달이 1572년 임신(壬申) 봄 승평교수(昇平敎授)에 제수된 사실
을 말한다.

那知永感	영감226)을 어찌 알았으랴,
未半哺鳥	아직 포오227)의 효도를 반도 못했어라.
參考祭儀	제의(祭儀)를 참고하고,
追立祠廟	사묘(祠廟)를 추립하였네.
移家有本	집 옮김에 근본이 있었고,
通籍無閡	통적(通籍)228)에 막힘이 없었네.
入校藝書	입교(入校)하여선 글씨를 잘 썼고,
精明物望	정명(精明)하고 인망이 높았지.
出尹平壤	평양에 서윤(庶尹)으로 나가서는
勤幹得譽	근면하여 칭송을 얻었네.
嘉平割鷄	가평에 할계(割鷄)229)를 얻어
山水政簡	산수의 정사(政事)가 간이(簡易)하였네.
嶺南佐幕	영남의 좌막(佐幕)이 되어서는
海東纂刊	우리나라 일을 모아 적었다오.
俄紆府符	갑자기 부사의 부절이 드리우고
泛彼東洛	저 동녘 낙동강 전장에 있었네.
胡寧賊熾	어찌나 적들의 기세가 높았던지
妻子靡顧	처자식 돌아보지 못하였지.

---

226) 영감(永感) : 옛날에 부모 모두 생존 시에는 구경(具慶), 부친만 생존 시에는 엄시(嚴侍), 모친만 생존 시에는 자시(慈侍), 부모 모두 여의었을 때에는 영감(永感)이라고 하였다.

227) 포오(哺鳥) : 반포조(反哺鳥)라고도 하며 까마귀를 가리킨다. 까마귀는 다 자라면 그 어미에게 먹이를 물어다 봉양하여 은혜를 갚는 새라고 하여, 효성스러운 자녀를 비유하는 말로 쓰였다.

228) 통적(通籍) : 본디 궁문(宮門)의 출입을 허가받은 사람의 성명·연령 등을 적은 명패(名牌)를 말하는 것으로, 전하여 처음 벼슬아치가 된 것을 의미한다.

229) 할계(割鷄) : 원래 자신의 재능을 조금이나마 발휘할 수 있는 기회를 갖는 것을 말한다. 공자의 제자 자유(子游)가 무성(武城)의 수령으로 있을 때, 조그마한 고을에서 예악(禮樂)의 정사를 펼치는 것을 보고는, 공자가 웃으면서 "닭을 잡는 데에 어찌 소 잡는 칼을 쓰랴.[割鷄焉用牛刀]"라고 말했던 고사가 있다. 『論語 陽貨』. 여기서는 1584년 정경달이 43세에 가평군수(加平郡守)가 된 일을 가리킨다.

叫血義民	피울음 울며 의로운 백성들과
斬級百六	수급 106급을 베었구나.
後年珥玉	후년에 받은 이옥(珥玉)은
此日勤功	이날의 근공(勤功)때문이라오.
南原咽喉	남원(南原)은 요충지인데,
得人我弟	우리 아우 같은 사람 얻었네.
清州都護	청주의 목사(牧使)로 있을 적엔
摠牧憑君	목민의 일 모두 자네에게 의지했지.
前後勤苦	전후로 부지런히 고생하여
身病名彰	몸은 병들었으나 이름은 드러났네.
丁酉之變	정유년의 변란에는
黽勉在朝	조정에서 힘을 썼다오.
更伴關西	다시 관서에서 접반사 되어서는
見重唐將	중국 장수의 중히 여김을 받았네.
淹霜容夢	서리 맞으며 꿈에 그린 건
隔岸家書	언덕 건너에 집 편지로다.
艱難告缺一字	간난에【1자 결락】고하고,
尋覓流 缺九字	물결【9자 결락】찾아내리.
難忘國恩	나라의 은혜 잊을 길 없어,
未調心疾	마음의 병 고치질 못하였네.
四虎遭戰	네 호랑이[230] 전투를 만나
忽此 缺二字	문득 이곳에【2자 결락】
嗚呼哀哉	아아! 슬프도다!
惟我四寸	우리 사촌이여!
同旬甲午	갑오년에 함께 고생했는데,

---

230) 호랑이 : 원문에 '호(扃)'로 되어 있는데, '호(虎)'로 수정하였다.

只長鼠牛	다만 두 살[231] 연장이었네.
一氣 缺二字	한 기운이【2자 결락】
不暇靑眼	청안(靑眼)[232]으로 대할 겨를 없어,
缺二十四字	【24자 결락】
子文孫文	자손들이 글 잘하여,
前後玉樹	전후로 옥수(玉樹)[233]로다.
男天女天	남녀가 성하고 화평한데,
我何 缺六十六字	내 어찌【66자 결락】하랴.
病莫臨喪	병들어 상사에 임하지 못하였고,
痘莫會葬	두창에 장례에 모이지 못하였네.
靑山歸路	푸른 산 돌아오는 길에
應待執紼	응당 상여 끈 잡고 기다리리.
玉樓千年	옥빛 누대는 천년을 갈 터인데,
只此空挽	다만 여기에 속절없이 만사를 쓰네.
姑停歸旋	짐짓 돌아오는 깃발 세워두고,
如對平生	평소에 마주 대하듯 하리라.

右金芷川祭文　　오른쪽은 김지천[234]의 제문이다.

---

231) 두 살 : 원문에 서우(鼠牛)로 되어 있는데 서(鼠)는 12지의 자(子), 우(牛)는 축(丑)이다.
232) 청안(靑眼) : 다정한 눈길이라는 뜻이다. 중국 삼국(三國) 시대 위(魏)나라 완적(阮籍)이 속된 사람을 만나면 백안(白眼) 즉 흰 눈자위를 드러내어 경멸하는 뜻을 보이고, 의기투합하는 사람을 만나면 청안 즉 검은 눈동자로 대하여 반가운 뜻을 드러낸 고사가 전한다. 『世說新語 簡傲』.
233) 옥수(玉樹) : 훌륭한 인물이나 자제를 가리키는 말이다. 중국 진(晉)나라의 사안(謝安)이 여러 자제들에게 "왜 사람들은 모두 자기의 자제가 출중하기를 바라는가?" 하고 묻자, 아무도 대답하지 못하고 있었는데, 조카 사현(謝玄)이 "이것은 마치 지란(芝蘭)과 옥수(玉樹)가 자기 집 정원에서 자라나기를 바라는 것과 같습니다." 한 데서 유래하였다. 『晉書 卷79 謝安傳』.
234) 김지천 : 김공희(金公喜). 지천은 그의 자(字)이다. 원문에는 지천(芷川)으로 되어 있는데, 일반적으로 지천(芝川)으로 쓴다.

馬僉正爲龍挽　　　　첨정 마위룡의 만시

天爲東邦降俊英　　　하늘이 동방을 위해 영준한 인물 내리시어,
丹書石室再留盟　　　단서[235]로 석실에 거듭 맹서를 남겼도다.
文章振世華人敬　　　문장은 세상을 울리어 중화인이 공경하였고,
義旆掀空虜將驚　　　정의의 깃발을 하늘에 높이 들어 왜적을 놀라게 했네.
湖海多年堅保障　　　산과 바다에 여러 해 보장(保障)[236]을 굳게 하였건만,
朝廷今日失干城　　　조정은 오늘 간성(干城)의 장수[237]를 잃었도다.
餘生不耐公私痛　　　남은 인생에 공과 사의 고통을 견디지 못하겠으니,
落日盤山淚滿纓　　　반산(盤山)에 해 지는데 눈물이 갓끈에 가득하구나.

　　此日攀轜客, 當時佐幕人, 俛然成宇宙, 不覺淚沾巾. 이날 상여를 든 손님이
당시 좌막(佐幕)[238]을 맡은 사람이었는데, 갑자기 성우주(成宇宙)가 모르는
새에 눈물을 흘려 두건을 적셨다.

右僉正馬爲龍　　　　오른쪽은 첨정 마위룡[239]이다.

---

235) 단서(丹書) : 중국 주(周)나라 때에 붉은 새가 물고 왔다는 글인데, 그 글에 "경(敬)이 태
　　(怠)를 이기는 자는 길하고, 태가 경을 이기는 자는 망한다. 의(義)가 욕(欲)을 이기는 자
　　는 일이 순조롭고, 욕이 의를 이기는 자는 흉하다."라는 내용이 들어 있었다고 한다. 무
　　왕(武王)은 제위(帝位)에 오른 뒤 태공(太公)에게 단서의 이런 내용에 대해서 묻고, 주변의
　　온갖 기물에 명(銘)을 지어 새겨 경계로 삼았다고 한다. 『心經』『淵鑑類函 卷200 銘』
236) 보장(保障) : 국가를 보호하는 장벽이나 보루.
237) 간성(干城)의 장수 : 방패〔干〕나 성(城)과 같은 사람으로 나라를 지키는 믿음직한 장군
　　을 말한다. 여기서는 정경달을 가리킨 말이다.
238) 좌막(佐幕) : 장군의 막부(幕府)에서 직무를 담당하는 자리를 말한다.
239) 마위룡 : 의병장 마하수의 아들로 정유재란 시에 명량해전에서 큰 공을 세웠다.

IV. 盤谷集 卷之三
반곡집 권3

辭 / 說 / 序 / 記 / 集著 / 狀啓

Ⅳ. 盤谷集 卷之三
반곡집 권3

1. 辭
사

八帖辭

仰天浩浩以寬吾心, 俯地博大以厚吾德. 看山突兀以高吾節, 見海涵泓以廣吾量. 逢春和照以推吾仁, 值秋肅殺以行吾義. 體剛金石以堅吾志, 效明日月以充吾學.

팔첩사(八帖辭)

넓은 하늘 바라보며 나의 마음을 넓히고, 드넓은 대지를 바라보며 나의 덕(德)을 두터이 하네. 우뚝 솟은 산을 보며 나의 절개 고상하게 하고, 광활한 바다를 보며 나의 도량을 넓히네. 따뜻한 봄을 맞이하며 나의 인(仁)을 높이고, 스산한 가을을 맞아서 나의 의(義)를 실행하네. 강한 금석(金石)을 본받아서 나의 뜻을 견고하게 하고, 밝은 일월(日月)을 본받아서 나의 학문을 확충하네.

琴辭 二首

箏蕩瑟流, 伽倻怨理, 心莫琴若也. 夫春發於角, 秋發於商, 峩峩者山, 洋洋者水. 一撥而淸風生, 再鼓而明月出. 至矣! 琴之爲音. 噫! 得四時山水風月之樂, 坐臥乎天地間者誰? 其惟盤谷子也歟.

금사(琴辭) 2수

쟁(箏)은 호탕하고 슬(瑟)은 분방하며 가야금은 구슬프니 마음에 맞기로는 금(琴)만 한 것이 없다. 봄에는 각(角)음을 튕기고 가을에는 상(商)음을 뜯으니[240] 산과 같이 드높고 물과 같이 광활하다. 한 번 연주함에 청량한 바람 일어나고 두 번 연주함에 밝은 달이 뜨는구나. 지극하도다! 금(琴)의 아름다운 음률이여! 아 ! 사계절에 따른 산수풍월(山水風月)의 음악을 들으며 천지 사이에 누워있는 자는 누구인가? 바로 반곡자(盤谷子)[241]로다.

丁酉之變, 我西而妻子舟, 家藏掃燼, 燹後還園 守奴進此琴曰, 藏于巖穴, 背腹俱破, 首尾與卦, 無有焉. 膠而繫, 膝而撥, 舊聲琅然, 若訴亂離之懷. 嗚呼! 遇爾於南海, 馱于驢背, 之京之西, 于嶺于湖, 一十八年. 天地摧裂, 人物蕩盡, 爾獨待我而存, 天其與我. 重奏湖山, 未盡之樂歟. 贊曰, 生于石上, 避亂石竇. 太平相逢, 亂後相遇. 爲我一聲, 松窓月吐.

정유재란(丁酉再亂)[242] 때 나는 서쪽으로 가고 처자식들은 배를 타고 떠

---

240) 봄에는~연주하니 : 궁(宮) · 상(商) · 각(角) · 치(徵) · 우(羽)의 다섯 음률 가운데 각(角)은 봄, 상(商)'은 가을에 해당하기 때문에 이와 같이 표현한 것이다.
241) 반곡자(盤谷子) : 작가 자신을 말한다. 여기서 盤谷은 정경달(丁景達, 1542~1602)의 호이다.

나, 가장(家藏)이 모두 버려지고 불탔다. 난리가 잦아든 뒤에 동산으로 돌아와 보니 노비[守奴]가 이 금(琴)을 가져와서 말하였다. "바위굴에 감춰두었는데 등면, 배면이 모두 파손되었고 머리 쪽, 꼬리 쪽과 괘(卦)[243]가 다 없어졌습니다." 내가 아교풀로 붙이고 수리하고서 무릎에 두고 튕기니 낭랑한 소리가 예전과 다름없어, 마치 난리를 만나 아픈 마음을 호소하는 듯하였다. 아! 남해(南海)에서 너를 만나 나귀에 실어서 서울로, 서쪽으로, 영남으로, 호남으로 오간 지가 18년이 되었다. 천지가 무너지고 쪼개짐에 사람과 사물들이 모두 사라졌는데 너만은 나를 기다려 남아 있으니 하늘이 나에게 준 것이로다. 호산(湖山)에서 연주하니 즐거움이 끝이 없었다. 이에 찬(贊)를 지었다. "돌 위에서 태어났다 바위굴로 난리를 피하였네. 태평할 때 서로 만났다가 난리가 지나고서 다시 만났네. 나를 위해 소리를 내니 소나무 창가에는 달빛 일렁이네."

2. 說
설

不足說

盤谷子, 惻寒龜縮, 忽開竹窓, 遙望青山, 呼兒覓酒, 家人手一盃以進曰, 穀不足以繼用, 衣不足以禦寒, 奴不足以使令, 亦何能源源繼酒若富貴然? 答曰, 余之不足不特向三者而已. 忠不足以事君, 孝不足以事親, 內不足以友愛, 外不足以信友, 敬不足以事長, 慈不足以撫下, 誠不足於學問, 才不足於政治, 何暇虞三者之不足乎?

---

242) 정유재란(丁酉再亂) : 임진왜란 중 화의교섭의 결렬로 1597년(선조 30)에 일어난 재차의 왜란이다.

243) 괘(卦) : 금(琴)의 뒤편에 가로로 크고 작은 지느러미 수십 개가 있는데 이를 '괘'라고 한다.

然而不足之中, 亦有足者, 以足爲足, 不以不足爲不足, 不亦足乎? 曰, 吾未見子之有所足, 請得以聞之.

曰, 天高地闊, 足以俯仰, 水秀山明, 足以娛樂, 風淸月白, 足以吟詠, 萬卷詩書, 足以探討, 三尺玄琴, 足以遣懷, 溪翁山鳥朋友, 足矣. 秋菊春蘭藥物, 足矣, 而況有妻有妾, 室家不足乎? 有子有弟, 子弟不足乎? 漁童樵靑使令不可謂不足, 負郭二頃衣食不可謂不足. 然則足多而不足少, 敢不熙熙然皞皞然, 樂天知命, 付眞趣於數盃中乎? 家人喟然而退更進一大椀, 余陶然而醉, 足與不足, 都付茫茫中.

부족설(不足說)

반곡자(盤谷子)가 추위에 떨면서 거북이처럼 움츠렸다가 갑자기 죽창(竹窓)을 열고 멀리 청산(靑山)을 바라보고는 아이를 불러서 술을 가져오라고 하였다. 집사람이 손수 한 잔 술을 가져오며 말하였다. "양식이 계속 쓰기엔 부족하고 의복이 추위를 막기엔 부족하며 노비가 명령을 내리기엔 부족하니, 또 어찌 부귀한 자처럼 계속해서 술만 마실 수 있단 말입니까?" 내가 대답하였다. "나의 부족함은 이 세 가지만이 아닙니다. 충성이 군주를 섬기기에 부족하고 효성이 부모를 섬기기에 부족하며 안으로는 우애와 사랑이 부족하고 밖으로는 신의와 우정이 부족합니다. 게다가 공경이 윗사람을 섬기기에 부족하고 자애가 아랫사람을 어루만지기엔 부족하며 성의가 학문하기에 부족하고 재주가 정치하기에 부족합니다. 그러니 어느 겨를에 그 세 가지의 부족함을 근심하겠습니까? 그러나 부족한 가운데 충분한 것 역시 있으니, 충분한 것을 충분하다고 여기고 부족한 것을 부족하다고 여기지 않으면 또한 충분한 것이 아니겠습니까?" 그러자 집사람이 말하였다. "저는 당신의 충분한 점을 보지 못했습니다. 들려주실 수 있을까요?"

내가 말하였다. "광활한 천지는 우러러보고 굽어보기에 충분하고 빼어난 산수는 즐기기에 충분하며 청명한 풍월(風月)은 시로 읊조리기에 충분합니다. 더구나 만권의 시서(詩書)는 탐구하기에 충분하고 삼척의 현금(玄琴)은 마음을 토로하기에 충분합니다. 또 계옹(溪翁), 산새, 봉우도 충분하고 가을 국화, 봄 난초, 약물도 충분합니다. 하물며 처(妻)도 첩(妾)도 있으니 집안사람이 부족하겠습니까? 아들도 동생도 있으니 자제가 부족하겠습니까? 고기잡이 아이, 계집종, 노비가 부족하다고 할 수 없고 집 근처 두 고랑의 땅과 의복이 부족하다고 할 수 없습니다. 그렇다면 충분한 것은 많고 부족한 것은 적은 셈이니, 어찌 감히 편안하고 화평하게 하늘의 뜻을 즐기고 하늘의 명을 알아 몇 잔술에 진정한 즐거움을 두지 않겠습니까?" 이에 집사람이 한숨을 쉬며 큰 주발에 술을 담아 가져왔다. 내가 즐거운 마음으로 취하니 충분한 것과 부족한 것이 모두 아스라이 잊혀졌다.

答蘭谷說　鄭佶

蘭香草也. 其幹一, 其花單, 其莖紫, 其葉綠. 然人之所取者, 在香, 香不足, 則雖一幹單花紫莖綠葉, 不可謂之蘭也. 主人之所謂蘭, 未知幹花莖葉之如何, 必有馥馥之香, 郁郁之色, 溢家庭而播淸風, 靜對乎明窓淨几, 與自家意思一般, 其幽趣馨德, 人莫得以知之. 故家其谷而階其坡, 以是自號也.

竊念知蘭者少, 而愛蘭者尤少. 至於愛而滋之者絶無, 而僅有惟吾子一人而已. 滋百畝而入其室, 浴其湯而飮其露, 馨香之德, 遠之近而風之自. 故余不取蘭之香, 而取主人之香也. 嗚呼! 主人蘭其蘭而香之, 余則蘭主人而香之. 人知蘭之香, 而不知主人之香, 可歎也哉. 古語曰, 香不足者, 謂之蕙, 願爲蕙草, 托根於谷口也.

난곡(蘭谷)에게 답하는 설   정길(鄭佶)[244]

　난초는 향기로운 풀이다. 가지가 하나이고 꽃이 하나며 줄기는 자색, 잎은 녹색이다. 그러나 사람들이 좋아하는 것은 향기이니, 향기가 부족하면 하나의 가지, 한 송이 꽃, 자색 줄기, 녹색 잎을 가졌더라도 난초라고 할 수 없다. 주인이 말하는 난초는 그 가지, 꽃, 줄기, 잎이 어떠한지 모르겠지만, 틀림없이 그윽한 향을 풍기고 빛깔을 뽐내며 뜨락을 가득 채운 채 맑은 바람에 하늘거리며 밝은 창과 깨끗한 궤석을 고요히 마주하고 있어서 주인 자신과 똑같이 생각하는 듯할 것이다. 그 그윽한 정취와 향기로운 덕은 다른 사람이 알 수 없는데, 그 골짜기를 집으로 삼고 그 언덕을 섬돌로 삼아서 난곡(蘭谷)이라고 자호(自號)를 지었다.

　내가 생각하건대 난초를 제대로 아는 자는 적고 난초를 사랑하는 자는 더욱 적다. 더구나 사랑하면서 키우는 자는 전혀 없지만 그대 한 사람만 겨우 있다고 하겠다. 100묘 땅에 키워서 그 난초 가득한 집에 들어가며 그 난초탕에 몸을 씻고 그 난초 이슬을 마시니 향기로운 덕이 그 근원이 있다.[遠之近而風之自][245] 그러므로 나는 난초의 향을 취하지 않고 주인의 향을 취한다. 아! 주인은 난초를 난초로 여겨서 향기롭다고 하고 나는 주인을 난초로 여겨서 향기롭다고 한다. 사람들은 난초의 향기를 알지만 주인의 향기를 알지 못하니 탄식할 만하다. 옛말에 "향기가 부족한 것을 혜초(蕙草)라고 한다." 하니 내가 혜초가 되어서 골짜기 입구에 뿌리를 내리고자 한다.

---

244) 정길(鄭佶) : 1566~1619. 조선 중기의 학자. 본관은 하동(河東), 자는 자정(子正), 호는 난곡(蘭谷)이다. 아버지는 첨지중추부사 유일(惟一)이며, 어머니는 죽산안씨(竹山安氏)로 군수 수금(秀嶔)의 딸이다. 저서로는 『난곡유고』 4권이 있다.

245) 근원이 있다[遠之近而風之自] : 『중용』 제33장에서 "군자의 도는 담박하나 싫지 않으며 간략하나 문채가 나며 온화하나 조리가 있으니, 멂이 가까운 데로부터 시작함을 알며 바람이 불어 일어남을 알며 은미함이 드러남을 안다면 더불어 덕에 들어갈 수 있을 것이다.[君子之道, 淡而不厭, 簡而文 溫而理知遠之近, 知風之自, 知微之顯.]"라고 하였는데, 여기서는 주인의 향기로운 덕이 난초에서 왔음을 알겠다고 표현한 것이다.

3. 序
서

海隱堂序

余堂于白沙, 扁以海隱. 客曰, 何謂隱? 曰隱於海也. 曰何用隱爲? 曰居世不樂, 而入海有樂.

曰海有何樂? 漁耶? 鰕耶? 烟波耶? 鷗鷺耶? 帆入滄茫中耶? 雲橫遠近島耶? 風生霽波者耶? 月印金沙者耶? 落照金成柱, 餘霜翠擁屛者耶? 漁店醒煙起, 孤村醉叟呼者耶? 連雁下時秋水在, 行人過盡暮烟生者耶? 湘竹舊班思帝子, 江籬初綠怨騷人者耶?

曰不可名, 不可指, 無物不樂, 無時不樂, 得之心而寓之物. 故仰則樂天, 俯則樂地, 遠而樂海, 近而樂山, 得魚而樂, 見鴻而樂, 風來而樂, 月出而樂, 花開爲樂, 葉下爲樂, 樂不可形, 亦不可捨. 嗚呼. 樂之廣也. 天以日月風雲而樂, 地以草木山河而樂, 君唱臣和, 聖代之樂, 風調雨順, 萬民之樂. 吾乃聖代之逸民, 樂衆樂而樂吾心. 故扁吾堂而寓之. 贊曰, 我堂我亭, 我琴我書. 我弟我友, 我飮我漁. 客遂不復言, 揚舲而去天外.

해은당서(海隱堂序)246)

내가 백사장에 집을 짓고 '해은(海隱)'이라고 편액을 걸었다. 객이 "'은(隱)'이라는 글자는 무엇을 말하는가?"라고 하자, 내가 "바다에 은거함을 말

---

246) 해은당 : 현재 전라남도 보성의 명교마을 앞 서쪽 부근에 있었다고 전하는 청람대 아래에 지은 건물.

한다.”고 하였다. 객이 또 “어찌하여 은거함을 편액으로 쓰는가?”라고 하자, 내가 “세상살이는 즐겁지 않은데 바닷가에 들어와 은거하는 것은 즐거워서이다.”라고 하였다. 그러자 다시 객이 말하였다. “바다에서 무엇이 즐거운가? 고기를 잡는 것인가? 새우를 잡는 것인가? 안개와 파도인가? 갈매기와 해오라기인가? 배가 드넓은 바다에 떠다니는 모습인가? 구름이 여기저기 있는 섬에 깔려 있는 모습인가? 비개인 바다에 바람이 불어오는 것인가? 금빛 모래에 달빛이 비치는 것인가? 해질녘 금빛 기둥을 이루고 서리철 푸른 물빛이 두른 모습인가? 생선가게에 비린 안개[247]가 일어나고 외로운 마을에 취한 늙은이가 부르는 것인가? 줄지은 기러기 내려가니 가을 물 있고, 행인이 다 지나가니 저녁노을 생겨나는 것인가? 제자(帝子)를 그리워하여 생긴 반점 무늬의 상죽(湘竹)[248]이나 소인(騷人)이 원망했던 푸른 빛깔의 강리(江籬)인가?[249]”

이에 내가 말하였다. “명명할 수도 없고 손꼽아 말할 수도 없으니 즐겁지 않은 사물이 없고 즐겁지 않은 때가 없다. 즐거움이 마음에서 획득되고 사물에 깃들어 있기 때문에 우러러보면 하늘을 즐거워하고 굽어보면 땅을 즐거워하며 멀리로는 바다를 즐거워하고 가까이로는 산을 즐거워한다. 또 고

---

247) 비린 안개 : 원문에 ‘성연(醒煙)’으로 되어 있으나, ‘성연(腥煙)’의 오기(誤記)로 보인다. ‘성연(腥煙)’의 조선전기 문인 박상(朴祥, 1474~1530)의 『눌재집(訥齋集)』「제소요당배율사십운(題逍遙堂排律四十韻)」에 “어가에는 비린 연기 일어나고, 전가에는 취한 늙은이 부르네.(漁店腥煙起, 田村醉叟呼.)”라는 구절이 있다.

248) 제자(帝子)를~상죽(湘竹) : 상죽은 ‘소상 반죽(瀟湘斑竹)’의 줄임말로 소상강(瀟湘江) 일대에 자라는 자줏빛 반점이 있는 대나무를 이르는데, 전설에 의하면 순(舜) 임금이 남쪽 지방을 순행하다가 승하하자, 두 비(妃)인 아황(娥皇)과 여영(女英)이 소상강을 건너가지 못해 슬피 울어 눈물을 흘렸는데, 이 눈물이 대나무에 떨어져 반점이 생겼다고 한다.

249) 소인(騷人)~강리(江籬)인가 : 강리는 물가에서 자라는 향초(香草)의 일종이다. 초나라 대부(大夫) 자초(字椒)와 초 회왕(楚懷王)의 동생 사마자란(司馬子蘭)은 모두 간사한 소인이었다. 그래서 굴원이 「이소(離騷)」에서 이 두 사람이 시속을 따라 변절한 것을 풍자하여 “진실로 시속을 따라 흐르다 보면, 또 뉘라서 변하지 않을쏘냐. 산초와 난초가 이와 같음을 보노니, 하물며 게거와 강리 따위야 말해 무엇 하랴.[固時俗之流從兮, 又孰能無變化? 覽椒蘭其若玆兮, 又況揭車與江籬.]” 하였다.

기를 잡아서 즐겁고 기러기를 보아서 즐겁고 바람이 불어와 즐겁고 달이 떠서 즐겁고 꽃이 펴서 즐겁고 낙엽이 져서 즐겁다. 그러니 즐거움을 형용할 수 없고 놓칠 수도 없다. 아! 즐거움이 드넓구나. 하늘에는 일월풍월(日月風雲) 덕에 즐겁고 땅에는 초목산하(草木山河) 덕에 즐겁다. 군주가 선창함에 신하가 화답하는 것은 성스러운 시대의 즐거움이요, 바람이 조화롭고 비가 제때 내리는 것은 만민의 즐거움이다. 나는 바로 성스러운 시대의 일민(逸民)이니 뭇 즐거움을 즐겨서 나의 마음을 즐겁게 하기 때문에 나의 집에 편액을 걸어 놓고 산다." 이에 찬(贊)을 짓기를, "나의 집과 나의 정자여, 나의 금(琴)과 나의 책이여. 나의 아우와 나의 벗이여, 나의 술과 나의 물고기 잡음이여!"라고 하니 객이 마침내 더 이상 말을 하지 않고 배에 올라서 하늘 밖으로 가버렸다.

樂在堂序

獅山一峰, 東鶩爲盤山, 山分兩技, 西馳者爲頂巖, 爲馬峴, 峴迤東爲鑿石, 又東而爲栢嶺, 爲牛峰, 峰迤北爲城山, 與鑿石相拱揖, 合勢於槽巖. 東一水源於盤山, 抱中山而北曰鳳川, 北一水發於馬峴, 漱鑿石而東曰石川, 又一水出于盤山, 龍屈蛇橫, 劈村而去曰谷川. 三水交入于槽巖, 一望悠悠, 谷川上有原盤, 盤八九里許, 是謂盤谷之馬原. 原北盡處, 縛得小屋若干間, 堂曰養心, 廡曰友于, 軒曰不憂, 軒之東, 又構三間, 所謂樂在堂也.

制雖朴陋, 冬而向陽, 夏則受風, 翠微擁窓, 莽蒼八望, 天外亂峰, 烟嵐靉靆, 敞豁便穩, 不羨渠渠也. 池臺花草, 不事繁華, 一片步月, 桂華婆娑, 半畝涵天, 雲影徘徊. 手植梅一樹, 楓一株, 大竹十竿, 盤松一根而已. 齋房靜寂, 一架千卷, 香一炷琴一張, 左右圖書, 俯讀仰思, 游心聖賢之域, 優游舒暢, 時復撫琴張吟, 意趣發越, 則扶藜而出, 循溪看花, 傍池觀魚, 紅蒸峻嶺, 綠迷幽谷, 高林成錦, 瘦峰負雪, 遠近溪山, 四時供勝, 而樂亦無窮, 身世相忘, 是非不及, 所謂鄉里雖窮寂, 却無閒是非者也. 頤心自然, 得失不撓, 所謂無榮, 惡乎辱, 無得, 惡乎喪者也. 無心而朝暮, 無慮而春秋, 所謂山人不解數甲子, 一葉落知天地秋者也. 蒼顔玄鬢, 不知老之將至, 所謂老遲因性慢, 無病爲心寬者也. 子姪成行, 前吟後讀, 所謂桂子蘭孫, 盈庭戲綵者也.

人謂我樂而不知我之所樂, 我亦樂之而亦不知所樂之何事. 然則我之所樂有同鳶魚 魚遊水鳶戾天, 各得其自然之樂, 而鳶魚自不知其爲樂也. 是則樂之得於己者也. 先儒曰, 中夜以思, 不知手之舞之足之蹈之. 是則樂之得於心者也. 生天地太平與萬物同春, 樂其得於己者, 而樂之反身, 自得樂其得於心者而樂之, 則所謂曲肱枕之樂在其中, 而吾樂畢矣. 於是乎以樂在名吾堂.

낙재당서(樂在堂序)

사산(獅山)이라는 한 봉우리가 동쪽으로 뻗어가 반산(盤山)이 된다. 반산은 다시 둘로 나뉘는데 서쪽으로 치솟아 뻗은 것이 정암(頂巖)과 마현(馬峴)이다. 마현이 뻗은 동쪽에는 착석(鑿石)이, 더 동쪽에는 백령(栢嶺)과 우봉(牛峰)이 있다. 우봉이 뻗은 북쪽에는 성산(城山)이 있는데 이는 착석과 함께 마주하면서 조암(槽巖)까지 형세가 이어진다. 동쪽에는 반산에서 시작되는 물이 산줄기를 타며 북쪽으로 흐르는데 이를 봉천(鳳川)이라고 한다. 북쪽에는 마현에서 시작되는 물이 착석을 거쳐서 동쪽으로 흐르는데 이를 석천(石川)이라고 한다. 또 다른 물줄기가 반산에서 나와 굽이굽이 흘러 마을을 가로질러 가는데 이를 곡천(谷川)이라고 한다. 세 천(川)이 서로 조암으로 흘러드는데 한번 바라보면 끝없이 아득하다. 곡천 위에는 8~9리쯤 되는 널찍한 곳이 있는데 이곳을 반곡(盤谷)의 마원(馬原)이라고 한다. 마원 북쪽 끝에 몇 칸 되는 작은 집을 지어서 '양심(養心)'이라고 하고 지붕에는 '우우(友于)', 처마에는 '불우(不憂)'라고 하였다. 처마 동쪽에는 또 세 칸 집이 있는데 이

곳이 이른바 낙재당(樂在堂)이다.

규모나 모습은 소박하고 누추하지만 겨울에는 햇볕이 들고 여름에는 바람이 불어오며 푸른 산이 창에 비치고 광활한 정경이 팔방에 펼쳐져있다. 게다가 하늘 밖으로 어지럽게 봉우리는 솟아 있고 안개와 남기(嵐氣)가 끼며 탁 트여 평안하니 큰 집도 부럽지 않다. 지대(池臺)와 화초(花草)는 화려하지 않고 한 조각 달빛이 계수나무 꽃에 너울거리며 하늘을 머금은 작은 못에는 구름 그림자가 어른거린다. 손수 매화나무 한그루, 단풍나무 한그루, 대죽(大竹) 10가지, 반송(盤松) 한 뿌리를 심어두었다. 방은 조용하고 고요하며 시렁 위에는 천권의 책이 놓여있고 향불 하나와 금(琴) 한 벌을 있다. 좌우의 도서(圖書)를 부앙(俯仰)하면서 읽고 생각하여 성현의 경지에서 마음을 노닐며, 여유롭고 한가롭게 지내면서 때때로 다시 금(琴)을 연주하고 길게 노래한다. 의취(意趣)가 일어나면 지팡이를 짚고 나가서 시내를 따라 꽃을 보고 못 가에서 물고기를 관찰한다. 붉은빛이 산을 뒤덮고 푸른빛이 깊은 골짜기에 아른거리며 높이 솟은 산림은 비단 같고 비쩍 솟은 봉우리는 눈에 뒤덮여 있어서 먼 곳, 가까운 곳의 시내와 산이 사시사철 장관을 이루니 즐거움이 또한 끝이 없다. 신세를 잊고 시비가 이르지 않으니 이른바 '마을이 비록 후미지고 적막하지만 시비가 끼여 있지 않다'[250]는 것이고, 편안한 마음이 자연스러워 득실에 흔들리지 않으니 이른바 '영화로움이 없으니 어디에서 모욕을 받으며 이득이 없으니 어디에서 잃겠는가'[251]라는 것이다. 무심히 있으면 아침이 되었다가 저녁이 되고 근심 없이 있으면 봄이 되었다가 가을이 되니 이른바 '산사람은 갑자를 셀 줄 모르고 나뭇잎이 떨어지면 가을이 온 줄 안다'[252]는 것이고, 하얀 얼굴과 검은 머리로 늙은 줄 모르

---

250) 마을이~않다 : 이는 주희(朱熹, 1130~1200)의 말이다.『회암집(晦庵集)』권29「답이공회서(答李公晦書)」에 나온다.

251) 영화로움이~잃겠는가 : 유극장(劉克莊, 1187~1269)이 도연명(陶淵明, 365~427)에 대해 평한 말이다.『후촌집(後村集)』권31「발송길보화도시(跋宋吉甫和陶詩)」에 나온다.

252) 산사람~안다 : 당경(唐庚, 1071~1121)이 당나라 사람의 시를 인용한 구절이다.『문론(文

니 이른바 '노화가 더딘 것은 천성이 게으른 탓이고 무병(無病)한 것은 마음이 너그럽기 때문이다'[253]라는 것이다. 게다가 자식과 조카들이 행렬을 이루면서 앞에서는 시 읊고 뒤에서는 독서하니 이른바 '뜰에 가득한 계자(桂子), 난손(蘭孫)들이 채색옷을 입고 재롱을 부린다'[254]는 것이다.

사람들은 내가 즐거워한다는데 즐거운 이유를 알지 못한다. 그런데 나 역시 즐거운데 그 즐거운 일이 어떤 일인지 알지 못한다. 그렇다면 내가 즐거워하는 바는 솔개나 물고기와 같은 점이 있는 셈이다. 물고기는 물에서 헤엄치며 솔개는 하늘 끝까지 날아올라, 저마다 자연의 즐거움을 얻는데 솔개나 물고기는 스스로 그 즐거운 이유를 알지 못하니 이는 즐거움을 자신에게서 얻은 것이다. 선유(先儒)들이 "한밤중에 생각하다가 나도 모르게 손이 춤추고 발이 구른다."라고 하니 이는 즐거움을 마음에서 얻은 것이다. 천지가 태평할 때에 태어나 만물과 함께 봄을 누리면서 자기에게서 얻는 것을 좋아하여 즐거워하고, 자신을 돌이켜 자득해서 마음에서 얻는 것을 좋아하여 즐긴다면 이른바 '팔을 굽혀 베개로 베더라도 그 즐거움이 그 안에 있다[255]는 것이니 나의 즐거움이 이로써 다한다. 그렇기 때문에 '낙재(樂在)'로써 나의 당에 이름을 붙인다.

是齋序

前是而後非者, 非也, 前非而後是者, 是也. 至如前非而後非者, 非之甚者也. 昔

錄)』에 나온다.

253) 노화가~때문이다 : 황순요(黃淳耀, 1605~1645)의 『도암전집(陶菴全集)』권19에 보인다.

254) 계자(桂子)~부린다 : 원나라 때 의학자였던 추현(鄒鉉) 『수친양노신서(壽親養老新書)』, 「壽親養老新書原序」에 보인다.

255) 팔을~있다: 『논어(論語)』 「술이(述而)」에, "거친밥을 먹고 물을 마시면서 팔을 굽혀 베개로 베더라도 즐거움이 그 안에 있으니 불의한 부귀는 나에게 있어서 뜬 구름과 같다. [飯疏食飲水, 曲肱而枕之, 樂亦在其中矣, 不義而富且貴, 於我如浮雲.]"라는 구절이 있다.

陶潛覺今是而昨非, 余慕其趣, 而扁齋以是. 人或非之, 何耶?

客曰, 陶潛棄官歸來, 子則爲官所棄, 若復得一官, 必擧白鬚鞭馬而去, 是乃前非而後非也. 曰已覺今是, 則此後歲月, 皆無非之日. 逆揣而是非之恐, 不是也. 客乃指壁上之揭, 而不復是非焉.

시재서(是齋序)

이전에 바르게 했다가 이후에 잘못하는 것은 잘못한 것이며, 이전에 잘못하다가 이후에 바르게 한 것은 옳은 것이다. 심지어 이전에도 잘못했고 이후에도 잘못하는 것은 잘못한 것 중에 매우 심한 경우이다. 옛날에 도연명(陶淵明)이 '지금이 옳고 지난날이 잘못된 것을 깨달았다'[256)고 하였는데 내가 그 뜻을 흠모하여 서재에 편액을 '시재(是齋))라고 하니, 사람들이 혹 비난하였다. 어째서인가?

객이 말하였다. "도연명은 관직을 버리고 전원으로 돌아갔지만 그대의 경우는 조정에서 버림을 받았으니 만약 다시 관직을 얻는다면 반드시 늙은 몸을 이끌고 말에 채찍질을 하며 갈 것이다. 이는 이전에도 잘못했고 이후에도 잘못하는 셈이다." 그러자 내가 말하였다. "이미 지금이 옳다는 것을 깨달았다. 이후 세월에는 모두 잘못하는 날이 없을 것이다. 미리 추측하여 시비에 대해 두려워하는 것은 옳지 않다." 객이 마침내 벽(壁) 위에 걸려 있는 편액을 가리키고는 더 이상 시비(是非)하지 않았다.

---

256) 도연명(陶淵明)~깨달았다 : 도연명의 「귀거래사(歸去來辭)」에 나오는 구절이다.

送李仲進赴集慶殿序 名用晉

慶舊新羅國. 鷄林瞻星, 其迹玄, 玉笛昌郎, 其樂古, 民淳俗儉, 其風朴, 穀藝桑宜, 其土沃. 學士倡斯文, 宗儒鳴吾道, 作振之餘, 節孝忠義之人, 煌煌相繼, 扶植國脉. 羅代千年, 聖曆無疆, 咸以此地爲賴聖祖重基. 因而有岬, 代奉明享, 極揀齋僚, 而到今尤愼焉, 此吾子所以有遠行也.

職卑而重衣碧, 初可見韋布所修, 亦可占畢竟事業, 吾子勉之. 若夫齋明靜處, 凝定精神, 養無窮心德, 爲他日大段地, 亦奉職餘力事, 吾子勉之. 至如高秋一笛, 光霽滿目, 萬古湖山, 佳氣葱籠, 乃登覽勝事, 吾子時可舒暢以慰客懷.

若余者, 刺足年來, 舊業幾荒 辱吾子勤牖, 以有今日, 今者, 別五百里外, 我亦不久而南, 則又倍五百里, 風蓬人事, 面目無期, 日玆於吾子之行, 不但黯然而已 身係雷封, 未把江上盃, 只此諄諄繼吟未盡之思. 四韻在詩集

집경전(集慶殿)[257]으로 가는 이중진(李仲進)을 전송하는 서(序) 이름은 용진(用晉)[258]이다.

경주는 옛날 신라의 국도(國都)이다. 계림의 첨성대는 그 자취가 현묘하고, 옥적(玉笛)[259]과 황창랑(黃昌郎)[260]은 그 악조가 고풍스럽다. 백성이 순

---

257) 집경전(集慶殿) : 조선 초기에 전국 5곳에 태조(太祖)의 진전(眞殿)을 건립하였는데, 그중 경주에 건립된 진전이다. 진전은 임금의 영정(影幀)을 모신 전각을 가리킨다.

258) 용진(用晉) : 조선 중기 문신인 이용진(李用晉, 1575~1624)을 가리킨다. 중진(仲進)은 그의 자(字)이다. 성임(聖任)의 장남(長男)이다. 1612년(광해군 4) 식년시(式年試) 병과(丙科)에 급제(及第)하고 서궁 분승지(西宮分承旨)와 병조(兵曹)정랑(正郎)을 역임하였다. 3남 3녀를 두었다.

259) 옥적(玉笛) : 옥적은 신라 제31대 신문왕(神文王, 재위 681~692) 때에 동해의 용이 바쳤다는 옥으로 만든 젓대인데, 『신증동국여지승람』 21권 「경상도 경주부」에 의하면, 옥적의 길이는 한 자 아홉 치로 그 소리가 매우 맑아서 집집마다 들렸으며, 이 젓대를 불면 외국의 침략군이 절로 물러가고 사람들의 질병이 낫고 가뭄에 비가 오고 장마가 개이며,

박하고 습속이 검소하니 그 풍속은 질박하고, 곡식이 번성하고 뽕나무가 자라기 적합하니 그 땅은 비옥하다. 학사(學士)들이 사문(斯文)[261]을 창도하고 종유(宗儒)들이 우리 도를 제창하여 진작된 후에 절개·효성·충성·의리를 갖춘 사람들이 줄지어 나타나 국맥(國脉)을 견고하게 만들었다. 신라 시대 천 년간 끝없이 태평성대를 구가하였으니 모두 이 땅을 성조(聖祖)의 중요한 터로 삼았기 때문이다. 이로 인해 휼전(恤典)을 내려 대신 제사를 받들어 흠향하게 하고 제사를 주관하는 관리[齋僚]를 엄격하게 선발하였는데 지금은 이를 더욱 신중하게 한다. 이것이 그대가 멀리 경주까지 가는 이유이다.

직임은 낮지만 유생에게 중요하니 미천한 선비가 수양해야 할 바를 알 수 있고, 또한 공부[事業]를 마칠 수 있을 것이다. 그대는 이를 힘쓸지어다. 깨끗이 재계하고 고요하게 있으면서 정신을 가다듬어 무궁한 심덕(心德)을 기르는 것은 훗날 큰 바탕이 될 것이니 또한 직임을 수행하고 나머지에 힘써야 할 일이다. 그대는 이를 힘쓸지어다. 하늘 높은 가을날 피리소리 들릴 제 광풍제월(光風霽月)이 눈에 들어오며, 변함없는 호산(湖山)에 아름다운 기운이 모여드는 것은 바로 산에 올라 뛰어난 경관을 구경할 때 느낄 수 있는 일이니, 이를 통해 그대는 때때로 회포를 풀고 나그네의 울적한 마음을 위

바람이 진정되고 물결이 잔잔해졌다고 한다. 그러므로 사람들이 '만파식적(萬波息笛)'이라고 불렀으며, 역대 임금들이 이것을 보배로 여겼다고 한다.

260) 황창랑(黃昌郎) : 이 또한 악곡이나 자세한 것은 알려져 있지 않다. 『점필재집』 시집 제3권에 "황창랑은 어느 시대 사람인지 알 수 없다. 세속에 전하는 말에 의하면, 8세의 동자로 신라왕을 위하여 백제에 원수를 갚으려는 마음을 먹고 백제의 시장에 가서 칼춤을 추었는데, 솜씨가 뛰어나 이를 구경하는 장꾼들이 담장처럼 모여들었다. 백제왕이 소문을 듣고는 그를 궁궐로 불러들여 춤을 추게 하자, 창랑이 그 자리에서 백제왕을 찔러 죽였다 한다. 이후로 그의 가면을 만들어 처용무(處容舞)와 함께 춤을 추었는데, 사전(史傳)에 상고해 보면 전혀 증빙할 만한 것이 없다.

261) 사문(斯文) : 유도(儒道)를 가리키는 말이다. 『논어(論語)』「자한(子罕)」에 공자가 "문왕(文王)이 이미 별세하였으니, 문(文)이 이 몸에 있지 않겠는가. 하늘이 장차 '이 문[斯文]'을 없애려 하였다면 내가 이 문에 참여할 수 없었을 것이다.[文王旣沒, 文不在玆乎? 天之將喪斯文也, 後死者不得與於斯文也.]" 하였는데, 주자(朱子)의 집주(集註)에 "문은 도(道)가 표면에 드러난 것이다." 하였다. 이후로 유도를 대칭하는 말로 쓰였으며, 유학자를 직접 지칭하기도 한다.

로할 수 있을 것이다.

　나 같은 경우는 발이 매인 채 답보하여 옛 공부가 거의 황폐해졌다가 그대가 부지런히 일깨운 덕택에 오늘날과 같을 수 있었다. 지금 오백 리 밖으로 이별하게 되었는데 나 역시 머지않아 남쪽으로 갈 것이니, 그러면 또한 천 리나 떨어지게 된다. 바람에 나부끼는 쑥과 같은 것이 사람의 일인지라, 다시 만날 기약이 없으니 이제 그대가 떠나감에 단지 마음이 아플 뿐만이 아니다. 고을 수령으로 매인 몸이라 강가에서 술 한 잔 나누지 못하고 그저 정성스럽게 끝없는 그리움을 읊을 뿐이다. 사운(四韻)은 시집에 있다.262)

4. 記
기

靑嵐臺記

　獅山一脚, 遠落南海, 頭爲唐峴, 峴分兩支, 龍入滄波, 擧頭雙峙, 戴古樹, 枕蒼崖. 東爲遠遊臺, 西是四通臺, 皆削面壁立斷岸. 千尺中一圓峯, 隆然斗起, 披松竹翼然者, 喚鷗亭也. 亭迤北鼇山, 搆堂扁以不憂, 盖慕先祖不憂軒之意也. 與亭並爲燹灰, 而創堂僅數椽矣. 兩臺相距, 八九里許, 白玉一帶, 橫截浦口, 一望無際者, 白沙也, 翠盖陰沙, 綠影婆娑者, 老松也. 紅覆明沙, 香傳海風者, 海棠也. 沙頭小峰, 戴一木鉢立者, 枕雪峯也, 峯前後, 披疎竹相對者, 漁家也.

　余偸勝臺亭, 觸目玲瓏, 無非絶致, 而幽靜閒暢之味, 始得於靑嵐. 臺堂之西, 麓翠壁環, 立萬木葱籠, 有時月夜, 孤鶴來鳴, 始覺非常之境, 乃刪翳薈鑿巖崖, 累石而築之, 靑嵐常覆其上. 嵐覆時, 倚松根靜坐, 則如大隱深山, 嵐卷後, 張遠目嘯詠,

---

262) 사운(四韻)은~있다 : 『반곡집』 권2의 「청람대만흥(靑嵐臺謾興)」을 말한다.

則如駕風渡海. 盖幽閴通暢兼之, 皆靑嵐所使. 故以是揭號焉. 至如層紅遍樹, 軟綠成陰, 酣霜粧錦, 戴雪堆玉, 朝烟鬖髿, 夕月徘徊, 四時朝暮之狀, 難以言語形容也.

若夫眼窮天外, 亂峯高低, 雲收玉立, 煙點眉愁, 長波接天, 上下一色, 風殘千里, 碧銅月出, 萬頃黃金, 其遠近蒼茫之狀, 必上上獅山第一峯, 然後可盡目中, 而園林下, 不過三五步, 得賞焉. 是必山仙憐我年頹脚衰, 而永斷第一峯之步, 付之以此地也. 於是, 琴書之倦, 不杖不冠, 步上舒暢, 一日不下三四度, 人以爲靑嵐翁. 絶句見詩集

청람대기(靑嵐臺記)263)

사산(獅山)의 한쪽 아래는 멀리 뻗어가다 남해로 떨어지는데 그 꼭대기가 당현(唐峴)이다. 두 갈래로 갈라지는 당현은 산세가 마치 용이 파도에 들어가듯 구불구불 이어지다 고개를 든 듯 두 봉우리가 우뚝 솟아 있다. 그곳에는 고목이 자라고 가파른 벼랑이 있다. 동쪽은 원유대(遠遊臺)이고 서쪽은 사통대(四通臺)인데, 모두 벽면을 깎아서 가파른 언덕에 서있다. 천자[千尺]되는 거리 가운데 둥근 봉우리가 높이 솟아올라 있다. 그곳에 소나무와 대나무를 가르며 나는 듯 서 있는 것이 환구정(喚鷗亭)이다. 환구정 북쪽으로 뻗은 것이 착산(鑿山)인데, 거기에 집을 지어 '불우(不憂)'라고 편액을 걸었다. 이는 선조(先祖)가 지은 불우헌(不憂軒)의 뜻을 흠모해서이다. 정자가 모두 병화로 불타, 다시 겨우 몇 칸으로 지었다. 두 정자264)의 거리는 8~9리쯤 된다. 그 사이에 백옥 같은 것이 둘러서 포구(浦口)를 가로질러 놓인 것은 백사(白沙)이고, 푸른 잎으로 모래를 덮어 그늘을 만들고 녹색 그림자로 어른거리는 것은 노송(老松)이다. 붉게 흰 모래를 덮으며 향기를 바람에 전

---

263) 청람대 : 현재 전라남도 보성의 명교마을 앞 서쪽 부근에 있었다고 전한다.
264) 두 정자 : 환구정(喚鷗亭)과 불우당(不憂堂)을 말한다.

하는 것은 해당화(海棠花)이고, 목발(木鉢)을 이고 서 있는 듯한 작은 봉우리는 침설봉(枕雪峯)이다. 그리고 봉우리 앞뒤로 성긴 대나무를 갈라 마주하고 있는 것이 어부의 집[漁家]이다.

내가 빼어난 누대와 정자에 올라가니 시야 닿는 곳마다 영롱하여 장관을 이루지 않는 곳이 없는데, 한적하고 탁 트인 맛은 청람(嵐氣)에서 처음 느꼈다. 환구정과 불우당의 서쪽에는 산기슭이 푸르게 빛나고 벽들이 둘러져 있으며 온갖 나무와 풀들이 자란다. 간혹 달 뜬 밤에 한 마리 학이 날아와 우니 비로소 비범한 정경임을 깨닫는다. 마침내 덮여있는 초목을 잘라내고 바위 벼랑을 깎아서 돌을 포개어 쌓으니 청람이 항상 그 위를 덮는다. 남기가 덮을 때 소나무 뿌리에 기대어 고요히 앉아 있으면 마치 깊은 산에 숨은 듯하고 걷힐 때 눈을 크게 뜨고 멀리 바라보며 노래 부르면 마치 바람을 타고 바다를 건너는 듯하다. 대개 한적하고 통창한 것이 어우러져 있으니 모두 청람이 그렇게 만든 것이다. 그러므로 '청람'이라고 당호를 걸었다. 게다가 겹겹의 붉은 빛이 나무에 두루 퍼지고 연녹색 초목이 그늘을 만들며 이슬을 머금어 비단으로 단장한 듯하고 눈에 쌓여 옥을 쌓은 듯하며 아침에는 안개가 끼고 밤에는 달이 배회하니, 사계절·밤낮으로 변하는 경관을 말로 표현할 수 없다.

하늘 밖까지 시야가 닿는 곳에는 들쑥날쑥 어지럽게 서 있는 봉우리들이 낀 구름 없이 우두커니 서있고, 안개가 눈썹에 닿는 곳에는 바다와 하늘이 접하여 위아래로 한 빛깔을 내며, 바람이 잦아든 천리에는 청동색 달이 떠서 만경(萬頃)의 땅이 금빛으로 물든다. 그 멀고 가까운 곳의 탁 트인 형상은 반드시 사산 제일봉에 오른 후에야 다 볼 수 있지만, 원림(園林) 아래 너덧 발자국을 넘지 않는 땅에서 완상할 수도 있다. 이는 반드시 산신령이 나이가 들고 다리가 노쇠한 나를 가련히 여겨서 제일봉을 오르지 않도록 하기 위해 이 땅을 준 것이다. 이에 금(琴)을 연주하거나 책을 읽는 것이 권태로워지면 지팡이를 짚지도 않고 갓을 쓰지도 않은 채 걸어 올라가 한가롭게 즐긴 것이 하루에 서너 번이 넘었다. 그러니 사람들이 청람옹(靑嵐翁)이라고 하였다. 이에 대한 절구는 시집에 보인다.[265]

定靜堂記 指老槎爲神仙翁

烏次多名山, 其特獅也, 巖巒泉石之奇勝, 谷谷皆是, 而獨於是洞者, 豈但幽居爲也? 先塋在是焉. 守側朝夕, 護邱木躬掃者, 自無後計也, 而其所以洞號烟霞, 堂扁定靜, 池乎瀲妙, 亭以養浩者, 亦名寓不世趣.

夫輕卷舒緣往還, 無心之友也, 思慮定心境靜, 有得之時也. 明涵萬象, 混混不息, 池之所以瀲妙, 眼高長天, 氣象爽濶, 亭之所以養浩. 嗚呼! 主人之築, 何敢知得? 居世而隱, 處貧而樂, 缺村來山, 一竹杖而已, 送日終年, 數卷書而已. 不爲師而人來則教, 不爲飮而人勸則醉, 靜臨池面之風, 默對臺上之月, 頹然而眠, 豁然而寤, 與神仙翁, 同歸於忘形, 世以爲無心人. 然其無心, 可得以知也, 其所以養心爲學之功, 則不可得而知也.

정정당기(定靜堂記) 고목나무를 가리켜서 신선옹이라고 하였다.

오차(烏次)[266]에는 명산(名山)이 많은데 특히 사산(獅山)은 바위산과 천석(泉石)이 빼어나 골짜기마다 모두 승경(勝景)을 이룬다. 헌데 유독 이 골짜기에 처소를 둔 것은 어찌 산속에 묻혀 살기 위해서일 뿐이겠는가? 선영(先塋)이 있기 때문이다. 밤낮으로 묘를 지키면서 삼림을 보호하고 성묘하는 것은 본래 후일의 계책이 아니지만, 골짜기에는 연하동(煙霞洞)이라고 호를 붙이고

---

265) 이에~보인다 : 저본인 『반곡집』 권2의 「송이중진부집정전(送李仲進赴集慶殿)」을 말한다.
266) 오차(烏次) : 전라남도 장흥의 옛 이름이다.

집에는 정정당(定靜堂)이라 편액을 걸며 못에는 완묘지(玩妙池), 정자는 양호정(養浩亭)이라 하였다. 이는 또한 각각 세상에 드문 취미를 부친 것이다.

가볍게 말렸다가 펴지고 이리저리 오가는 연하(烟霞)는 무심한 벗이고, 생각이 안정되고 심경(心境)이 조용한 것은 뜻을 얻는 때이다. 온갖 형상을 밝게 담아서 끊임없이 흐르는 것은 못에서 기묘한 모습을 완상할 수 있게 하고, 시야 닿도록 높은 하늘에 상쾌한 기상은 정자에서 호연지기(浩然之氣)를 기를 수 있게 한다. 아! 주인이 여기에 집을 지은 이유에 대해서 남들이 어찌 감히 알겠는가? 세상에 살면서 은거하고 가난에 처해서도 즐거워하여, 마을을 버리고 산으로 들어올 때에는 죽장(竹杖) 하나뿐이고, 세월을 보낼 때에는 몇 권의 책만 있을 뿐이다. 스승은 아니지만 남들이 배우로 오면 가르치고 술을 마시지는 않지만 남들이 권하면 취한다. 고요히 못가에 불어오는 바람을 맞기도 하고 묵묵히 누대 위에 뜬 달을 바라보기도 한다. 그러다 쓰려져 자고 환히 잠깨어 신선옹과 함께 똑같이 형상을 잊어버리니 세상 사람들은 무심한 사람이라고 한다. 하지만 그가 무심한 줄은 알 수 있으나 그가 마음을 수양하는 것을 학문하는 공력으로 삼는 줄은 알지 못한다.

5. 集著
집저

賀友人登第簡【李仲進】
벗이 과거에 합격한 것을 축하하는 편지【이중진(李仲進)】

盾日行威, 伏惟德履珠勝, 令人奉慕不置. 到得白髮, 却破天荒在從遊, 可堪欣慶. 頃因便風一字相賀, 尙入眼末, 近日想已分門, 免得新字耶. 知兄早將脚跟點地, 溉灌涵養, 已有年紀, 今可拽出十分精神, 施措彪煌. 第念身許人國, 前奔後走, 手忙脚亂, 觸事成擾, 非但未得進步道闈, 並與其前得者而廝炒, 更未能拼得旬月工夫. 是乃鄙生之病, 而吾儕莫不當之. 然志苟確實, 隨時動靜, 所操一致, 雖處膠擾, 蔗味在口, 咬嚼不捨, 則置身萬事叢雜之中, 自占淸明和樂之象.

여름 햇볕이 위세를 부리고 있습니다. 삼가 생각건대 덕을 닦으시는 몸 건강하실 것이니, 저로 하여금 그지없이 흠모하게 합니다. 백발이 되었는데 도리어 과거에 합격한 자가 교유하는 자들 중에 생겼으니, 기쁘고 다행스런 마음을 어찌 감당할 수 있겠습니까. 얼마 전 인편을 통해 한 통의 편지로 축하한 것이 아직도 눈 아래 아른거립니다. 요사이 이미 문을 나누었을 것이라 생각하는데,[267] 면신례(免新禮)[268]는 하셨는지요? 형께서 일찍부터 발을 땅에 붙이고서 마음을 수양한 것이 이미 오래되었다는 것을 알고 있으니, 지금 십분 정신을 끌어내어 빛을 발할 수 있을 것입니다. 다만 생각건대, 나라에 몸을 바쳐 전후로 분주히 움직이며 손발이 바쁘고 일을 맡아 소란할 것이니, 도의 문턱에 나아갈 수 없을 뿐만 아니라 전에 알던 자들과도 소란이 생겨 곧 몇 개월 간 공부를 할 수 없을 것입니다. 이것이 바로 저의 근심인데, 우리가 감당하지 않을 수 없겠지요. 하지만 뜻이 진실로 확실하다면 때에 따라 행동함에 지조가 한결같아서, 비록 소란스런 상황에 처하더라도 입에 사탕수수를 물고[269] 계속 곱씹는 것과 같을 것이니, 어지러운 온

---

267) 요사이~생각하는데 : 과거에 합격한 뒤 성균관의 거재생(居齋生)으로서 생활이 시작되었음을 의미하는 듯하다. 생원과 진사는 성균관의 동재·서재 각 12개의 방에 나뉘어져 기거 하였으며, 식당을 출입할 때 생원은 동쪽 문을 통해 동쪽 대청에 들어가고 진사는 서쪽 문을 통해 서쪽 대청에 들어가서 앉았다. 『무명자집(無名子集)·시고(詩稿)』 2책, 「반중잡영(泮中雜詠)」.

268) 면신례(免新禮) : 조선시대 벼슬을 처음 시작하는 관원이 선배관원들에게 성의를 표시하는 의식이다. 보통 술과 안주를 준비하여 성대하게 대접하였다. 허참례(許參禮)라고도 한다.

269) 입에~물고 : 중국 진(晉)나라 고개지(顧愷之)가, "사탕수수[甘蔗]를 먹을 때에 꼬리에서부터 먹기를 시작하면서 점점 아름다운 경지[佳境]로 들어간다." 하였다. 여기서 사탕수수를 입에 물고 있다는 것은 도의 참된 맛을 음미한다는 뜻으로 쓰였다.

갖 일에 처신할 적에 절로 청명하고 화락한 모습을 가질 수 있을 것입니다.

伏惟吾兄年雖頹侵, 力尙强健, 要須處煩以靜, 事或到手, 粒剖銖分, 參以義理, 勿以金橘太酸爲棄. 時得休便, 更將前日冊子, 反覆繙閱, 存察動靜, 滌舊來新, 以至於行方心圓, 則末梢事業, 可見自新. 新民體用相資, 豈有失脚紅塵之歎也哉? 若或左繚右繞, 勞筋蕩精, 得寸失尺, 以弊歲月, 則雖位至通班, 不過一老物也. 然卯酉不暇, 又將分力讀書, 則亦非衰年活計? 惟兄量之.

삼가 생각건대, 우리 형께서는 비록 나이가 지극하시지만 기력은 여전히 강건하시니, 부디 번잡한 일을 처리할 때 차분하게 하시고 일을 얻게 되면 세밀하게 분석하되 의리로써 참조하여, 너무 괴로운 일이라고 해서 버리지 마십시오. 때때로 휴식을 얻으면 이전에 봤던 책자를 가지고 반복해서 열람하며, 동정을 잘 살피고 묵은 견해를 깨끗이 씻어 버리고 새로운 생각이 나오게 해서,[270] 행동이 방정해지고 마음이 원만해지는 경지에 이른다면, 말단의 일들도 절로 새로워지는 것을 볼 수 있을 것입니다. 그리하여 신민(新民)의 체(體)와 용(用)[271]이 서로 보탬이 될 것이니, 어찌 번잡한 세속에서 발을 잘못 디뎠다는 탄식이 있겠습니까? 만약 이리저리 배회하면서 몸만 피곤하게 하고 정신을 어지럽히며, 한 치를 얻느라 한 자를 잃어버리면서 세월을 허비한다면, 비록 지위가 통정대부의 반열에 오르더라도 하나의 노물(老物)에 불과할 뿐입니다. 하지만 아침저녁으로 쉴 겨를이 없더라도 또 힘을 나누어 책을 읽는다면, 또한 늘그막에 살아갈 방편이 되지 않겠습니까? 형께서는 잘 헤아리시기 바랍니다.

---

270) 묵은~해서 : 『근사록(近思錄)』에서 장재(張載)가 말한 "묵은 견해를 깨끗이 씻어 버리고 새로운 생각이 나오게 해야 한다.[濯去舊見以來新意]"라는 구절에서 온 말이다.

271) 신민(新民)의~용(用) : 신민은 곧 『대학장구(大學章句)』경 1장에 "대학의 도는 명덕을 밝히는 데에 있으며, 백성을 새롭게 하는 데에 있으며, 지극한 선에 그치는 데에 있다.(大學之道, 在明明德, 在新民, 在止於至善)"라고 한 데서 온 말이다.

生性本抗拙, 與世抹摋, 觸事生梗, 聾利海中, 未免炊沙望飯之愚, 欲效涓埃之報, 顧無著脚之地. 還山以來, 計修舊業, 日暮程遙, 心力疲耗, 不敢期蹉遠大. 只冀一闚藩籬, 方與兒輩, 將數卷書, 白直曉會, 尙未能打破前來窠臼. 一向悠悠, 尺進尋退, 坐談龍肉, 而未得嘗者, 年月于玆, 前憂後愧, 狼狽不可說.

저는 타고난 본성이 강직하고 옹졸해 세상과 어긋나서 만나는 일마다 말썽이 생겨, 바다 한 가운데에서 이익에 귀를 닫고 살았기에, 아무런 수확도 없이 헛수고만 하는 우매함을 면치 못했습니다. 그러니 아주 작은 보답이라도 하고자 하였으나 발 디딜 곳이 없었습니다. 산에서 돌아온 뒤로는 구업(舊業)을 닦으려고 계획하였으나, 해는 저물고 노정은 아득히 멀며 몸과 마음이 다 피로해져서 감히 원대한 경지를 추구할 생각을 하지 못했습니다. 단지 한번 울타리 안을 엿보아 어린 아이들과 몇 권의 책을 가지고서 분명히 깨닫기를 바랐으나, 여전히 예전의 틀에 박힌 행동을 깨뜨리지 못했습니다. 그리하여 줄곧 아득하게 지내면서 한 자 나아가면 여덟 자를 퇴보하였고, 용 고기의 맛을 논하지만 실제로는 맛을 보지 못한 자[272]가 되어 지금까지 세월을 보냈으니, 전후로 근심스럽고 부끄러우며 낭패를 당한 것을 말로 다 할 수 없습니다.

今者携後學, 掛琴蘿窗, 行住坐臥, 不離泉聲山色之中, 意義蕭散, 似有神相, 而自經悲撓以來, 摧縮日甚. 溪雲山鳥, 徒供一場詩話, 未得夫靑草霽月圓融之趣. 同志數君, 雖有好人, 有同一, 盲引衆目, 曾無一知半解之相資, 自瞞而瞞人, 其如人之心非而鼻笑何? 近者時事乖張, 國論攜貳. 間有神頭鬼面, 撑眉弩眼, 鬼說橫馳, 無一人大開口直論. 是非顚倒, 各做二心, 適越北轅, 入郢說燕, 未知國事將至如何.

---

272) 용~자 : 용 고기는 지극히 귀한 진수성찬이지만 구할 수 없는 것이다. 곧 이상적인 이론을 지향한답시고 공리공론만을 일삼아 현실적 대안을 외면하는 것을 가리킨다. 주희의 『회암속집(晦庵續集)』 권2 「답채계통(答蔡季通)」에 '어찌 앉아서 용 고기 말만하고 실제로 맛보아 견주질 않는가?(豈坐談龍肉而實未得嘗之比邪)'라는 구절이 나온다.

當此時, 政合齰舌袖手, 耕吾田粥吾鼎, 而保不肖之身. 雖不免一噎廢食之譏, 自己則得天, 何如何如? 深荷眷舊之厚, 終始言之切. 願吾兄傾困倒廩, 遠貽誨帖, 以代面叩, 千萬幸甚.

　　지금 후학의 손을 잡고 은사(銀絲)의 창문 아래서 거문고 줄을 걸고서, 돌아다닐 때나 머물 때나 앉아 있을 때나 누워 있을 때나 샘물 소리와 산색(山色) 속에서 떠나지 않아, 뜻이 탁 트여서 마치 신의 가호가 있는 듯하지만, 비통한 일을 겪은 뒤로는 마음이 위축되는 것이 날로 심해지고 있습니다. 산골짜기의 구름과 산새가 한바탕 시 쓸거리를 제공할 뿐인데, 푸른 풀이나 밝은 달과 같은 원융(圓融)한 지취(旨趣)는 아직 얻지 못했습니다. 동지 몇 사람 중에 비록 좋은 사람이 있기는 하지만, 장님 한 사람이 많은 장님을 인도하는 것[273]과 같아서, 얕은 견식이나마 서로 도움을 주고받을 만한 이가 없어서 스스로를 속이고 남을 속이게 되었으니, 다른 이들이 그르게 여겨 코웃음 치는 것을 어찌 하겠습니까? 근래에 시사(時事)가 어그러지고 국론이 나뉘었습니다. 간간이 농간을 부리는 자들이 있어 눈썹을 치켜뜨고 눈을 부릅뜨면서 망령된 설을 종횡으로 말하는데, 크게 입을 벌리고 직언하는 사람이 한 명도 없습니다. 일의 시비가 전도되어 각각 두 개의 마음으로 나뉘어져, 남쪽의 월(越) 나라로 가려고 하면서 수레를 북쪽으로 향하고 남쪽의 영(郢)에 들어가려고 하면서 북쪽의 연(燕)을 이야기하는 꼴이니, 나랏일이 장차 어떤 지경에 이르게 될지 모르겠습니다. 이러한 때는 바로 입을 닫고 팔짱을 끼고서 나의 밭에서 밭을 갈고 나의 솥에 죽을 끓여 먹으며 불초한 몸을 보호해야 합니다. 비록 '목이 멘다고 해서 먹는 것을 그만둔다'[274]는 비판을 면치 못하겠지만, 자신은 천의(天意)를 얻을 것이니, 어떻겠습니

---

273) 장님~같아서 : 원문은 '일맹인중목(一盲引衆目)'인데, 주희의 『회암집(晦庵集)』에 '일맹인중맹(一盲引衆盲)'이라고 한 것에 근거하여 '목(目)'을 '맹(盲)'으로 고쳐 번역하였다.

274) 목이~그만둔다 : 유향(劉向)의 『설원(說苑)·담총(談叢)』의 "一噎之故, 絶穀不食."라는 구절에서 온 말로, 조그만 장애를 걱정하여 중대한 일을 그만둠을 비유적으로 이르는 말이다.

까? 옛 벗을 돌보아주시는 두터운 은혜를 깊이 입었으니, 형께서 시종 해주신 말씀이 간절합니다. 바라건대 우리 형께서는 마음속 말을 다 쏟아내어 가르침의 말씀을 먼 이곳으로 보내주시어, 직접 뵙고 묻는 것을 대신할 수 있게 해 주십시오. 그렇게 해주신다면 매우 고맙겠습니다.

上韓益之書【以道伯來訪盃話, 入府題贈韻, 故次韻二首, 謝簡二首.】

한익지(韓益之)에게 올리는 편지【관찰사로써 찾아와 술잔과 담소를 나누고, 관부(官府)에 들어가 시를 지어 보내주었으므로, 차운시 2수와 답장 2통을 보냈다.】

近日伏惟令候何如? 慕仰慕仰. 旣屈窮村, 又惠情詩, 感謝感謝. 文高敞簡中, 初二令駕到其家, 來拜云. 當委趨後, 計且移營公文, 播示吏民, 仍促之何如. 拙句仰塵淸眼, 且此稱念皆是切近. 開月旬後, 則農務似歇, 乞須力施. 伏仰.

삼가 생각건대, 요사이 영공(令公)의 안부 어떠하십니까? 우러러 사모하고 사모하는 바입니다. 이미 궁벽한 시골에 왕림해 주셨는데, 또 인정 어린 시까지 보내주시니 감사하고 감사합니다. 문 고창(文高敞)의 편지에서, 초 2일에 영공의 수레가 그 집에 도착하여 와서 절하였다고 했습니다. 마땅히 사람을 보내 뒤를 쫓아가야겠지만, 장차 병영을 옮기는 공문을 아전과 백성들에게 펴 보일 생각이니, 그 인편에 재촉하는 것이 어떻겠습니까. 저의 졸렬한 시구로 영공의 눈을 더럽혔는데, 또 이러한 칭념(稱念)[275]은 모두 절실한 것입니다. 다음 달 초열흘 뒤에는 농사일이 한가해 질듯하니, 힘써 시행

---

275) 칭념(稱念) : 수령들이 고을로 부임할 적에 그 지방 출신의 고관(高官)들이 술과 고기를 가지고 와서 전별하며 자기 고향의 노비들을 잘 보호해 줄 것을 청탁함을 이른다. 수령들 또한 대부분 고관들에게 청탁하여 벼슬을 얻었으므로 그들의 요청을 들어주지 않을 수 없어 하나의 풍속이 되었다.

해주시기 바랍니다. 삼가 아룁니다.

前日家犬之行, 未得奉謁, 又未受答, 可憫. 日玆而令候何如? 生喘痰, 小歇付衛, 將一度往.

일전에 우리 집 아이가 갔을 때에 뵙지 못하였고 또한 답장을 받지 못하였으니, 안타깝습니다. 지금 영공의 안부는 어떠하십니까? 저는 기침과 가래가 나서 조금 쉬면서 몸을 보호하고 있는데, 장차 한 번 찾아뵙겠습니다.

天放劉先生行狀
천방(天放) 유선생(劉先生)의 행장

公姓劉, 諱好仁, 字克己, 居昌人也. 父箕子殿參奉善寶, 母樂安金氏, 生公于弘治壬戌. 及長, 天資純粹, 容貌魁偉, 有大人風采. 博通經史, 文辭精鍊, 華而不靡, 質而不俚. 中嘉靖進士, 自後舍棄科業, 專意理學, 探究聖賢之旨. 無師友之力, 沈潛乎經傳, 涵泳乎淵源, 慨然自得, 樂而亡食. 好觀大學 · 中庸, 日夜手不釋卷, 章句註諺之間, 未嘗放過一字, 少有疑碍, 則掩衾沈思飜然, 覺悟, 則忻忻然記. 至其晚年, 學文精熟, 直以程朱周張自期. 常以無後爲終身不孝之歎. 至嘉靖庚午, 結廬於先塋之側, 伐草掃雪, 窮執不懈.

공은 성(姓)이 류(劉)이고 휘(諱)는 호인(好仁)이며 자(字)는 극기(克己)이니, 거창(居昌) 사람이다. 아버지는 기자전참봉(箕子殿參奉)을 지낸 류선보(劉善寶)이고, 어머니는 낙안(樂安) 김씨(金氏)이니, 공을 홍치(弘治) 임술년(1502)에 낳았다. 공이 성장해서는 타고난 자질이 순수하고 용모가 훤칠하여 대인의 풍채가 있었다. 경사(經史)에 널리 통달했고, 문사는 잘 정련되어, 화려하되 사치스럽지 않고 질박하되 속되지 않았다. 가정(嘉靖) 연간에 진사(進士)에 급제했으나, 이 이후로 과거 공부를 버리고 이학(理學)에만 전념하여 성현의 뜻을 탐구하였다. 사우(師友)의 도움 없이 경전(經傳)에 침잠하고 학문의 연원에 함영(涵泳)하였으니, 시원스레 스스로 터득한 바가 있으면 즐거워하여 밥을 먹는 것도 잊었다. 『대학(大學)』과『중용(中庸)』을 보는 것을 좋아하여 밤낮으로 손에서 책을 놓지 않고, 장구(章句)의 주석과 언문 사이에 한 글자도 대충 보아 넘기지 않았으니, 조금이라도 의문이 나거나 막히는 것이 있으면 이불을 덮어쓰고 이리저리 심사숙고해서 깨달으면 기쁘게 그것을 기억하였다. 만년에 이르러서는 학문이 정통하고 능숙하여, 단지 정호(程顥)・정이(程頤) 형제, 주희(朱熹)주돈이(周敦頤), 장재(張載)의 학문으로써 스스로 기약하였다. 항상 후사를 보지 못한 것 때문에 평생 불효했다고 한탄하였다. 가정(嘉靖) 경오년(1570)에 이르러서는 선영(先塋)의 곁에 오두막을 짓고서, 풀을 베고 눈을 쓰는 일을 직접 하여 게을리 하지 않았다.

其洞乃獅子北麓, 而隔絶喧卑, 可兼藏修之地也. 洞名烟霞, 堂扁定靜. 當外有軒, 曰不憂軒, 前有池, 曰瓰妙池, 邊有老槎如人形, 號曰神仙翁, 自號天放翁. 好學之心, 老而彌篤, 敎誨後學, 亹亹不厭, 雖初學童蒙, 莫不諄諄善敎, 時月之內, 必至開蒙. 遠近鄕鄰, 束脩而來者, 無慮數百人. 近來鄕學後進, 粗知趨向規矱者, 莫非公之賜也, 其有功於斯文甚大. 尋常吟詠之間, 觸物寓興, 無非性理, 今觀其詠, 則數句之間, 可想其性情之閒雅, 識見之高明矣. 自朝聞其賢, 以參奉再徵, 而終始不赴焉.

공이 살았던 동네는 바로 사자산(獅子山) 북쪽 기슭인데, 속세에서 멀리 떨어져 있어 학문에 전념할 수 있는 곳이었다. 동이름은 연하동(烟霞洞)이고, 당에는 '정정(定靜)'이라고 편액하였다. 당의 밖에는 헌이 있었는데 이름을 '불우헌(不憂軒)'이라 하였고, 당 앞에는 연못이 있었는데 이름을 '완묘지(瓰妙池)'라 하였고, 당 가장자리에는 사람 형상을 한 오래된 나무가 있었는데 '신선옹(神仙翁)'라고 불렸으며, 천방옹(天放翁)이라고 자호(自號)를 지었다. 학문을 좋아하는 마음이 늙을수록 더욱 돈독해져서 후학들을 가르치는 일을 부지런히 하여 싫증내지 않았으니, 비록 처음 배우는 어린아이일지라도 모두 잘 타일러 가르쳐서 몇 개월 내에 반드시 몽매함을 깨우치게 하였다. 먼 고을 사람이건 가까운 고을 사람이건 조금이라도 학문의 법도를 지향할 줄 아는 사람들은 모두 공의 가르침을 받았으니, 공은 사문(斯文)[276]에 세운 공로가 매우 크다. 공은 평소에 시를 읊을 때에, 경물을 보고 일어나는 감흥을 읊은 것이 모두 성리(性理)에 관한 것이었으니, 지금 그 시를 보면 몇 구절 사이에서도 공의 성정의 한아(閒雅)함과 견식의 고명함을 상상해 볼 수 있다. 조정에서 공의 어짊을 듣고 참봉에 재차 제수하였으나 끝내 관직에 나아가지 않았다.

公娶筬城丁氏, 父訓導允恭. 生四女, 長適宣儉, 次適金公著, 三適金愼, 四適馬世鵬, 雖無官職之顯, 皆是門閥之人也. 又取弟好義之子, 應求養爲己子焉. 余於丁氏同姓四寸孫也. 自髫年, 受學於門下, 學業成就, 早忝科第一字之恩, 無非公之德也. 及其晩年, 不以門弟待我, 而與之爲友. 每於進見之際, 難疑答問, 不知日之將暮, 或至夜分而罷. 是以往來不絶, 曠日不去, 則必送人而招之, 講論不懈焉. 一自宦遊, 久違函丈, 逮至癸未, 尹于箕都, 又隔千里矣. 歲在壬午, 丁氏先逝, 甲申二月二十八日, 公卒于養子之家, 享年八十三矣.

공은 오성(筬城) 정씨(丁氏)에게 장가들었는데, 장인은 훈도(訓導)를 지낸 정윤공(丁允恭)이다. 4명의 딸을 낳았으니, 첫째딸은 선검(宣儉)에게 시집갔고, 둘째딸은 김공저(金公著)에게 시집갔으며, 셋째딸은 김신(金愼)에게 시집갔고, 넷째딸은 마세붕(馬世鵬)에게 시집갔는데, 비록 현달한 관직지내지 않

---

276) 사문(斯文) : 이 학문, 이 도(道)라는 뜻으로, 유학의 도의나 문화를 이르는 말.

았으나 모두 좋은 집안 자제들이었다. 또 아우인 류호의(劉好義)의 아들을 취하여 길러달라는 요구에 부응해서 자신의 아들로 삼았다. 나는 부인 정씨의 동성 4촌 손자이다. 어린 시절부터 공의 문하에서 수업을 받아 학업을 성취하였으니, 일찍부터 과거에 합격할 수 있었던 것은 모두 공의 덕택이다. 공이 만년에 이르러서는 나를 문하의 제자로써 대하지 않고, 나와 더불어 벗으로 지냈다. 매번 공에게 나아가 뵐 적에 의문 나는 점을 묻고 답하였는데, 날이 저무는 줄도 몰랐으며 혹은 한밤중이 되어서야 끝내곤 하였다. 이 때문에 왕래가 끊이지 않았으니, 내가 여러 날 동안 가지 못하면 반드시 사람을 보내 공을 모셔 와서 강론하길 게을리 하지 않았다. 한 번 벼슬길에 오른 뒤로 오랫동안 공의 곁을 떠나있었는데, 계미년(1583)에 이르러서는 평양부윤(平壤府尹)으로 부임하게 되어 또 공과 천리나 떨어지게 되었다. 임오년(1582)에 정씨가 먼저 세상을 떠나났고, 갑신년(1584)에 공이 양자의 집에서 졸하였으니, 향년 83세였다.

惜乎! 諸婿無學問之工, 外孫皆幼穉, 無有藏其著述者, 則況望其傳受乎! 余所藏若干篇, 亦失兵火中, 搜見行橐, 則只有小詩百餘首. 公之事業, 將泯沒而無傳, 故書以付. 諸家大圖學一秩, 雖余所撰, 而其源出於公之指南, 故並付之, 庶幾爲後學之一助云.
萬曆二十八年, 三月日.

애석하도다! 공의 사위들 중에 학문을 한 사람이 없고 외손자들도 모두 어려서 공의 저술을 보관한 이가 없으니, 하물며 공의 학문이 전수되길 바랄 수 있겠는가! 내가 보관하고 있던 공의 글 약간 편도 또한 전란 속에서 잃어버려서, 행탁(行橐)에서 찾은 것이 단지 짧은 시 백여 수뿐이었다. 공의 사업이 장차 민멸되어 전해지지 않을 것이므로 글을 써서 부친다. 『제가대도학(諸家大圖學)』 한 질은 비록 내가 편찬한 것이지만, 그 연원은 공의 가르침에서 나왔으므로 아울러 그것을 부치니, 후학들에게 조금이나마 도움이 되기를 바란다.

만력(萬曆) 28년(1600) 3월 모일.

上備邊司書【八月十三日】
비변사에 올리는 편지【8월 23일】

伏讀親征敎書, 不勝感泣. 若果親征, 聳動兩國人, 則大小軍民, 孰不仗義鼓動? 但賊來多歧, 鑾輿遠幸, 則他路可慮. 京城, 乃一國喉舌, 與經理扼守喉舌, 定大將, 與天將往討, 只可移御坼邑, 觀勢進退而已. 親征時, 逃避者, 勿問是非, 法當斬, 必隱者出逑者還, 合成百萬之軍, 以樹不世之勳矣. 然下書中, 不入此意, 愚民何能知之? 若不洞曉此曲折, 則雖親征, 恐無益也.

삼가 친정(親征)하신다는 교서를 읽고는 감동으로 흐르는 눈물을 금할 수 없었습니다. 과연 친정하시어 두 나라 사람들을 놀라게 한다면, 크고 작은 군민(軍民)들이 누군들 의를 쫓아 고무되지 않겠습니까? 다만 적이 오는 길이 여러 갈래인데 난여(鑾輿)[277]가 먼 길을 떠나니, 다른 길이 걱정스럽습니다. 경성(京城)은 바로 한 나라의 요충지이니, 양경리(楊經理)[278]와 요충지를 굳게 지키고 대장군을 정해 명나라 장수와 함께 가서 토벌할 것인데, 단지 경기 고을로 이어(移御)하여 형세를 보고 나아가거나 물러날 수 있을 뿐입니다. 친정할 때에 도망가는 자는 시비를 따지지 말고 법대로 참수해야 하니, 그러면 반드시 숨은 자들이 나오고 달아난 자들이 돌아와서, 합쳐져 백

---

277) 난여(鑾輿) : 임금이 타는 연(輦)을 이르는 말.
278) 양경리(楊經理) : 임진왜란 당시 조선에 출정한 명(明)나라 장수로 이름은 양호(楊鎬)이며, 경략조선군무(經略朝鮮軍務)의 직함을 띠었다. 『明史 卷259 楊鎬列傳』

만 대군을 이루어서 세상에 보기 드문 큰 공훈을 세울 것입니다. 그러나 교서 중에 이러한 뜻이 들어가 있지 않으니, 우매한 백성들이 어떻게 그것을 알겠습니까? 만약 이러한 곡절을 꿰뚫어 알지 못한다면, 비록 친정을 하시더라도 아마 무익할 것입니다.

大槪我國, 以驚潰爲事. 今聞大賊尙未動兵. 邊將欲免自遁之罪, 或以賊熾難當瞞啓, 又多傳播, 中外驚動. 士大夫家屬, 巧竄慌走, 城中已空, 唐人無所依托. 根本之地如是, 而可鎭將士之心乎? 如是而欲留中殿可乎? 非但婦女, 有官者, 多有挈妻遠走之計. 今日人心, 必至亡國, 可謂痛哭. 此皆城中未及束伍之過也.

대개 우리나라는 허둥지둥 놀라 뿔뿔이 흩어지는 것을 일삼습니다. 지금 듣건대, 큰 적이 아직 군대를 움직이지 않았다고 합니다. 그런데 변방의 장수들은 스스로 달아났다는 죄를 피하고자 하여, 혹 적이 성대해서 감당하기 어렵다고 거짓 장계를 올리기도 하였고, 또 이를 많이 전파하여 서울과 지방 사람들이 모두 놀라 동요했습니다. 그리하여 사대부 집안사람들이 허둥지둥 숨고 달아나서 도성 안이 이미 텅 비었고, 중국 사람조차 의탁할 곳이 없습니다. 근본이 되는 땅[도성]이 이와 같은데 장군과 병사들의 마음을 진정시킬 수 있겠습니까. 이와 같은데 중궁전을 머무르게 하고자 해서야 되겠습니까. 부녀자들뿐만 아니라 관직이 있는 자들도 처의 손을 잡고 멀리 달아나려고 생각하는 자들이 많습니다. 지금의 민심으로는 필시 나라가 망하는 데 이를 것이니, 통곡할 노릇이라 하겠습니다. 이는 모두 도성 안의 속오군(束伍軍)을 정비하지 못한 탓입니다.

賊兵以粮絶難進, 此等情事, 前日已盡仰達. 當此時, 宜急急措備. 如大丘·善山·羅州山城, 及南原·全州·公州·禿城等處, 作重兵, 多置軍粮, 效死守之. 京江倉米, 移置城內, 截漢江以守, 又於平壤別備蒭粮, 以爲效死之所. 他餘各處城子,

望風奔潰, 備置蒭粮, 只資敵國而已. 且各道禾穀 已熟不收者, 治罪家有積穀者, 擲
發處置. 賊未至先焚官舍, 只是示弱, 以助彼賊銳氣, 宜一切痛禁. 且三道水使某人,
舟師幾隻已備, 定日擲奸, 以行賞罰, 則舟師不日可成, 不可專責統制使也.

　적군은 식량이 끊겨 전진하기 어려우니, 이러한 사정은 일전에 이미 다
아뢰었습니다. 이러한 때에 마땅히 속히 조처하고 준비해야 할 것입니다.
대구(大丘) · 선산(善山) · 나주(羅州)의 산성 및 남원(南原) · 전주(全州) · 공주
(公州) · 독성산성(禿城山城) 등지에 막강한 군대를 만들고 군량미를 많이 마
련해서 목숨을 바쳐 지켜야 합니다. 그리고 경강(京江) 창고의 쌀을 도성 안
으로 옮겨 두고 한강을 경계로 해서 지키고, 또 평양에 말먹이와 군량을 별
도로 마련하여 목숨을 바칠 곳으로 삼아야 합니다. 기타 각처의 성보(城堡)
는 적이 온다는 풍문을 듣고 달아났으니, 말먹이와 군량을 비축해두면 단지
적국을 도와줄 뿐입니다. 또 이미 익었지만 아직 수확하지 못한 각 도의 곡
식과 죄를 받은 집에 쌓여 있는 곡식을 적발하여 처리해야 합니다. 적이 관
사를 먼저 불태우는 지경에 이르지 않았는데, 단지 약함을 보여서 저 적들의
날카로운 기세를 도와주고 있으니, 이런 행위도 일체 엄하게 금지해야 합니
다. 또 삼도(三道)의 수군절도사 아무개가 수군과 배 몇 척을 이미 준비했습
니다. 날짜를 정해 척간(擲奸)[279]하여 상벌(賞罰)을 시행한다면 수군이 하루
도 안 되어 갖추어질 것이니, 통제사에게만 전적으로 맡겨서는 안 됩니다.

　聞戰船五十餘隻, 召集水兵, 邊民賴而不動云. 若聚數百餘隻, 以待唐兵之渡, 協
力支撑, 則實是勝算. 且慶尙左右監司, 制敵最便, 今合爲一. 賊若衝斥, 則一監司,
邈在一隅, 道路不通, 決難節制也. 且當此憂急, 執政在外, 重臣出使, 兵判及備邊
堂上, 全羅監司, 並爲遞易, 最是失計. 以往事觀之, 則變初方賊衝斥, 以白面書生,

---

279) 척간(擲奸) : 적간(摘奸). 난잡한 행동이나 부정(不正)한 사실의 유무를 조사 적발(摘發)함.

代老神兵, 坐失禦敵之策. 便又戮將軍罪統制 以致今日之變 前車旣覆 後車可戒
可不愼哉

  들건대, 전선(戰船) 50여 척이 수군을 모았으므로, 변방 백성들이 그것에
의지하여 동요되지 않았다고 합니다. 만약 수백여 척을 모아 중국 군대가
강을 건너오길 기다려 그들과 협력해서 버틴다면, 실로 승산이 있을 것입니
다. 그리고 경상좌도 감사와 경상우도 감사는 적을 제압기가 가장 용이하
니, 지금 하나로 합쳐야 합니다. 적이 만약 침공한다면, 한쪽 감사가 멀리
한쪽 구석에 있는데 도로가 통하지 않아서 결코 제압하기 어려울 것이기
때문입니다. 또 이렇게 근심스럽고 위급한 때에, 집정자가 지방에 있고 중
신(重臣)은 출사(出使)하였으며, 병조판서와 비변당상, 전라감사도 모두 체개
(遞改)되었으니, 이는 매우 실책(失策)입니다. 지나간 일을 가지고 살펴보건
대, 변란의 초기에 적이 한창 침공했을 때 백면서생으로써 노련하고 신묘한
병사를 대신하게 하여 적을 방어할 계책을 헛되이 놓치고 말았고, 곧이어
또 장군을 죽이고 통제사에게 죄를 주어 오늘날의 변고를 초래했습니다. 앞
의 수레가 이미 뒤집혔으니 뒤따르는 이는 경계해야 합니다.[280] 신중하지
않아서야 되겠습니까?

上十策【八月十六日】
열 가지 책략을 올림【8월 10일】

  棄城大將, 斬警將卒. 廢烽守令, 螯罪拿鞫. 親征嚴令, 勿使遙漏. 在外大臣, 召
置帷幄. 分部諸將, 列陣漢江. 奏聞失農, 加請天粮. 多抄精兵, 別作王師. 速迎水

---

280) 앞의~합니다 : 『대대례(大戴禮)』보부(保傅)에, "앞의 수레가 넘어지매 뒤의 수레가 조심
  한다.[前車覆 後車誡]" 하였다. 과거의 일을 거울로 삼아 현재 경계해야 한다는 뜻이다.

兵, 合陣統制. 江倉米豆, 速入城中. 南原四面, 亟排疑兵.

성을 버린 대장군은 참수하여 장졸들을 경계해야 합니다. 봉화를 폐기한 수령은 명을 어긴 죄를 잡아다 국문해야 합니다. 친정(親征)은 명령을 엄하게 하여 멀리 누설되지 말도록 해야 합니다. 지방에 있는 대신(大臣)들은 유악(帷幄)으로 불러 들여야 합니다. 여러 장수들에게 부대를 나누어 한강에 진을 치고 있게 해야 합니다. 명나라에 농사를 망쳤음을 아뢰고 식량을 더 청해야 합니다. 정예병을 많이 뽑아 별도로 왕사(王師)를 만들어야 합니다. 수군을 속히 맞이하여 통제사의 진영과 합쳐야 합니다. 남원(南原)은 사면에 적을 속이는 군대를 속히 배치해야 합니다.

東慶尙軍, 南兵使軍, 西復讐軍, 北京師軍, 雖不進勦, 排陣草間. 或多或小, 或隱或現, 則疑不敢進, 絶粮之賊, 何可久留.

동쪽의 경상도 군대와 남쪽의 병마절도사 군대와 서쪽의 복수사(復讐使) 군대와 북쪽의 경사(京師) 군대가 비록 진격하여 적을 무찌르지는 못했으나 풀숲에 진을 치고 있습니다. 군사가 많은 곳도 있고 적은 곳도 있으며 숨어 있는 곳도 있고 드러나 있는 곳도 있으니 감히 전진할 수는 없을 듯하지만, 식량이 끊긴 적이 어찌 오랫동안 머물러 있을 수 있겠습니까.

入侍時陳對【丁酉】
입시했을 때의 진대(陳對)【정유년(1597)】

李舜臣, 爲國之誠, 御賊之才, 古無其儔. 臨陣逗遛, 亦是兵家之勝算, 豈可以觀機審勢, 彷徨不戰, 爲其罪案乎? 殿下若殺此人, 其於社稷之亡何?

이순신의 나라를 위하는 충성과 적을 막는 재주는 옛날에도 짝할 자가 없었습니다. 전장에 임하여 머무는 것은 또한 병가(兵家)의 이기기 위한 계책인데, 어찌 기미와 형세를 살피면서 머뭇거리고 싸우지 않는다고 죄안(罪案)을 만들 수 있단 말입니까? 전하께서 이 사람을 죽이신다면, 사직이 망하는 것을 어찌하시겠습니까?

楊員外接伴時呈文【贊畫兵部郎中楊位. 十一月二十日】
양 원외(楊員外)를 접반할 때의 정문(呈文)【찬획(贊畫) 병부낭중(兵部郎中) 양위(楊位).281) 11월 20일】

伏聞皇上命牌中, 大發福建南北, 浙江南北, 遼陽南北, 及十三道布政司, 兵馬共該七十萬衆, 二十萬直擣日本, 二十萬直擣對馬, 十萬遮截東海, 二十萬陸路夾擊, 又辦天粮七十萬石, 陸輪海運, 接濟大軍云. 今者東人力盡, 義州以東, 飛輓極難. 聞旅順口去龍川, 不過八九日程, 其間有薪島・鹿島・黃骨・石城・長山・廣鹿・海城・三欐・平善等島, 次次連峙, 頓無覆舟之患. 此已險之路, 預令載船, 待春發來, 則百萬之穀, 可致旬朔之間也. 至如登萊, 則有直抵黃海之路, 寧波, 則有直抵日本之路, 天津山東, 皆近於忠淸全羅之境, 粮餉軍兵, 取此路往還, 則倭賊不可平也. 皇朝必以籌畫, 老爺亦必力贊, 願聞成算.

삼가 들건대, 명나라 황제께서 내린 패문(牌文) 가운데, '복건성(福建省)의 남북, 절강성(浙江省)의 남북, 요양성(遼陽省)의 남북 및 13도의 포정사사(布政使司)의 병마(兵馬)를 크게 동원한 것이 모두 70만에 이르는데, 그중 20만

---

281) 양위(楊位) : 명나라의 조사(詔使). 호는 금계(錦溪)로 하남(河南) 여령부(汝寧府) 사람이며 만력 경진년에 진사가 되었다. 정유년에 흠차찬획군무(欽差贊畫軍務) 병부직방청리사원외랑(兵部職方淸吏司原外郎)으로 나와 정주(定州)까지 왔다가 영전병비(寧前兵備)로 승진되었다는 말을 듣고 돌아갔다.

은 일본에 곧장 진격하고, 20만은 대마도에 곧장 진격하며, 10만은 동해에서 적을 가로막고, 20만은 육로에서 협공할 것이고, 또 군량미 70만석을 마련해 육로와 해로로 운송해서 대군(大軍)을 원조할 것이다.'라고 하였습니다. 지금 우리나라는 힘이 다 떨어졌으니, 의주(義州) 동쪽으로 군량미를 운반하는 것은 지극히 어렵습니다. 듣건대, 여순(旅順)의 입구에서 용천(龍川)까지의 거리는 불과 8, 9일이 걸리는 거리인데, 그 사이에 신도(薪島)·녹도(鹿島)·황골도(黃骨島)·석성도(石城島)·장산도(長山島)·광록도(廣鹿島)·해성도(海城島)·삼구도(三懼島)·평선도(平善島) 등의 섬이 차례차례로 연이어 솟아 있어, 배가 뒤집힐 걱정이 전혀 없다고 합니다. 이는 매우 험한 길이니, 미리 배에 싣게 하고 봄을 기다려 출발한다면, 백만의 곡식이 열흘 사이에 도착할 수 있을 것입니다. 등주(登州)와 내주(萊州)의 경우에는 황해에 곧바로 닿는 길이 있고, 영파(寧波)는 일본에 곧바로 닿는 길이 있으며, 천진(天津)과 산동(山東)은 모두 충청도·전라도의 경계에 가까우니, 군량미와 군사들이 이 길들을 이용해 왕래한다면 왜적을 평정할 수 없을 것입니다. 명나라 조정에서 반드시 계책을 세울 것이고 노야(老爺)[282]께서도 또한 반드시 힘써 도와줄 것이니, 정해진 계획을 듣고자합니다.

答曰, "陪臣洞知天下道理, 可謂該達, 陪臣乃南人云." "賊形可得聞歟?" 答曰, "倭賊, 全羅則自海南至順天, 慶尙則自晉州至蔚山, 從沿海, 一帶留陳. 然則兩南中道以下, 皆爲賊窟. 其中海南斗入西海, 京江不遠, 濟州最近, 中原地方, 亦不甚遠, 實是腹心之賊. 且南方地暖, 氷雪易消, 地土泥融, 則進兵極難. 京倉粮料, 只留萬餘石, 若不急急進攻, 恐有後悔云." 答曰, "海南地形圖入. 遂圖入, 則當細稟軍門, 以奏皇上云."

---

282) 노야(老爺) : 상대방을 높여서 부르는 말로, 양위(楊位)를 가리킨다.

노야가 답하기를, "배신(陪臣)이 천하의 도리를 환히 알고 있어 해박하다고 할 만하다. 배신은 바로 남쪽 사람이구나."라고 하였다. 이에 "적의 형세에 대해서 들을 수 있겠습니까?"라고 물었더니, 노야가 답하기를, "왜적이 전라도에서는 해남(海南)부터 순천(順天)까지, 경상도에서는 진주(晉州)부터 울산(蔚山)까지 연해를 따라 일대에 진을 치고 있다. 그렇다면 호남·영남 지방의 중로(中路) 이하는 모두 적의 소굴이 되었다. 그 중 해남은 서해로 쑥 들어가서 경강(京江)이 멀지 않고 제주는 가장 가까우며 중원(中原) 지방도 그렇게 멀지 않으니, 이곳의 적은 실로 나라의 심장부에 있는 왜적이다. 또 남쪽 지방은 지역이 따뜻하여 얼음과 눈이 쉽게 녹아 땅이 진창이 되니, 군대를 내보내기가 매우 어렵다. 경창(京倉)의 식량이 단지 1만여 섬만 남아 있으니, 만약 급하게 진격하지 않는다면 아마도 후회가 있을 것이다."라고 하였고, 또 답하기를, "해남 지형도가 들어왔다. 마침내 지형도가 들어왔으니, 마땅히 군문(軍門)에 자세하게 보고하여 명나라 황제께 아뢰겠다."라고 하였다.

楊員外稟帖【十一月二十五日, 在義州】
양원외(楊員外)에게 올리는 품첩(稟帖)[283]【11월 25일, 의주에서】

伏聞統制使李舜臣, 只令舟師十四隻, 撞破賊船三十餘隻, 今又乘夜下陸, 掩擊海南留陣之賊, 盡斬無餘, 實是藉中朝動天之威. 再奏奇功, 恢復之策, 從此擧矣.

삼가 듣건대, 통제사 이순신(李舜臣)이 단지 수군 14척을 거느리고서 적선 30여 척을 격파했으며, 오늘 또 밤을 틈타 육지에 내려 해남에 주둔하고 있던 왜적을 엄습해서 남김없이 베었다고 하니, 이는 실로 명나라 조정의

---

283) 품첩(稟帖) : 위에 아뢰거나 청원하는 글.

하늘을 움직이는 위세에 힘입은 것입니다. 탁월한 공적을 재차 세웠으니, 회복할 방책이 이로부터 거행될 것입니다.

第念孤軍絶島, 其勢甚危. 近聞徐摠兵, 領水兵三千三百餘員, 已向京江. 若令順下海南, 合勢進退, 則大功可成, 未知籌畫何如. 又聞百餘隻, 來泊旅順, 風和後亦令亟進, 橫截東海, 必使凶賊片帆不還矣. 且聞天粮七十萬石, 將輸小邦, 驟駝牛馬, 塞路而來, 已積龍灣者, 七萬石. 小邦七年兵燹, 孑遺力盡, 過龍川者, 二萬石, 過平壤者, 萬餘石, 入王京者, 未滿數千石. 老顚弱仆, 牛斃馬損, 慘不忍見. 老爺, 亦時時住車而哀之. 今者天兵五萬七千, 已將南下, 接濟極難. 大軍一散, 難可復合, 將此意未得題稟耶? 若使驟駝輸運王京, 則一運可致萬石也.

다만 생각건대, 외딴 섬에 군대가 고립되어 있어 그 형세가 매우 위험합니다. 근래에 들건대 총병관(摠兵官) 서중소(徐仲素)가 수군 3,300여 명을 거느리고 이미 경강(京江)으로 향했다고 합니다. 만약 그로 하여금 해남(海南)으로 내려가서 합세하여 진퇴하게 한다면 큰 공로를 이룰 수 있을 것이니, 계책이 어떠한지 모르겠습니다. 또 들건대, 100여척이 여순(旅順)에 와서 정박했다고 하니, 풍화(風和)[284]를 한 뒤에 또한 속히 나아가게 해서 동해를 가로막아, 기필코 흉악한 왜적의 배를 한 척도 돌아가지 못하게 해야 합니다. 또 들건대, 명나라에서 식량 70만 석을 우리나라에 보내올 것인데, 노새와 낙타, 소와 말이 길을 가득 메우고 실어 와서 용만(龍灣)에 이미 쌓인 것이 7만석이라고 합니다. 우리나라는 7년 동안 전란을 겪어 살아남은 자도 힘이 다 빠졌으니, 용천(龍川)을 지난 것이 2만 석이고, 평양(平壤)을 지난 것이 1만여 석이며, 왕경(王京)에 들어간 것은 수천 석도 안 됩니다. 늙고 병든 자들이 엎어지고 소와 말도 자빠졌으니, 참혹하여 차마 볼 수가 없습니다.

---

284) 풍화(風和) : 경상도 좌수사의 경우 해마다 3월이 시작되면 부산(釜山)을 방어하면서 이를 '풍화'라 하고, 8월 이후에는 '풍고(風高)'라 하여 방어를 그만둔다. 『萬機要覽 軍政編4 海防』

노야께서도 또한 때때로 수레를 멈추고 슬퍼하실 것입니다. 지금 명나라 군대 5만 7천이 이미 남쪽으로 내려갔는데 물자를 공급하기가 매우 어렵습니다. 대군은 한 번 흩어지면 다시 합치기 어려우니, 이러한 뜻을 아뢰지 않을 수 있겠습니까? 만약 노새와 낙타로 왕경으로 수송한다면, 한 번에 1만석을 나를 수 있을 것입니다.

答曰, "中朝運到義州, 又望運至王京, 其勢甚難. 但爾國實無可運之路, 何無一言及此耶?" 余曰, "小邦荷皇上偏恤之恩, 延六年, 再死之喘, 尙保社稷. 今者旣請兵, 又請粮, 驅勦近圻之賊, 感激隆恩, 祝謝不暇. 又何敢更請騾駞之運耶? 此陪臣目見, 不勝切迫, 已稟舟運, 又請騾駞者也." 答曰, "余亦目見, 食不下咽. 當與前所云水運之策, 並圖之."

노야가 답하기를, "우리 조정은 의주(義州)까지 운송하였는데, 또 왕경(王京)까지 운송하길 바라는 것은 형세상 매우 어렵다. 그러나 너희 나라에는 실로 운송할 만한 길이 없으니 어찌 이런 것을 한마디 언급하지 않을 수 있겠는가?"라고 하였다. 내가 말하기를, "우리나라가 명나라 황제께서 두루 구휼해주신 은혜를 입어, 6년이나 목숨을 연장하였고 두 번 죽었다 살아난 뒤에도 여전히 사직을 보존할 수 있었습니다. 지금 이미 군대를 청하고 또 식량을 청하여 근기(近畿) 지역의 왜적을 토벌하였으니, 융성한 은혜에 감격하여 감사드리기에도 겨를이 없습니다. 그러니 또 어찌 감히 노새와 낙타로 운송해주길 다시 청할 수 있겠습니까? 이는 배신이 목도하고서 절박한 마음을 가눌 수 없어, 이미 배로 운송해주길 여쭈었는데도 또 노새와 낙타로 운송해주길 청한 것입니다."하였다. 그러자 노야가 답하기를, "내도 또한 목도하고서 밥을 목구멍으로 넘기지 못하였다. 마땅히 전에 말한 수운(水運)의 계책과 더불어 함께 도모해야 할 것이다."하였다.

曹舍人【德光】稟帖【丁酉十一月四日】

조사인(曹舍人)【광덕(德光)】에게 올리는 품첩(稟帖)【정유년(1597) 11월 4일】

在定州, 聞軍機秘書到員外, 雖家丁莫得聞知, 余請書子曹德光曰, "公有文行, 一見相許, 肺肝相照, 結爲金蘭. 故鄙人傾情以事, 公有所懷, 其敢隱於鄙人乎? 聞軍機秘密之事, 自皇朝來云. 乞須暫見." 曹曰, "此書, 乃朝鮮之福, 而一泄, 則事關天下, 不可出示." 余曰, "我是何人, 敢泄此言? 更乞毋惜云." 曹往袖一冊子, 細書五六十張. 曹一手執一端, 一手忽忽飜示, 還袖而走. 記其大槪, 乃天下俠士, 結心同盟, 欲損身滅賊, 陳三策, 奉聖旨, 奇謀秘略, 超出前古. 余乃書其大略, 令軍官, 送領相, 相南下不呈, 又送左相, 相病遞不呈. 又送一近侍, 榻前陳達. 嗚呼! 若行此事, 非徒朝鮮之幸, 實是天下之大幸也. 此意暫告韓方伯, 則喜慰之曰, "令公接伴之任, 人所不及處, 多深以爲美云."

정주(定州)에 있을 때 군기(軍機) 비밀문서가 원외(員外)에게 이르렀다는 소식을 듣고서, 비록 가정(家丁)을 알지는 못하였으나, 내가 조덕광(曹德光)에게 서신으로 청하며 말하기를, "공에게 문학과 행실이 있기에, 한번 만나보고는 서로 허여하여 속마음을 서로 다 털어놓고 금란지교(金蘭之交)를 맺었습니다. 그러므로 제가 온 마음을 쏟아 공을 섬겼습니다. 공께서 소회가 있는데 저에게 감히 숨기신단 말입니까? 군기(軍機) 비밀문서가 명나라 조정에서 왔다고 들었습니다. 부디 잠시 살펴보게 해주십시오."라고 하였다. 그러자 조덕광이 말하길, "이 문서는 바로 조선의 복이지만, 한번 누설되면 사안이 천하에 관계되므로 보여줄 수 없습니다."라고 하였다. 이에 내가 말하길, "제가 어떤 사람인데 감히 이 말을 누설하겠습니까? 아끼지 마시길 다시 청합니다."라고 하였다. 그러자 조덕광이 가서 책자 하나를 소매 속에 넣어 왔는데, 작은 글씨로 적인 종이 5~6장이었다. 조덕광이 한 손으로는 책자 한쪽 끝을 잡고 나머지 한 손으로는 빠르게 넘기면서 보여주고는, 소매 속에 도로 넣고서 달아났다. 그 대략적인 내용을 기억해 보니, 바로 천하의 협사(俠士)들이 단결하고 동맹해서 몸을 바쳐 왜적을 섬멸하고자 하여 세 가지 계책을 아뢰어서 성지(聖旨)를 받든 것이었으니, 기묘한 꾀와 비밀스러운 계책이 천고(千古)에 뛰어났다. 내가 이에 그 대략적인 내용을 써서 군관을 시켜 영상에게 보냈는데 영상이 남쪽으로 내려가 있어 올리지 못하였고, 또 좌상에게 보냈는데 좌상은 병으로 체차되어 올리지 못하였다. 그리하여 또 한 측근 신하에게 보내서 탑전(榻前)에서 아뢰었다. 아! 만약 이 일을 시행한다면 조선의 다행일 뿐만 아니라, 실로 천하의 큰 다행일 것이다. 이러한 뜻을 잠시 한방백(韓方伯)[285]에게 고하였더니, 한방백이 기뻐하며 위안하길, "영공이 수행한 접반사의 임무는 남들이 미치지 못하는 것이니, 매우 훌륭하다고 여깁니다."라고 하였다.

軍機秘書大略曰, "應天府武生鮑達卿, 行間擣巢云云. 自議封, 與俠士王承烈·吳文軒·徐治等, 直抵和泉, 經諸島探虛實. 所盟俱敢死義勇之人, 有先入海道探各島虛實, 有願直入敵營間牒疑衆, 有精於天文能使將士趨吉避凶, 有善作煙火能迷衆賊, 有造火炮飛擊人舟, 有能埋地弩擊賊. 竹島將義弘, 六十六島人心尙付, 暗約許封國王. 金海將佛音俱, 亦可誘致. 王宗聖, 自願祝髮, 與玄蘇許貽後, 假佛間牒. 林伏寺僧百餘, 假稱南海進香, 飄風誤到, 廣誘諸島, 給價商賈, 買船多置, 歌兒舞女誘衆. 自登萊, 直抵日本, 不過精兵數萬, 可成大功."

군기 비밀문서에 대략 다음과 같은 내용이 있었다. "응천부(應天府)의 무사 포달경(鮑達卿)이 이간(離間)을 하여 적의 소굴을 소탕한다고 운운하는

---

285) 한방백(韓方伯) : 한준겸(韓浚謙, 1557~1627). 본관은 청주(淸州), 자는 익지(益之), 호는 유천(柳川)이다. 1586년(선조19) 별시 문과에 급제하고, 이해 예문관 검열이 되어 홍문록에 오르고 문장으로 이름을 날렸다. 1598년 임진왜란이 끝나자 우승지·경기 감사·대사성을 거쳐, 다음해 경상도 관찰사가 되었다. 함흥의 문회서원(文會書院)에 제향되었다. 저서로 『유천유고(柳川遺稿)』가 있다. 시호는 문익(文翼)이다.

내용이다. 왕에 봉해주는 것을 의논한 뒤에,[286] 협사(俠士) 왕승렬(王承烈)·오문헌(吳文軒)·서치(徐治) 등이 곧장 화천(和泉)으로 가서 여러 섬을 지나면서 허실(虛實)을 탐색한다. 동맹한 자들은 모두 죽음을 두려워하지 않는 의롭고 용맹한 자들인데, 먼저 바닷길로 들어가 각 섬의 허실을 탐색하는 자도 있고, 곧장 적의 군영에 들어가 간첩 노릇을 하여 대중을 현혹시키길 원한 자도 있으며, 천문에 정통하여 장사(將士)들로 하여금 길함을 쫓고 흉함을 피하게 하도록 할 수 있는 자도 있고, 연기를 잘 만들어 적의 무리들을 미혹시킬 수 있는 자도 있으며, 화포를 만들어 배를 날쌔게 공격할 수 있는 자도 있고, 땅에 쇠뇌를 묻어 적을 공격할 수 있는 자도 있다. 죽도(竹島)의 왜장(倭將) 의홍(義弘)[287]은 66개 섬의 민심이 여전히 그에게 붙어있으니, 국왕에 봉하는 것을 허락한다고 몰래 약속한다. 김해(金海)의 왜장(倭將) 불음구(佛音俱)도 또한 속여서 데려올 수 있다. 왕종성(王宗聖)은 스스로 중이 되기를 원하니, 현소(玄蘇)[288]와 허여한 뒤에, 승려를 가장하여 간첩으로 삼는다. 임복사(林伏寺)의 승려 10여 명이 남해에 진향(進香)하러 갔다가 회오리바람에 휩쓸려 잘못 도착했다고 거짓으로 둘러대고서, 여러 섬 사람들을 널리 꾀어내어 장사꾼에게 돈을 주고 배를 많이 사서 두고, 가동(歌童)과 무녀(舞女)이 사람들을 꾀어낸다. 등주(登州)와 내주(萊州)로부터 일본에 곧장 닿으면 불과 정예병 수만 명으로 큰 성공을 이룰 수 있을 것이다.”

---

286) 왕을~뒤에 : 명나라에서 일본과의 강화를 허락하여, 수길(秀吉)을 왕으로 봉하여 주기로 하였으나, 곧 결렬되었다.

287) 의홍(義弘) : 도진병고두(島津兵庫頭)라 칭한다. 도진은 성이고, 병고두는 무고(武庫)의 우두머리라는 뜻이다. 대대로 일본의 살마(薩摩)·대우(大隅)·일향(日向) 등의 주(州)를 차지한 무장이다. 『간양록(看羊錄) 적중 봉소(賊中封疏)』

288) 현소(玄蘇) : 의지(義智)의 모사(謀士)인 중[僧]으로서 왜인들이 안국사 서당(安國寺西堂)이라 칭하는데, 우리나라와의 서계(書啓) 등의 일을 주관하고 있다. 『간양록(看羊錄) 적중 봉소(賊中封疏)』

楊摠兵慰問記【丁酉】

양 총병(楊摠兵)[289]을 위문한 일에 대한 기문【정유년(1597)】

八月二十一日, 自上聞楊摠兵生還, 充問慰使, 送別致問慰云. 二十二日, 肅拜到水原. 二十三日, 迎于郊外, 呈揭帖, 夕到館, 迎我入房, 相與攜手泣下. 告曰, "國王初聞陷城, 不勝驚痛. 及聞老爺潰圍而出, 令陪臣馳進問安云." 答曰, "彼賊十萬, 我軍三千, 五日六夜, 圍掩鴟張, 遂至失守. 幸與數騎跳出, 天朝法重, 將不免棄城之律. 但不斃於賊刃, 而死於法令, 則骸骨可收, 是則多幸. 幸將力戰之狀, 啓知國王, 移咨軍門·經理·巡按等處, 又奏聞皇上, 則可解吾寃." 余曰, "孤軍守成, 見陷幸免, 豈可論以全科? 卑職陪去老爺, 當先啓國王, 但各衙門移咨, 則事雖未安, 爲老爺, 猶可力爲. 至於奏聞皇上, 則國王亦待罪之不暇, 恐未敢馳使奏請也." 楊脫衣以示搶穴數處, 血出沾衣, 不堪刺痛云, 泣下無數. 緣由並啓, 啓草楊親見, 百拜謝之. 以白紬四十匹綵段三匹, 進呈, 則三辭後受之. 二十四日, 遣承旨江上問安, 上出南大門祗候, 楊稱病不見, 曉走出西路矣.

8월 21일에, 상께서 양 총병(楊摠兵)이 살아 돌아왔다는 것을 들으시고는, 문위사(問慰使)가 되어 양 총병을 송별하고 위문하라고 하셨다. 22일에 숙배(肅拜)하고 수원(水原)에 이르렀다. 23일에 교외에서 맞이하여 게첩(揭帖)[290]을 올리고 저녁에 관소(館所)에 이르자, 양 총병이 나를 맞이하여 방으로 들어가서 서로 손을 잡고 눈물을 흘렸다. 내가 고하길, "국왕께서 처음에 성이 함락되었다는 것을 들으시고 놀람과 비통함을 금치 못하셨습니다. 그런데 노야께서 포위를 무너뜨리고 나왔다는 것을 들으시고는 저로 하여금 급히 달려가 문안하라고 하셨습니다."라고 하였다. 그러자 양 총병이 답하길,

---

289) 양 총병(楊摠兵) : 양원(楊元). 자세한 행적은 미상이다. 임진왜란에 총병(總兵)으로 출병하여 많은 전공을 세웠고, 1597년(선조30) 남원성 전투에서 패하여 달아났다.

290) 게첩(揭帖) : 어떠한 일에 관한 내용을 적어서 보고하는 공문서.

"저 적들은 10만인데 우리 군사는 3천이었으니, 닷새 낮 엿새 밤에 걸쳐 적이 포위하고 엄습하여 포악하게 굴어서 마침내 수비가 무너졌네. 다행히 몇몇 기병(騎兵)과 도망쳐 나왔으나, 명나라 조정의 법이 엄중하여 장차 성을 버리고 나온 죄를 면할 수 없을 것이네. 그러나 적의 칼날에 죽지 않고 법령으로 죽는다면 유골은 수습할 수 있을 것이니, 이는 다행이네. 바라건대, 힘써 싸운 정황을 조선 국왕에게 장계로 아뢰어서 군문(軍門)·경리(經理)·순안어사(巡按御史)등에게 자문(咨文)을 보내고, 또 명나라 황제께 아뢴다면, 나의 원통함을 풀 수 있을 것이네."라고 하였다. 내가 말하길, "고립된 군대로 성을 지키다가, 함락당하고도 다행히 죽음을 면했으니, 어찌 전과(全科)로 논단할 수 있겠습니까?[291] 낮은 관직에 있는 제가 노야를 모시고 가서 마땅히 먼저 저희 국왕께 아뢰어야 할 것입니다. 다만 각 아문에 자문을 보내는 것은 일의 체모상 온당치 못하더라도, 노야를 위해 그래도 힘써 볼 수 있습니다. 그러나 명나라 황제께 아뢰는 것은, 저희 국왕께서 또한 대죄하기에도 겨를이 없으시므로 감히 사신을 파견해 주청하지는 못할 듯합니다." 하였다. 양 총병이 옷을 벗어 창상을 입은 자국 몇 곳을 보여주며, 피가 흘러나와 옷을 적셔 찌르는 듯한 고통을 견딜 수 없었다고 하고, 무수히 눈물을 흘렸다. 내가 이런 사연을 모두 계사로 쓰자, 계사를 초한 것을 양 총병이 직접 보고는 백 번 절하며 사례하였다. 그리고 흰 명주 40필과 채단(綵段) 3필을 올리자, 양 총병이 세 번 사양한 후에 그것을 받았다. 24일에 강가에 승지를 보내서 위문하고, 상께서 남대문을 나와 삼가 안부를 물으셨는데, 양 총병은 병을 핑계대고서 만나지 않고 새벽에 서도(西道)로 나갔다.

---

291) 전과(全科)로~있겠습니까 : 전과(全科)는 '죄과(罪科)의 전부'라는 뜻이다. 혐의 받은 죄의 전부를 법률에 적용해서는 안 된다는 뜻이다.

呈楊摠兵牒
양 총병(楊摠兵)에게 올리는 첩(牒)

接伴陪臣, 爲査報事. 本月二十四日蒙照得. 本部據高中軍, 呈送家丁胡彦庫等十名, 料單每日幾升. 干係錢粮, 相應行査, 爲此稟仰. 朝鮮陪臣, 照稟事理, 通名査對, 從實開報, 卽忙稟仰. 伏乞照詳施行須至呈者.

접반 배신(接伴陪臣)이 일의 경위를 보고하는 일입니다. 본월 24일에 조득(照得)[292]을 받았습니다. 본부에서 고 중군(高中軍)[293]에게 의탁하여 가정(家丁) 호언고(胡彦庫) 등 10인을 바쳤는데, 요미(料米)가 매일 몇 되가 듭니다. 돈과 식량에 관계된 일이어서 조사를 행해야 하니, 이렇게 우러러 여쭙니다. 조선의 배신이 사리(事理)를 조사하여 품처(稟處)하고서, 통성명을 하고 사대(査對)[294]하여 사실대로 보고하니, 황망하게 우러러 여쭙니다. 자세히 살펴 시행하시기를 엎드려 빕니다.

楊摠兵接伴記
양 총병(楊摠兵)을 접반(接伴)한 일에 대한 기문

八月二十五日夕, 備邊司急呼馳去, 則兩相公携入後房, 出示秘書曰, "此書, 乃

---

292) 조득(照得) : 공문(公文)에 쓰이는 문투(文套)이다. 주어진 사안과 관련하여 기존 문서를 조사하여 살핀다는 뜻임. 원래 중국 송(宋)·원(元)·명(明)대에 상사(上司)에서 아래 관부에 보내던 공문서의 첫머리에 상투적으로 사용하던 용어임.

293) 고 중군(高中軍) : 이름은 고책(高策). 호는 대정(對庭)으로, 산서(山西) 천성위(天城衛) 사람이다. 임진년 12월에 마병 2천 기를 거느리고 나왔다가 계사년 9월에 돌아갔다. 정유년에 군문(軍門)의 중군(中軍)으로 재차 출병하였다.

294) 사대(査對) : 중국에 가는 표문(表文)과 자문(咨文)을 살펴 틀림이 없는가를 확인하는 일이다. 중국에 가는 사신 일행은 황주에 당도해서 다시 문서 일정을 조사받았던 것이다.

楊經理題本, 而李接伴德馨密啓者. 我國之變急於倭賊, 發明在楊元之口. 今者楊摠兵, 不見主上, 曉頭西走, 君可追往解之."

8월 25일 저녁에 비변사가 급히 외치며 달려가자, 두 상공(相公)이 뒷방으로 데리고 들어와 비밀문서를 꺼내 보여주며 말하길, "이 문서는 바로 양경리(楊經理)의 제본(題本)295)인데 접반사 이덕형(李德馨)이 몰래 아뢴 것이네. 우리나라의 변고가 왜적보다 시급하다는 것이 양원(楊元)296)의 입에서 나왔네. 지금 양 총병(楊摠兵)이 주상을 뵙지 않고 새벽에 서도(西道)로 갔으니, 그대가 쫓아가서 해명할 수 있을 것이네."라고 하였다.

其書云, "該國人心, 至險且狡, 難共患亂. 且久有言, 其左袒倭奴, 或終有西域合匈奴, 而攻漢家都護之患. 臣不忍過疑, 近言者多. 臣未敢遽信, 自金應瑞爲內間, 以知閒山, 倒鶩於西矣. 李元翼·權慄·成允文, 向所稱將兵者, 今各趣於東邊, 倭所不到處. 牌行協力援守, 竟不之應, 屢咨國王, 若罔聞知. 攻南原者, 雜朝鮮之人, 韓孝純, 以管粮又如此. 臣於是疑恨矣. 其臣多懷觀望之心, 國王先有振拔之志, 已無望援我孤軍云云."

그 문서에 다음의 내용이 있었다. "해국(該國: 조선)의 민심은 지극히 험악하고 교활하여 환란을 함께하기 어렵습니다. 또 '해국이 왜노(倭奴)에게 동조하여 혹은 끝내 서역과 흉노(匈奴)가 합동해서 옛 한나라의 도호부 지역을 공격하는 우환이 있을 수도 있다'는 말이 오랫동안 있었습니다. 신이 차마 지나치게 의심할 수는 없지만, 근래 말하는 자들이 많습니다. 신이 감히 함부로 믿지는 못하겠으나, 김응서(金應瑞)297)의 첩자로부터 한산도에 알

---

295) 제본(題本) : 중국 명(明)·청(淸) 시대에 병(兵)·형(刑)·전곡(錢穀)·지방 사무 등 모든 공사(公事)에 관해서 황제에게 올리는 문서.
296) 양원(楊元) : 자세한 행적은 미상이다. 임진왜란에 총병(總兵)으로 출병하여 많은 전공을 세웠고, 1597년(선조30) 남원성 전투에서 패하여 달아났다.

려왔고, 서도(西道)로 급히 달려갔습니다. 이원익(李元翼)[298]·권율(權慄)[299]·성윤문(成允文)[300]이 지난번에 일컬었던 장수와 병사들은 지금 각각 동쪽 변방으로 달려갔는데, 왜구가 이르지 않은 곳입니다. 패문(牌文)을 보내 협력하여 수비를 도와 달라 하였으나 끝내 응하지 않았고, 조선 국왕에게 누차 자문을 보냈으나 마치 모르는 듯하였습니다. 남원을 공격한 자들 중에는 조선인도 섞여 있었으니, 한효순(韓孝純)[301]이 관량관(管粮官)으로써 또 이렇게 행동했습니다. 신은 이에 의심스럽고 한스럽습니다. 조선 신하들이 대부분 관망하며 머뭇거리는 마음을 품고 있으니, 조선 국왕이 먼저 떨쳐 일어나려는 뜻이 있더라도 이미 고립된 우리 군대를 도와줄 가망이 없습니다."

遂抄書, 黃昏肅拜, 自上付藥物於楊. 達夜急馳, 平明到開城, 相會. 余請屛家丁

---

297) 김응서(金應瑞) : 1592년(선조 25) 임진란 때 별장으로 명나라 장수 이여송과 합류하여 평양성을 탈환했고, 이어 경상 좌병사가 되어 부산을 탈환했다. 1618년 명나라가 건주위(建州衛)를 치려고 원병을 요청하자 원수 강홍립과 함께 출전 전공을 세웠으나, 강홍립의 항복으로 포로가 되어 사형되었다.

298) 이원익(李元翼) : 1547~1634. 본관은 전주(全州), 자는 공려(公勵), 호는 오리(梧里)이다. 1569년 별시 문과에 급제한 후 내외직을 두루 거쳤다. 이조 판서로 있을 때 임진왜란이 일어나자 평안도 도순찰사가 되어 왕의 피란길을 호종하고, 이듬해 평양 탈환작전에 공을 세워 평안도관찰사가 되었다. 1595년에 우의정 겸 4도체찰사로 임명되어 명나라의 정응태(丁應泰)가 경략(經略) 양호(楊鎬)를 중상모략한 사건을 변무하러 명나라에 갔으나, 정응태의 방해로 임무를 완수하지 못하였다. 그 후 벼슬이 영의정에까지 올랐다.

299) 권율(權慄) : 1537년(중종 32)~1599년(선조 32). 명장. 자는 언신(彦愼) , 호는 만취당(晚翠堂) 또는 모악(暮嶽), 본관은 안동. 1582년(선조 15) 문과에 급제 의주목사(義州牧使)로 있던 중 1592년 임진란이 일어나자 참전하여 행주산성에서 2,800명의 군대로 왜장 고바야까와[小早川] 부대 30,000명을 대파 2,400명의 사상자를 냈다. 죽은 뒤 영의정에 추증됨.

300) 성윤문(成允文) : ?~? 조선 중기의 무신. 본관은 창녕(昌寧).

301) 한효순(韓孝純) : 1543~1621. 조선 중기의 문신. 본관은 청주(淸州). 자는 면숙(勉叔). 호는 월탄(月灘). 임진왜란 때 영해 전투에서 왜군을 격퇴한 뒤 경상좌도 관찰사에 특진되어 순찰사를 겸하고 군량미 조달에 힘썼다. 1594년(선조27) 병조 참판을 거쳐 1596년 경상·전라·충청도 체찰부사(體察副使)가 되었다. 저술로『신기비결(神器秘訣)』·『진설(陣說)』이 있다.

及通事, 以紙筆通情. 楊先示曰, "陪臣歸水原時, 請啓國王, 奏請皇上, 移咨各衙門, 活我力告. 而國王罔聞知, 奈何?" 我答曰, "咨文, 今明必來, 奏請則勢難矣." 遂書曰, "往在壬辰, 許儀後誣訴天朝曰, '朝鮮通謀日本, 合攻遼東云云.' 事將不測, 許閣老果知曖昧, 至於涕泣發明, 明卞快雪, 使皇上終全字小之仁, 小邦益堅事大之誠. 東人至今感戴, 此時若有此事, 則小邦以老爺擬許閣老也." 楊曰, "中朝許多將士, 出入東國, 豈無公是公非?" 余曰, "所恃老爺者, 以先鋒在南原, 目見東人見殺之慘. 老爺一言, 可定千萬人之心. 老爺發明此事, 則雖見敗, 實是不世之勳." 楊曰, "果然. 然吾雖死, 後世東人, 必不忘我. 我當解之, 千萬勿疑, 事須啓知國王. 且聞陪臣有文才云, 南原力戰事, 做章給我, 則是乃公論, 我將發明." 遂題贈二十七韻. 其後聞供招時, 引入其詩云. 【韻在詩集】

마침내 그 문서를 베껴 쓰고, 해 저물 무렵에 숙배(肅拜)하였는데, 상께서 양 총병에게 약물을 주셨다. 밤새도록 급히 달려 새벽에 개성(開城)에 도착하여 양 총병과 만났다. 나는 노복과 통역사들을 물리치고 지필(紙筆)로 대화하길 청하였다. 양 총병이 먼저 써서 보여주길, "배신이 수원으로 돌아왔을 때, 조선 국왕에게 계청(啓請)하고 명나라 황제께 주청(奏請)하며 각 아문에 자문을 보내어서 나를 살려달라고 힘써 고하였네. 그런데 조선 국왕은 알지 못하니 어떻게 된 것인가?"라고 하였다. 이에 내가 답하길, "자문은 오늘 내일 사이에 반드시 갈 것이지만, 주청은 형세상 어렵습니다."라고 말하고, 마침내 글로 쓰길, "지난 임진년(1592)에 허 의후(許儀後)³⁰²가 명나라 조정에 거짓으로 꾸며 '조선이 일본과 공모하여 요동을 합공할 것입니다.'라고 말해서, 일이 예측 할 수 없는 지경에 이르렀었습니다. 그런데 허 각노(許閣老)³⁰³는 과연 애매모함을 알았으니, 심지어 눈물을 흘리며 실상을 드

---

302) 허의후(許儀後) : 명나라 강서도(江西道) 길안부(吉安府) 만안현(萬安縣) 사람이다. 무역상을 하다 일본에 잡혀가 히데요시의 신임을 얻게 되었는데, 임진왜란의 발발 전후로 일본의 정세를 누차 명나라에 알려 주었다. 명나라 조정에 "조선이 일본에 나귀를 바치고 일본과 함께 중국을 범(犯)하려고 한다."고 몰래 보고한 자이다. 『宣祖實錄』

러내어 명쾌하게 말해서 의혹을 씻어주어, 명나라 황제로 하여금 소국(小國)을 어루만져주는 인자함을 베풀게 하였으니, 우리나라는 사대하는 정성을 더욱 견고하게 했습니다. 우리나라 사람들이 지금까지도 감사하게 여겨 떠받들고 있으니, 이러한 때에 이런 일이 또 있다면 우리나라는 노야(老爺)를 허 각로에 비견할 것입니다."라고 하였다. 양 총병이 말하길, "명나라 조정의 허다한 장사(將士)들이 조선을 출입하고 있으니, 어찌 공정한 시비(是非)가 없겠는가?"하였다. 이에 내가 말하길, "노야를 믿는 이유는 노야께서 선봉으로써 남원(南原)에 계시면서 우리나라 사람들이 살육당한 참혹함을 목도하셨기 때문입니다. 노야의 한마디 말로 천만 사람들의 마음을 안정시킬 수 있습니다. 노야께서 이 일을 밝혀주신다면, 실패하더라도 실로 세상에 보기 드문 공훈이 될 것입니다."라 하였다. 그러자 양 총병이 말하길, "과연 그러하다. 그러면 내가 죽더라도 후대의 조선 사람들이 필시 나를 잊지 않을 것이다. 내가 마땅히 해명할 것이니 부디 의심하지 말고, 형세상 마땅히 조선 국왕에게 장계를 올려 알려야 할 것이다. 또 배신은 문재(文才)가 있다고 들었으니, 남원에서 힘써 싸웠던 일을 시로 지어 나에게 준다면, 이것이 곧 공론이 되어 내가 장차 실상을 밝힐 수 있을 것이다."라고 하였다. 이에 마침내 내가 시 27운을 지어 주었다. 그 후에 공초(供招)할 때에 그 시를 인용했다고 한다. 【시는 시집(詩集)에 있다.】

---

303) 허 각노(許閣老) : 중국의 사신인 허국(許國, 1527~1596)이다. 1567년(명종22)에 명나라 목종(穆宗)이 즉위하고 내리는 조서를 반포하기 위하여 정사(正使)로서 우리나라에 왔었다. 허국은 휘주부(徽州府) 흡현(翕縣) 사람으로 자가 유정(維楨)인데, 한림원 검토(翰林院檢討)와 예부상서 겸 동각태학사(禮部尙書兼東閣太學士) 등의 벼슬을 지냈으며, 시호는 문목(文穆)이고 저서에 『허문목집』이 있다.

入侍時與兩相公問答記【丁酉七月二十六日】
입시했을 때 두 상공과 문답한 일에 대한 기문【정유년(1597) 7월 26일】

兩相使人促呼, 馳進, 則領相方作舟師啓草, 韓公俊謙執筆. 相問曰, "方欲更立
舟師, 公可贊一辭否? 先問, 戰船安得?" 答曰, "使三道沿海守令邊將, 刻日各出一
船, 則雖避難, 船不可不入." 曰, "風席安得?" 答曰, "內地各官, 地衣捲出, 可也."
曰, "銃箭安得?" 答曰, "各浦四門所上出用, 又送空名帖, 則得鐵鑄成不難也. 此
事, 統制前日已驗之者也." 曰, "軍人安得?" 答曰, "閑山之敗, 元統制惶怯, 移泊春
元浦, 將卒無一人戰亡. 聞其敗遁, 卽送御使召募, 則彼逃死之人, 畏軍令欲出者,
不日雲集, 而今過十餘日, 尙未聞廟算之及此, 實未知之." 坐中諸賢曰, "元與李 是
非, 可得聞與?" 答曰, "我亦不知. 但見李統制, 智略超人, 忠誠貫日, 深得軍情. 當
李拿而元代, 大小將卒, 莫不痛哭曰國家亡矣. 生於赴京, 初將此意, 歷告諸相, 而
李統制已得罪下南. 小生之言, 如水沃石, 竟至此極, 奈何?" 於是舟師各條, 據吾所
告, 擧名而入啓.

두 상공(相公)이 사람을 보내 재촉하여 부르기에 달려갔더니, 영상(領相)
이 한창 수군에 대한 계초(啓草)를 짓고 있었으며, 한준겸(韓俊謙) 공이 붓을
잡고 있었다. 영상이 묻기를, "지금 수군을 다시 세우고자 하는데, 공께서
한 마디 도움을 줄 수 있겠습니까? 먼저 묻건대, 전선(戰船)은 어떻게 얻을
수 있겠습니까?"라고 하자, 내가 답하기를, "삼도(三道) 연해의 수령과 변장
(邊將)으로 하여금 기한을 정해 각각 배 한 척씩을 내게 한다면, 비록 피난
중이라도 배를 들이지 않을 수 없을 것입니다."라고 하였다. 또 영상이 묻
기를, "풍석(風席)[304]은 어떻게 얻을 수 있겠습니까?"라고 하자, 내가 답하기
를, "내륙의 각 관리들이 지의(地衣)[305]를 말아서 내면 될 것입니다."라고 하

---

304) 풍석(風席) : 배의 돛을 만드는 데 쓰는 돗자리.
305) 지의(地衣) : 가장자리를 헝겊으로 꾸민 제사 때에 쓰는 돗자리.

였다. 또 영상이 묻기를, "총통(銃筒)은 어떻게 얻을 수 있겠습니까?"라고 하자, 내가 답하기를, "각 포(浦)의 사문(四門)에서 올린 것을 꺼내 쓰고, 또 공명첩(空名帖)306)을 보낸다면 쇠붙이를 얻어 주조(鑄造)하는 것이 어렵지 않을 것입니다. 이 일은 통제사가 일전에 이미 징험한 것입니다."라고 하였다. 또 영상이 묻기를, "군인은 어떻게 얻을 수 있겠습니까?"라고 하자, 내가 답하기를, "한산도(閑山島)에서 패배했을 적에, 원 통제사[元均]가 겁을 먹어 춘원포(春元浦)로 옮겨가서 정박하였는데, 장졸(將卒)들 중에 한 사람도 전사한 자가 없었습니다. 그들이 패배하여 달아난 것을 듣고서 곧장 어사를 보내 불러 모았다면, 저 죽을 위험을 피해 도망간 사람들 중 군령(軍令)을 두려워하여 나오고자 하는 자들이 하루도 되지 않아 운집했을 것입니다. 그런데 지금 10여 일이 지났는데도 여전히 조정의 계책이 여기에 미쳤다는 것을 듣지 못했으니, 실로 알지 못하겠습니다."라고 하였다. 좌중의 여러 현인(賢人)들이 묻기를, "원 통제사와 이 통제사[李舜臣]의 옳고 그름에 대해 들을 수 있겠습니까?"라고 하자, 내가 답하기를, "저도 알지 못합니다. 다만 이 통제사는 지략이 남보다 뛰어나고 충성심이 지극하며 군사들의 마음을 깊이 압니다. 이 통제사가 붙잡혀가고 원 통제사가 대신 했을 때, 대소의 장졸들이 모두 통곡하며 나라가 망한다고 말했습니다. 제가 서울에 갔을 때, 처음에 이러한 뜻을 여러 상공께 낱낱이 고했었지만, 이 통제사는 이미 죄를 얻어 남쪽으로 내려습니다. 소생의 말이 마치 돌에 물을 붓는 것과 같아 끝내 이런 지경에 이르렀으니, 어찌하겠습니까?"라고 하였다. 이에 수군에 대한 각 조목을 내가 고한 것에 의거해서, 거명(擧名)하여 입계(入啓)하였다.

---

306) 공명첩(空名帖) : 성명을 적지 않은 서임서(敍任書). 관아에서 돈이나 곡식을 받고 관직을 팔 때 관직 이름을 써서 주는데, 이에 의해서 서임된 자는 실무는 보지 않고 명색만을 행세한다.

接伴時答天將

접반(接伴) 했을 때 명나라 장수에게 답하다

天將曰, "中國發冀浙荊楊數十萬衆, 來救爾邦. 東國山川之險易, 戰場之形便, 未能詳知, 欲與爾國之將, 同謀而共濟. 多智習兵者, 其誰歟?" 答曰, "小邦之將李舜臣, 爲三道統制使, 陣法如神, 提偏小之舟師, 制百萬之强寇. 小邦至今支撑者, 皆此人之功力也." 天將曰, "李舜臣之善戰奇謀, 曾已聞知陪臣之言, 果如所聞."

명나라 장수가 말하길, "중국이 기주(冀州)·절강(浙江)·형주(荊州)·양주(楊州)에서 10만 군사를 내어 와서 너희 나라를 구원하였다. 조선 산천의 지형과 전장(戰場)의 형편을 자세히 알지 못하니, 너희 나라의 장수와 함께 모의하여 구제하고자 한다. 지혜가 많고 병법에 익숙한 자는 누구인가?"라고 하였다. 내가 답하길, "우리나라의 장수 이순신은 삼도통제사(三道統制使)인데, 진법(陣法)이 신묘하여 매우 적은 수군을 이끌고서 백만의 강적(强賊)을 제압하였습니다. 우리나라가 지금까지 지탱하고 있는 것은 모두 이 사람의 공로입니다."하였다. 그러자 명나라 장수가 말하길, "이순신이 잘 싸우고 계책이 훌륭하다는 것은 이미 배신(陪臣)의 말을 들어서 알고 있었는데, 과연 들은 바와 같구나."라고 하였다.

天使見官例【乙未四月日謄錄】

중국 사신에 대한 현관례(見官例)[307]【을미년(1595) 4월 모일 등록(謄錄)】

大廳設交倚, 兩使出坐. 迎慰使四隅項立, 令通事, 請現. 由入西楹, 就上使前,

---

307) 현관례(見官例) : 외국의 사신(使臣)이 도착했을 때 이를 영접하는 관원들이 방문하여 행하는 인사 의식.

行再拜揖, 副使前同, 兩使答揖. 慰使小退, 當中立, 令通事, 國王問安跪告. 慰使拱
手而退還, 出迎詔官員, 依右禮再拜揖, 兩使不答. 禮畢, 兩使各就房, 茶啖飯奉, 一
時進排食訖.

대청(大廳)에 교의(交倚)[308]를 설치하고 두 사신이 나아가 앉았다. 영위사
(迎慰使)[309]는 네 모퉁이의 각 자리에 서서 통사(通事)[310]를 거느리고 뵙기
를 청했다. 서쪽 기둥을 경유해 들어가서 정사의 앞에 나아가 재배를 행하
고 읍하며, 부사에게도 동일하게 하자, 두 사신이 답으로 읍을 했다. 영위사
가 조금 물러나 가운데에 서서 통사를 거느리고 있으면, 국왕이 문안하고
꿇어앉아 고했다. 영위사가 공수(拱手)하고서 물러나 돌아왔다가, 나아가 조
관(詔官)[311]을 맞이하여 이상의 예대로 재배하고 읍을 하는데, 두 사신은 답
으로 읍을 하지 않았다. 예를 마치고 두 사신이 각각 방에 나아가자, 다과와
식사를 동시에 올리고, 식사를 마쳤다.

設宴享禮
연향(宴享)을 베푸는 예(禮)

大廳北壁設交倚二坐, 西壁設交倚二坐. 宴享床畢排後, 請宴禮, 則兩使出坐. 遠
接四隅項立, 令通事二員, 跪告請現由入, 兩使前, 各行揖. 遠接使, 西壁交倚前立,
迎慰使, 亦如右例, 兩使前各行揖. 慰使稍退, 當中立. 物膳禮單二件, 校生二人, 傳

---

308) 교의(交倚) : 옛날에 임금이나 3품 이상의 당상관(堂上官)이 앉았던 의자. 당하관(堂下官)
    은 승상(繩床)에 앉았음.
309) 영위사(迎慰使) : 조선 시대에 중국의 사신을 맞아 접대하고 위로하는 사신으로 원래는
    선위사(宣慰使)라고 하였는데, 중종 16년(1521)에 영위사로 개칭하였음.
310) 통사(通事) : 조선시대 사역원에 소속되어 통역의 임무를 담당한 역관.
311) 조관(詔官) : 재조관(賫詔官). 중국 임금의 글을 가지고 오는 벼슬아치.

于慰使, 使親執擧額, 進于兩使前展覽. 慰使拱手而退, 西壁交倚前立. 各位拱手稱坐, 就陞交倚對坐. 執事四人, 奉茶果盤, 兩使前, 由中而入, 卓面左右分入, 傍邊擧立. 遠慰前, 以次由入擧立. 執事四人, 奉茶鐘, 沈栢子具召匙, 兩使前, 由中而入, 遠慰使前, 以次進. 各位降執鍾擧示, 還陞交倚擧示, 食訖而退.

대청(大廳)의 북쪽 벽에 교의(交倚) 2개를 설치하고, 서쪽 벽에 교의 2개를 설치했다. 연향 상을 다 배열한 후에 연례(宴禮)를 청하자, 두 사신이 나와 앉았다. 원접사(遠接使)는 네 모퉁이의 각 자리에 서서 통사(痛史) 2인을 거느리고, 무릎을 꿇고 고하여 뵙기를 청하고 들어가서, 두 사신 앞에서 각각 읍을 했다. 원접사가 서쪽 벽의 교의 앞에 섰고, 영위사(迎慰使)도 이상의 예와 같이 하였고, 두 사신 앞에서 각각 읍을 했다. 영위사가 조금 물러나 중간에 섰다. 선물과 예단(禮單) 2건을 교생(校生) 두 사람이 영위사에게 전하여, 영위사로 하여금 직접 이마 높이까지 올려 들어 두 사신 앞에 나아가 펼쳐 보이도록 하였다. 영위사가 공수하고 물러나 서쪽 벽의 교의 앞에 섰다. 각 자리의 사람들이 공수하고서 앉는다고 말하고, 교의에 올라가 마주 보고 앉았다. 집사(執事) 4인이 다과가 담긴 쟁반을 바쳤는데, 두 사신 앞으로 가운데를 경유해 들어가서, 탁자의 왼쪽과 오른쪽으로 나누어 들어가 옆에서 들고 서 있었다. 원접사와 영위사 앞에서 차례로 들어가서 들고 서 있었다. 집사 4인이 잣을 띄우고 숟가락을 갖추어서 다종(茶鐘)[312]을 바쳤는데, 두 사신 앞으로 가운데를 경유해 들어갔고, 원접사와 영위사 앞에도 차례로 나아갔다. 각 관원들이 내려와 다종을 들고 보여준 뒤, 다시 교의로 올라가서 다종을 들고 보여주었다. 식사를 마치고 물러났다.

樂工歌舞童, 分東西入庭立. 進揮巾手巾, 兩使前, 揮巾則紅, 手巾則白, 遠慰使

---

312) 다종(茶鐘) : 옛날에 차를 따라 마시던 그릇. 사기(沙器)·놋·은 따위로 만드는데, 꼭지가 달린 뚜껑이 있고, 잔대(盞臺)의 굽이 높다.

前, 白揮巾手巾. 捧函四人由入, 則各房守陪人執布. 歌舞樂工, 陞階上列立請樂, 則知道. 進饌案對擧, 始樂作. 慰使下交倚, 則各位並下立. 慰使由西柱外出, 助進居中而入, 兩使前, 置于卓內, 各行揖而退. 就本位立, 拱手稱坐, 樂止. 執事四人, 進花盤進抑. 四人齊立, 樂作, 由中而入, 房守揷花. 次大小膳盛, 排空卓床, 兩使前, 卓面外各二, 遠違使前, 各一入排. 執事, 進小膳烹黑猪鴈, 各揷花草, 楹外齊立. 慰使下交倚, 各位並下. 慰使, 由西柱外中立, 膳盤助進而入, 卓床排列助進, 遠慰使前, 以此入排, 慰使前, 以此入排. 慰使, 兩使前, 行揖而退, 本位立, 拱手稱坐, 各乘交倚. 進小膳之禮畢, 樂止. 進湯初味, 樂作. 【示次序】

　악공(樂工)과 가무동(歌舞童)이 동서로 나누어 뜰에 들어가 섰다. 휘건(揮巾)[313]과 수건을 바쳤는데, 두 사신의 앞에는 휘건은 붉은색, 수건은 흰색으로 바쳤고, 원접사와 영위사의 앞에는 휘건과 수건을 모두 흰색으로 바쳤다. 함을 받든 사람 4인이 들어가자, 각 방수(房守)[314]와 시종들이 포(布)를 잡았다. 가무동과 악공이 뜰 위로 올라가 줄지어 서서 음악을 연주하겠다고 청하니, 알았다고 답하였다. 음식상을 올려 마주 들고 있으니, 비로소 음악이 시작되었다. 영위사가 교의에서 내려오고, 각 자리의 사람들도 모두 내려와 섰다. 영위사가 서쪽 기둥을 돌아 밖으로 나가서 상 올리는 것을 거들어 가운데 서서 들어가, 두 사신의 앞에서 탁자에 음식상을 두고, 각각 읍을 하고 물러났다. 본래의 자리로 가서 서서 공수하고 앉겠다고 하자, 음악이 그쳤다. 집사 4인이 화반(花盤)을 바치고 꽃을 꽂는 예를 하였다. 네 사람은 가지런히 서 있다가, 음악이 시작하자 가운데를 경유해 들어갔고, 방수가 꽃을 꽂았다. 다음으로 대선(大膳)・소선(小膳)[315]이 담긴 그릇을 빈 탁상에

---

313) 휘건(揮巾) : 식사나 세수할 때에 두르는 일종의 행주치마. 조선시대 후기 궁중의 식생활 풍속이 차츰 궁외로 퍼지면서 일부 양반가에서도 사용하였다.
314) 방수(房守) : 명나라 사신의 하인.
315) 대선(大膳)・소선(小膳) : 대선은 임금이나 세자에게 올리는 음식상으로 소선보다 돼지고기와 닭고기가 한 접시씩 더 많다. 소선은 소고기와 양고기 수육 각 한 접시로 차린다.

배열했는데, 두 사신 앞에는 탁상 바깥쪽에 각각 2개를, 원접사와 영위사 앞에는 각각 하나를 배열했다. 집사가 소선(小膳)으로 삶은 흑돼지고기와 기러기고기를 올렸는데 각각 화초를 꽂아서 올렸고, 기둥 밖에 가지런히 서 있었다. 영위사가 교의에서 내려오자, 각 관원들도 모두 내려왔다. 영위사가 서쪽 기둥 밖으로 나가 가운데 서서, 음식상 올리는 것을 거들어 들어와서, 탁상에 배열하고 거들어 올렸는데, 원접사 앞에서 이것을 가지고 들어가 배열하고, 영위사 앞에서도 이것을 가지고 들어가 배열했다. 영위사와 두 사신이 읍을 행하고 물러나, 본래 자리에 서서 공수하고 앉겠다고 말하고 각자 교의에 올라갔다. 소선을 올리는 예를 마치자, 음악이 그쳤다. 탕을 올려 처음 맛을 보자, 음악이 시작되었다.【순서를 보여준 것이다.】

遠慰使舉筯, 向稱下味. 執事四人, 舉行果盤, 楹外齊立. 兩使前, 則由中而至, 卓面外, 分左右入傍邊, 先設圓床上放. 遠慰使前亦如, 床上放之. 樂止.【迎慰行酒】迎慰酒禮, 連進二盃. 進湯二味.【示次序】迎慰使, 詣尊所西向立, 各位下交倚. 執事酌酒, 慰使自尊所執盃, 由中而入, 上使執揖進盃. 上使執盃相揖, 與副使對揖, 更與慰使相揖. 慰使前進執臺, 上使舉盃. 飮訖, 執事受盃, 又對揖.【上使副使各二盃】慰使行果盤助進, 拱手還出, 酌酒舉盃而入. 上使前, 如前行禮, 副使前亦如. 連進二盃禮畢, 還就上使前行揖, 副使前同. 各還交倚坐, 樂止.

원접사와 영위사가 젓가락을 들고 맛을 보겠다고 말했다. 집사 4인이 과반(果盤)을 들고 가서 기둥 밖에 나란히 섰다. 두 사신의 앞에서는, 가운데를 경유해 가서 탁자 바깥쪽에 좌우로 나누어 옆으로 들어가서, 먼저 둥근 상을 놓고 그 위에 펼쳐 놓았다. 원접사와 영위사 앞에서도 이와 같이하고, 상 위에 펼쳐 놓았다. 음악이 그쳤다.【영위사가 술을 올렸다.】영위사가 주례(酒禮)을 행하였는데, 연이어 술 두 잔을 올렸다. 올린 탕을 두 번째로 맛을 보았다.【순서를 보여준 것이다.】영위사가 준소(尊所)316)에 이르러 서쪽을 향해 서고, 각 자리의 사람들이 교의에서 내려왔다. 집사가 술을 따르자, 영위사가 준소에서 잔을 잡고 가운데를 경유해 들어가서, 정사(正使) 앞에서 읍을 하고 잔을 올렸다. 정사가 잔을 잡고서 서로 읍을 하였고, 부사(副使)와 마주 보고 읍을 하였고, 다시 영위사와 서로 읍을 하였다. 영위사가 앞으로 나가 잔대(盞臺)를 잡자, 정사가 잔을 들어 올렸다. 다 마시자, 집사가 잔을 받았고, 또 마주보고 읍을 하였다. 【정사와 부사가 각각 2잔씩 마셨다.】 영위사가 과반을 거들어 올리고, 공수하고 다시 나와서, 술잔에 술을 다르고 잔을 들고서 들어갔다. 정사 앞에서 이전에 한 것처럼 예를 행하고, 부사 앞에서도 이전처럼 하였다. 술 2잔을 연이어 올리는 예가 끝나자, 다시 정사 앞에 가서 읍을 하였고, 부사 앞에서도 똑같이 하였다. 각각 교의로 돌아가서 앉자, 음악이 그쳤다.

進湯三味. 各位擧筯, 相示下味, 行酒禮【兩使前終盃禮, 本國宰樞重盃禮】, 樂作. ○【接使行盃】遠接使, 詣尊所西向立, 各位下立. 遠接使執盃, 由中而入, 上使前揖進盃禮【上使二盃】, 次則如迎慰使例, 進二盃, 稍退數步間立. 頭目官一人, 詣尊所酌酒, 進上使前【上使答一盃】, 上使執盃, 相揖許盃. 遠接使執盃相揖, 移副使前揖, 還就上使前揖, 上使執臺. 接使飲訖, 執事受盃, 又對揖. 果盤助進而出, 詣尊所酌酒, 副使【副使二答一盃】前, 就進酒禮, 上使前同. 移就迎慰使前立. 執事酌酒進前, 遠接使執盃相揖, 行酒禮上同. 酒禮畢, 樂止.

올린 탕을 세 번째로 맛을 보았다. 각 자리의 사람들이 젓가락을 들어서 서로 보이고 맛을 보고서 주례를 행하였다. 【두 사신은 앞에서 잔 올리는 예를 끝냈고, 우리나라의 재추(宰樞)317)가 다시 잔 올리는 예를 한 것이

---

316) 준소(尊所) : 제향(祭享) 혹은 연향 때에 준상(樽床)을 차려 놓는 곳이다.
317) 재추(宰樞) : 의정부의 종2품 이상의 문관(文官)과 추밀원(樞密院)의 종2품 이상의 무관(武官)을 통칭하는 말임.

다.】 음악이 시작되었다. ○【원접사가 잔 올리는 예를 행하였다.】원접사가 준소에 이르러 서쪽을 향해 서자, 각 자리의 사람들이 내려와 섰다. 원접사가 잔을 잡고 가운데를 경유해 들어가서, 정사 앞에서 읍을 하고 잔 올리는 예를 하였으며, 【정사는 두 잔이다.】 다음으로는 영위사가 했던 예와 똑같이 두 잔을 올린 뒤, 조금 물러나와 몇 걸음 사이에 섰다. 두목관(頭目官) 한 사람이 준소에 이르러 잔에 술을 따르고 정사 앞에 올리자, 【정사는 답하고 한 잔 마셨다.】 정사가 잔을 잡고 서로 읍하고서 마시는 것을 허락했다. 원접사가 잔을 잡고 서로 읍을 하고서, 부사 앞으로 옮겨가 읍을 하고, 다시 정사 앞에 나아가 읍을 하자, 정사가 잔대를 잡았다. 원접사가 다 마시자, 집사가 술잔을 받고 또 마주보고 읍을 하였다. 그리고 과반을 거들어 올리고 나와서, 준소에 이르러 잔에 술을 따르고, 부사 【부사는 두 번 답하고 한 잔 마셨다. 】 앞에서 술잔 올리는 예를 하였고, 정사 앞에서도 똑같이 하였다. 그리고 영위사 앞으로 옮겨가서 섰다. 집사가 술잔을 따라 앞으로 나가자, 원접사가 잔을 잡고 서로 읍을 하고서, 주례를 이전과 똑같이 행하였다. 주례를 마치자, 음악이 그쳤다.

進湯四味. 遠接使, 當中立, 兩使下立. 令通事, 跪告完盃禮. 接使出詣尊所, 樂作. 遠使執盃, 上使前進盃, 一巡行酒禮如前. 進湯五味, 遠接使, 如前酌酒, 就副使前進盃, 行酒禮如前. 遠接使, 還就上使前揖, 副使前同. 迎慰使前行揖, 完盃禮畢. 各乘交倚, 樂止. 進六味. 進大膳, 先入排時, 執事齊立, 迎慰使出楹外, 樂作. 助進, 各位降立, 兩使前揖, 還乘交倚. 進湯七味. 迎慰使, 當中立, 令通事, 跪告完盃禮. 慰使詣樽所, 樂作, 執盃, 上使前進, 一巡行禮如前. 【慰使天使前各一盃】 進湯八味. 慰使詣尊所酌酒, 進副使前, 與遠接使前, 行酒禮如前. 各交倚, 樂止. 進湯九味. 完盃禮, 則只行兩使前, 行酒時中盃禮, 則只行宰樞前. 遠接使出, 當中立, 令通事, 跪告請再拜酒禮, 兩使皆辭不受. 罷宴, 接使就兩使前, 各各行揖而出. 迎慰當中立, 令通事, 下直請告. 詣上使前, 行再拜揖, 詣副使前行再拜而出. 兩使相揖, 各就房宿所.

올린 탕을 네 번째로 맛을 보았다. 원접사가 가운데 서자, 두 사신이 내려와 섰다. 원접사가 통사를 거느리고 무릎을 꿇고서 완배례(完盃禮)를 하겠다고 고하였다. 원접사가 나가 준소에 이르자, 음악이 시작되었다. 원접사가 잔을 잡고, 정사 앞에 잔을 올렸고, 주례를 이전과 같이 한 번 행하였다. 올린 탕을 다섯 번째로 맛보았다. 원접사가 이전과 같이 잔에 술을 따르고, 부사 앞에 나아가 잔을 올리고, 주례를 이전과 같이 행하였다. 원접사가 다시 정사 앞에 나아가 읍을 하였고, 부사 앞에서도 똑같이 하였다. 영위사 앞에서도 읍을 행하고, 완배례가 끝났다. 각 자리의 사람들이 교의에 올라가니, 음악이 그쳤다. 올린 탕을 여섯 번째로 맛보았다. 대선(大膳)을 올렸는데, 먼저 들어가 배열할 때에, 집사는 가지런히 섰고, 영위사가 기둥 밖으로 나가자, 음악이 시작되었다. 대선을 거들어 올렸고, 각 자리의 사람들이 내려와 섰고, 두 사신 앞에서 읍을 하고 다시 교의에 올랐다. 올린 탕을 일곱 번째로 맛보았다. 영위사가 가운데 서서 통사를 거느리고 무릎을 꿇고서 완배례(完盃禮)를 하겠다고 고하였다. 영위사가 준소에 이르자, 음악이 시작되었다. 영위사가 잔을 잡고, 정사 앞에 잔을 올렸고, 주례를 이전과 같이 한 번 행하였다. 【영위사가 중국사신 앞에서 각각 한 잔을 올렸다.】 올린 탕을 여덟 번째로 맛보았다. 영위사가 준소에 이르러 잔에 술을 따르고 부사 앞과 원접사 앞에 잔을 올렸고, 주례를 이전과 같이 행하였다. 각 자리의 사람들이 교의에 가자, 음악이 그쳤다. 올린 탕을 아홉 번째로 맛보았다. 단지 두 사신 앞에서만 행하였는데, 주례를 행할 때의 중배례(中盃禮)는 단지 재추 앞에서만 행하였다. 원접사가 나가서 가운데 서서 통사를 거느리고 무릎을 꿇고서 재배주례(再拜酒禮)를 하겠다고 청하였는데, 두 사신이 모두 사양하고 받지 않았다. 연회를 마치고, 원접사가 두 사산 앞에 가서 각각 읍을 행하고 나왔다. 영위사가 가운데 서서 통사를 거느리고 하직하고 청고(請

告)318)하였다. 그리고 정사 앞에 이르러 재배를 행하고 읍을 하였고, 부사 앞에 이르러서도 재배를 행하고 나왔다. 두 사신이 서로 읍을 하고 각자 숙소로 갔다.

迎慰使禮
영위사(迎慰使)의 예(禮)

見官禮 ○再拜一揖, 跪告問安出.

현관례(見官禮) ○재배하고 한 번 읍을 하고 꿇어앉아 고하고 문안하고 나왔다.

宴享禮 ○行揖中立 ○校生進二禮單 ○執呈天使, 復位.

연향례(宴享禮) ○읍을 하고 가운데 섰다. ○교생(校生)이 예단 2건을 올렸다. ○예단을 가지고서 중국 사신에게 바치고 자리로 돌아왔다.

行茶禮 ○茶入, 各降立, 執鍾擧示 ○各坐擧示飮.

다례(茶禮)를 행하였다. ○차가 들어오자 각 자리의 사람들이 내려와 섰고, 다종(茶鍾)을 들고 보여주었다. ○각 자리에 앉아서 들어서 보여주고 마셨다.

擧饌 【作樂】 ○先由柱外, 助進中盤, 置卓內. ○各位揖, 還位稱坐.

찬(饌)을 듦 【음악을 연주함】 ○먼저 기둥 밖으로 경유해 나와, 중간 크기의 쟁반을 거들어 올려서 탁자 안에 두었다. ○각 자리 사람들이 읍을 하자, 본래 자리로 돌아가 앉겠다고 하였다.

大小膳 ○先由柱外中立, 助進膳盤, 卓床排. ○揖還位稱坐.

318) 청고(請告) : 휴가나 퇴직을 청하는 것을 말한다.

대선(大膳)·소선(小膳) ○먼저 기둥 밖으로 경유해 나와 서서, 선반(膳盤)을 거들어 올려서 탁상에 배열했다. ○읍을 하고 본래 자리로 돌아가 앉겠다고 하였다.

初味 ○各擧筯下味. ○盤果入陳圓床.

처음 맛을 봄 ○각각 젓가락을 들고 맛을 보았다. ○과반(果盤)을 들어서 둥근 상에 진설하였다.

迎慰禮 ○詣樽所【西向】, 執盃入揖, 進天使揖, 受揖, 各位又三揖. 執臺, 天使揖, 慰使助進行果. ○又一盃如前, 畢揖, 天使各還. 三味, 擧筯而食.

영위례(迎慰禮) ○준소에 이르러【서쪽을 향함】, 잔을 잡고 들어가 읍을 하고, 두 사신에게 잔을 올리고 읍을 하였고, 읍을 받고서 각 자리 사람들이 또 세 번 읍을 하였다. 잔대를 잡자, 명나라 사신이 읍을 하였고, 영위사가 과반 올리는 것을 거들었다. ○또 이전과 같이 잔을 한 번 올리고, 마치고 읍을 하자, 명나라 사신이 각자 돌아갔다. 세 번째 맛을 볼 때, 젓가락을 들어 먹었다.

行酒禮 ○遠使, 與迎慰行禮二盃. 頭目酌進, 上使許遠接. 遠接三揖, 飮如前. ○副使前同. ○迎慰前, 執事酌來, 遠使進一盃禮如前, 式中盃禮.

주례(酒禮)를 행함 ○원접사가 영위사와 더불어 예를 행하여 두 잔을 올렸다. 두목관(頭目官)이 술을 따라서 올리자, 정사가 원접사의 잔을 허락했다. 원접사가 세 번 읍을 하고, 이전과 같이 마셨다. ○부사 앞에서도 똑같이 하였다. ○영위사 앞에 집사가 술을 따라서 가지고 오자, 원접사가 한 잔을 올리는 예를 이전과 같이 하였는데, 중배례(中盃禮)를 본떴다.

行完盃禮, 遠接, 兩天使前, 各一盃. ○慰使, 兩天使前, 各一盃.

완배례(完盃禮)를 행하였다. 원접사가 두 사신 앞에서 각각 한 잔을 올렸다. ○영위사가 두 사신의 앞에서 각각 한 잔을 올렸다.

再盃禮, 遠使, 當中立, 令通事, 請再盃禮, 辭不受, 則迎慰當中立, 令通事, 下直. 兩使前, 各行再拜一揖而出.

재배례(再盃禮). 원접사가 가운데 서서 통사를 거느리고 재배례(再拜禮)를 하겠다고 청하였는데, 중국 사신이 사양하고 받지 않았으니, 영위사가 가운데 서서 통사를 거느리고 하직하였다. 두 사사 앞에서 각각 재배를 행하고 한 번 읍을 하고서 나갔다.

6. 狀啓
장계

迎慰使行龍驤衛副護軍臣

迎慰使行龍驤衛副護軍臣謹啓. 臣以楊御史蕭參政義州迎慰使, 去五月二十六日拜辭. 本月初六日, 到義州, 各行次待候. 本月二十四日, 蕭參政, 自九連城, 早朝越江下館, 接伴使等, 行見官禮後, 臣納名, 則問曰, "問安陪臣, 何如人?" 令通官答曰, "刑部左侍郎云." 遂入行禮後, 仍問安, 則答曰, "多謝呈禮單." 則四連油紙一張, 雨籠五事, 白綿紙五卷, 打點二物, 揀受, 油紙還給. 霆雨可用事, 令通官詮告, 則並受. 請宴, 則答曰, "多謝, 行忙勿爲." 仍跪請曰, "國王委送陪臣, 而老爺不許排宴, 無以伸寡君誠意, 未安. 敢請." 答曰, "到平壤, 當受云." 臣將此意, 通于本道監司. 臣仍留以待楊御史, 楊御史數日內下館, 則臣以一人再行大禮, 似爲未安, 接伴使李德馨, 相議處置, 妄料. 詮次善啓.

萬曆二十五年六月二十四日.

영위사(迎慰使) 행 용양위(龍驤衛) 부호군(副護軍) 신은 삼가 아룁니다. 신은 양 어사(楊御史)·소 참정(蕭參政)에 대한 의주영위사(義州迎慰使)로서, 지난 5월 26일에 배사(拜辭)[319]하였습니다. 본월 초6일에 의주에 이르러서, 각각의 숙소에서 분부를 기다렸습니다. 본월 24일에 소 참정이 구연성(九連城)으로부터 아침 일직 강을 건너 관소(館所)에 왔으므로, 접반사 등이 현관례(見官禮)를 행한 뒤, 신이 왔다고 알렸습니다. 그러자 소 참정이 묻기를, "문안하는 배신(陪臣)은 어떤 사람인가?"라고 하였습니다. 역관을 통해 답하길, "형부시랑입니다."라고 하고, 마침내 들어가 현관례를 행한 뒤에, 이어서 문안했습니다. 그러자 소 참정이 답하길, "예단을 주어 매우 고맙네."라 하고는, 사련(四連)의 기름종이 1장과 우의 5개와 백면지 5권 중에 2가지 물건을 정하여 가려 받고 기름종이는 돌려주었습니다. 신이 흙비가 내릴 때 쓸 수도 있다고 역관을 통해 설명해주자, 모두 받았습니다. 신이 연회를 열 것을 청하자, 소 참정이 답하길, "갈 길이 머니 하지 말라."고 하였습니다. 이에 신이 무릎을 꿇고 청하길, "조선 국왕께서 배신을 보냈는데, 노야께서 연회를 허락하지 않으시어 저희 임금의 성의를 펴지 못하니, 편치 못합니다. 이에 감히 청합니다."라고 하였습니다. 소 참정이 답하길, "평양에 이르면 마땅히 받을 것이다."라고 하였으니, 신이 이러한 뜻을 본도의 감사에게 전하였습니다. 신은 계속 머물면서 양 어사를 기다렸는데, 양어사가 며칠 내로 관소에 왔습니다. 신은 한 사람이 큰 예를 두 번 행하는 것은 온당치 못할 듯하다고 여겨, 접반사 이덕형(李德馨)과 상의하여 처리하려고 생각하고 있습니다. 이러한 연유를 잘 아뢰어 주십시오.

만력 25년(1597) 6월 24일.

---

319) 배사(拜辭) : 지방관이 부임(赴任)할 적에 전정(殿庭)에 나아가 임금에게 숙배(肅拜)하고 하직하는 일.

定州迎慰使副護軍丁景達開坼. 同副承旨尹.

經理之行云云事, 有旨.

萬曆二十五年六月三十日.

정주영위사(定州迎慰使) 부호군(副護軍) 정경달(丁景達) 개탁(開坼)[320]. 동부
승지(同副承旨) 윤(尹) 아무개가 보냄.

'양 경리(楊經理)의 행차' 운운하는 일에 대한 유지(有旨)[321]. 만력 25년
(1597) 6월 30일.

祗受書狀.

謹啓. 通政大夫定州迎慰使副護軍臣, 經理之行, 起復出來沿道. 若不受宴, 則無
以致禮, 呈迎慰禮單. 及本道物膳之時, 爾其預爲優備生物實果, 以代不受宴, 物目
之數事, 有旨. 去六月三十日, 同副承旨成貼書狀, 今七月初八日, 臣在定州祗受.
詮次善啓.

萬曆二十五年七月初八日.

공손히 서장(書狀)을 받음.

삼가 아룁니다. 통정대부(通政大夫) 정주영위사(定州迎慰使) 부호군(副護軍)
신에게 "양 경리(楊經理)의 행차가 기복(起復)하여 연로(沿路)에 나왔다. 만약
연회를 받지 않는다면, 예를 치러 영위(迎慰)하는 예단을 바칠 수 없다. 본
도에서 선물을 줄 때에 미쳐, 네가 미리 고기와 과실을 넉넉히 준비해서, 연
회를 받지 않을 경우의 물목(物目)을 대신하라."는 유지가 내려졌으니, 이는 지

---

320) 개탁(開坼) : 봉한 편지(便紙)나 서류(書類)를 '뜯어 보라'는 뜻으로, 주로 아랫사람에게
  보내는 편지(便紙) 겉봉에 쓰는 말
321) 유지(有旨) : 승정원의 담당 승지를 통하여 전달되는 왕명서(王命書).

난 6월 30일에 동부승지가 성첩(成貼)한 서장(書狀)인데, 지금 7월 초8일에 신이
정주에 있으면서 공경히 받았습니다. 이러한 연유를 잘 아뢰어 주십시오.

만력 25년(1597) 7월 8일.

楊經理迎慰狀啓

謹啓. 定州迎慰使通政大夫行副護軍臣, 祗受有旨, 多備物膳十三種, 與接伴使李
德馨相議, 以紙筆硯墨・油紙・茶蔘・花席・白扇, 改書禮單. 本月十五日, 經理
下館. 十六日, 早牌與李德馨・牧使許鏛入庭, 經理下交倚出立, 令李德馨及臣, 階
上行禮. 臣問安呈兩單, 則審見後問曰, "國王平安乎? 委送陪臣, 遠呈禮物, 感謝無
涯." 臣曰, "禮物, 叩頭以謝." 經理不敢受云. 臣更跪曰, "國王只送禮物, 老爺不
受, 卑職無以伸國王誠意, 將何以回報乎?" 答曰, "吾先受之, 諸將必效, 玆不敢受
也." 臣更告曰, "下人甚苦, 願分給魚物云." 曰, "決不可也." 又曰, "辛苦來矣. 何
日下來耶?" 答曰, "六月初下來矣." 曰, "然則久留厄苦, 欲以酒椀慰之." 事體非
便, 未果, 遂給銀子, 封回書曰, "折酒銀五錢云." 顧李德馨曰, "此後一路, 亦有迎
慰事乎?" 答曰, "國王無以表忱, 安州平壤等官, 亦送問安矣." 經理曰, "速令撤歸
云." 遂給臣謝帖, 爲同封上送. 詮次善啓.

萬曆二十五年七月十六日.

양경리영위장계

삼가 아룁니다. 정주영위사(定州迎慰使) 통정대부(通政大夫) 행 부호군(副
護軍) 신은 공경히 유지(有旨)를 받고서 선물 13종을 넉넉히 준비하고, 접반

사 이덕형(李德馨)과 상의하여 지필연묵(紙筆硯墨)·기름종이·다삼(茶蔘)[322]·화문석·백선(白扇)등으로써 예단을 고쳐 썼습니다. 이달 16일에, 양 경리가 관소에 묵었습니다. 16일에 조패(早牌)[323]로 이덕형·목사 허상(許鏛)과 관소에 들어갔는데, 양 경리가 교의에서 내려와 나와 서서 이덕형과 신으로 하여금 뜰 위에서 예를 행하게 했습니다. 신이 문안하고 두 예단을 드리자, 양 경리가 자세히 살펴본 뒤에 묻기를, "조선 국왕은 평안하신가? 배신을 보내어 멀리까지 예물을 보내주시니, 감사하기 그지없다."라고 하였습니다. 신이 말하길, "예물입니다. 머리를 조아려 사례합니다."라고 하였는데, 양 경리가 감히 받을 수 없다고 하였습니다. 신은 다시 무릎을 꿇고 말하길, "조선 국왕께서 단지 예물만 보냈을 뿐인데 노야께서 받지 않으시어, 낮은 관직에 있는 제가 국왕의 성의를 펼 수 없게 되었으니, 장차 어떻게 돌아가 보고하겠습니까?"라고 했습니다. 그러자 양 경리가 답하길, "내가 먼저 그것을 받는다면, 다른 여러 장수들이 필시 이를 본뜨려고 할 것이니, 이에 감히 받을 수 없네."라 하였습니다. 신이 다시 고하길, "하인들이 몹시 고생하니, 원컨대 그들에게 어물(魚物)을 나누어 주십시오."라고 했습니다. 양경리가 말하길, "결코 안 된다."라고 하기에, 신이 또, "고생하며 오셨을 것입니다. 며칠에 내려오셨습니까?"하니, 양 경리가 답하기를, "6월 초에 내려왔다."고 하였습니다. 제가 말하길, "그렇다면 오랫동안 머물면서 고생하셨으니 술로써 위로해드리고 싶습니다."라고 하였습니다. 그런데 일의 체모로 볼 때 편치 못하여 실행하지 못하였고, 마침내 은자를 주고 회서(回書)를 동봉해 보내서, "술 대신 은 5전을 보냅니다."라고 했습니다. 그러자 양 경리가 이덕형을 돌아보며 말하길, "이후로 가는 길에 또 영위하는 일이 있겠는가?"하니, 이덕형이 답하길, "조선 국왕께서 정성을 표현하지 못하셨으니, 안주(安州)·평양(平壤) 등의 관리도 또한 사람을 보내 문안할 것입니다."라

---

322) 다삼(茶蔘) : 차 달이는 데에 쓰는 인삼.
323) 조패(早牌) : 아침에 통과하는 패문(牌文)이다.

하였습니다. 그러자 양 경리가 말하길, "속히 철수하여 돌아가게 하라."고 하고, 마침내 신에게 사례하는 첩문을 주었으니, 이것을 동봉하여 올려 보냅니다. 이러한 연유를 잘 아뢰어 주십시오.

만력 25년(1597) 7월 16일.

備邊司爲知音事, 節啓下敎, 楊經理接伴使書狀, "據啓目帖連啓下. 楊經理體貌尊重, 接應之事, 數十分審處, 然後庶無後悔. 狀啓內所言, 實非偶然. 問安承旨, 旣往定州, 使之前進義州, 別行問慰之禮, 而丁則還來于定州, 以爲中路問安, 甚爲便當辭緣行移, 何如?"

萬曆二十五年六月十九日.

비변사가 통지한 일로 이번에 계하(啓下)[324]하신 양 경리(楊經理) 접반사의 서장(書狀)에, "근거할 계목을 첨부하시어 계하하셨습니다. 양 경리는 체모(體貌)를 존중하니, 응접(應接)하는 일에 있어 매우 충분하게 살피고 처리한 뒤에야 후회가 없을 수 있을 것입니다. 장계에서 말한 것은 실로 공연한 것이 아닙니다. 문안하는 승지가 이미 정주(定州)에 갔으니 그로 하여금 의주(義州)로 나아가서 별도로 문위(問慰)의 예를 행하게 하고, 정경달은 정주에 돌아왔으니 '중도에 문안하는 것이 매우 용이할 것이다'라는 내용으로 공문을 보내는 것이 어떻겠습니까?"라고 하였다.

만력 25년(1597) 6월 19일.

---

324) 계하(啓下) : 임금의 재가를 받은 것을 말한다. 계품한 문서에 재가의 표시로 계자인(啓字印)을 찍어서 내려 보낸 데서 연유하였다.

左副承旨臣金信元次知啓, 依允敎事是去有等以, 敎旨內貌如使內向事.

좌부승지(左副承旨) 신 김신원(金信元)이 담당하여 아뢰었는데, 아뢴 대로 하라고 윤허하신 일이었으므로, 교지(敎旨) 내용과 같이 할 일.

楊摠兵問慰狀啓【八月二十三日, 在水原】
양 총병(楊摠兵)을 문위(問慰)한 일에 대한 장계【8월 23일 수원(水原)에서】

謹啓. 臣本月二十三日, 逢摠兵揭帖, 相對涕泣後, 臣告曰, "國王初聞陷城, 不勝慟怛. 及聞老爺潰圍而出, 慰忭無已, 令臣馳進問安云." 摠兵拜謝曰, "我軍三千, 彼賊十萬, 五日六夜, 圍掩鴟張, 矢竭炮盡, 遂至陷沒. 不得已擁若干軍, 逃出, 天朝法嚴, 必未免敗軍之律. 第念不斃於戰場, 而死於法令, 則骸骨可收. 幸歸達國王, 活我云." 因使家丁持來戰袍, 指點搶穴數庫, 斬倭血濺數庫, 及乳背逢搶二庫, 血出沾衣, 不堪刺痛云, 泣下無數. 臣告曰, "孤軍守成, 見陷幸免, 豈可論以全科? 卑職陪去老爺, 不得先行, 將此意, 當啓知國王云." 摠兵稱謝, 仍親見啓草, 故具由以達. 追乎祗受有旨內, 家丁衣次及禮物, 再三固辭. 臣告曰, "老爺及家丁等, 萬死幸生, 國王只將薄物表情. 老爺不受, 則無以歸報國王云." 答曰, "當面謝國王前, 但病不運身, 恐國王爲我擧動也." 物膳分給家丁, 家丁等喜色滿額. 詮次善啓.

삼가 아룁니다. 신이 이달 24일에, 양 총병을 만나 게첩(揭帖)[325]을 올리고, 서로 마주하여 눈물을 흘린 뒤에, 신이 고하길, "조선 국왕께서 처음에 성이 함락되었다는 것을 듣고 비통함을 금치 못하셨습니다. 총병이 포위를 무너뜨리고 나왔다는 것을 들으시고는 위로되고 기쁘기 그지없어, 저로 하여금 급히 달려가 문안하라고 하셨습니다."라고 했습니다. 그러자 양 총병

---

325) 게첩(揭帖) : 게첩은 어떤 일의 내용을 적어 보고하는 공문서이다.

이 감사의 뜻을 표하며 말하길, "우리 군사는 3천인데 저 적들은 10만이었으니, 닷새 낮 엿새 밤에 걸쳐 적이 포위하고 엄습하여 포악하게 굴어서, 화살과 화포가 따 떨어져, 마침내 함락되고 말았네. 부득이하여 약간의 군사들을 데리고 도망 나왔는데, 명나라 조정의 법이 엄격하니 필시 전쟁에 패배했다는 죄를 면하기 어려울 것이네. 다만 생각건대, 전장에서 죽지 않고 법령으로 죽는 다면 유골은 수습할 수 있을 것이네. 바라건대 돌아가 조선 국왕에게 아뢰어서 나를 살려주게."라고 했습니다. 그리고 이어서 가정(家丁)을 시켜 전포(戰袍)³²⁶)를 가져오게 해서, 창상을 입은 자국 몇 곳과 왜적을 베고 피가 튄 자국 몇 곳과 가슴과 등에 찔린 자국 두 곳을 가리켜 보여주었는데, 피가 흘러나와 옷을 적시고 찌르는 듯한 고통을 견딜 수 없었다고 하고 무수히 눈물을 흘렸습니다. 이에 신이 고하길, "고립된 군대로 성을 지키다가 함락당하고도 다행히 죽음을 면했으니, 어찌 전과(全科)로 논단할 수 있겠습니까?³²⁷) 낮은 관직에 있는 제가 노야를 모시고 가느라 먼저 갈 수 없으나, 이러한 뜻을 마땅히 저희 국왕께 아뢰겠습니다."라고 했습니다. 그러자 양 총병은 고마움을 표하고, 이어서 계사를 초한 것을 직접 보았으므로, 이런 사연을 갖추어 아뢰었습니다. 추후에 공경히 받은 유지(有旨)대로, 가정의 옷감과 예물을 주었으나, 재차 삼차 사양하였습니다. 이에 신이 고하길, "노야와 가정 등이 죽을 지경에 이르렀다가 다행히 살아났기에, 조선 국왕께서 그저 조촐한 물건으로 마음을 표한 것입니다. 노야께서 받지 않으신다면 국왕에게 돌아가 보고 할 수가 없습니다."라고 했습니다. 그러자 양 총병이 답하길, "마땅히 조선 국왕 앞에서 직접 뵙고 사례해야 할 것이나, 병이 나서 몸을 움직일 수가 없으니, 국왕께서 나 때문에 거둥하실까 두렵다."라고 하였습니다. 선물을 가정들에게 나누어 주었더니, 가정들이

---

326) 전포(戰袍) : 장수(將帥)가 입던 웃옷의 한 가지.
327) 전과(全科)로~있겠습니까 : 전과(全科)는 '죄과(罪科)의 전부'라는 뜻이다. 혐의 받은 죄의 전부를 법률에 적용해서는 안 된다는 뜻이다.

얼굴에 희색이 만연하였습니다. 이러한 연유를 잘 아뢰어 주십시오.

追慰摠兵【在安城】
양 총병(楊摠兵)을 뒤쫓아 가 위문함【안성(安城)에서】

謹啓. 摠兵不意發行, 臣痞疾極重, 寸寸馳進, 二十六日, 追到開城府. 摠兵喜而問曰, “咨文來乎?” 答曰, “國王促爲, 近必趁到.” 二十七日, 到平山, 則下人掃避, 男丁無一人, 喚出官婢數口, 艱難支供. 二十八日, 人馬乏絶, 臣與一行, 皆把私馬, 以支待事. 臣先到安城站, 日暮時, 則通事柳宗白來言, “摠兵到甫山站, 某事還向京城先去, 軍人調還云云.” 問於其家丁, 則曰, “留平山, 見察.”【以下缺】

삼가 아룁니다. 양 총병이 뜻밖에 떠났는데, 신이 비질(痞疾)[328]이 있어 조금씩 뒤쫓아 가서 26일에야 개성부(開城府)에 도착했습니다. 양 총병이 기뻐하며 묻기를, “자문(咨文)이 왔는가?”라고 하니, 신이 답하기를, “국왕이 재촉했으니, 가까운 시일 내에 필시 당도할 것입니다.”라고 했습니다. 27일에 평산(平山)에 도착하였는데, 하인들이 싹 도망가서 남자들이 한 명도 없었으니, 관비(官婢) 몇 사람을 불러내서 어렵게 지공(支供)[329]하였습니다. 28일에는 하인과 말이 다 없어져, 신은 일행과 모두 사마(私馬)를 가지고 지대(支待)[330]하였습니다. 신이 먼저 안성참(安城站)에 도착했데, 해가 저물 때에 역관 유종백(柳宗白)이 와서 말하기를, “양 총병이 보산참(甫山站)에 도착했다가 어떤 일로 다시 경성(京城)으로 먼저 떠났고, 군인들은 정비하여 돌아왔습니다.”라고 했습니다. 그 가정에게 물었더니, “평산에 머물고 있으니,

---

328) 비질(痞疾) : 뱃속이 막힌 것처럼 결리고, 배꼽 언저리가 땅땅하고 누르며 아픈 병.
329) 지공(支供) : 음식을 이바지함.
330) 지대(支待) : 공사(公事)로 인하여 지방에 나가는 관리에게 그 지방의 관아에서 먹을 것과 쓸 물건을 공급하여 주던 일을 말함.

살펴주십시오."라고 하였습니다.【이하 결락】

二【在開成】
두 번째 【개성(開成)에서】

謹啓. 摠兵初一日到開成, 乃察院後, 初二日, 還向平壤, 經理·軍門, 遼東巡按·巡撫等處, 咨文未成送, 又未奏聞. 各官支應, 亦爲齟齬, 多發未安之言. 臣但痞疾極重, 寸寸隨行, 極爲憫慮. 詮次善啓.

삼가 아룁니다. 양 총병이 초1일에 개성에 도착하여 원(院)을 살핀 뒤에, 초2일에 다시 평양을 향했는데, 경리(經理)·군문(軍門)과 요동의 순안어사(巡按御史)·순무어사(巡撫御史) 등에게 자문을 아직 보내지 못했고, 또 황제께 아뢰지도 못했습니다. 각 관원의 지응(支應)[331]도 또한 어긋나서 편치 못한 말이 많이 나왔습니다. 신은 다만 비질(痞疾)이 매우 심각하여 조금씩 따라가고 있으니, 매우 염려스럽습니다. 이러한 연유를 잘 아뢰어 주십시오.

三【在中和】
세 번째 【중화(中和)에서】

謹啓. 摠兵急馳下來, 前月二十八日, 馳到安城站, 還向開城府, 又還馳來. 本月初五日, 到中和, 見蕭布政後, 翌日又向開城府, 冒夜馳去, 去來如飛, 人顚馬仆, 極爲憫迫. 伸救咨文, 趁不成送, 大發心疾, 多有未安之事. 臣胸腹浮腫, 吐血無數, 摠

---

331) 지응(支應) : 조선 시대 때 벼슬아치가 공무로 어느 곳에 갔을 경우, 필요한 물품을 그 지방 관아에서 대어 주던 일.

兵目見哀之日, "數日往還間, 中路調理云云." 臣落後調病. 詮次善啓.

　　삼가 아룁니다. 양 총병이 급히 말을 달려 내려왔으므로, 지난달 28일에 안성참(安城站)에 이르렀다가, 다시 개성부(開城府)를 향해 또 다시 달려갔습니다. 이달 초5일에 중화(中和)에 이르러 소 포정(蕭布政)을 만난 뒤에, 다음날 또 개성부를 향하여 밤새도록 달려갔는데, 나는 듯이 급히 오고가서 사람과 말이 모두 엎어지고 넘어졌으니, 매우 염려스럽습니다. 양 총병을 신원하는 자문(咨文)을 보내지 못하고 마음의 병이 크게 나서, 편치 못한 일이 많습니다. 신은 가슴과 배가 부어오르고 무수히 피를 토하였는데, 양 총병이 이것을 목도하고 슬퍼하며 말하길, "며칠 왕복하는 사이에, 중도에 몸조리를 하라."고 했으니, 신은 뒤에 떨어져서 병을 치료하고 있습니다. 이러한 연유를 잘 아뢰어 주십시오.

十月十四日【在祥原】
10월 14일【상원(祥原)에서】

　　謹啓. 監軍御史, 已爲差出, 快速前來云. 今以爾爲定州迎慰使, 禮單物件, 則令本道備呈事, 亦爲下諭於本道監司矣. 爾其措備宴需, 設行迎慰事, 有旨, 本月初一日, 左承旨成貼書狀, 十三日, 臣在祥原地, 祗受. 臣以楊摠兵接伴使出來, 痁疾危急, 到中和, 吐血顚仆. 摠兵令落後調理, 緣由狀啓. 後受鍼調治, 寸寸發去, 路聞迎慰使奉差留待有旨, 發向安州. 詮次善啓.

　　삼가 아룁니다. 감군어사(監軍御史)가 이미 차출되어 급히 앞으로 나왔다고 합니다. "지금 너를 정주영위사(定州迎慰使)로 삼는다. 예단의 물건은 본도로 하여금 갖추어 올리게 하라고 또한 본도 감사에게 하유하였다. 너는

연회에 필요한 물품을 마련해서 영위(迎慰)를 설행하라."는 유지는 이달 초
1일에 좌승지(左承旨)가 성첩(成貼)한 서장인데, 13일에 신이 상원(祥原) 땅
에 있으면서 공경히 받았습니다. 신은 양 총병의 접반사로서 왔는데, 비질
(痞疾)이 위급하여 중화(中和)에 이르러서 피를 토하고 자빠졌습니다. 이에
양 총병이 신으로 하여금 뒤에 떨어져서 몸조리를 하도록 하였으니, 이런
사정을 장계로 아뢰었습니다. 후에 침을 맞아 병을 치료하고서 조금씩 나
아가고 있었는데, 길에서 '영위사로 가서 머물러 기다리라.'는 유지가 내려
졌다는 것을 듣고, 안주(安州)로 출발했습니다. 이러한 연유를 잘 아뢰어
주십시오.

十一月初六日【在定州】
11월 초6일【정주(定州)에서】

謹啓. 臣於本月初四日酉時, 祗受有旨, 急速馳進. 初五日戌時, 到郭山雲興站,
郎中行次相逢, 令譯官詮告. 初六日, 欲與閔仁伯, 行見官禮, 後則向定州. 臣文移
列邑, 無印信, 未安. 詮次善啓.

삼가 아룁니다. 신은 이달 초4일 유시(酉時)에 유지를 공경히 받들어 급히
달려갔습니다. 초5일 술시(戌時)에 곽산(郭山) 운흥참(雲興站)에 이르렀는데,
낭중(郎中)의 행차와 만나 역관으로 하여금 사정을 설명하여 고하게 했습니
다. 초6일에 민인백(閔仁伯)과 현관례(見官禮)를 행하고자 하여, 후에 정주(定
州)로 향했습니다. 신이 여러 고을에 공문을 보내려는데 인신(印信)이 없으
니, 편치 못합니다. 이러한 연유를 잘 아뢰어 주십시오.

十一月十一日【在加山】
11월 11일【가산(加山)에서】

謹啓. 員外本月初七日, 向嘉山, 路見軍門書送人, 軍門探知, 後或東或西云. 初八日, 仍留嘉山,同日乃生辰, 軍門及中朝各衙門, 多數進排, 只受物膳, 不受綵段. 臣段未得前知, 同郡殘薄, 臣亦空手, 只得雞猪酒糆茶果魚物等十三種, 呈單子, 則以唐人禮, 進肉餠分送於臣, 稱謝不已. 初九日, 卜物留置嘉山, 除迎逢停, 還向定州, 令臣落後. 臣向夕馳進曰, "恐負國王委遣之意, 敢來云云." 員外嚴責譯官曰, "聞陪臣有病, 使之落後, 其何强來耶? 今可還去, 衝雪往來未安, 姑留可也." 初十日, 朝留待軍門, 他下處修理事分付, 衙軒修理. 詮次善啓.

삼가 아룁니다. 양 원외가 이달 초7일에 가산(嘉山)으로 향하였는데, 길에서 군문의 편지를 가지고 가는 사람을 만났으니, 군문에서 탐지하는 것이 후에 혹은 동쪽으로 혹은 서쪽으로 향할 것이라고 하였습니다. 초8일에 가산에 계속 머물러 있었는데, 이날은 바로 양 원외의 생신이었으므로 군문과 명나라 조정의 각 아문에서 많은 물건을 진상하였는데, 양 원외가 단지 선물만 받고 채단(綵緞)은 받지 않았습니다. 신은 생신을 미리 알지 못하였으며, 같은 군(郡)이 가난하고 신은 또한 빈손으로 갔으므로, 단지 닭·돼지·술·면·차·과일·생선 등 13종만을 얻어 단자를 바쳤더니, 중국인의 예로써 신에게 고기와 전병을 나누어 보내주어 고마움을 표시하기 그지없었습니다. 초9일에 복물(卜物)[332]을 가산에 남겨 두고서 영접하는 일을 중지하고 다시 정주로 하였는데, 신으로 하여금 뒤에 떨어져 있게 하였습니다. 신이 저녁 무렵에 달려가서 말하기를, "국왕께서 파견하신 뜻을 저버리게 될까 두려워서 감히 왔습니다."라고 하였더니, 양 원외가 역관을 엄히 꾸짖으

---

332) 복물(卜物) : 마소에 실은 갖가지 물품. 주로 명나라로 왕래하는 사신(使臣) 등의 갖가지 물품을 일컬음.

면서 말하기를, "배신이 병이 났다는 것을 듣고 뒤에 떨어져 있게 하였는데, 어째서 억지로 온 것인가? 지금 돌아가야 할 것이나, 눈을 뚫고 왕래하는 것은 온당치 못하니, 우선 머물러 있으라."고 하였습니다. 초10일에 아침에 군문에서 머무르며 기다렸는데, 다른 머물 곳을 수리하라고 분부하였으므로, 아헌(衙軒)을 수리하였습니다. 이러한 연유를 잘 아뢰어 주십시오.

十一月十四日【在定州】
11월 14일【정주(定州)에서】

謹啓. 員外之行, 到嘉山, 還留定州事, 臣再度狀啓. 本月十二日, 稟冬至賀禮, 臣等入參與否, 則員外求見本朝儀註. 臣不得已, 以五禮儀本國外臣賀正至節目書納, 議定陳儀仗樂工. 員外先五拜, 叩頭退立. 臣與牧使許鐺, 依節目十二拜, 禮畢. 員外顧譯官, 再稱文通禮義之邦. 臣空手未呈禮物, 與許鐺相議, 以酒饌十三種備呈, 則除半點受. 十四日, 分付內, 軍門到定州, 相會後先行, 數日內, 當到平壤云云. 此行體面尊重, 而無印信, 文移列邑, 中廢不行. 又無禮物, 極爲未安. 詮次善啓.

삼가 아룁니다. 양원외의 행차가 가산(嘉山)에 이르렀다가 다시 정주(定州)를 향한 일은 신이 재차 장계를 올려 아뢰었습니다. 이달 12일에, 동지하례(冬至賀禮)[333]에 신 등이 입참(入參)할지 여부를 여쭈어 보았더니, 양 원외가 본조(本朝)의 의주(儀註)를 보고자 하였습니다. 이에 신은 부득이하여 『오례의(五禮儀)』의 '본국 이외의 신하가 정초와 동지에 하례하는 것에 관한 절목'을 써서 들였고, 의장(儀仗)과 악공을 진열하는 것에 대해 의논하여 정했습니다. 양 원외는 먼저 다섯 번 절하고 머리를 조아리고 물러가 섰습니다.

---

333) 동지하례(冬至賀禮) : 동지(冬至) 아침에 조정 대신들과 관리들이 왕에게 올리는 축하 인사. 동지조하(冬至朝賀)라고도 한다.

신은 목사 허상(許鏛)과 함께 절목에 따라 열두 번 절하고 예를 마쳤습니다. 양 원외가 역관을 돌아보며 조선은 문학에 통달하고 예의가 있는 나라라고 재차 칭하였습니다. 신이 빈손이어서 예물을 드리지 못하였으므로, 허상과 상의하여 주찬(酒饌) 13종을 갖추어 바쳤더니, 양 원외가 절반을 덜고 받았습니다. 14일에 분부한 내용에, "군문이 정주에 이르렀으니, 서로 만난 뒤에 먼저 떠나면 며칠 안에 평양에 당도할 것이다."라고 하였습니다. 이번 행차는 체면이 중요한데, 인신이 없어 여러 고을에 공문을 보내는 것을 중도에 그만두고 실행하지 못했습니다. 또 예물도 없으니 지극히 온당치 못합니다. 이러한 연유를 잘 아뢰어 주십시오.

十一月十七日【在定州】
11월 17일【정주(定州)에서】

謹啓. 員外留定州, 本月十五日, 軍門相會後, 二更初, 發向嘉山之際, 軍門分付內, 還向義州, 査促兵餉, 十八日, 還向義州云云. 問於家丁, 則久駐義州, 運粮調兵【缺】事, 別樣措置計料. 詮次善啓.

삼가 아룁니다. 양 원외가 정주(定州)에 머물고 있는데, 이달 15일에 군문과 만난 뒤 2경초에 가산(嘉山)으로 출발할 때 군문이 분부한 내용에, "다시 의주로 향할 것이니, 군량(軍糧)을 조사해 재촉하게 하라. 18일에 다시 의주로 향할 것이다."라고 하였습니다. 가정(家丁)에게 물었더니 오랫동안 의주에 머물러 있을 것이라 했으므로, 군량과 군기를 점검하는【내용 결락】일을 별도로 조치하여 헤아려야 합니다. 이러한 연유를 잘 아뢰어 주십시오.

十一月二十八日【在義州】
11월 28일【의주(義州)에서】

謹啓. 員外本月十九日, 定州離發, 二十四日, 到義州, 二十六日, 戶部郎中相會, 二十八日, 還向遼東. 其牌文內, 到遼陽暫繳云. 臣江上留待事, 面稟, 答曰, "若還來, 則來月初九日間, 發牌, 十五日間, 可到義州. 陪臣病重, 退去調理云." 臣陪行日久, 未呈禮物, 臨行無贐, 尤極未安. 臣前到本州, 迎慰用餘, 及府尹判官所助, 硯石刀墨等物, 呈禮單, 則員外喜受, 以扇墨等物, 送禮. 臣以小邦殘弊, 運粮極難, 駝騾載運等事, 惶恐不敢奏請. 大軍已集, 恐粮竭兵退緣由, 及湖嶺賊陣形勢, 再三稟帖, 則答曰, "當力施云云." 臣痞脹極重, 中路調理, 觀勢進退妄料. 詮次善啓.

삼가 아룁니다. 양 원외가 이달 19일에 정주(定州)를 떠나 24일에 의주에 이르렀고, 26일에 호부낭중(戶部郎中)과 만났으며, 28일에 다시 요동으로 향했습니다. 그 패문(牌文)에, "요양(遼陽)에 이르러 잠시 머물라."고 하였습니다. 신이 강가에 머물러 기다리는 일에 대해 직접 여쭈어보자, 양 원외가 답하길, "만약 돌아온다면, 다음 달 초9일 사이에 패문을 발송할 것이니, 15일 사이에 의주에 이를 수 있을 것이다. 배신은 병이 위중하니 물러가서 몸조리를 하라."고 하였습니다. 신이 양 원외를 모시고 간 것이 오래되었는데 아직 예물을 드리지 못하였고, 떠날 때에 임하여 노자가 없으니 더욱 온당치 못합니다. 신이 앞서 본주에 이르러 영위(迎慰)할 때 쓰고 남은 것과 부윤(府尹)·판관(判官)이 보조해준 벼루·칼·먹 등의 물품으로 예단을 바쳤더니, 양 원외가 기쁘게 받고서 부채와 먹 등으로 송별의 예를 행했습니다. 신은 '우리나라가 피폐하여 군량을 마련하기 매우 어려우니 낙타와 노새로 군량을 운반해 달라'는 일 등을 황공하여 감히 주청하지 못했습니다. 대군이 이미 모였는데 식량이 떨어져 군대가 퇴각한 사정과 호남과 영남의 적진의 형세에 대해 두 세 차례 품첩(稟帖)으로 아뢰었더니, 답하기를, "마땅히 힘써 시행할 것이다."라고 하였습니다. 신은 가슴이 더부룩한 증상이 너무 심해서 중도에 몸조리를 하고 있으니, 형세를 보고 진퇴를 결정할 생각입니다. 이러한 연유를 잘 아뢰어 주십시오.

十一月初四日【在安州】
11월 초4일【안주(安州)에서】

謹啓. 今以閔仁伯爲李摠兵接伴使, 爾其馳往義州, 代閔仁伯, 爲兵部郎中接伴使事, 有旨, 去十月十六日, 右副承旨成貼書狀, 本月初三日, 臣以監軍御史迎慰使, 在安州祗受, 發向義州. 臣大病未差, 又逢重任, 生事丁寧極爲憫迫. 詮次善啓.

삼가 아룁니다. "지금 민인백(閔仁伯)을 이 총병(李摠兵)의 접반사로 삼으니, 너는 의주로 달려가서 민인백을 대신하여 병부낭중(兵部郎中)의 접반사를 하라."는 유지는 지난 10월 16일에 우부승지(右副承旨)가 성첩(成貼)한 서장(書狀)인데, 이달 초3일에 신이 감군어사(監軍御史)의 영위사(迎慰使)로 안주(安州)에 있으면서 공경히 받고, 의주로 출발했습니다. 신은 큰 병이 아직 낫지 않았는데 또 중한 임무를 맡게 되었으니, 생사가 진실로 몹시 걱정스럽습니다. 이러한 연유를 잘 아뢰어 주십시오.

十二月十二日【在平壤】
12월 12일【평양(平壤)에서】

謹啓. 臣去十一月二十八日, 在義州, 楊員外渡江緣由狀啓. 後劑藥調病, 次以艱到平壤, 詮聞楊員外寧前兵備昇差, 其代兵部主事徐中素差出. 臣七朔在西, 今若又受接伴之命, 則奔走驅馳之任, 決難支堪, 極爲憫迫. 詮次善啓.

　　삼가 아룁니다. 신은 지난 11월 26일에 의주에서, 양 원외가 강을 건너는
사정에 대해 장계로 아뢰었습니다. 후에 약을 지어 병을 치료하고, 다음으
로 어렵게 평양에 나아가서 자세히 들어보니, 양 원외가 영전병비(寧前兵備)
로 승진하여, 그 후임으로 병부주사(兵部主事) 서중소(徐中素)가 차출되었다
고 합니다. 신은 7개월 동안 서도(西道)에 있었는데, 지금 또 접반사의 명을
받는다면, 분주히 달려가는 임무를 결코 감당하기 어려울 것이니, 몹시 걱
정스럽습니다. 이러한 연유를 잘 아뢰어 주십시오.

辭職【戊戌三月二十五日】
사직하다【무술년(1598) 3월 25일】

　　折衝將軍虎賁衛副護軍臣, 謹啓. 臣本以脹病人, 經年奔走, 症勢漸重, 平時, 則
脹滿堅硬, 勞動, 則胸腹刀割. 前年五月, 自長興上京, 以經理等迎慰使, 急馳義州,
危症復發. 七月艱難上京, 八月又以楊副摠接伴使, 西下, 罔晝夜驅馳, 証候危苦,
至死復生. 又以楊員外接伴使, 衝雪奔馳, 胸腹浮大, 外堅內痛, 扶曳竣事, 顚仆中
路, 百方調治, 僅得生道. 脹久爲癖, 已成膏肓, 滿身萎黃, 手足戰掉, 啖極吐血, 喘
息急促, 食飮頓絶, 死亡無日, 臣矣職命罷. 詮次善啓.

　　절충장군(折衝將軍) 호분위(虎賁衛) 부호군(副護軍) 신은 삼가 아룁니다. 신
은 본래 가슴이 붓는 병이 있는 사람으로서 여러 해 동안 분주히 움직이느
라 증세가 점차 위중해졌으니, 평상시에도 가슴이 붓고 팽창하여 딱딱해져
있고, 힘들게 일하면 가슴과 복부가 칼로 도려내는 듯합니다. 지난해 5월에
장흥(長興)에서 상경하여, 양 경리 등의 영위사(迎慰使)로써 의주로 급히 달

려가자, 위중한 증세가 다시 나타났습니다. 7월에 고생하며 상경했다가, 8월에 또 양 부총병의 접반사로서 서도(西道)로 내려갔는데, 밤낮없이 달려가느라 증세가 위독해져 죽다 살아났습니다. 또 양 원외의 접반사로 눈을 뚫고 달려가서, 가슴과 배가 많이 부어올라 겉은 딱딱해지고 속은 아팠으나, 몸을 이끌고 가서 일을 완료했습니다. 중도에 고꾸라졌는데, 백방으로 치료해서 겨우 살 길을 얻었습니다. 창자가 오랫동안 부어있어 이미 고질병이 되었고, 온몸에 황달이 나고 손발이 떨리며, 먹을 때 심하게 피를 토하고 천식으로 숨이 가빠라졌습니다. 먹고 마시는 것도 끊어져 죽을 날이 멀지 않으니, 신의 직임을 파직해 주십시오. 이러한 연유를 잘 아뢰어 주십시오.

Ⅴ. 盤谷集 卷之四
반곡집 권4

年記

V. 盤谷集 卷之四
반곡집 권4

年記
연기

序【隆慶六年春二月在昇平校, 始書】

余性愚疎, 加以無聞, 少無學識, 至二十六七, 稍知儒者之事. 于今三十一歲, 頓悟昨非, 遂記年月所爲, 以爲省愆行身之端, 又不忘父母養育之恩, 以示說兒.

嘉靖二十一年【皇明世宗皇帝年號, 我中宗大王三十七年】壬寅七月初九日.

丁巳丑時公生于霜山【卽盤山】本第.

公之考贈參贊公, 時年二十四, 公之妣贈貞敬夫人白氏, 時年二十五. 公之伯氏諱景秀, 公其第二也. 是日公生. 方其有身之時, 有龍夢鷄祥之異云.

二歲. 癸卯. 始能行步.

三歲, 甲辰. 貞敬夫人有疾, 轉側傷公右臂. 是年冬中宗大王昇遐.

公飮乳, 適揮手而乳有爪爬之痕, 母夫人戱曰, 爾何傷吾乳? 公有愀然色, 自是輒袖手而飮乳.

四歲. 乙巳.【仁宗大王元年】九月十九日己卯丑時, 弟景彥生. 公自此移入參贊公懷抱.

五歲. 丙午.【明宗大王元年】始讀周興嗣千文.

六歲. 丁未. 十一月二十八日乙巳巳時, 弟景英生. 始作聯句, 始學孝經第一章.

公自作聯句, 告于母夫人曰, 烟上上上天爲雲, 鷄鳴鳴鳴知生卵, 鄕人聞者皆奇之. 公之弟景英旣生, 公與景彥爭入父懷. 公之曾祖訓導公敎以孝經, 曰仲尼居曾子侍.

七歲. 戊申. 公之曾祖訓導公, 嘗作詩曰, 春雨濛濛萬山靑, 桃花滿發鳥嚶嚶, 如此良辰無酌酒, 虛經歲月恨飛輕. 五月二十四日値訓導公喪.

八歲. 己酉. 得三瘧, 自是廢學. 公之伯氏自僧寺下來, 誦尙書, 公亦聞而誦之, 人稱其聰明.

九歲. 庚戌. 以三瘧廢學, 參贊公病疽幾危而獲安, 盧伯深來見, 令公作詩, 其一句曰, 筋在盤中醉莫折, 盧曰, 大有氣力.

十歲. 辛亥. 以三瘧廢學, 日與樵童牧竪爲採山釣魚而已. 五月晦日丁巳酉時, 妹叔獻妻生.

十一歲. 壬子. 以三瘧廢學. 九月初四日, 公曾祖母朴夫人捐世. 與眉叟族長, 日與爲友, 奔走山林, 惟事捉鳥.

十二歲. 癸丑. 以三瘧方甚, 絶意於書. 年極凶荒, 家甚貧乏, 同葬二喪, 艱以成事. 七月十四日, 祖考參奉公捐舘. 故云二喪.

十三歲. 甲寅. 以三瘧廢學. 積年不學, 常羡安宇等能文, 母夫人慰之曰, 汝雖不學, 終必榮達. 戲以觀察使呼之. 六月初八日, 公祖妣金夫人捐世. 値喪摘松脂, 傷刃左臂有痕.

十四歲. 乙卯. 以三瘧廢學, 五月聞倭寇大至, 達梁陷城. 奉父母隱于大谷, 望府城烟, 焰漲天哭聲連村. 亂平後聞之, 則是年五月倭船七十餘艘, 先犯達梁鎭, 遂圍其城, 兵馬使元積與長興府使韓蘊往救之, 兵潰皆死, 賊連陷康津長興諸邑, 全州府尹李潤慶擊却之.

十五歲. 丙辰. 始受大學于參贊公, 始受之日, 瘧疾乃瘳. 又受中庸. 是年公以不學發憤, 從參贊公求甚力, 參贊公不得已許之. 遂與二弟景彦·景英, 同受大學, 始學之日, 終日讀書, 寒熱不作, 遂得離瘧, 父母奇之曰, 是汝文學成就之兆也. 公每讀書, 植木爲表, 觀其移影, 其惜寸陰如此. 又凡讀書以千爲數, 不過三四日, 二弟俱不及焉. 是年大學中庸俱讀二千餘遍.

十六歲. 丁巳. 始就天放劉先生, 學毛詩, 劉先生學於南冥曺先生【諱植, 字建仲】之門, 得性理之學, 敎授後輩, 爲一鄕師表. 公往而請學, 先生曰, 有性理之學,有科擧之學, 子所願者何學? 公對曰, 科擧侜來也, 請學性理, 先生大奇之. 公與安字同學毛詩, 至北山之什, 安公不及焉. 毛詩旣畢, 又讀古文眞寶, 詞章日發, 與伯氏及仁仲, 始作木綿花詩, 其二聯曰, 梅花菊花雖嬋妍, 不衣不食當如何. 緇衣白衣弊又改, 何羨富人爲綺羅. 先生大奇之曰, 將大有爲, 遂置諸人之右. 作獅山賦, 有曰, 龍起立兮千峯, 鳳翺翔兮萬嶺. 又曰, 鳥有聲於春林, 僧亦巢於巖阿. 先生亦稱善. 自是工業益勤, 先生憂之. 十二月果得大病, 三旬辛苦, 猶恐父母之憂, 不出呻吟之聲. 二月初一日乙酉戌時, 妹伯實妻生.

十七歲. 戊午. 正月之望, 疾始瘳. 五月就金進士墳菴, 讀尙書, 七月讀韓詩.

十八歲. 己未. 就基村金進士接雲嶺書堂, 讀孟子, 冬讀中庸大學. 孟子讀至八十遍. 是年春始發痘疹, 一日製詩黜爲次上, 公發憤以詩草掛之樹頭, 不喫朝飯, 母夫人曰, 次上亦不少也. 雖一誤作, 何憤之有? 乃勸之, 乃食. 每日, 作詩常作三首, 擇其善者而用之, 劉先生喜其有志. 十二月二十四日酉時, 弟景俊生.

十九歲. 庚申. 以中庸大學, 考講於光州. 夏與子久讀東坡於巾山. 時先生住巾山, 轉住寶林寺. 冬與子久讀論語於夫山齋宮.

二十歲. 辛酉. 春正月, 聘夫人晉州鄭氏家, 就日林寺, 讀論語. 夏就會寧婦家誦毛詩. 冬讀曾氏史畧. 鄭氏世居會寧, 有諱元孫薦授參奉, 卽聘父也.

二十一歲. 壬戌. 就梅場寺, 讀尙書. 六月二十六日女子生【金郞憲妻[334]】. 冬讀楚詞文選, 又讀毛詩. 梅場寺之讀書也, 任八守林弘侃偕焉. 冬讀書于齋宮, 公之兄弟及盧子文偕焉. 十一月二十二日辰時, 弟景命生.

二十二歲. 癸亥. 春與伯氏及任和卿白彰卿林彦謙等, 習時藝至夏. 秋八月, 靈光鄕試以詩發解, 詩題數問夜如何. 冬十一月, 公兄弟在齋宮習藝, 十六日聞母夫人有疾, 馳歸, 侍側晝夜不離, 至二十四日夜半, 手自責粥進之, 遂盡一椀, 至丑時不淑.

二十三歲. 甲子. 夏居盧讀春秋左氏傳五十遍·古文後集百遍. 九月公之外舅鄭公捐世, 公往治喪事. 時家力貧甚, 母夫人之葬不能備文, 公兄弟日夜憂泣, 是年冬貸

---

334) 金郞憲妻 : 원문에는 "郞金憲妻"으로 되어 있으나 "金郞憲妻"으로 바로잡아 번역하였다.

灰於安生, 得材於聘家, 借役夫於城主【張弼武】, 至十一月十二日辛亥, 乃克完葬.

二十四歲. 乙丑. 居廬讀論語孟子, 作策文五十首·論五十首, 讀古文後集百遍. 夏得痢疾, 至危而蘇. 十二月大祥服闋, 還會寧家.

二十五歲. 丙寅. 正月初七日禫祭, 二月上日林寺. 三四月居接文起卿及兄弟同焉. 五月敎官申大壽·府使金世文, 取才公之兄弟與曹汝(金+久)魏德毅諸人, 居接鄕校六旬, 計畫, 公以三十六分居第二【得試紙】. 八月昌平鄕試見屈, 詩題秋至宬分明. 潤十月二十四日辛亥巳時子鳴說生. 十一月二十二日侄相說生.

二十六歲. 丁卯【穆宗皇帝隆慶元年】. 夏作策文三十首·史論二十首. 是年夏六月二十八日明宗大王昇遐. 二月潭陽鄕試見屈, 詩題被褐懷珠玉. 冬讀古文後集百遍.

二十七歲. 戊辰【宣祖大王元年】. 再屈鄕試, 遂治四書三經以圖決科. 二月南平試見屈, 詩題夜行以燭. 四月咸平東堂試見屈. 始知製述不足以決科, 遂讀七書二十五遍以爲明年赴京之計.

二十八歲. 己巳. 七月以詩中成均監試, 八月以賦表策論中東堂漢城試. 春偶因訟事, 不禮於官, 益發憤讀書. 四月子女痘憂小平. 五月初七日發行上京, 寓黃姓家, 與李友益金興宗等諸友作賦十五首, 弘文舘·承文院並知名. 七月中成均試【詩題淸水塘, 第次下】. 八月中漢城試【賦題訪落】. 九月落謁聖別試. 十月上檜巖寺, 與京友六十餘人同遊, 遂與金汝忉柳永緒同讀七書, 爲會試工夫. 十月晦下來.

二十九歲. 庚午. 正月與兩尹捷豆, 木浦南尙文江亭精硏會講之工. 二月落監試會試. 三月中東堂會試, 第六人. 初三日錄名, 初六日受字號, 初九日入講, 大學畧, 中庸通, 孟子通, 論語通, 詩傳略, 書傳通, 春秋通, 共得十二分. 十五日入試場composing賦, 二下, 題云相馬以輿 生畫及第. 二十二日殿策次下, 文科出身. 四月下鄕. 七月初三日, 設慶宴, 時監司李友民城主柳忠貞爲公辦之. 八月上京. 十月以博士有故, 不得行免新禮, 還鄕. 十一月晦, 又上京, 以右位不齊留待.

三十歲. 辛未. 正月十八日免新. 除順天府鄕學訓導. 二月赴任. 八月爲假都事, 陪巡相柳公希春【號眉巖】, 巡行郡邑.

三十一歲. 壬申. 在順天鄕學. 九月遭參贊公憂. 是歲營構新屋, 公自順天往來監事. 三月十九日以敎書差使員巡到長水龍潭等九邑, 還次南原, 聞參贊公有疾, 馳還, 疾尋瘳. 九月以東堂試枝同官赴古阜, 參贊公餞之以酒曰, 愼爾所職. 二十日還次長城, 聞參贊公疾劇, 馳還, 進以朴彭祖所惠藥, 有效. 二十四日移入新屋. 二十六日己酉參贊公捐館. 治喪儀節詳見喪事錄.

三十二歲. 癸酉【神宗皇帝萬曆元年】. 正月二十五日葬參贊公於山陽洞. 與兄弟居廬, 學徒坌集. 是年鳴說始讀絶句.

三十三歲. 甲戌. 九月終喪還家. 十二月受羅州鄕訓導. 時李公誠中【號坡谷】, 爲吏曹正郞, 聞公服闋, 付以學職.

三十四歲. 乙亥. 三月移付濟州鄕學訓導, 不赴, 逢推考. 終歲在家. 公自永感之後, 無意仕進, 專心爲己, 鄕居與玉峯白公【光勳】·白湖林公【悌】·霽峯高公【敬命】及金芷川【公喜】·金松汀【景秋】諸賢交遊觴詠而已. 十月二十七日姪霖說生.

三十五歲. 丙子. 再被推考. 六月上京勘罪, 盡奪告身, 準期不叙. 八月還家, 再下推考, 啓下辭緣不敢抗拒, 遂遲晩奪告身之日, 刑曹郞丁允祐·崔慶昌【號孤竹】圖減贖布. 九月二十日姪聲日生. 三十六歲. 丁丑. 四月遭伯氏喪. 六月以仁順王后祔廟, 卽蒙叙用. 七月上京. 八月以乙巳削勳事上疏, 公參製, 疏人之選. 二十二日姪礪說生. 十一月始蒙允. 二十九日仁聖王后昇遐.

三十七歲. 戊寅. 正月授奉常寺參奉. 二月葬仁聖王后. 旣卒哭, 三月公下鄕, 五月上京, 陞承文院著作, 仍爲掌務官. 十二月擬議府司錄.

三十八歲. 己卯. 久爲掌務官, 承文提調鄭惟吉【號林塘】金貴榮諸公宬稱之. 三月下鄕讀書于日林寺. 七月在弟景英家, 聞差司評, 初十日聞改差, 十七日聞除刑佐. 二十日曹下人二名下來, 二十一日發行, 八月入京, 判書朴啓賢以可合郞官勿改待之云. 十一月二十九日姪昌說生. 是歲累擬內外諸職, 三月質正官副望, 十二日質正官首望, 六月典籍單望, 仍付司評. 七月戶佐副望, 八月刑佐副望, 受點. 九月求禮縣監首望, 居昌縣監首望, 漆原縣監首望. 十一月茂朱府使末望, 十二月安陰縣監副望.

三十九歲. 庚辰. 正月十一日祔太廟陪祭參大宴. 三月十八日出榜金之明兄以殿策及第, 兄則下鄕, 故受紅牌而待之. 七月全羅道都事受點, 持平金泰廷等, 以公與丁夢錫爲近族, 啓曰, 丁某門微望輕, 且本道請改差, 旣而, 於朝廷知臺言喪實, 咸以爲惜. 卽授慶尙都事. 十一月下直肅拜, 十三日至大邱府觀察使洪聖民幕下. 是年亦累擬諸職. 二月昌寧首望, 三月萬頃首望, 六月綾城副望, 全羅都事副望, 受點. 七月軍威首望, 工曹佐郞副望, 受點. 九月光陽首望, 靈山首望, 慶尙都事首望, 受點.

四十歲. 辛巳. 二月初二日發行, 十一日入家, 三月還發去. 七月罷職還鄕. 十一月立石物.

四十一歲. 壬午. 迎壻. 三月遊天冠寺. 六月授典籍. 八月上京, 到和順, 聞轉授刑曹佐郞, 入京, 知已遞. 晦日授典籍. 九月授戶曹正郞. 十一月差迎勅都監製述官, 詔使至, 上使王敬民, 副使黃洪憲, 初七日下馬. 十六日還發行. 是歲亦擬諸職. 六月大同察訪首望, 平安道都事首望, 刑曹佐郞副望, 七月典籍首望, 受點, 刑曹佐郞首望, 受點. 點馬官首望, 受點. 八月典籍首望, 受點. 九月戶曹正郞首望, 受點. 天使都監下批.

四十二歲. 癸未. 正月初七日平壤庶尹副望, 初九日首望, 十一日末望, 十七日首望, 凡四擬而受恩點. 二月赴任, 觀察使盧植・都事林悌・判官李近・大同察訪李性傳相與歡娛.

四十三歲. 甲申. 十月罷職還鄕. 十一月因宗系辨誣事, 頒敎得蒙叙用. 是歲西路旱荒, 御史尹覃休因事論罷. 夫人留京, 公獨下鄕. 十一月上京.

四十四歲. 乙酉. 正月除加平. 二月赴任, 邑殘而政無一闕. 吏判崔滉, 旣擬而每有悔歎之言.

四十五歲. 丙戌. 在任所被師儒之選. 七月以驛馬濫騎事, 被推考. 加平閒邑也, 山水絶勝, 公簿書之暇, 洒落遊賞, 不以卑捿介懷.

四十六歲. 丁亥. 六月罷職. 七月挈眷還家. 十一月差全州督學. 罷官下鄕之時, 丁介錫【諱胤禧, 號顧菴】爲吏曹參判, 憂其貧而付之.

四十七歲. 戊子. 正月赴全州學校, 觀察使尹斗壽・都事李弘老・府尹南彦經與之交歡. 二月還來. 五月又赴全州, 以都會試官來光州, 是月聞叙. 十月二十四日授珍山郡守. 十一月初十日聞啓罷. 十二月二十五日聞準期. 在全州也, 不與汝立交, 人幸之. 十月初六日丙戌亥時孫南一生.【生於外家】

四十八歲. 己丑. 自春至夏在家. 十一月大明會頒示東邦, 有大赦, 蒙叙用. 是年十月鄭汝立獄起, 與汝立相知者悉皆殲滅, 而公在全州府學, 終不與汝立交遊, 得以免禍. 時汝立虛譽隆洽, 人多趨附, 公嘗於朝[335]坐中, 見其有凌厲倨傲之態, 一未嘗與之交遊. 及變作, 時類擧皆殲盡, 公獨免禍, 當時深服其知鑑之明.

四十九[336]. 庚寅. 二月三日發行, 十四日入京, 十九日除刑曹正郎. 三月初八日慶尚試官受點, 同月獻俘執事. 四月十二日攝祭宗廟執事. 十八日京畿推考敬差官. 二十四日以內殿奉寶執事, 參上尊號及御前大享. 五月十六日陪祭宗廟. 是年得四加. 六月二十五日吏判崔滉特望昌原府使受點. 七月初七日以李潑李洁之故, 持平張雲翼啓罷, 持平白惟咸自坐起來慰, 松江鄭澈亦以臺啓爲非, 欲留我. 八月二十九日發行, 九月初八日還家. 十一月十四日壬子丑時孫末女生. 參望秩. 二月十九日刑曹正郎首望受點. 二十五日礪山首望. 三月[337]十五日漢城庶尹首望. 二十三日金堤首望. 二十七日司瞻僉正副望. 四月十八日京畿敬差官副望受點. 二十四日上尊號執事. 五月二十五日陜川副望. 六月二十五日昌原首望受點. 十二月叙下.

五十歲. 辛卯. 二月左相柳成龍, 兼吏判時, 特望良才察訪, 受點, 改差, 下鄉. 六月初一日善山副望, 受點. 初九日聞之, 十四日發行. 七月初二日拜辭, 初九日赴任. 四月初六日始聞參錄光國功臣三等勳. 八月鳴說以策文三中高 中別試. 十月金郎憲武科及第. 十一月老人宴及聞喜宴, 可謂吉年. 參望秩. 二月良才副望受點. 閏三月初七日刑曹正郎副望. 同日銀溪首望. 十四日戶曹正郎末望. 四月初六日聞功臣參錄.

五十一歲. 壬辰.【以下年記見亂中日記】

---

335) 朝 : 원문은 "調"로 되어 있으나, 문맥상 "朝"로 바로잡아 번역하였다.
336) 歲 : 원문에는 빠져있는데 용례를 참고하여 "歲"를 넣어 번역하였다.
337) 三月 : 원문에는 빠져있으나 문맥상 넣어 번역하였다.

연기(年記)

서문 【융경 6년(1572) 2월 승평(昇平) 향교에서 쓰기 시작하였다.】

나는 성품이 어리석고 거친데다 견문이 없어, 어려서는 학식이 없었고 스물여섯·일곱이 되어서야 유자(儒者)의 일을 조금 알았다. 지금 서른하나에 과거의 행실이 잘못되었다는 것을 번뜩 깨달아 마침내 달마다 한 일을 기록하여 허물을 반성하여 바르게 행동하는 실마리로 삼고, 또 부모가 길러주신 은혜를 잊지 않아 아이들에게 보여주려 한다.

가정(嘉靖) 21년(1542) 【명나라 세종황제의 연호이다. 우리나라 중종대왕 37년이다.】 임인(壬寅) 7월 9일.

정사(丁巳)일 축시(丑時)에 공이 상산(霜山) 【바로 반산(盤山)이다.】의 본가에서 태어났다.

공의 아버지 증 참찬(贈參贊)공은 이때 스물넷이었고, 공의 어머니 증 정경부인(贈貞敬夫人) 백씨(白氏)는 이때 스물다섯이었다. 공의 큰 형은 휘(諱)가 경수(景秀)이니 공은 둘째이다. 이날 공이 태어났다. 임신했을 때에 용꿈과 닭의 상서(祥瑞)와 같은 기이한 일이 있었다.

2세. 계묘(癸卯, 1543). 걷기 시작하였다.

3세. 갑진(甲辰, 1544). 정경부인이 병을 앓았는데, 돌아눕다가 공의 오른팔이 다쳤다. 이해 겨울에 중종대왕이 승하하였다.

공이 젖을 먹을 때 손을 휘두르다가 젖가슴에 손톱자국 흉터가 났다. 모부인(母夫人)이 장난치며 "얘야 어찌하여 내 젖가슴에 상처를 내느냐?"라 하자, 공이 슬픈 기색을 띠며 이후로는 매번 팔짱을 끼고서 젖을 먹었다.

4세. 을사(乙巳, 1545). 【인종대왕 원년이다.】 9월 19일 기묘(己卯)일 축시(丑時)에 아우 경언(景彦)이 태어났다. 공이 이때부터 참찬공의 품으로 옮겨졌다.

5세. 병오(丙午, 1546). 【명종대왕 원년이다.】 주흥사(周興嗣)의 『천자문(千字文)』을 처음으로 읽었다.

6세. 정미(丁未, 1547). 11월 28일 을사(乙巳)일 사시(巳時)에 아우 경영(景英)이 태어났다. 연구(聯句)를 처음으로 지었고, 『효경(孝經)』 제1장을 처음으로 배웠다.

공이 연구를 지은 뒤로 모부인에게 여쭙기를, "연기가 오르고 올라 하늘에서 구름이 되고, 닭이 꼬끼오 꼬끼오 우니 달걀 낳은 줄을 아네."라고 하니, 이야기를 들은 마을 사람들이 모두 기특하게 여겼다. 공의 아우 경영(景英)이 태어나자 공이 경언(景彦)과 아버지의 품에 들어갈 것을 다투었다. 공의 증조(曾祖) 훈도공이 『효경』을 가르치자, "중니거증자시(仲尼居曾子侍)"라 하였다.338)

7세. 무신(戊申, 1548). 공의 증조 훈도공(訓導公)이 일찍이 시를 짓기를, "부슬부슬 봄비에 만산(萬山)이 푸르고, 만발한 복숭아꽃 새가 지저귀네. 이러한 좋은 시절 한잔 술이 없으니, 헛되이 보낸 세월 가벼이 날아감이 아쉽구나."라고 하였다. 5월 24일에 훈도공의 상을 당했다.

8세. 기유(己酉, 1549). 학질에 걸려 이때부터 학업을 폐하였다. 공의 백씨

---

338) 공의~하였다 : 이는 공의 영특함을 보여주는 일화로, 『효경(孝經)』을 배우기도 전에 첫 대목을 공이 이미 알고 있었음을 의미한다. "중니거증자시(仲尼居曾子侍)"는 "공자가 한가하게 있을 때 증자가 곁에서 모시고 있었는데"는 뜻으로, 『효경(孝經)』 제1장 「개종명의(開宗明義)」의 첫 대목이다.

가 절에서 내려와 『상서(尚書)』를 외었는데, 공이 또 듣고 외니 사람들이 그 총명함을 칭찬하였다.

9세. 경술(庚戌, 1550). 학질 때문에 학업을 폐하였다. 참찬공이 등창을 앓아 매우 위태하였다가 괜찮아 졌는데, 노백심(盧伯深)이 찾아왔다가 공에게 시를 지어보게 하였다. 그 중 한 구절서 "소반 속의 젓가락, 취하여 꺾질 못하네."라고 하니, 노백심(盧伯深)이 "매우 기운이 있다."라고 말하였다.

10세. 신해(辛亥, 1551). 학질 때문에 학업을 폐하였다. 날마다 초동목동(樵童牧童)들과 함께 산나물을 캐고 물고기를 잡을 뿐이었다. 5월 그믐날 정사(丁巳)일 유시(酉時)에 누이 숙헌(叔獻)의 처가 태어났다.

11세. 임자(壬子, 1552). 학질로 때문에 학업을 폐하였다. 9월 4일에 공의 증조모 박부인(朴夫人)이 별세하였다. 노옹(老翁)·족장(族長)과 날마다 친구가 되어 산림(山林)을 분주히 다니며 새 잡기를 일삼았다.

12세. 계축(癸丑, 1553). 학질이 심해지자 서책을 볼 마음을 접었다. 이해에 극도로 흉년이 들어 집안이 매우 궁핍하였는데, 동시에 2개 상(喪)을 치러 고생을 하였다. 7월 14일에 조부 참봉공(參奉公)이 별세하였으므로 2개 상(喪)이라 한 것이다.

13세. 갑인(甲寅, 1554). 학질 때문에 학업을 폐하였다. 여러 해 동안 배우지 못하여 항상 안우(安宇) 등이 글을 잘하는 것을 부러워하자, 모부인이 위로하면서 "네가 배우지 않았지만 결국에는 반드시 영달할 것이다."라 하고, 장난삼아 "관찰사(觀察使)"라고 그를 불렀다. 6월 8일에 공의 조모(祖母) 김부인(金夫人)이 별세하였다. 상을 당하여 송진을 찾다가 칼에 베어 왼팔에 상처가 생겼다.

14세. 을묘(乙卯, 1555). 학질 때문에 학업을 폐하였다. 5월에 왜구가 크게 쳐들어와 달량진(達梁鎭)을 함락시켰다는 소식을 듣고, 부모를 모시고 대곡(大谷)에 숨어 부성(府城)의 연기를 바라보니, 불길이 하늘까지 치솟았고, 곡성이 마을마다 끊이질 않았다. 난이 평정된 후에 들으니, '이해 5월에 왜선 70여척이 달량진을 먼저 공격하여 마침내 그 성을 포위하자 병마사 원적(元積)과 장흥 부사(長興府使) 한온(韓蘊)이 가서 구원하였는데, 병사들은 궤멸하고 장수는 모두 죽었다. 적이 강진(康津)과 장흥(長興)을 연달아 함락시켰는데, 전주 부윤(全州府尹) 이윤경(李潤慶)이 공격하여 물리쳤다.'라고 하였다.

15세. 병진(丙辰, 1556). 참찬공에게 『대학(大學)』을 처음으로 배웠는데, 처음 배우는 날에 학질이 마침내 나았다. 또 『중용(中庸)』을 배웠다. 이해에 공이 그간 배우지 못했다하여 발분하여 참찬공에게 힘껏 구하니, 참찬공이 부득이 허락하였다. 마침내 두 아우 경언·경영과 함께 대학을 배웠는데, 처음 배운 날에 종일 독서하자 한열(寒熱)의 증세가 나타나지 않아 마침내 학질을 떼었다. 부모가 기이하게 여기며, "이는 네가 문학을 성취할 징조이다."라고 하였다. 공은 독서할 때마다 나무를 세워 시곗바늘을 만들어 그림자가 옮겨가는 것을 보았으니, 촌음을 아낀 것이 이러하였다. 또 글을 읽을 적에 천 번 읽는 것을 기약하였는데, 사나흘을 넘지 않으니, 두 아우는 모두 따라오지 못하였다. 이해에 『대학(大學)』·『중용(中庸)』을 모두 이천여 번 읽었다.

16세. 정사(丁巳, 1557). 처음 천방(天放) 유선생(劉先生: 劉好仁)에게 나아가 『모시(毛詩)』를 배웠다. 유선생은 남명(南冥) 조선생(曺先生)【휘는 식(植)

이고, 자는 건중(建仲)이다.]의 문하에서 배워 성리학을 깨우치고서 후배들을 가르쳐 온 고을의 사표가 되었다. 공이 가서 배우기를 청하자 선생이 "성리 공부가 있고, 과거 공부가 있다. 그대가 원하는 것은 어떤 공부인가?"라 물었다. 공이 "과거는 제가 제 뜻대로 되는 것이 아니니 성리를 배우길 청합니다."라 말하자 선생이 매우 기특하게 여겼다. 공이 안우(安宇)와 함께 『모시(毛詩)』를 배웠는데 「북산지십(北山之什)」에 이르러서는 안공이 따라오지 못하였다. 모시를 마친 뒤에는 또 고문진보를 읽었다. 사장이 날로 발전하자 큰형과 인중(仁仲)과 함께 처음 목면화 시를 지었는데, 두 연구에서 "매화와 국화가 곱디고우나, 입지 못하고 먹지 못하니 어이하리오. 치의(緇衣)와 백의(白衣) 해지면 또 고쳐 입으니, 부유한 이 비단 옷 어찌 부러워하리."라고 하였다. 선생이 매우 기특하게 여겨 "앞으로 크게 훌륭한 일을 할 것이다."라 하고, 마침내 가장 높은 점수를 주었다. 「사산부(獅山賦)」를 지으니, "용이 일어나서니 일천 봉우리요, 봉황이 날갯짓 하니 일만 고개로다."라고 하였고, 또 "새는 봄 숲에서 지저귀고, 스님은 바위 언덕에 또 둥지를 트네."라고 하니, 선생이 또한 훌륭함을 칭찬하였다. 이때부터 공부를 더욱 부지런히 하니, 선생이 걱정하였다. 12월에 과연 큰 병을 얻어 한 달 동안 앓았는데, 오히려 부모가 근심할까 걱정되어 신음 소리를 내지 않았다. 2월 1일 을유(乙酉)일 술시(戌時)에 누이 백실(伯實)의 처가 태어났다.

17세. 무오(戊午, 1558). 정월 보름에 병이 비로소 나았다. 5월에 김진사의 분암(墳菴)에 나아가 『상서(尙書)』를 읽고 7월에 『한시(韓詩)』를 읽었다.

18세. 기미(己未, 1559). 기촌(基村) 김진사의 서운령서당(捿雲嶺書堂)에 나아가 『맹자(孟子)』를 읽었다. 겨울에 『중용(中庸)』과 『대학(大學)』을 읽었다. 『맹자』는 독수(讀數)가 80번에 이르렀다. 이해 봄에 처음 마마가 발병하였다. 하루는 지은 시가 차상(次上)으로 등급이 떨어지자 공이 발분하여 시의 초고를 나무 꼭대기에 걸어두고 아침도 먹지 않으니, 모부인이 "차상도 낮은 것이 아니니 비록 한번 잘못 지었더라도 어찌 성을 내느냐?"라고 하며 밥을 권하자 그제서야 먹었다. 매일 시를 지을 때마다 항상 3수를 지어 그 중 잘된 것을 가려 쓰니, 유선생이 그가 마음먹은 것을 기뻐하였다. 12월 24일 유시(酉時)에 아우 경준(景俊)이 태어났다.

19세. 경신(庚申, 1560). 『중용(中庸)』・『대학(大學)』을 광주(光州)에서 고강(考講)하였다. 여름에 자구(子久)와 건산(巾山)에서 동파(東坡)를 읽었다. 이때 선생이 건산에 머물다가 보림사(寶林寺)로 옮겨 머물렀다. 겨울에 자구(子久)와 부산(夫山) 재궁(齋宮)에서 『논어(論語)』를 읽었다.

20세. 신유(辛酉, 1561). 정월에 부인(婦人) 진주 정씨(晉州鄭氏)의 집을 찾아가 일림사(日林寺)에 나아가 『논어(論語)』를 읽었다. 여름에 회령(會寧)[339]의 처가에 나아가 『모시(毛詩)』를 외었다. 겨울에 증선지(曾先之)의 『사략(史略)』을 읽었다. 정씨(鄭氏)는 회령에 세거(世居)하였는데, 휘 원손(元孫)이 참봉(參奉)에 천거되어 벼슬을 받으니, 바로 빙부이다.

21세. 임술(壬戌, 1562). 매장사(梅場寺)에 나아가 『상서(尙書)』를 읽었다. 6월 26일 딸이 태어났다.【김낭헌(金郎憲)의 처이다】겨울에 『초사(楚辭)』와 『문선(文選)』을 읽고, 또 『모시(毛詩)』를 읽었다. 매장사에서 독서할 때 임팔수(任八守)와 임홍간(林弘侃)이 함께하였다. 겨울에 재궁에서 독서하니, 공의 형제와 노자문(盧子文)이 함께하였다. 11월 22일 진시에 아우 경명(景命)이 태어났다.

22세. 계해(癸亥, 1563). 봄에 큰형・임화경(任和卿)・백창경(白彰卿)・임언

---

339) 회령 : 현재 전라남도 보성군 소재 지명.

겸(林彦謙)들과 함께 시문(時文)을 여름까지 익혔다. 8월에 영광(靈光)의 향시에 시로 발해(發解)하니, 시제는 "삭문야여하(數問夜如何)"[340]이었다. 11월에 공과 형제들이 재궁에서 시문을 익혔는데, 16일에 모부인이 병이 났다는 소식을 듣고 급히 달려가 곁에서 모시며 밤낮으로 떨어지지 않았다. 24일 밤중에 손수 죽을 끓여 올리니, 마침내 한 사발을 다 비우시고 축시(丑時)에 돌아가셨다.

23세. 갑자(甲子, 1564). 여름에 여막에 머물며 『춘추좌씨전(春秋左氏傳)』을 50번, 『고문진보 후집(古文眞寶後集)』을 100번 읽었다. 9월에 공의 외삼촌 정공(鄭公)이 별세하니, 공이 가서 상사(喪事)를 주관하였다. 이때 가세가 매우 빈궁하여 모부인의 장사(葬事)에 예식(禮式)을 갖추지 못하니 공과 형제들이 밤낮으로 근심하며 울었다. 이 해 겨울에 안생(安生)에게 석회를 빌리고, 처가에서 나무를 얻었으며, 성주(城主)【장필무(張弼武)】에게 역부(役夫)를 빌려 11월 12일 신해(辛亥)일이 되어야 마침내 장사를 다 치렀다.

24세. 을축(乙丑, 1565). 여막에 머물며 『논어』·『맹자』를 읽고, 책문(策文) 50편과 논(論) 50편을 짓고, 『고문진보 후집(古文眞寶後集)』을 백번 읽었다. 여름에 이질에 걸려 위태로운 지경이 되었다가 나았다. 12월에 대상복(大祥服)을 벗고 회녕(會寧)의 집에 돌아왔다.

25세. 병인(丙寅, 1566). 정월 7일에 담제(禫祭)를 지냈다. 2월에 일림사(日林寺)에 올라갔다. 3월, 4월의 거접(居接)[341]에 문기경(文起卿)과 형제들이 함

---

340) 삭문야여하 : "밤이 얼마나 깊었는지 자꾸 묻는다."는 뜻으로, 당나라 두보(杜甫)의 시 「춘숙좌생(春宿左省)」에 "아침에 상소를 올려야 하는지라, 밤이 얼마나 깊었는지 자꾸만 물어보네.[明朝有封事 數問夜如何]"라는 구절이 있다.

341) 거접 : 과거시험에 대비하여, 조용한 곳에 선비들이 함께 모여 공부하거나 글짓기 경쟁을 하는 것을 말한다.

께하였다. 5월에 교관 신대수(申大壽)와 부사 김세문(金世文)이 공의 형제와 조여구(曺汝{金+久}), 위덕의(魏德毅)를 취재(取才)하여 60일간 향교(鄉校)에서 거접(居接)하고 채점을 하니, 공이 36분에 2등을 차지하였다.【시지(試紙)를 얻었다.】8월에 창평(昌平) 향시에서 낙방하니, 시제는 "추지최분명(秋至㝡分明)"[342]이었다. 윤10월 24일 신해(辛亥)일 사시(巳時)에 아들 명열(鳴說)이 태어났다. 11월 22일에 조카 상열(相說)이 태어났다.

26세. 정묘(丁卯, 1567)【명나라 목종황제 융경(隆慶) 원년】. 여름에 책문 30편과 사론(史論) 20편을 지었다. 이해 6월 28일에 명종대왕이 승하하였다. 2월에 담양(潭陽)의 향시에서 낙방하니, 시제는 "피갈회주옥(被褐懷珠玉)"[343]이었다. 겨울에 『고문진보 후집』을 100번 읽었다.

27세. 무진(戊辰, 1568)【선조대왕 원년】. 재차 향시에 낙방하자 마침내 사서삼경을 연구하여 과거에 응시할 계획을 세웠다. 2월에 함평(咸平)의 향시에서 낙방하니, 시제는 "야행이촉(夜行以燭)[344]"이었다. 4월 함평의 동당시(東堂試)에 낙방하였다. 비로소 제술이 과거에 응시하기에 부족한 줄 알아 마침내 칠서(七書)를 25번 읽어 이듬해 경시(京試)에 응시할 계획을 세웠다.

28세. 기사(己巳, 1569). 7월에 시(詩)로 국자감시(國子監試)에 합격하였다.

---

342) 추지최분명 : 은하수가 가을이 되자 가장 분명하게 드러난다는 뜻으로, 당나라 두보의 시 「천하(天河)」에 "평상시엔 드러남과 가리움 따르더니, 가을이 되자 가장 분명하네[常時任顯晦 秋至最分明]"라는 구절이 있다.

343) 피갈회주옥 : 누더기 차림에도 마음속에는 주옥을 품었다는 뜻으로, 진나라 완적의 「영회시(詠懷詩)」에, "누더기 차림에도 주옥을 품고서, 안회와 민손을 기약하였네[被褐懷珠玉, 顔閔相與期]"라는 구절이 있다.

344) 야행이촉 : 밤길을 다닐 때는 촛불을 들고 다녀야 한다는 뜻으로, 『예기(禮記)』 「내칙(內則)」에 "남자는~밤길을 다닐 때는 촛불을 들고 다니며, 촛불이 없으면 다니질 않는다.[男子~夜行以燭 無燭則止]"라는 구절이 있다.

8월에 부(賦)·표(表)·책(策)·논(論)으로 동당 한성시(東堂漢城試)에 합격하였다. 봄에 우연히 송사(訟事)로 인하여 관(官)에 예를 갖추지 않고 더욱 발분하여 독서하였다. 4월에 자녀의 마마가 조금 괜찮아졌다. 5월 7일에 출발하여 서울로 올라갔다. 황씨(黃氏)댁에 우거하면서 이우익(李友益)·김흥종(金興宗) 등의 벗들과 부(賦) 15수를 지으니, 홍문관과 승문원에서 모두 그의 이름을 알았다. 7월에 국자감시에 합격하였다. 【시제는 청수당(淸水塘)345)이다. 성적은 차하였다.】 8월에 한성시에 합격하였다. 【시제(試題)는 방락(訪落)346)이다.】 9월에 알성별시에 낙방하였다. 10월에 회암사(檜巖寺)에 올라 서울서 사귄 벗 60여명과 함께 유람하고 마침내 김여물(金汝岉)·유영서(柳永緖)와 함께 칠서(七書)를 읽어 회시(會試) 공부를 하였다. 10월 그믐에 내려왔다.

29세. 경오(庚午, 1570). 정월에 윤서(尹捿)·윤두(尹豆)와 목포(木浦) 남상문(南尙文)의 강정(江亭)에서 모여 고강의 공부를 정밀하게 연구하였다. 2월에 국자감시의 회시에 낙방하였다. 3월에 동당회시에 합격하였는데, 6등이었다. 3일에 녹명(錄名)을 하고 6일에 자(字)·호(號)를 제출하고 9일에 입강(入講)하였는데, 『대학』약(略), 『중용』통(通), 『맹자』통, 『논어』통, 『시전』약, 『서전』통, 『춘추』통으로 모두 12분(分)을 얻었다. 15일에 시장(試場)에 들어가 부를 지어 이하를 맞았는데 부제는 "상마이여(相馬以輿)"347)이었다. 생획(生劃)348)하여 급제하였다. 22일에 전시(殿試)의 책문(策文)에서 차하를

---

345) 청수당 : 원나라 말에 여궐(餘闕)이 자결한 연못을 가리키는 것으로 보이나, 미상이다.
346) 방락 : 『시경(詩經)』「주송(周頌)」의 편명으로, 주 성왕(周成王)이 종묘에 나아가 군신(群臣)에게 도(道)를 물은 것을 칭송한 노래이다.
347) 상마이여 : 말을 감별하려면 말이 수레를 끄는 것을 보고 해야 한다는 뜻으로, 『공자가어(孔子家語)』에 "속담에 '말 감별은 말이 수레를 끌 때 해야 하고, 사를 보는 것은 거처하는 것으로 해야 한다.'고 하였다.[里語云 相馬以輿 相士以居]"라는 구절이 있다.
348) 생획 : 조선 시대 과거 시험의 하나인 문과(文科) 복시(覆試)의 합격자를 정하는데 있어서 합격자가 정원수에 미달할 경우에 대비하여 합격후보자를 정하고 그 득점수를 살려두어,

맞아 문과 출신(文科出身)이 되었다. 4월에 고향에 내려왔다. 7월 3일에 축하연을 펼치니, 당시 감사 이우민(李友民)과 성주 유충정(柳忠貞)이 공을 위해 마련한 것이다. 8월에 서울로 올라왔다. 10월에 박사(博士)의 유고로 면신례(免新禮)를 행하지 못하고 고향으로 돌아왔다. 11월 그믐에 또 서울로 올라가니 상위자로 하위자들과 같이 남아 기다릴 수 없었기 때문이다.

30세. 신미(辛未, 1571). 정월 18일에 면신례를 행하였다. 순천부(順天府) 향학 훈도에 제수되었다. 2월에 부임하였다. 8월에 가도사가 되어 순찰사 유희춘(柳希春)【호는 미암(眉庵)이다.】공을 모시고 군읍을 순행하였다.

31세. 임신(壬申, 1572). 순천 향학에 있었다. 9월에 참찬공의 상을 당하였다. 이해에 새 집을 지었는데, 공이 순천에서 왕래하며 일을 살폈다. 3월 19일에 교서 차사원(敎書差使員)으로 장수(長水)·용담(龍潭) 등의 아홉 고을을 돌고 돌아와 남원에 머물렀는데 참찬공에게 병이 났다는 소식을 듣고 급히 집으로 돌아오니 병이 곧 나았다. 9월에 동당시의 지동관(枝同官)으로 고부에 부임하는데, 참찬공이 전별주를 건네며 "네가 맡은 직무를 신중히 살펴라."라 하였다. 20일에 돌아와 장성에 머무르다가 참찬공의 병이 심하다는 소식을 듣고 급히 집으로 돌아와 박팽조(朴彭祖)가 준 약을 올리니 효험이 있었다. 24일에 새 집으로 이사하였다. 26일 기유(己酉)일에 참찬공이 별세하였다. 상례의 의식과 절차는 『상사록(喪事錄)』에 자세히 보인다.

32세. 계유(癸酉, 1573)【명나라 신종황제 만력 원년】. 정월 25일에 참찬공을 산양동(山陽洞)에 장사지냈다. 형제와 함께 여막에 머무니 학생들이 모여들었다. 이해에 명열(鳴說)이 처음 절구(絶句)를 읽었다.

혹 정원수가 미달했을 때 다시 시험을 보아 모자란 점수를 채우는 것을 말한다.

33세. 갑술(甲戌, 1574). 9월에 상을 마치고 집으로 돌아왔다. 12월에 나주 향교 훈도에 제수되었다. 당시 성중(誠中) 이공(李公)【호는 파곡(坡谷)이다.】이 이조 정랑(吏曹正郎)이 되어 공이 탈상하였다는 소식을 듣고 학직(學職)을 부친 것이다.

34세. 을해(乙亥, 1575). 3월에 제주 향학 훈도에 제수되었는데, 부임하지 않자 추고 당하였다. 해를 마치도록 집에 있었다. 공이 부모를 여읜 뒤로는 벼슬할 뜻이 없어 위기지학에 마음을 다 쏟고 시골에 머물면서 옥봉(玉峯) 백공(白公)【광훈(光勳)】·백호(白湖) 임공(林公)【제(悌)】·제봉(霽峯) 고공(高公)【경명(敬命)】·지천(芷川) 김공(金公)【공희(公喜)】·송정(松汀) 김공【경추(景秋)】과 같은 제현들과 교유하며 시를 읊을 뿐이었다. 12월 27일에 조카 임열(霖說)이 태어났다.

35세. 병자(丙子, 1576). 재차 추고 당하였다. 6월에 서울에 올라가 감죄(勘罪)되었는데 고신(告身)을 모두 뺏기고, 일정 기한까지 서용(敍用)되지 않았다. 8월에 집에 돌아왔는데, 재차 추고당하여 계하된 내용에 감히 항거하지 않고 마침내 고신을 뺏는 날에 자복(自服)하니 형조 정랑 윤우(允祐)·최경창(崔慶昌)【호는 고죽(孤竹)이다.】이 속포(贖布)로 죄를 감해주려 하였다. 9월 20일에 조카 성일(聲日)이 태어났다.

36세. 정축(丁丑, 1577). 4월에 큰형의 상을 당하였다. 6월에 인순왕후(仁順王后)의 부묘(祔廟)로 즉시 서용되었다. 7월에 서울에 올라갔다. 8월에 을사공신(乙巳功臣)을 삭훈(削勳)하는 일로 상소하였는데 공이 참여하여 소(疏)를 지으니, 함께 상소한 사람들이 선택한 것이다. 22일에 조카 여열(礪說)이 태어났다. 11월에 비로소 윤허를 받았다. 29일에 인성왕후(仁聖王后)가 승하하였다.

37세. 무인(戊寅, 1578). 정월에 봉상시 참봉(奉常寺參奉)에 제수되었다. 2월에 인성왕후를 장사지냈다. 졸곡을 마치고 3월에 공이 고향으로 내려왔다. 5월에 서울로 올라가 승문원 저작(承文院著作)으로 승진하였는데, 이어서 장무관(掌務官)이 되었다. 12월에 의정부 사록(議政府司錄)으로 의망(擬望)되었다.

38세. 기묘(己卯, 1579). 장무관을 오래하였는데, 승문원 제조(承文院提調) 정유길(鄭惟吉)【호는 임당(林塘)이다.】과 김귀영(金貴榮) 공이 매우 칭찬하였다. 3월에 고향으로 내려와 일림사(日林寺)에서 독서하였다. 7월에 아우 경영(景英)의 집에서 사평(司評)에 차임되었다는 소식을 듣고, 10일에 개차되었음을 들었다. 17일에 형조 좌랑(刑曹佐郞)에 제수되었다는 소식을 들었는데, 20일에 형조의 하인 2명이 내려와 21일에 출발하였다. 8월에 서울에 들어왔는데, 형조 판서 박계현(朴啓賢)이 "낭관에 합당하니 다시 관직을 기다리지 마시오."라고 하였다. 11월 29일에 조카 창열(昌說)이 태어났다. 이해에 누차 여러 내직(內職)·외직(外職)에 의망되었다. 3월에 질정관(質正官)의 부망(副望)이었고 12일에 질정관의 수망(首望)이었고 6월에 전적(典籍)에 단망(單望)이었는데 그대로 사평(司評)에 부쳐졌다. 7월에 호조 좌랑(戶曹佐郞)의 부망이었고 8월에 형조 좌랑의 부망이었는데 낙점을 받았다. 9월에 구례 현감(求禮縣監)의 수망이었고 거창 현감(居昌縣監)의 수망이었고 칠원 현감(漆原縣監)의 수망이었다. 11월에 무주 부사(茂州府使)의 말망(末望)이었고, 12월에 안음 현감(安陰縣監)의 부망이었다.

39세. 경진(庚辰, 1580). 정월 11일에 부묘(祔廟)의 제사를 돕고 대연(大宴)에 참여하였다. 3월 18일 출방(出榜)에 김지명(金之明) 형이 전책을 보고서 급제하였는데, 형이 고향으로 내려갔기 때문에 홍패를 받고서 기다렸다. 7월에 전라도 도사(全羅道都事)에 낙점되었는데 지평 김태정(金泰廷) 등이 공이 정몽석(丁夢錫)과 가까운 친척이라 하여 아뢰기를, "정 아무개는 문벌이 한미하고 인망도 가볍습니다."라 하자, 또 본도(本道)에서 개차하기를 청하였다. 얼마 후 조정에서 대간의 말이 실상에 맞지 않음을 알고서 모두 애석하게 여겼다. 즉시 경상 도사(慶尙都事)에 제수되니, 11월에 하직 숙배하고 13일에 대구부 관찰사 홍성민(洪聖民)의 막하에 이르렀다. 이해에도 누차 여러 직임에 의망되었다. 2월에 창녕 현감(昌寧縣監)에 수망이었고, 3월에 만경 현령(萬頃縣令)에 수망이었고, 6월에 능성 현령(綾城縣令)에 부망이었고 전라 도사의 부망이었는데 낙점 받았다. 7월에 군위 현감(軍威縣監)의 수망이었고 공조 좌랑의 부망이었는데 낙점 받았다. 9월에 광양 현감(光陽縣監)의 수망이었고 영산 현감(靈山縣監)의 수망이었고 경상 도사의 수망이었는데 낙점 받았다.

40세. 신사(辛巳, 1581). 2월 2일에 출발하여 11일에 집에 들어갔다가 3월에 다시 도로 떠나갔다. 7월에 파직되어 고향으로 돌아왔다. 11월에 석물(石物)을 세웠다.

41세. 임오(壬午, 1582). 사위를 맞이하였다. 3월에 천관사(天冠寺)를 유람하였다. 6월에 전적에 제수되었다. 8월에 서울로 올라가다가, 화순에 도착하여 형조 좌랑으로 옮겨 제수되었다는 소식을 들었는데, 서울에 들어가 체직된 줄을 알았다. 그믐날 전적에 제수되었다. 9일에 호조 정랑에 제수되었다. 11월에 영접도감(迎接都監) 제술관에 차임되었다. 조사(詔使)가 이르렀는데 상사(上使) 왕경민(王敬民)·부사(副使) 황홍헌(黃洪憲)이다. 7일에 하마연을 베풀고 16일에 도로 출발하였다. 이해에도 여러 직임에 의망되었다. 6월에 대동찰방(大同察訪)의 수망이었고 평안도 도사의 수망이었고 형조 좌랑의 부망이었고 7월에 전적의 부망이었는데 낙점 받았다. 점마관(點馬官)의 수망에 낙점 받았다. 8월에 전적(典籍)의 수망에 낙점 받았다. 9월에 호조

정랑의 수망에 낙점 받았다. 천사 도감(天使都監)에 하비(下批)하였다.

42세. 계미(癸未, 1583). 정월 7일 평양 서윤(平壤庶尹)의 부망이었고 9일에 수망이었고 11일에 말망이었고 17일에 수망이었다. 모두 4번 의망되어 낙점 받았다. 2월에 부임하니 관찰사 노식(盧植)·도사 임제(林悌)·판관 이근(李近)·대동 찰방(大同察訪) 이성전(李性傳)이 함께 기뻐하였다.

43세. 갑신(甲申, 1584). 10월에 파직되어 고향으로 돌아왔다. 11월에 종계변무(宗系辨誣)의 일로 인하여 반교(頒敎)하면서 서용되었다. 이해에 서도(西道)에 가뭄이 들었는데 어사 윤담휴(尹覃休)가 이 일로 인하여 논하여 파직시켰다. 부인은 서울에 남아있고 공만 홀로 고향으로 내려갔다. 11월에 서울로 올라왔다.

44세. 을유(乙酉, 1585). 정월에 가평 군수(加平郡守)에 제수 되었다. 2월에 부임하였는데 고을은 피폐하지만 구실을 하나도 빼주지 않았다. 이조 판서 최황(崔滉)이 의망하고서도 매번 후회하는 말을 하였다.

45세. 병술(丙戌, 1586). 임지에 있으면서 사유(師儒)에 선임되었다. 7월에 역마를 함부로 탄 일로 추고되었다. 가평은 한가로운 고을로 산수가 매우 빼어나니 공이 부첩(簿牒)을 처리하고 난 여가에 상쾌하게 산수를 유람하여 낮은 벼슬자리에 있다는 것을 개의치 않았다.

46세. 정해(丁亥, 1587). 6월에 파직되었다. 7월에 가족들을 데리고 집으로 돌아갔다. 11월에 전주 향교 독학(督學)에 차임하였다. 파직되어 고향으로 내려갈 때 정개석(丁介錫)【휘는 윤희(胤禧)이고, 호는 고암(顧菴)이다.】이 이조 참판이 되어 그의 가난을 근심하여 부직(付職)한 것이다.

47세. 무자(戊子, 1588). 정월에 전주 향교에 부임하자 관찰사 윤두수(尹斗壽)·도사 이홍로(李弘老)·부윤 남언경(南彦經)이 함께 어울리며 즐거워하였다. 2월에 돌아왔다. 5월에 또 전주에 부임하여 도회시 시관(試官)으로 광주에 갔다. 이달에 서용되었다는 소식을 들었다. 10월 24일에 진산 군수(珍山郡守)에 제수되었는데 11월 10일에 임금에게 아뢰어 파직되었다는 소식을 들었고 12월 25일에 파직의 기한이 다 되었다는 소식을 들었다. 전주에 있을 때 정여립(鄭汝立)과 교유하지 않으니 사람들이 다행으로 여겼다. 10월 6일 병술(丙戌)일 해시(亥時)에 손자 남일(南一)이 태어났다.【외가에서 태어났다.】

48세. 기축(己丑, 1589). 봄부터 여름까지 집에 있었다. 11월에 『대명회전(大明會典)』을 우리나라에 반포하니 대사면령이 있어 서용되었다. 이해 10월에 정여립의 옥사가 일어나 정여립과 서로 알던 자들이 모두 다 죽음을 당했는데 공은 전주부 향교에 있으면서 끝내 정여립과 교유하지 않아 화를 면하였다. 이때 정여립의 허명이 세상에 가득하여 사람들이 대부분 그를 추종하였는데 공은 일찍이 조정에서 사납고 오만한 그의 모습을 보고는 한번도 그와 교유하지 않았다. 정여립의 변란이 일어나자 당시 사람들이 거개가 화를 당하였는데 공만이 홀로 화를 면하니 이때에 그의 밝은 감식안에 깊이 탄복하였다.

49세. 경인(庚寅, 1590). 2월 3일에 출발하여 14일에 서울에 들어왔고 19일에 형조 정랑에 제수 되었다. 3월 8일에 경상도 시관에 낙점되었으며 같은 달 헌부례(獻俘禮)의 집사가 되었다. 4월 12일 섭행하는 종묘대제에 집사가 되었다. 18일에 경기도 추고 경차관(京畿道推考敬差官)이 되었다. 24일에 내전 봉보 집사로 존호를 올리는 일 및 어전(御前)의 대향에 참여하였다. 5월 16일 종묘 제례에 모시고 참석하였다. 이해에 4번 가자되었다. 6월 25일

이조 판서 최황(崔滉)이 창원 부사로 특망하여 낙점 받았는데 7월 7일에 이발(李潑)·이길(李洁)의 일로 지평 장운익(張雲翼)349)이 아뢰어 파직하니 지평 백유함(白惟咸)이 좌기(坐起)에서 와서 위로하고 송강 정철(鄭澈)도 대간의 계사를 그르다고 하며 공을 만류하고자 하였다. 8월 29일에 출발하여 9월 8일에 집에 돌아왔다. 11월 14일 임자(壬子)일 축시(丑時)에 손녀 말녀(末女)가 태어났다. 망질(望秩)에 참여하였다. 2월 19일에 형조 정랑의 수망이었는데 낙점 받았다. 25일에 여산 군수(礪山郡守)의 수망이었다. 3월 15일에 한성부 서윤의 수망이었고 22일에 김제 군수(金堤郡守)의 수망이었고 27일에 사섬시 첨정(司贍시첨정)의 부망이었다. 4월 18일에 경기도 경차관의 부망이었는데 낙점 받았다. 24일에 존호를 올리는 예에 집사가 되었다. 5월 25일에 합천 군수(陜川郡守)의 부망이었다. 6월 25일에 창원 부사(昌原府使)의 수망이었는데 낙점 받았다. 12월에 서용되었다.

50세. 신묘(辛卯, 1591). 2월에 좌의정 유성룡이 이조판서를 겸직할 때 양재 찰방에 특망(特望)하여 낙점 받았는데 개차되어 고향으로 내려왔다. 6월 1일에 선산 부사(善山府使)의 부망이었는데 낙점 받았다. 9일에 소식을 듣고 14일에 출발하여 7월 2일에 하직 숙배하고 9일에 부임하였다. 4월 6일에 광국공신(光國功臣) 삼등(三等)의 녹훈(錄勳)에 참여되었다는 소식을 처음으로 들었다. 8월에 명열(鳴說)이 책문으로 세 번 중고(中高)를 맞아 별시에 합격했다. 10월에 김낭헌(金郎憲)이 무과에 급제하였다. 11월에 노인연(老人宴)과 문희연(聞喜宴)을 베풀었으니, 길한 해라 할 만하였다. 망질에 참여하였다. 2

---

349) 장운익(張雲翼) : 1561(명종 16)년~1599(선조 32)년. 조선 중기의 문인. 자는 萬里, 호는 西村, 諡號는 貞敏. 본관은 德水이고, 逸의 아들이다. 1572(선조 5)년에 문과에 장원급제하였다. 예조정랑 장령을 거쳐 襄陽 부사로 있다가 隱城에 귀양가게 되었다. 이듬해인 1592년 임진왜란 시에 특사되어 왕을 모시고 피란하였는데, 중국어를 잘하여 왕이 항상 곁에 두었다고 전한다. 이후 壬辰 宣武原從 一等功臣으로 형조판서를 지냈다. 『海東名臣錄』과 『月沙集』의 기사 참조.

월에 양재 찰방의 부망이었는데 낙점 받았다. 윤 3월 7일에 형조 정랑의 부망이었고 같은 날 은계 찰방(銀溪察訪)의 수망이었으며 14일에 호조 정랑의 말망이었다. 4월 6일에 공신의 녹훈에 참여되었다는 소식을 들었다.

51세. 임진(壬辰, 1592).【이하 연기(年記)는 『난중일기(亂中日記)』에 보인다.】

▌간행 후기 ▌

본 역주서가 간행되기까지 참으로 많은 지원과 협조가 있었다. 이 자리를 빌려 다시 한 번 깊이 감사의 마음을 전하고자 한다. 우선 압해(구 영광) 정씨 문중의 정길상, 정화익, 정열상 세 분 어르신의 헌신적인 지원에 깊이 감사드리고자 한다. 이분들의 의지가 없었다면 이 책은 아마도 빛을 보지 못하였을 것이다. 보성 향토사학자 장흥래 선생님의 가르침도 보성 지역 역사와 전통 문화의 이해에 큰 도움이 되었음을 기록해둔다.

연구비 지원과 행정 지원을 해주신 전라남도 보성의 이용부 군수님과 번거로운 실무를 도맡아주신 문화관광과 김재균 과장님, 이진숙 계장님, 노성길 주무관님께도 감사의 뜻을 전하고자 한다. 보성군의 연구비 지원이 없었다면 결코 시작하기 어려운 사업이었을 것이다.

그리고 본 연구원의 조성택 원장님, 이형대 부원장님께도 감사의 말씀을 드리지 않을 수 없다. 조선시대 명가의 문헌을 수집·정리하고 번역·연구하는 기획을 전적으로 지원하고 성원해주셔서 무사히 첫 번째 결과를 낼 수 있었기 때문이다. 앞으로도 연구원에서는 이 사업을 지속적으로 추진하여 우리 전통문화유산의 계승과 발전에 이바지할 계획이다.

아울러 본 사업에 참여한 선후배 선생님들의 노고를 기록해두고자 한다. 번거로운 부탁을 마다않고 본 사업에 성심성의로 도움을 주신 류호진, 이남면, 오보라, 이종호, 정하정, 이승철 선생님께 깊은 감사의 마음을 전하는 바이다. 이분들의 도움이 없었다면 이 사업을 결코 마무리할 수 없었을 것이다.

끝으로 아름다운 책으로 만들어주신 도서출판 역락의 이대현 대표님, 박태훈 이사님, 홍혜정 과장님께도 감사의 마음을 전해드리고자 한다. 어렵고 힘든 출판의 소임을 흔쾌히 맡아주셔서 이 사업의 마무리에 결정적인 도움을 얻었다. 짧은 일정에도 정성스럽게 작업을 진행해주셔서 무사히 사업을 마칠 수 있었다.

이밖에도 도움을 주신 분들이 적지 않으나 일일이 다 기록하지 못하여 송구한 마음을 전해드리고 삼가 양해를 구하는 바이다. 한 권의 책이 나오기까지 참으로 많은 분들의 도움이 없이는 불가능함도 새삼 깨닫게 되었다. 그리고 짧은 일정에 추진되어 분명 오류나 잘못이 적지 않으리라 여겨진다. 모든 책임은 연구책임자인 본인의 몫이다. 많은 분들의 질정과 가르침을 삼가 고대해 마지않는다.

2017년 6월 어느 개인 날
안암동 추실재에서

연구책임자 **박종우**

고려대학교 국어국문학과 졸업
고려대학교 대학원 국어국문학과 졸업(문학박사, 한국한문학)
고려대학교, 국립한경대학교 강사
고려대학교 연구교수
전북대학교 쌀·삶·문명연구원 HK교수
현재 고려대학교 민족문화연구원 HK연구교수

저서 : 『한국한문학의 형상과 전형』(보고사), 『국역 고산유고(공역)』(소명출판) 외 다수
논문 : 「16세기 호남사림 한시의 무인 형상」, 「고산 윤선도 한시의 일고찰」 외 다수

반곡 정경달 시문집 I

초판 인쇄　2017년 6월　2일
초판 발행　2017년 6월 10일

저　자　정경달
역　자　박종우

펴낸이　이대현
편　집　홍혜정
표지디자인　최가윤
펴낸곳　도서출판 역락
주　소　서울시 서초구 동광로 46길 6-6 문창빌딩 2층
전　화　02-3409-2060(편집부), 2058(영업부)
팩　스　02-3409-2059
등　록　1999년 4월 19일 제303-2002-000014호
이메일　youkrack@hanmail.net

ISBN 979-11-5686-885-9　94810
　　　979-11-5686-884-2 세트